Lindsay Harrel

ALLES, WAS NOCH VOR UNS LIEGT

Lindsay Harrel

Alles, was noch vor uns liegt

Francke

Über die Autorin:

Lindsay Harrel hat Journalismus und Englische Literatur studiert. Zusammen mit ihrem Mann, ihren zwei kleinen Kindern und zwei Golden Retrievern lebt sie in Arizona. Es ist ihr ein Herzensanliegen, mit ihren Romanen all denen neue Hoffnung zu geben, denen diese irgendwie abhandengekommen ist, und darauf hinzuweisen, dass Gott in einem ganz gewöhnlichen Leben Außerordentliches zu vollbringen vermag.

FSC www.fsc.org MIX Papier aus verantwortungsvollen Quellen FSC® C014138

Bibliografische Information der Deutschen Nationalbibliothek
Die Deutsche Nationalbibliothek verzeichnet diese Publikation in der Deutschen Nationalbibliografie; detaillierte bibliografische Daten sind im Internet über http://dnb.dnb.de abrufbar.

ISBN 978-3-96362-188-8

Originally published in English under the title
The Joy of Falling
Published by arrangement with Thomas Nelson, a division of HarperCollins Christian Publishing, Inc. USA

35037 Marburg an der Lahn
Deutsch von Dorothee Dziewas
Umschlagbilder: © Shutterstock.com / Winston Tan; Jacob Lund
© unsplash.com / Casey Horner
Umschlaggestaltung: Francke-Buch GmbH / Christian Heinritz
Satz: Francke-Buch GmbH
Printed in Czech Republic

www.francke-buch.de

In Erinnerung an meine Großmutter, Vennie Walker,
die mir liebevoll geholfen hat, den Tod meiner Mutter
zu verarbeiten, und deren herzliche Umarmung
immer ein Ort der Geborgenheit für mich war.

Und für David und Becky Getz,
die so wunderbar vorgelebt haben,
was es bedeutet, trotz der größten Trauer,
die Eltern erfahren können, mit wahrer Freude zu leben.
Euer Glaube inspiriert uns alle.

Trauer gleicht einem langen Tal,
einem gewundenen Tal, wo jede Biegung eine
vollkommen neuartige Landschaft enthüllen mag.

C. S. Lewis, Über die Trauer

1. Kapitel

Früher hatte Farbe die Tage von Eva Jamison bestimmt.

Jetzt starrte sie auf eine weiße Wand, und nichts außer einem schwarzen Computerbildschirm, einem Stiftebehälter und einem Heftgerät schmückte ihre winzige Welt. Flache, grauweiße Lampen über ihrem Kopf erhellten den großen Raum, in dem ihr Schreibtisch mit zehn anderen zusammengepfercht war, mit fluoreszierendem Licht. Das einzige Fenster hier – in maximaler Entfernung zu Evas Tisch – bot keinen Ausblick auf den Central Park, sondern auf ein weiteres graues Gebäude.

Aber das Zentrum der Manhattaner Herzstiftung war nicht schuld daran, dass dieser Ort mit seinen minimalistischen schwarzen Möbeln, dem öden olivgrünen Teppich und den kitschigen Spruchplakaten für eine Künstlerin der reine Albtraum war.

Nein, das Problem war sie selbst. Sie gehörte nicht hierher.

Und doch war dies der einzige Ort, an dem sie sein wollte.

»Eva.«

Sie erschrak. Die Leiterin des Zentrums, Maryanne, stand neben Evas Schreibtisch. Aus ihrem Knoten hatten sich einige graue Haare gelöst.

»Oh, hallo. Was gibt's?«

»Ich brauche diese Berichte für meinen Ein-Uhr-Termin.« Maryanne sah auf ihre petrolfarbene Armbanduhr, die sich entsetzlich mit ihrem flauschigen roten kurzärmeligen Pullover biss – einer interessanten Kleiderwahl angesichts der drückenden Augustschwüle draußen. »Hast du sie gemailt?«

Berichte? … Welche Berichte? Evas Wangen brannten. »Äh … ich dachte ja.« Sie wandte sich wieder ihrem Computer zu und rief ihre elende To-Do-Liste auf. Dort fand sie den Punkt, von dem Maryanne gesprochen hatte.

Nicht als erledigt markiert. Autsch.

»Tut mir leid, Maryanne. Ich habe gestern daran gearbeitet und wurde abgelenkt. Ich setze mich sofort dran.«

Maryanne rieb sich den rechten Augenwinkel, sichtlich bemüht, einen Seufzer zu unterdrücken. »Nein, ist schon gut. Schick das, was du hast, an Jerry, dann kann er mir helfen, die Sachen fertig zu machen.«

»Es macht mir nichts aus. Wirklich nicht.« In ein paar Minuten war sie mit ihrer besten Freundin Kimberly Jensen zum Mittagessen verabredet, aber die würde Verständnis haben, wenn Eva absagen musste.

»Nein, nein, wir machen das schon.«

Mit anderen Worten: Eva hatte versagt. Wieder einmal. Das Debakel letzte Woche – bei dem Eva versehentlich eine interne Nachricht an alle Spender geschickt hatte – hatte das bisschen Selbstvertrauen, das sie sich bei ihrem Job erarbeitet hatte, gleich wieder zunichtegemacht.

Wenn sie eine bezahlte Angestellte wäre, hätte man Eva bestimmt längst gefeuert.

Aber die ehrenamtliche Organisation konnte es sich nicht leisten, Freiwillige wegzuschicken, selbst solche, die für Büroarbeiten so ungeeignet waren wie Eva Jamison.

»Es tut mir wirklich leid.«

»Was hältst du davon, wenn du jetzt Mittagspause machst? Oder nimm dir doch gleich den ganzen Nachmittag frei. Dann sehen wir uns morgen in neuer Frische.« Maryannes Tonfall ließ eher Wunschdenken vermuten als die Gewissheit, dass Evas Arbeit sich jemals verbessern würde.

Als Maryanne ging, meldete Eva sich von ihrem Computer ab und griff nach ihrem Telefon, um Kimberly eine Nachricht zu schicken. Wie immer versetzte ihr das Bild auf dem Display einen Stich: Eva in einem traumhaften Kleid mit schwingendem Rock auf Hawaii, ihren selbst gebundenen Strauß aus orangefarbenen Rosen, Kahnorchideen, Strelitzien und Rotem Ingwer in einer Hand, während sie mit der anderen ihren Mann umarmte.

Sie waren so unterschiedlich gewesen – Brent mit blonden Locken und einem Teint, der erst nach einigen Sonnenbränden an den ersten Sommertagen bräunte, Eva mit dunklen Augen und langen braunen Haaren. Aber in ihren Herzen hatten sie einander sehr geähnelt.

Er war ihre Inspirationsquelle gewesen. Ihre Freude.

Das alles war jetzt verloren.

Alles war grau.

Eva schickte ihre Nachricht ab, nahm ihre Handtasche und eilte den Gang entlang.

»Alles, was Eva anfasst, muss ich noch mal machen«, drang die Stimme ihrer Kollegin Valerie aus dem Pausenraum herüber. »Das ist doch lächerlich.«

Eva blieb vor der Tür wie angewurzelt stehen. Sie befahl ihren Füßen, sich in Bewegung zu setzen, aber sie gehorchten ihr nicht.

»Ich gebe zu, dass sie kein besonders gutes Gedächtnis für Details hat. Aber sie ist sehr lieb und freundlich.«

Danke, Susan. Die Frau in den Fünfzigern war seit Evas erstem Tag hier vor sechs Monaten nett zu ihr gewesen.

»Aber wir brauchen jemanden, der auch in der Lage ist, einfache Anweisungen zu befolgen. Schließlich ist das, was Maryanne ihr gibt, nicht gerade kompliziert.«

»Ihr Mann und ihr Schwager sind bei einem schrecklichen Unfall ums Leben gekommen. Sie trauert immer noch.«

»Ja klar, jetzt kommst du wieder mit dem toten Mann«, schnaubte Valerie. »Wir haben alle traumatische Erlebnisse hinter uns. Mein Mann hat mich verlassen, aber hast du schon mal gesehen, dass ich die einfachsten Aufgaben nicht hinkriege? Nein. Und ich habe keinen Cent von meinem Ex bekommen. Durch das, was sie von Brent geerbt hat, ist sie jetzt reicher als Gott.«

Beinahe hätte Eva lautstark protestiert. Zugegeben, *Fitness pur*

– die Kette hochwertiger Fitnessstudios, die von Brent zusammen mit seinem besten Freund Marc gegründet worden war – hatte sich in den letzten drei Jahren gut entwickelt. Aber abgesehen von dem, was sie brauchte, um die Miete für ihre Wohnung in Brooklyn und die anderen laufenden Kosten zu bestreiten, war der größte Teil des Kapitals in Investments und Spareinlagen angelegt.

Brent und ihr war Geld nie wichtig gewesen. Es war nur ein Mittel, um die Abenteuer des Lebens zu finanzieren.

»Das ist jetzt echt gemein!«

»Was denn? Ich wünschte, sie würde uns eine ordentliche Spende geben und nicht versuchen, uns zu helfen.«

Eva hatte überlegt, ob sie das tun sollte, aber wenn sie hier war, an einem Ort, der ihrem Mann viel bedeutet hatte, fühlte sie sich ihm irgendwie näher.

Susans hörbares Seufzen drang an Evas Ohren. »Sie tut mir leid. Man merkt, dass sie etwas Gutes tun will. Ich wünschte nur, wir könnten ihr irgendwie sagen, dass ihre Bemühungen für uns mehr Arbeit bedeuten.«

Eva kamen die Tränen, während sie hinauseilte und fast stolperte, als sie den frisch gebohnerten Fußboden im Eingangsbereich überquerte. Kaum hatte sie das Gebäude verlassen, schlug ihr eine Welle drückender Hitze ins Gesicht. Dem Gewitter von gestern war eine hohe Luftfeuchtigkeit gefolgt und die fünfundzwanzig Grad fühlten sich eher an wie fünfunddreißig. Zum Glück war es bis zu dem Restaurant, in dem Kimberly wartete, nicht weit. Nach fünf Minuten hatte Eva erfolgreich alle Tränenspuren beseitigt, bevor sie das angesagte vegane Lokal betrat.

Oder zumindest hatte sie das gedacht.

Als Eva sich ihrer Freundin näherte, die auf einer Eckbank saß und die Speisekarte studierte, hob Kimberly den Kopf und sah sie prüfend an. »Was ist los?«

»Nichts, nichts. Mir geht es gut.« Eva beugte sich vor, um Kim zu umarmen, dann schob sie sich neben ihr auf die Sitzbank.

Kimberlys braune Haare waren oben auf ihrem Kopf zu einem eleganten Knoten hochgesteckt, sodass ihr schlanker langer Hals besonders gut zur Geltung kam. Ihre maßgeschneiderte weiße Bluse und die mit Diamanten besetzten Ohrklemmen zeugten von ihrem zunehmenden Erfolg als Hochzeitsplanerin. »Du vergisst, dass ich dich kenne, seit wir dreizehnjährige Möchtegernstars waren. Ich merke, wenn du dein Make-up repariert hast. Also spuck's aus.«

»Du bist rechthaberisch.«

»Und das liebst du an mir.«

Ihre Freundin, die in New York zum College gegangen war und gleich nach ihrem Abschluss in Wirtschaftslehre eine Eventfirma gegründet hatte, war überhaupt der Grund, warum Eva vor sieben Jahren mit dreiundzwanzig aus Portland hierhergezogen war. Als sie Eva angerufen hatte, weil ein Bekannter eine Auszubildende für seinen Blumenladen brauchte, hatte Eva die Gelegenheit beim Schopf ergriffen, mehr über einen Beruf zu erfahren, bei dem sie ihre kreativen Neigungen einsetzen konnte. Auf jeden Fall war es besser, als zu kellnern und ein paar Studenten das Zeichnen beizubringen.

Trotz der Proteste ihrer Mutter, die Ingenieurin war, und ihres Vaters, dem Professor – beide verstanden ihre künstlerisch veranlagte Tochter nicht, die keinen Hang zum Studium hatte –, war Eva nach wenigen Tagen von zu Hause abgereist und zu Kim gezogen. Seitdem hatten sie gemeinsam unzählige Hochzeiten gestaltet und Eva war immer Kims liebste Floristin gewesen.

Aber das alles hatte vor etwas mehr als fünfzehn Monaten aufgehört. Am 19. Mai des letzten Jahres hatte sich alles verändert.

Kim legte die Speisekarte hin und trommelte mit ihren französisch manikürten Fingernägeln auf dem Landhaustisch. »Lass uns was bestellen und dann kannst du mir erzählen, was los ist, denn irgendwas stimmt nicht. Und dann habe ich aufregende Neuigkeiten für dich.«

»Oh, was gibt's denn?«

»Nee, nee.« Sie winkte die Bedienung zu sich. »Du zuerst. Nachdem wir bestellt haben.«

»Ich weiß doch noch gar nicht, was ich will. Was nimmst du?«

»Den Salat Santa Fe. Aber such dir selbst was aus … so wie du es früher gemacht hast.«

»Gut.« Eva schloss die Augen, hob den Finger, ließ ihn ein wenig kreisen und setzte ihn dann entschlossen irgendwo auf die Speisekarte. »Dann nehme ich Auberginen-Caponata mit Pesto-Crostini.«

Sie bestellten ihr Essen, dann seufzte Eva und erzählte Kimberly, was sie im Pausenraum aufgeschnappt hatte. Sie hielt es nicht für nötig, irgendwelche Einzelheiten zu verschweigen. Immerhin waren Kim und Brents Mutter Sherry die beiden Gründe, warum Eva nicht mehr Tag für Tag im Bett lag, mit halb gegessenen Salattellern und leeren Eiskrempackungen überall in der Wohnung verteilt. Als sie die für Eva untypische Antriebslosigkeit erkannt hatten, hatten die beiden sie dazu ermutigt, die Hilfe einer Therapeutin in Anspruch zu nehmen.

Ihre Therapeutin Charlotte hatte Eva empfohlen, sich etwas Sinnvolles zu suchen, womit sie sich beschäftigen konnte und wobei sie sich ihrem Mann nahe fühlte. Das sollte dann dazu führen, dass Eva wieder bei sich selbst ankam. So war sie bei der Herzstiftung gelandet, einer Organisation, für die Brent sehr viel übrig gehabt hatte, seit sein Vater an einem Herzinfarkt gestorben war.

Die Bedienung brachte ihre bestellten Gerichte, als Eva gerade die Geschichte von ihren Kolleginnen beendet hatte.

Kimberly nahm das Essen kaum zur Kenntnis und schlug mit der Faust auf den Tisch. Das Eis in ihren Wassergläsern klirrte. »Diese … ich könnte … Aaahhh!« Sie lehnte sich auf der gepolsterten Sitzbank zurück und verschränkte die Arme. Ihre Augen funkelten. »Am liebsten würde ich mir diese Weiber vorknöpfen und ihnen mal richtig die Meinung sagen.«

Ihre Loyalität war herzerwärmend. »Sie haben ja recht. Ich bin eine Niete in diesem Job. Aber ich bin entschlossen, mich zu bessern. Vielleicht kann ich mir ein Buch kaufen, das hilft – es muss doch so etwas wie *Büroarbeiten für Dummies* geben.« Sie nahm ihre Gabel und stach in das Vollkornbrot, auf dem sich Auberginen, Oliven und Kapern türmten. Der Duft von frischer Aioli stieg ihr in die Nase. »Aber jetzt haben wir genug von mir geredet. Was ist deine tolle Neuigkeit?«

Kimberly machte sich über ihren Salat her. »Ich habe gerade die Carlton-Hochzeit an Land gezogen.«

»Glückwunsch. Das ist super!« Jessica Carlton war die jüngste Tochter der Geschäftsfrau und Milliardärin Louise Carlton und ihres Senatorengatten. »Das wird eine super Werbung für deine Firma sein.«

»Ja, ich bin auch total aufgeregt.« Ihre Freundin zögerte und musterte Eva mit geneigtem Kopf. »Da ist noch was. Sie haben in irgendeiner Zeitschrift vom letzten Jahr deine Arbeit gesehen und gesagt, dass sie dich unbedingt für die Blumen haben wollen.«

Oh. Eva schluckte. »Ich …«

»Ich weiß, dass du dir eine Auszeit genommen hast, und ich würde dich auch nicht drängen, wenn du noch nicht so weit bist.« Kimberly machte eine Pause. »Die Hochzeit ist erst im nächsten Juni, wenn dir das hilft … obwohl ich bis dahin noch andere Veranstaltungen hätte, bei denen ich deine Hilfe gebrauchen könnte, wenn du schon *bereit wärst*.«

Etwas in Eva erwachte mit wildem Gebrüll zum Leben, weil sie sich nach dem kreativen Prozess sehnte – danach, ihre Seele wieder mit der Welt zu verbinden.

Aber ohne Brent …

Das Gebrüll wurde zu einem Miauen und verstummte dann ganz.

»Ich weiß nicht, Kim. Es ist einfach schwer. Etwas für Hochzeiten zu entwerfen, wenn … Also, ich muss darüber nachdenken.« Aber sie wusste schon jetzt, dass sie Nein sagen würde.

»Ist gut. Aber sag mir bitte innerhalb der nächsten Wochen, wie du dich entschieden hast, okay?« Kimberly schob eine Tomate über ihren Teller. »Weißt du, Evie, ich werde das Gefühl nicht los, dass du dein Talent vergeudest an einem Ort, wo man dich nicht zu schätzen weiß – und bei einer Tätigkeit, die nicht dein Ding ist. Brent würde doch wollen, dass du glücklich bist und etwas tust, woran dein Herz hängt.«

»Ich weiß. Aber Künstler müssen ihre Inspiration aus den Tiefen ihrer Seele ziehen – und meine ist leer. Völlig ausgetrocknet. Als ich Brent kennenlernte, war es so, als hätte ich die andere Hälfte meiner Seele getroffen. Sein Mut und die Art, wie er lebte, haben mich dazu inspiriert, besser zu werden. Kreativer zu werden.«

Eva fuhr mit dem Finger über ihr Glas und zog eine Spur durch das Kondenswasser.

»Aber jetzt habe ich nichts mehr zu geben, Kim. Das Leben hat keine Farben mehr.« Sie ließ die Hand auf den Tisch fallen. »Und ich habe Angst, dass es nie wieder welche haben wird.«

Zum ersten Mal seit Jahren liefen die Dinge nach Plan.

Angela Jamison eilte in die Beratungsstelle und hoffte, Juliet würde Angela verzeihen, dass sie ausnahmsweise spät dran war, um ihre Kinder abzuholen. Ihr Blick wanderte durch das Wartezimmer und sie entdeckte ihre älteste Tochter, die unter dem gerahmten Foto eines Golden Retrievers saß, der sich an ein Kind kuschelte. Lilly und Zach waren wahrscheinlich im Spielzimmer, obwohl es im ganzen Gebäude merkwürdig ruhig war.

Kylee saß über ihr Handy gebeugt und ihre Finger huschten über das Display. Ein schiefes Grinsen war auf dem Gesicht der Fünfzehnjährigen zu sehen – ein Beweis dafür, dass das Mädchen tatsächlich manchmal lächelte, auch wenn sie es nicht im Beisein ihrer Mutter tat.

Angela trat näher und berührte Kylee an der Schulter, sodass ihre Tochter beinahe das Handy hätte fallen lassen.

Als sie Angela sah, wurde ihre Miene angespannt. »Hi.«

»Hallo, Liebling. Hattest du heute eine gute Sitzung?«

Schweigen. »Klar.«

Angela biss sich auf die Wange. »Wo sind deine Geschwister?«

»Irgendwo hinten. Warten auf dich.« Ihr Tonfall war anklagend.

»Es tut mir leid, dass ich so spät bin. Aber ich habe gute Neuigkeiten. Sehr gute sogar.«

Kylee stand auf und nahm Angela den Schlüsselbund weg. »Ich warte im Auto.«

»Ich hatte gehofft, du würdest« – die Tür fiel zu – »deine Geschwister holen.« Angela atmete langsam aus und lockerte die Hände, die sich zu Fäusten geballt hatten. *Reiß dich zusammen, Angela.* Sie setzte ein Lächeln auf und ging weiter in das Gebäude hinein. Fühlten Kinder sich so, wenn sie zum Schuldirektor zitiert wurden? »Hallo.«

»Wir sind hier«, rief Juliet aus ihrem Büro.

Angela durchquerte den großen Saal mit Spielzeugkisten und Tischen, auf denen unterschiedliche Bastelarbeiten lagen – von Ausmalen bis Töpfern, von Scherenschnitten bis Perlenketten. Als sie schließlich vor Juliets Tür ankam und eintrat, wurde sie von Lavendelduft empfangen.

Die siebenjährige Lilly lag zusammengerollt auf dem roten Sofa und schlief, den Kopf auf Juliets Schoß, und der zehnjährige Zach hing in einem Sitzsack in der Zimmerecke und las sein jüngstes Büchereibuch.

Juliet blickte auf. »Hi, Angela.« Die Mutter von zwei Kindern, die sicher kaum älter war als Angela mit ihren sechsunddreißig Jahren, strich über Lillys lange braune Haare.

Etwas an dieser Geste zog Angela den Magen zusammen. »Es tut mir total leid, dass ich so spät dran bin. Ich habe Kylee eine Nachricht geschickt …« Die Entschuldigung schien ihr jetzt nicht mehr ausreichend. Ja, eine Beförderung war etwas Besonderes, gerade in Angelas Welt. Nachdem Wes gestorben war, hatte sie fünfundvierzig Stunden die Woche bei einem Immobilienmakler gearbeitet und weitere fünfzehn Stunden an den Wochenenden am Empfang eines Wellnesshotels, anstatt ihre Kinder zu Hause zu unterrichten wie früher. Aber wie ihr Vater, der beim Militär gewesen war, immer gesagt hatte: Pünktlichkeit war gleichbedeutend mit Gottesfurcht. Das war eine der wenigen Lektionen gewesen, die er sie ganz bewusst gelehrt hatte, bevor sie von ihm nach Kalifornien zu ihrer Tante gebracht worden war, um mit ihr zu leben.

»Kein Problem. Mein Mann geht mit den Jungs ins Kino, da hatte ich eh vor, ein paar Überstunden zu machen. Ich hoffe, alles ist in Ordnung.«

»Oh ja. Mehr als das sogar.« Angela ging zu Zach, der sie noch nicht begrüßt hatte. »Hi, Kumpel.« Sie ging in die Hocke und legte eine Hand auf sein Buch.

Er blickte auf, seine ohnehin großen blauen Augen durch die Brillengläser noch größer. »Oh, hallo Mom.«

»Wie war deine Gruppe heute?« So nannten sie die zwei Stunden, die sie jeden Freitagnachmittag hier verbrachten. *Gruppe.*

Wie auch immer es genannt wurde, diesen Ort hatte der Himmel geschickt. Als ihre süße kleine Lilly sich geprügelt hatte, Zach seine erste Sechs nach Hause brachte und Kylee nur noch durch Augenrollen und Jammern mit ihr kommuniziert hatte, war Angela unsicher gewesen, was zu tun sei. Eine Bestrafung schien ihr nicht die angemessene Reaktion zu sein, obwohl sie durchaus berechtigt gewesen wäre. Der Schulpsychologe hatte diese Beratungsstelle vorgeschlagen, in der es wöchentliche Trauerbegleitung für die ganze Familie gab. Die Gruppenarbeit war nach Altersgruppen aufgeteilt und die Teilnehmenden konnten mit Erzählen, Kunst, Musik, Spiel und Gesprächen gemeinsam an ihrer Trauer arbeiten.

Ihre drei Kinder genossen normalerweise ihre Zeit hier und

meist erzählten sie begeistert, wenn sie fragte, wie ihr Tag gewesen war.

Zach fuhr mit dem Finger über die glänzenden Seiten des Comicbuches. »Es war in Ordnung.«

Mehr wollte er offensichtlich nicht sagen, jedenfalls nicht im Moment. »Super.« Sie zwang sich, fröhlich zu klingen. »Kylee wartet im Auto, du kannst schon mal zu ihr gehen. Ich nehme Lil und komme nach.«

»Okay.« Er nahm seinen Rucksack und das Buch und schlurfte auf seinen dünnen Beinen aus dem Büro.

»Tut mir leid, dass ich Ihnen solche Mühe mache. Es wird nicht wieder vorkommen.« Angela wollte Lilly nehmen, aber Juliet legte eine Hand auf Angelas Arm.

»Macht es Ihnen etwas aus, sich kurz zu setzen, Angela? Ich möchte gerne mit Ihnen reden.«

Oh nein. Jetzt kam es. Wollte das Beratungszentrum doch anfangen, Geld für die Gruppenstunden zu nehmen? In den circa fünf Monaten, die ihre Kinder jetzt schon hierherkamen, waren die Gruppen kostenlos gewesen. Aber was, wenn sie davon nicht mehr profitieren konnte? Wovon sollte sie die Stunden bezahlen? Ihre Beförderung beinhaltete auch eine Gehaltserhöhung, aber sie hatte gehofft –

»Angela?« Juliet senkte die Stimme.

»Tut mir leid.« Sie setzte sich ganz vorne auf den braunen Sitzsack, den Zach frei gemacht hatte. »Was ist denn?«

»Erstens vermissen wir Sie hier.«

»Oh, danke.« Wie konnte Juliet sie vermissen? Sie kannte Angela doch nicht einmal, nachdem sie nur einmal vor ein paar Monaten zwei Gruppenstunden mitgemacht hatte. »Ich wünschte, ich würde es öfter schaffen, aber Sie wissen schon, die Arbeit.«

Nein, das war nicht der einzige Grund, aber den anderen würde sie vor einer Therapeutin nicht zugeben. Denn als sie zugehört hatte, wie die anderen Mitglieder darüber sprachen, wie sehr sie ihre Ehepartner vermissten, war in Angela nur ein einziges Gefühl aufgestiegen.

Wut.

Wut auf die Sinnlosigkeit von Wes' Tod. Auf seine Entscheidungen, die zu seinem Tod geführt hatten. Auf ihn.

Aber was nützte all diese Wut? Wes war tot und das würde sich nicht ändern, wenn sie herumsaß und darüber redete. Jedenfalls für sie würde es nichts ändern. Außerdem war sie zu sehr damit beschäftigt, dafür zu sorgen, dass ihre Kinder hatten, was sie brauchten, da jetzt alles auf ihren Schultern lastete. Ja, Eva und Sherry hatten angeboten, ihr Geld zu leihen, aber Angela musste ihren Kindern zeigen, wie man überlebte, wenn eine Tragödie geschah.

Diese Stärke war das Einzige, was sie fünfzehn Monate später als Familie noch zusammenhielt.

»Ich verstehe.« Juliets Finger, die Lillys Kopf gestreichelt hatten, hielten in der Bewegung inne. »Haben Sie Ihren Kindern eigentlich mal erklärt, warum Sie nicht hier sind?« Ihre Worte klangen weich, so als spüre sie, dass Angela zerbrechen würde, wenn noch etwas von ihr verlangt wurde.

»Sie wissen, dass ich arbeiten muss.« Angela zögerte. »Warum fragen Sie?«

»Während unserer gemeinsamen Gruppenzeit haben Ihre Kinder heute besorgt geäußert, Sie seien distanziert und der Tod Ihres Mannes sei Ihnen egal.«

Angela fuhr aus dem Sessel hoch. »Das ist überhaupt nicht wahr.« Ups. Sie hatte nicht so laut sein wollen. Zum Glück – oder leider – rührte Lilly sich nicht.

»Ich mache Ihnen keine Vorwürfe, Angela.« Juliet sprach, als würde sie sich an ein verletztes Tier wenden, das jeden Moment angreifen konnte. »Ich will nur sagen: Auch wenn Kinder nicht alle Informationen haben, verarbeiten sie Dinge so, als wüssten sie alles darüber – und wenn man ihnen nicht sagt, was sie wissen müssen, ziehen sie unter Umständen falsche Schlüsse. Ich würde

Ihnen raten, dass Sie überlegen, wie Sie über Wes reden können, und dass Sie Ihre Kinder einladen, Ihnen offen zu sagen, was sie denken.«

Die Therapeutin warf einen Blick auf Lilly und sah dann wieder Angela an. »Und überlegen Sie mal, ob Sie nicht doch an der Gruppe teilnehmen können, wenigstens einmal im Monat. Während der halben Stunde, in der wir alle zusammen sind, fühlen Kinder sich oft sicherer, wenn ihr Erziehungsberechtigter dabei ist.«

Vielleicht konnte Angela Sherry dazu bringen, mit den Kindern hinzugehen. Schon jetzt verließ sie sich beim Babysitten viel mehr auf ihre Schwiegermutter, als es Sherry lieb war, aber …

Als hätte Juliet Angelas Gedanken erraten, suchte Juliet den Blickkontakt und hielt ihn mehrere Sekunden, bevor sie weitersprach. »Die Kinder brauchen *Sie*, Angela. Sie sind ihre Mutter. Ich weiß, dass Sie auch leiden –«

»Mir geht es gut. Besser denn je. Ich habe gerade eine Beförderung erhalten.« Angela spielte mit dem Ehering, den sie an einer Kette um den Hals trug. Seit Lillys Geburt hatte er nicht mehr an ihren Ringfinger gepasst und sie hatte sich nie die Mühe gemacht, ihn weiten zu lassen. »Das heißt, ich werde mehr Zeit mit den Kindern verbringen können. Zusammen schaffen wir das.«

»Sie sind eine starke Frau, die überlebt. Aber bei der Trauer geht es nicht nur ums Überleben. Irgendwann werden Sie als Familie wieder blühen.«

»Natürlich werden wir das.« Und diese Beförderung war genau der Anfang, den sie brauchten. »Danke, dass Sie sich Gedanken machen, Juliet. Es ist für meine Kinder ein Segen, Sie als Unterstützung zu haben.« Angela meinte das ernst, auch wenn es wie eine Floskel klang.

»Wir haben sie gerne hier.«

Die unausgesprochenen Worte hingen zwischen ihnen – *und Sie hätten wir auch gerne hier.*

»Ich gehe besser.« Angela weckte Lilly, trug sie zum Auto, stieg ein und fuhr vom Beratungszentrum in Richtung Queens nach Hause.

»Wohin fahren wir?«, wollte Kylee wissen. »Ich übernachte bei Becky.«

»Ja, und wir fahren zu Grandma, oder?«, rief Zach vom Rücksitz.

»Ich wollte eine gute Nachricht mit euch feiern. Ich bin befördert worden.« Sie wartete auf begeisterte Reaktionen, aber ihre Ankündigung stieß lediglich auf Schweigen. »Das bedeutet, dass ich meinen Wochenendjob kündigen kann und ihr freitags nicht mehr woanders übernachten müsst. Wie wäre es, wenn wir uns zur Feier des Tages Pizza holen und einen Film gucken?«

»Aber Mom! Grandma hat gesagt, sie macht morgen früh Pfannkuchen.« Lillys Klage hallte in Angelas Ohren wider, obwohl die Lüftung des alten Wagens einen furchtbaren Krach machte.

»Ich kann zu Hause auch Pfannkuchen machen. Das haben wir früher oft gemacht, wisst ihr noch?«

»Die von Grandma sind besser. Sie macht Augen und Mund aus Schokotropfen.«

»Das kann ich auch versuchen.«

»Ich will aber die von Grandma.«

Angela konnte Lilly nicht sehen, aber sie hörte, dass das Mädchen schmollte.

»Lilly hat recht«, schaltete Kylee sich ein. »Außerdem gehen Becky und ich morgen mit der Mannschaft laufen.«

Die Mannschaft traf sich im Sommer gelegentlich zu Geländeläufen. Eigentlich war sie froh darüber, dass ihre Tochter Angelas Lieblingssport ausübte, auch wenn Angela selbst seit Jahren nicht mehr gelaufen war.

»Ich bringe dich morgen früh hin.«

»Du änderst sonst nie deine Pläne. Und musst du deinen Job nicht erst kündigen?«

Kylee hatte natürlich in beiden Punkten recht. Aber nur dieses eine Mal hatte Angela etwas Spontanes tun wollen. Sie hatte die beste Neuigkeit feiern wollen, die sie seit Langem bekommen hatte.

Angela seufzte und rieb sich die Nase. »Zach, was möchtest du machen?«

»Er liest schon wieder, Mom«, gab Lilly zurück. »Aber er hat mir vorhin erzählt, dass er Grandma unbedingt sein neues Buch über Insekten zeigen will.«

Frust machte sich in Angela breit. Sie war sicher gewesen, dass diese Beförderung der erste Schritt war, damit ihre Familie wieder so wurde, wie sie sein sollte. Früher waren sie gern zusammen gewesen. Sie hatten gemeinsam gelernt, gelacht, Spaß gehabt.

Und dann hatte Wes beschlossen, dass ihm das alles nicht reichte.

Ihre Hände begannen zu zittern.

»Also gut.« Angela bog um eine Ecke und trat das Gaspedal durch, während sie den Wagen in die Richtung lenkte, in die sie jeden Freitag fuhr. Zuerst zu Sherrys Haus. Dann zu Beckys.

Dann würde sie nach Hause fahren, sich wie jeden Abend die x-te Folge von *Grey's Anatomy* ansehen, duschen und ins Bett fallen.

Allein.

2. Kapitel

Irgendwie war es Eva gelungen, in der letzten Woche ihre Arbeit zu erledigen, ohne größere Fehler zu machen.

Deshalb war ihr Schritt federnder als sonst, als sie am Freitagmorgen zu ihrer Besprechung mit Maryanne in deren Büro ging. Sie war sogar fünf Minuten zu früh dran.

Kimberlys aufbauende Worte am vergangenen Freitag hatten Eva genügend Energie gegeben, um die Bemerkungen von Valerie und Susan zu ignorieren – und sogar besonders freundlich zu ihnen zu sein. Mit Honig fing man schließlich Fliegen, nicht wahr? Und sie hatte eine neue App gefunden, die ihr half, sich besser zu organisieren.

Ihr Telefon vibrierte in der Gesäßtasche ihrer Jeans. Sie zog es heraus und warf einen Blick auf die Nummer. Merkwürdig. Auf dem Display erschien der Hinweis, dass es ein internationaler Anruf von einer unbekannten Person war. Nach Brents Tod hatte Eva es so eingerichtet, dass Anrufe für ihn an ihr Handy weitergeleitet wurden. Er hatte verschiedene internationale Kontakte, die vielleicht immer noch versuchten, ihn zu erreichen.

Wahrscheinlich war es nur ein Vertreter, aber die Neugier gewann die Oberhand. Sie schwenkte um in Richtung Pausenraum, der jetzt höchstwahrscheinlich leer war. »Hallo?« Sie betrat den in Schwarz und Weiß gehaltenen Raum mit den drei kleinen runden Tischen und einigen Küchengeräten, die älter aussahen als sie selbst, und setzte sich auf einen der harten Stühle am hintersten Tisch.

»Guten Tag.« Eine angenehm klingende Britin sprach am anderen Ende der Leitung. »Kann ich bitte mit Brent Jamison sprechen?«

Würde Eva sich jemals daran gewöhnen, dass es ihr einen tiefen Stich versetzte und ihr den Atem raubte, wenn jemand mit ihm sprechen wollte?

Sie riss sich zusammen. »Wer ist denn da bitte?«

»Tina Landry von der Eventagentur *Abenteuer Laufen*. Ich müsste dringend mit Mr Jamison sprechen.«

»Oh, also –«

»Ist das nicht die Nummer von Brent Jamison? Entschuldigen Sie bitte, falls ich mich verwählt habe.«

»Nein, nein. Ich bin seine Frau.«

»Oh, gut. Könnten Sie ihm bitte sagen, dass er mich so bald wie möglich zurückrufen soll? Es ist ziemlich dringend. Wir haben noch nicht den Rest der Anmeldegebühr für sein Team erhalten, für die Veranstaltung im März in Neuseeland. Wenn der Betrag nicht bis zum 12. September beglichen wird – und bis dahin sind es ja nur noch acht Tage –, dann verliert seine Mannschaft ihren Platz und die dreitausendvierhundert Pfund Anzahlung. Oh, und ich muss auch noch wissen, für welche Wohltätigkeitsorganisation sie Geld sammeln.«

Eva versuchte vergeblich, den schnellen Worten der Frau zu folgen. »Tut mir leid, ich verstehe nicht.« Eva starrte auf den Verkaufsautomaten, dem einzigen Gegenstand im Zimmer, der irgendwelche Farben enthielt – dank Schokoriegeln, M&Ms und Haribos. »Ich habe ihm mehrere E-Mails geschickt und nie eine Antwort bekommen.« Tina zögerte. »Sagen Sie ihm bitte, dass er mich anrufen soll, damit wir das regeln können?«

Eva hörte, wie sie mit Ja antwortete. Es war einfacher, als einer Wildfremden die Wahrheit zu sagen.

»Und haben Sie vielleicht zufällig Kontaktdaten für die anderen Teilnehmer, Wesley Jamison und Marco Cinelli? Aus irgendeinem Grund stehen die nicht auf der Anmeldung.«

»Marc?« Was hatte er damit zu tun?

»Ja, genau. Aber das ist nicht so wichtig. Ich kann ja Ihren Mann fragen, wenn er mich zurückruft. Schönen Tag noch.«

Der Anruf endete und Eva beugte sich vor, um den Kopf auf den Tisch zu legen. Warum hatte sie Tina Landry nicht gesagt, dass sie keinen Anruf von Brent erhalten würde? Hatte sie der Frau die Peinlichkeit ersparen wollen, dass sie nach einem Toten gefragt hatte?

Aber vielleicht war sie auch einfach erstarrt, als ihr die Wirklichkeit wieder einmal bewusst geworden war.

Sie atmete tief ein. Zählte bis zehn. Versuchte, normal zu zählen, so wie Charlotte es ihr für Momente wie diesen beigebracht hatte, wenn die Gefühle wie eine Sturmwelle über ihr zusammenschlugen. An manchen Tagen war sie bis auf die Haut durchnässt und konnte nur mit kleinen Bewegungen weiterpaddeln, während ihr Kopf unzählige Male unter Wasser geriet. Ihre Lunge brannte, als würde sie ertrinken. Ihr Blut wechselte von heiß zu kalt; ihr Herz raste; ihr Kopf dröhnte und dann war sie wie benommen.

Allmählich wurde ihr Herzschlag langsamer und ihr Hirn funktionierte wieder. Eva ging das Telefonat im Geiste noch einmal durch und glaubte nun zu wissen, was sie so aus der Fassung gebracht hatte: die Erwähnung Neuseelands. Dorthin zu reisen, war ein Traum von Brent und ihr gewesen.

Sie hatten so viele Pläne gehabt. Aber wegen der Loyalität zwischen Brüdern und eines furchtbaren Unfalls waren ihre Abenteuer mit ihrem Mann zu Ende.

Okay, Eva. Geh an die Arbeit. Sie musste zu einer Besprechung und jetzt war sie spät dran. Mühsam erhob sie sich von ihrem Stuhl, eilte dann aus dem Pausenraum und lief zu Maryannes Büro, während sie versuchte, die Unterhaltung mit Tina Landry zu vergessen.

Sie versuchte es … aber vergeblich.

Eine Sache ließ ihr keine Ruhe. Tina hatte Marc erwähnt. Vielleicht war der Anruf für ihn wichtig, damit er das Geld bezahlen und an dem Rennen teilnehmen konnte. Abgesehen von gelegentlichen gemeinsamen Spinningkursen und Anrufen, um über wichtige Geschäftsdinge zu reden, zu denen er ihre Meinung einholen wollte, hatte sie in den letzten Monaten nicht oft mit ihm gesprochen. Wahrscheinlich war es ihre Schuld.

Brent, Marc und sie hatten so viel Zeit zusammen verbracht, dass Brent sie oft die *Tre Amici* genannt hatte – eine italienische Version der »Drei Amigos« und ein Hinweis auf Marcs Wurzeln. Aber ohne ihren Mann als Kitt hatte sie sich von einem der wenigen Menschen entfernt, der sie mit Brent verband. Das war einfach falsch. Und jetzt hatte Marc die Gelegenheit verdient, auch ohne Brent und Wes an dem Rennen teilzunehmen. Aber es war nicht gut, ihn aus heiterem Himmel anzurufen, nur um ihn deswegen zu fragen.

Als sie in Maryannes Büro eilte, schickte Eva ihm eine Textnachricht, ob er Lust auf ein Treffen hätte, nur so zum Reden.

»Tut mir leid, dass ich zu spät bin.« Sie schob das Telefon wieder in ihre Hosentasche und sah ihre Chefin an. Angst breitete sich in ihrem Magen aus. »Was ist denn los?«

3. Kapitel

Nur wenige Orte erinnerten sie so sehr an Brent wie der Bauernmarkt am Samstagmorgen.

Eva sog die Farben, Gerüche und Klänge des Lebens, die sie umgaben, in sich auf. Selbst um halb neun Uhr morgens waren schon Tausende New Yorker hier unterwegs, um Obst und Gemüse, Biofleisch, Pflanzen und Textilien, frisch gebackenes Brot, Säfte, Wein und vieles mehr einzukaufen. Kinder rannten durch die weißen Zelte, spielten lachend Fangen und genossen die letzten freien Sommertage, bevor am Dienstag die Schule wieder anfing.

Hier konnte Eva für einige Stunden in die Zeit zurückreisen, als Brent und sie die aufgetürmten Waren in allen Farben des Regenbogens begutachtet hatten. Jedes Mal hatten sie einander herausgefordert, wenigstens ein neues Lebensmittel zu probieren. Sie hatten den Vormittag damit verbracht, die rundesten Paprikaschoten und die am frischesten aussehenden Bündel Spinat und Spargel auszusuchen und was sonst noch verlockend aussah. Dann hatten sie alles zum Mittagessen nach Hause gebracht. Es hatte ihnen Spaß gemacht, unterschiedliche Gerichte auszuprobieren – und viele Experimente hatten damit geendet, dass sie das Essen irgendwann vergaßen und ein neckischer Kuss zu mehr führte.

Eva wandte den Blick ab und eilte an einem Stand mit frischen Schnittblumen vorbei, während sie sich zu einem Marktstand durchschlängelte, der immer die saftigsten Beeren hatte. Sie begrüßte den groß gewachsenen Mann und nahm eine Schale mit besonders großen Erdbeeren.

»Die übernehme ich.«

Sie drehte sich um und sah Marco Cinelli neben ihr stehen, seine dunkelbraunen Augen voller Mitgefühl. Sein Dreitagebart kitzelte sie an der Wange, als er sich vorbeugte, um sie zu umarmen.

»Hallo, Marc.« Er hatte innerhalb weniger Minuten auf ihre Nachricht gestern geantwortet und gesagt, dass sie einfach einen Ort vorschlagen solle, er würde sie dann heute treffen. »Danke, dass du gekommen bist.«

»Ist doch klar.« Marc bezahlte die Erdbeeren bei dem Verkäufer. »Es ist viel zu lange her, dass wir uns gesehen haben. Wie geht es dir? Was macht die Arbeit?«

Während sie zwischen den Ständen entlangschlenderten, befingerte Eva den Rand der Papiertüte, in dem sich die Erdbeeren befanden. »Wenn man davon absieht, dass ich gestern beinahe meine ehrenamtliche Tätigkeit verloren hätte, läuft alles prima.« Maryanne hatte sich besorgt geäußert angesichts der Tatsache, dass mehrere Kolleginnen mit Evas Arbeit nicht zufrieden waren. Sie wusste, dass eine Woche ohne Katastrophen nicht die vielen Male wettmachte, bei denen sie keine gute Arbeit geleistet hatte, aber es hatte trotzdem wehgetan.

»Das tut mir leid, Eva.« Er fuhr sich mit der Hand durch die kurzen braunen Haare. »Du weißt, dass du immer einen Job bei uns haben kannst, wenn du willst.«

»Danke.« Vor einigen Monaten, als Charlotte vorgeschlagen hatte, sie sollte etwas Sinnvolles tun, um Brents Andenken in Ehren zu halten, hatte sie überlegt, ob sie im Hauptbüro der Fitnesskette arbeiten sollte. Aber ihr widerstrebte die Vorstellung, sie könnte versuchen, ihren Mann bei einer Arbeit zu ersetzen, die er geliebt hatte. »Ich gebe nicht auf. Für Brent war Durchhaltevermögen wichtig, also ist es das für mich auch.«

Sie blieben an einem Verkaufsstand stehen, um eine Scheibe Honig-Bier-Brot mit Butter zu probieren. Es besaß eine knusprige Kruste und ein weiches, saftiges Inneres voller Aroma – eine tolle Mischung aus herzhaft und süß. »Mmm.«

»Wow, das ist genial.«

Die Verkäuferin, die ein enges und ziemlich tief ausgeschnittenes Top trug, musterte Marc. »Ich kann Ihnen das Rezept geben, wenn Sie wollen.«

Er zog die Augenbrauen hoch. »Das ist ein sehr verlockendes Angebot, aber ich habe nicht viel Zeit zum Backen.«

»Geben Sie mir Ihre Telefonnummer. Sie können gerne ein anderes Mal mehr probieren.« Ihre Stimme triefte nur so vor Verführungskunst.

Eva drehte den Kopf weg und biss sich auf die Lippe, um nicht laut loszulachen, aber vorher sah sie noch die Überraschung in Marcs Augen. Die Kleine sollte nicht ihre Zeit verschwenden. Bei Marc kam immer die Arbeit zuerst und außerdem mochte er nette Mädchen und nicht solche, die bei seinem Anblick anfingen zu sabbern, als wäre er ein saftiges Stück Fleisch. Seine letzte Freundin, Katrina, war selbstbewusst, nett und herzlich gewesen. Doch vor einem Jahr hatten sie sich getrennt, als sie eine Stelle in Paris angeboten bekommen hatte, die sie nicht ablehnen wollte.

»Also, ich weiß nicht …«

Eva hakte sich bei Marc ein und zog ihn weiter. »Komm, wir suchen das italienische Fleisch, das du so gerne magst.«

»Okay.« Er bedankte sich bei der Frau für die Kostprobe und ließ sich von Eva davonziehen. »Danke für die Hilfe.«

»Kein Problem.« Es dauerte einen Moment, bis ihr bewusst wurde, dass sie immer noch Marcs Arm umklammerte. Die Wärme seines Körpers an ihrer Seite war tröstlich.

Erschrocken ließ sie seinen Arm los und sie gingen weiter und unterhielten sich, während sie einkauften. Nachdem sie Kirschen und Pfirsiche, Gouda und Brot gekauft hatten, verließen sie den Markt und gingen zu einem kleinen Park.

Marc setzte sich unter eine ahornblättrige Platane, eine Kreuzung aus einem Bergahorn und einer morgenländischen Platane. Der Schatten bot willkommenen Schutz vor der zunehmenden Hitze des Tages.

Eva ließ sich neben ihm nieder und lehnte sich an den weißgrauen Stamm des Baumes. »Das hat Spaß gemacht.« Sie griff in ihre Tasche und zog ein paar Pfirsiche heraus. Einen davon warf sie Marc zu.

Er lehnte sich neben ihr an den Baumstamm, wobei ihre Schultern sich leicht berührten. »Normalerweise ziehe ich alleine los, dann erledige ich meine Einkäufe in zwanzig Minuten. Ich gehe eigentlich immer zu denselben Ständen. Aber jetzt, als wir zusammen über den Markt gegangen sind, habe ich viel mehr gesehen.«

Evas Finger drehten den Pfirsich und strichen über seine samtige Haut. »So war es auch, wenn ich mit *ihm* zusammen hier war.« Ihre Stimme war leise. Und in ihrem Inneren kam mit einem Mal große Sehnsucht auf.

Sie aß einen Bissen von ihrem Pfirsich. Der Saft füllte ihren Mund und das süße Fruchtfleisch gab ihr das Gefühl, lebendig zu sein, wenn auch nur für ein paar Augenblicke.

Sie atmete aus und kam endlich auf den Grund zu sprechen, der sie veranlasst hatte, sich mit ihm zu treffen. »Ich wollte mit dir über etwas reden.«

Er aß seinen Pfirsich auf und legte den Stein neben sich auf den Boden. »Okay, schieß los.«

Sie holte eine Edelstahltrinkflasche aus ihrer Handtasche. »Gestern hat mich eine Frau aus England angerufen wegen eines Rennens in Neuseeland, für das Brent sich angemeldet hat. Sie sagte, du und Wes wärt seine Mannschaftskollegen. Zuerst war ich nur überrascht und habe nicht viele Fragen gestellt.« Sie trank einen Schluck Wasser. »Worum geht es da? Ist das ein Marathon? Ein richtig teurer?«

Er rieb sich den Nacken. »Genau genommen ist es ein *Ultra-Marathon*. Zweihundertfünfzig Kilometer durch Neuseeland. Die Läufer müssen das Rennen in Etappen innerhalb von sieben Tagen absolvieren. Man kann auch gehen, aber natürlich wollte Brent das Ding laufen. Wir haben uns angemeldet, kurz bevor …«

»Warum hat er mir nichts davon gesagt?«

Marcs rechter Daumen fuhr in Kreisen über seine linke Handfläche. »Er wollte dich überraschen. Er hat gesagt, ihr wolltet zusammen nach Neuseeland, und er wollte anschließend noch ein paar Wochen mit dir dort Urlaub machen.«

Dieser Mann … immer für eine Überraschung gut.

Eva riss sich zusammen, bevor sie sich den Emotionen hingeben konnte, die sie zu überwältigen drohten. »Es ist doch eigentlich eine Schande, dass euer Platz verfällt. Willst du nicht allein mitmachen?«

»Wir haben uns als Mannschaft angemeldet, weil die Einzelplätze schon ausgebucht waren. Es ist ein Wunder, dass wir noch einen Teamplatz bekommen haben. Dieser Marathon ist schon Jahre im Voraus voll und er findet nur alle zwanzig Jahre in Neuseeland statt. Aber wir hatten sowieso vor, als Mannschaft anzutreten. Dann hätten wir einander unterstützen können, um schneller und besser zu sein, um es zu schaffen.« Marc hustete. »Ich habe kein Verlangen danach, das Rennen allein mitzumachen.«

Eva rückte ein wenig näher zu ihm. »Das verstehe ich gut.«

»Ich vermisse ihn jeden Tag.«

»Ich auch.«

»Ich sollte an dem Tag mit ihnen zusammen tauchen gehen.« Er schlug mit der Faust in seine Handfläche. »Wenn ich nicht diese Magenverstimmung gehabt hätte …«

Eva ergriff seine Hände, um sie festzuhalten. »Ich weiß, was du denkst. Aber du hättest wie sie auch dort unten ums Leben kommen können, ohne genug Sauerstoff.«

Er starrte ihre Finger an, die auf seinen Händen lagen, doch sein Blick schien sie gar nicht wahrzunehmen. »Wenn ich dabei gewesen wäre, hätte ich Hilfe holen können, als Wes mit dem Fuß in dem verrotteten Brett stecken geblieben ist. Alles hätte anders kommen können.«

Nach dem, was die Behörden der Familie anschließend erzählt

hatten, war Brent, nachdem er alle seine Energie darauf verwendet hatte, seinen Bruder aus den eingestürzten Überresten des Schiffswracks zu befreien, am Ende wahrscheinlich das Opfer eines Tiefenrauschs geworden. Ein zu hoher Stickstoffgehalt in seiner Atemluft hatte wahrscheinlich zu Schwindel, Angstzuständen und Bewusstlosigkeit geführt.

»Das wissen wir nicht. Du kannst nicht ständig darüber nachgrübeln, was gewesen wäre, wenn.«

»Aber das tue ich … die ganze Zeit.«

»Ich weiß. Ich auch.«

Marc schwieg einen Moment lang. »Ich glaube, ich habe ihn gebremst. Als Geschäftsmann, meine ich. Er war ein Visionär, ein Mann der großen Schritte, und ich habe sein Potenzial immer eingeschränkt. Weil ich Angst hatte, wenn wir uns zu schnell entwickelten, könnte unser Erfolg schnell ins Gegenteil umschlagen.«

Marc kam aus einer sehr armen Familie italienischer Einwanderer. Seine Eltern waren einen Monat vor seiner Geburt nach New York gezogen und hatten Mühe gehabt, vernünftige Arbeit zu finden, doch schließlich hatten sie Anstellungen als Lebensmittelverkäufer und Hausmädchen gefunden. Im vergangenen Jahr hatte er ihnen ein schönes Haus in einem familienfreundlichen Vorort am Stadtrand gekauft und ihnen so viel Geld gegeben, wie sie zum Leben im Ruhestand brauchten.

Viele Männer hätten zugelassen, dass sie ein solcher Wohlstand, wie ihn Marc nun besaß, charakterlich veränderte. Doch er hatte stattdessen diesen Wohlstand und seinen Einfluss dazu genutzt, anderen ein besseres Leben zu ermöglichen.

Eva drückte seine Hand. »Er hat es nie so gesehen. Ihr beide habt einander einfach richtig gut ergänzt.« Brent war der kreative Kopf gewesen, Marc hatte sich um Zahlen und das Geschäft gekümmert. Sie hatten die Begabungen des jeweils anderen respektiert und genutzt, um ein Unternehmen aufzubauen, das sich nicht an schnellem Profit orientierte, sondern daran, Menschen zu einer ganzheitlichen Gesundheit zu verhelfen.

»Na ja, er wusste jedenfalls, wie er die Zügel seines Lebens in die Hand nehmen kann.«

Eva lächelte und zog ihre Hand zurück. »Brent war schon immer so, noch bevor sein Dad gestorben ist.«

Im Gegensatz zu Wes, bevor ein Herzinfarkt Roy Jamison im Alter von achtundfünfzig Jahren aus dem Leben gerissen hatte. Wes hatte nicht auf seine Gesundheit geachtet oder darauf, was es bedeutete, »wirklich zu leben«, wie er es einmal ausgedrückt hatte. Aber der Tod ihres Vaters hatte Wes dazu gebracht, den Sinn des Lebens neu zu bedenken und es ganz bewusst zu gestalten.

»Brent hat den tieferen, den geistlichen Sinn in allem gesehen. Deshalb wollte er auch genau bei *diesem* Wettbewerb mitmachen. Nicht nur, weil er an einem Ort stattfinden sollte, den ihr immer schon mal sehen wolltet, sondern auch, weil das Geld, das die Läufer dabei sammeln, einer Herzstiftung ihrer Wahl zugutekommt.« Marcs Stimme brach. »Er hatte vor, eine Million Dollar für die Manhattaner Herzstiftung zu sammeln. Und weißt du was? Wenn jemand das hätte schaffen können, dann er!«

»Das steht fest.« Eine Million Dollar aufzubringen, das wäre für Brent Jamison nichts gewesen. Wenn er mit einer Sache zu tun hatte, öffneten die Menschen gerne ihre Geldbeutel für einen guten Zweck. Das hatte sie immer wieder erlebt, wenn er bei den Spendenveranstaltungen der Herzstiftung Reden gehalten hatte.

Eine Million Dollar, gesammelt zu Ehren seines Vaters. Ein Ultra-Marathon durch Neuseeland – etwas, das viel Vorbereitung und Training erfordert und Brent an seine körperlichen Grenzen gebracht hätte.

Was für ein Triumph das gewesen wäre.

4. Kapitel

Der Tag heute musste perfekt werden. Sie brauchten wenigstens ein positives Erlebnis, bevor der Sommer morgen offiziell endete.

Während die Titelmusik der Zeichentrickserie *Wild Kratts* aus dem Wohnzimmer tönte, schnitt Angela eine Zwiebel in Ringe und türmte sie auf einem großen Teller neben eingelegten Gurken, Tomaten und Salat auf. Vom Garten zog der Duft gegrillter Burger in die winzige Küche. Nur noch ein paar Minuten, dann konnten sie zu Mittag essen. Während Angela den Kartoffelsalat, die Götterspeise und den Nudelsalat aus dem Kühlschrank holte, ging sie in Gedanken ihre Checkliste durch.

»Mom.« Kylee streckte den Kopf mit den zu einem Pferdeschwanz zurückgebundenen blonden Haaren in die Küche. Selbst in Laufshorts und einem weiten T-Shirt war nicht zu übersehen, dass ihr schmaler Körper mit jedem Tag fraulichere Formen annahm. »Wann kommen Grandma und Tante Eva?«

»Bald, Liebling. Du, kannst du eben den grünen Salat machen? Im Kühlschrank ist eine Tüte.«

»Okay.« Kylee durchquerte den Raum, öffnete die Kühlschranktür, suchte in der Gemüseschublade und holte den Beutel mit den Zutaten heraus. »Ich habe eine Frage.« An der Küchenzeile riss sie die Plastiktüte auf und leerte die Salatblätter in eine Schüssel.

»Einen Moment, Liebes.« Angela rannte hinaus, nahm die Burger vom Grill und kam wieder herein. »Schieß los.« Sie stellte den Teller mit dem Fleisch in die Mikrowelle, um es warm zu halten.

Kylee streute Croutons über den Salat. »Liam hat gefragt, ob ich morgen nach dem Training rüberkomme. Er wohnt nicht weit weg und seine Mom hat gesagt, dass ich zum Abendessen bleiben kann.«

»Wer ist Liam?«

Ihre Tochter verdrehte die Augen. »Liam Bradford. Wir gehen schon ewig zusammen zur Kirche.«

»Ach so.« Sie gehörten zu einer großen Kirche, da konnte man leicht einen Namen vergessen. Und dennoch hatten einige Mitglieder sich bei ihr gemeldet, als Angela nach Wes' Tod nicht mehr zum Gottesdienst gegangen war. Würden die Kinder jetzt, wo sie ihren zweiten Job aufgab, erwarten, dass sie wieder mit ihnen und Sherry zu den Gottesdiensten ging? Der Gedanke hinterließ einen bitteren Geschmack auf ihrer Zunge.

»Und, darf ich?« Kylee sah sie erwartungsvoll an.

Angela räusperte sich und musterte ihre Tochter. Sie war in letzter Zeit oft zickig, aber sie hatte noch nie etwas richtig Rebellisches getan. Trotzdem, der Gedanke, dass sie mit einem Jungen allein war … »Ich bin nicht sicher, ob das eine gute Idee ist.«

»Warum denn nicht?« Kylees Lippen verzogen sich missmutig.

»Du bist noch zu jung für ein Date.« Angela fand es schrecklich, wie streng sie klang. Aber sie wusste nicht, wie man sich als Mutter eines Teenagers verhielt. Ihre eigene Mutter war gestorben, als sie noch klein gewesen war, und Tante Deborah hatte achtzig Stunden die Woche gearbeitet und Angela die meiste Zeit sich selbst überlassen.

»Liam ist nur ein Kumpel, Mom.« Trotzdem wurden Kylees Wangen rot.

»Dann fände ich es schön, wenn du ihn mal zum Essen mitbringst, damit ich ihn besser kennenlernen kann.« Das war doch ein guter Kompromiss, oder?

Die Miene ihrer Tochter erhellte sich, während sie den Salat in Dressing ertränkte. »Wie wäre es mit morgen? Dann können wir uns einfach hier treffen.«

»Morgen Abend muss ich lange arbeiten, Liebes. Weißt du noch? Diese Beförderung ist gut, aber ich muss noch viel lernen.«

»Das heißt, nach dem Training sitz ich bei Grandma fest. Wie immer.« Kyle stocherte mit einem großen Löffel in der Salatschüssel, um den Inhalt zu mischen. »Dad hätte es mir erlaubt.«

»Nicht in diesem Tonfall.« Angela umklammerte die Kante der Arbeitsplatte und atmete hörbar aus. »Wer weiß, was dein Vater getan hätte? Er ist schließlich nicht hier, um es uns zu sagen, oder?« Ihre Worte waren wie ein Bumerang, der sie mitten ins Gesicht traf.

Oh nein. Die Wut war herausgerutscht, dabei sollte doch niemand davon wissen.

Das Gesicht ihrer Tochter verzog sich.

»Tut mir leid, Kylee. Ich wollte nicht …« Angela rieb sich die Stirn. Eigentlich sollte sie doch Tränen in den Augen spüren. Aber das tat sie nicht.

Seit dem Tag, an dem sie erfahren hatte, dass Wes nicht mehr nach Hause kommen würde, hatte sie nicht geweint.

»Ich hasse dich.« Kylees Worte kamen zischend heraus, bevor sie den Löffel in die Schüssel warf und aus der Küche rannte.

Super. Der »perfekte« Tag war ruiniert. Das war mal wieder typisch.

In diesem Augenblick klingelte es an der Tür. Wunderbares Timing.

Angela ging in den Flur, blickte durch den Spion und öffnete die Tür. »Hallo, Eva. Komm rein.«

Ihre Schwägerin hatte einen umwerfenden gelb-grau-gestreiften Jumpsuit mit kurzen Ärmeln an. »Danke für die Einladung, Angela.« An ihrem Arm hing eine große Handtasche, die wahrscheinlich mehr gekostet hatte, als Angela in einem Monat verdiente.

Eva beugte sich zu einer Umarmung genau in dem Augenblick vor, als Angela sich umdrehte, um in die Küche zurückzugehen. Angela hielt in halber Drehung inne und legte ungeschickt einen Arm um Evas Schultern, um sie dann schnell wieder loszulassen.

»Sherry ist noch nicht hier, aber die Kinder sind irgendwo.«

Es gab eigentlich kaum Gelegenheiten, an denen sich Angela und Eva allein trafen. Im Grunde verband sie nichts anderes, als dass sie Brüder geheiratet hatten, die beide auf dieselbe schreckliche Weise umgekommen waren, und dass sie sich um ihre Schwiegermutter kümmerten. So sorgten sie z. B. immer dafür, dass Sherry an den Feiertagen nicht alleine sein musste – deshalb hatte Angela heute, am Tag der Arbeit, zum Grillen eingeladen.

Als sie am Wohnzimmer vorbeikamen, ertönte Lillys ohrenbetäubende Stimme.

»Tante Eva!« Ihre Jüngste kam aus dem Zimmer gerannt und schlang die Arme um Evas Beine.

»Lil!« Eva bückte sich, um ihre Nichte zu drücken, wobei ihre langen Haare in herrlichen Wellen nach vorne fielen.

Lilly befreite sich aus der Umarmung. »Bringst du mir heute wirklich bei, wie man Märchenprinzessinnen zeichnet?«

»Na klar. Märchenprinzessinnen male ich am liebsten.«

»Ich auch. Und ich habe Alicia Bluth erzählt, dass ich nach den Sommerferien besser Prinzessinnen zeichnen kann als sie, deshalb müssen wir vielleicht den ganzen Tag üben.«

»Ich gehe erst, wenn deine Mom mich rausschmeißt. Alicia Bluth wird wünschen, sie hätte sich nie mit dir angelegt.«

Lilly grinste. »Oh, ich sage Kylee, dass du da bist!« Sie hüpfte den Flur entlang.

Eva warf einen Blick ins Wohnzimmer. »Zach, Kumpel – wie geht's?«

Angela sah von der Tür aus zu, wie Eva sich ihrem Sohn näherte, der gebannt die Zeichentrickserie verfolgte. Aber sobald Eva näher kam, schaltete er den Fernseher aus und grinste seine Tante an. »Interessierst du dich für Tausendfüßler?«

Evas Lachen wehte durch die Luft wie eine anmutige Melodie. Sie ließ sich aufs Sofa fallen. »Wer denn nicht?«

»Dann hole ich mein neues Buch aus der Bücherei.« Er sprang auf und rannte aus dem Zimmer.

»Zach, räum bitte dein Zimmer auf, bevor Grandma kommt. Und sag Lilly das auch.«

Angelas Bitte brachte ihr ein Stöhnen ein.

Angela sank auf das andere Ende des Sofas und seufzte erleichtert. Es tat gut zu sitzen.

»Kann ich irgendwas helfen beim Essen?« Eva drehte die Beine zu Eva und schlug sie übereinander, sodass ihre schicken perlenbesetzten Sandalen und die manikürten Zehennägel besonders gut zur Geltung kamen.

Angela zupfte an ihrem mit Senf beschmierten T-Shirt, das beim Sitzen immer ihr von den Geburten zurückgebliebenes Bäuchlein betonte, und zog ein Sofakissen an sich. »Ist schon alles fertig.«

»Super.«

Angela befingerte die goldene Quaste des Kissens, das schon alt gewesen war, als Wes und sie es vor vierzehn Jahren für ihr erstes eigenes Zuhause gekauft hatten. Auch wenn ihre Schwiegereltern sie und Wes fast zwei Jahre lang beherbergt hatten, während Wes seine Ausbildung beendet und Angela für Kylee gesorgt hatte, war es doch gut gewesen, endlich eine Wohnung für sich zu haben.

»Übrigens.« Eva spielte mit einer ihrer riesigen Creolen. »Am Freitag hat mich jemand angerufen. Wusstest du, dass Brent und Wes sich im kommenden Frühjahr für einen Ultra-Marathon in Neuseeland angemeldet hatten?«

»Nein.« Wes hatte das Rennen natürlich nicht erwähnt. Wahrscheinlich hatte er gewusst, dass sie sauer sein würde, wenn er sich irgendwo in der weiten Welt vergnügte und ihr zum tausendsten Mal Familie und Haushalt überließ.

Angela drückte diese Gedanken weg. Sie durfte sich keine emotionalen Ausbrüche mehr erlauben und das bedeutete, dass sie ihre Gefühle besser verbergen musste. Die Kinder glaubten, dass zwischen ihren Eltern alles prima gewesen war. Sie mussten nichts wissen von den Auseinandersetzungen, den Tränen und davon, dass Wes und sie sich immer weiter voneinander entfernt hatten.

Es spielte keine Rolle mehr. Wes war tot und jetzt würden sie ihre Probleme nie mehr lösen. Am besten, Angela vergaß das alles einfach, setzte eine fröhliche Miene auf und konzentrierte sich auf die Zukunft.

»Tante Eva, du bist ja schon da!« Kylees erfreuter Ausruf erklang, als sie hereingelaufen kam und sich auf den Sessel fallen ließ, in dem Zach vorher gesessen hatte.

Dass ihre Kinder so auf ihre Tante reagierten, war verständlich. Eva war cool, lustig, lebhaft, unkonventionell – also all das, was Angela nicht war. Angela war diejenige, die ihnen ihre Wünsche abschlagen musste. Die verantwortungsbewusst war.

Eva musste nur für sich selbst sorgen. Und sie konnte es sich leisten, mit ihrer Zeit zu machen, was sie wollte.

»Schön, dich zu sehen, Liebes.« Eva streckte den Arm aus und drückte Kylees Hand.

»Was hast du Mom gerade von einem Ultra-Marathon erzählt?«

»Ach, ich habe ihr nur gesagt, dass dein Dad und Onkel Brent sich zu einem solchen Lauf in Neuseeland angemeldet hatten.«

»Echt?«

Angela rutschte auf ihrem Platz herum.

»Ja. Eine Frau hat mich angerufen. Sie hatte keine Ahnung, dass Brent …« Sie schluckte und ihre Augen wurden feucht.

Kylee beugte sich vor und ergriff Evas Hand mit beiden Händen. »*Du* solltest es machen.«

»Was soll ich machen?« Eva blinzelte ihre Nichte an.

Ja, wovon redete ihre Tochter da?

»An seiner Stelle bei dem Marathon mitmachen. Du weißt schon, so als Andenken an ihn. Keine Ahnung. So was machen doch viele Leute. Es gab zum Beispiel eine Mutter, die hat beim Marathon in London mitgemacht, als Andenken an ihre Tochter, die an Krebs gestorben war. Die Tochter war zweiundvierzig Wochen krank, also ist ihre Mom für jede Woche, die ihre Tochter nach der Diagnose noch gelebt hat, einen Kilometer gelaufen.«

Angela starrte Kylee an, die in der letzten Minute mehr gesagt hatte als im gesamten vergangenen Monat. Oder jedenfalls mehr offenbart hatte. »Wieso hast du denn was darüber gelesen?«

Kylee wich Angelas Blick aus und schrumpfte auf ihrem Sessel ein wenig zusammen. »Ich dachte, ich könnte vielleicht so was für Dad machen.«

Ach, das liebe Mädchen. Angela zog es das Herz zusammen. Wie gerne wäre sie doch aufgestanden, hätte ihre Tochter in den Arm genommen und zusammen mit ihr geweint.

Aber der Gedanke, dass Kylee ihren Trost steif ablehnen würde, ließ sie sitzen bleiben. Sie wollte ihre Tochter nicht in Verlegenheit bringen, schon gar nicht vor Eva.

»Das ist die beste Idee der Welt, Kylee. Komm her.«

Ohne zu zögern setzte Kylee sich auf die Couch und ließ sich von Eva umarmen. Leises Weinen füllte die Stille im Wohnzimmer.

Und Angela, die keine zwei Meter entfernt saß, stand auf und schlich in die Küche, um die Getränke fürs Mittagessen einzuschenken.

5. Kapitel

Ihre Nichte war ein Genie.

»*Du* solltest es machen.« Kylees Worte vom vergangenen Abend ließen Eva nicht los, während sie in der Nähe der Herzstiftung aus der U-Bahn stieg und mit Hunderten anderer New Yorker die Straße überquerte, um den neuen Arbeitstag in Angriff zu nehmen.

Irgendwie fühlte der Tag sich neu an, die Luft war voller Möglichkeiten. Ein Hauch von Safran und Zimt kitzelte Eva in der Nase, als sie an einer Straßenecke bei einem indischen Imbiss, einer Bäckerei und einem angesagten kleinen Buchladen vorbeikam.

Kylee glaubte vielleicht nicht, dass Eva ihren Vorschlag ernst nehmen würde, aber etwas daran stieß in ihrem Inneren auf positiven Widerhall.

Denn es war eine Chance, sich Brent auf noch intensivere Weise nahe zu fühlen, als die ehrenamtliche Arbeit bei seiner bevorzugten Wohltätigkeitsorganisation es war. Sie konnte damit sein Andenken ehren. Und vielleicht die Farben des Lebens wiederentdecken, die mit seiner Abwesenheit verschwunden waren.

Wie Marc gesagt hatte: Brent war ein Visionär gewesen. Er hätte diese Aktion hundertprozentig unterstützt.

Auf dem Weg zum Büro suchte Eva eine Nummer in ihrem Handy und rief an.

»Eventagentur *Abenteuer Laufen*, Tina hier.«

»Hi Tina, hier ist Eva Jamison. Die Frau von Brent Jamison.«

»Oh, hallo. Ich habe immer noch nichts von Ihrem Mann gehört.«

»Nein.« Eva holte tief Luft, während sie sich auf dem überfüllten Gehweg zwischen anderen Fußgängern hindurchschob. Sie bog in eine ruhigere Straße ab. »Und das werden Sie auch nicht. Sie müssen wissen, dass er vor fünfzehn Monaten gestorben ist.«

Tina sog scharf die Luft ein. »Das tut mir schrecklich leid. Wenn ich gewusst hätte –«

»Sie brauchen sich deswegen nicht zu entschuldigen.«

Am anderen Ende der Leitung raschelte Papier. »Also, es ist eigentlich nicht üblich, aber ich kann versuchen, Ihnen die Anzahlung zu erstatten. Versprechen kann ich es nicht, aber –«

»Ich wollte Sie eigentlich um etwas anderes bitten.«

»Okay.«

Eva blieb zwei Häuserblocks von der Herzstiftung entfernt stehen. Vor ihr erhob sich ein großes schmiedeeisernes Tor mit einem handgeschnitzten Schild daran, auf dem *East Side Garden* stand. Sie holte zitternd Luft. »Ich wollte fragen, ob es möglich ist … dass *ich* an seiner Stelle teilnehme.«

»Ach, du liebe Güte. Also … normalerweise geht das nicht, das verstehen Sie sicher. Aber vielleicht …« Tina überlegte. »Können Sie in der Leitung warten, während ich mit meinem Vorgesetzten spreche?«

»Natürlich.«

Als die Musik der Warteschleife in der Leitung erklang, streckte Eva die Hand aus, um das Schild des Parks zu berühren. Sie spürte eine Gänsehaut auf ihrem Arm. Sie hatte den öffentlichen Garten mit Tausenden herrlicher Blumen im Herzen von Manhattan entdeckt, als sie hierhergezogen war. Damals war der Garten für sie ein Zufluchtsort vor dem Smog der Stadt und dem Lärm des Lebens gewesen, wann immer sie sich von der Arbeit wegstehlen konnte.

Hier hatte Brent ihr vor sechs Jahren den Heiratsantrag gemacht.

Und seit seinem Tod hatte Eva diesen Ort nicht mehr betreten.

Sie spähte durch das Tor und ihr Blick fiel auf die Steinbank, auf der Brent sie an jenem herrlichen Maitag mit einem Diamantring überrascht hatte, als die Primeln blühten und ihre Blütenblätter in Orange, Lila, Rosa, Blau und Rot der Sonne entgegenstreckten.

Sie hatte es für ein Zeichen gehalten, wenn man bedachte, welche Bedeutung den Primeln zugeschrieben wurde: »Ich kann ohne dich nicht leben.«

Jetzt lagen diese Primeln – *ihre* Primeln – brach.

Einige Primeln blühten zweimal im Jahr. Ob diese dazugehörten? Oder würden sie ihre Farben im Herbst und Winter vor den Blicken der Menschen verbergen?

Eva spürte ein Brennen in ihrer Brust, während sie zitternd Luft holte.

Was machte sie eigentlich hier? Sie musste doch zur Arbeit. Eilig wandte sie sich um und lief in Richtung Herzstiftung.

»Ms Jamison?« Tina Landrys Stimme unterbrach ihre Gedanken.

»Ja, ich bin hier.« Die Worte klangen verzweifelter, als Eva es beabsichtigt hatte.

»Sie können gerne anstelle Ihres Mannes mitlaufen.«

Ein Sonnenstrahl spiegelte sich in einem Fenster eines Hochhauses und blendete sie. »Oh, das ist wunderbar.«

»Natürlich nur, wenn die Mannschaftskollegen Ihres Mannes damit einverstanden sind.«

»Was? Ach so …« An dieses Detail hatte sie noch gar nicht gedacht. Und Ms Landry kannte nicht die ganzen Umstände. »Wissen Sie, mein Schwager Wes ist auf dieselbe Weise umgekommen wie mein Mann.«

»Ach, du liebe Güte. Das tut mir sehr leid.« Tina schnalzte mit der Zunge. »Aber ich wüsste nicht, warum wir in dem Fall nicht auch für einen nahen Angehörigen eine Ausnahme machen können.«

Kylee hatte gesagt, sie wollte für ihren Dad einen Wettkampf laufen, aber zweihundertfünfzig Kilometer waren zu viel für einen Teenager.

Aber was war mit Angela? Sie war früher auch gelaufen. Ihre

Schwägerin zeigte vielleicht ihre Gefühle nicht offen, aber gestern Abend hatte Eva in Angelas Augen dieselbe Hoffnungslosigkeit gesehen, die sie in ihrem eigenen Spiegelbild so oft entdeckte. Vielleicht wäre es für sie beide gut, wenn sie diesen Lauf mitmachten.

»Ich muss fragen. Wenn ich niemanden finde, kann ich dann trotzdem mitmachen?«

»Ich wünschte, ich könnte dafür eine Ausnahme machen, aber wir haben sehr strenge Regeln, was den Wechsel von Teilnehmern von einer Mannschaft zu einem Einzellauf betrifft, und ein Team muss aus mindestens drei Personen bestehen. Wenn Sie als Team anfangen und einer mittendrin abbrechen muss, dann ist das etwas anderes. Aber wir haben nur eine bestimmte Anzahl Einzelteilnehmer und Mannschaftsplätze – und die sind alle belegt.«

Eva umklammerte ihr Handy. »Gut. Ich danke Ihnen sehr für diese Möglichkeit. Ich melde mich wieder bei Ihnen.«

»Bitte denken Sie daran, dass der letzte Termin für die Restzahlung diesen Samstag ist. Danach müssen wir den Platz Ihrer Mannschaft an die nächsten Bewerber auf der Warteliste geben.«

»Das verstehe ich. Und danke noch mal.«

Als Eva bei der Herzstiftung eintraf, ließ sie den Blick die weißen Betonmauern hinaufwandern, hoch, höher, bis zu dem wolkenlosen Himmel. Sollte sie einfach hineingehen und die ganze Sache vergessen? Schließlich würde ein solcher Lauf nicht leicht sein. Eva powerte sich gerne beim Spinning aus, aber sie war noch nie lange Strecken gelaufen. Fünf, sechs Kilometer höchstens.

Herrliche Bilder von Neuseeland erschienen in ihrem Kopf: die schneebedeckten Gipfel, die blauen Seen, die grünen Hügel, die orangefarbene Sonne, die aller Flora und Fauna Leben gab.

Eine wilde Landschaft voller Möglichkeiten. Voll von Wachstum und Neuem.

Farbe.

Ein Ort, den sie zusammen mit Brent hatte erleben wollen. Vielleicht konnte sie ihn dort endlich wieder spüren.

Eva rief Angela an.

Als ihre Schwägerin dranging, erklärte Eva schnell, was sie mit Tina besprochen hatte. Dann schwieg sie. Und wartete. Aber am anderen Ende der Leitung herrschte nur Schweigen.

»Angela? Bist du noch da?«

Endlich ertönte ein Lachen in der Leitung, das bitter klang und ungläubig. »Du willst also, dass *wir* einen Ultra-Marathon laufen. Zweihundertfünfzig Kilometer. Auf der anderen Seite der Erdkugel. In sechs Monaten. Du bist verrückt.«

Ihre Worte versetzten Evas Herz einen Stich. »Ich finde es gar nicht so verrückt. Und ja, du, ich und Marc.« Sie hatte Marc noch nicht einmal gefragt, aber sie wusste, dass er mitmachen würde. Schließlich war es für Brent.

»Ich bin seit Jahren nicht mehr gelaufen, Eva. Das ist selbst für jemanden, der topfit und im Training ist, ziemlich heftig.«

»Vielleicht wirst du ja staunen, wie leicht du wieder reinfindest. Und wir müssen auch nicht unbedingt laufen. Nur etwa dreißig Kilometer am Tag gehen. Das schaffst du. Du läufst doch jetzt auch auf dem Laufband, oder? Dann machen wir zusätzlich noch ein bisschen Cross-Training, joggen ein bisschen, was auch immer. Wir trainieren zusammen. Es spielt keine Rolle, wie schnell wir sind. Es würde uns bei dem Lauf ja nicht ums Gewinnen gehen. Außerdem wären Marc und ich da, um dir zu helfen. Wir wären ein Team.«

Eva, du plapperst. Sie presste die Lippen aufeinander.

»Hör mal, das ist eine schöne Idee für dich, wenn du das willst, aber mich brauchst du dafür nicht. Ich arbeite mehr als vierzig Stunden die Woche. Ich kann weder meine Arbeit noch meine Kinder zwei Wochen lang allein lassen. Und Sherry muss sowieso schon zu oft Babysitter spielen. Und was ist mit dem Geld? Es kostet doch sicher Tausende, dorthin zu fliegen und die ersten Nächte irgendwo zu übernachten. Und was ist mit dem Startgeld?«

»Das Geld ist kein Problem. Ich komme für die Kosten auf.« Eva machte eine wegwerfende Handbewegung.

»Wie schön, wenn man das kann.« Angelas Worte klangen bitter. »Tut mir leid, Eva. Das war nicht nett von mir. Es ist ein sehr großzügiges Angebot, aber ich kann das im Moment nicht. Aber ich wünsche dir natürlich viel Erfolg.«

»Du sagst, ich brauche dich nicht, aber das stimmt nicht.«

»Wie meinst du das?«

»Die Männer sind als Mannschaft angemeldet. Ein Team muss aus mindestens drei Personen bestehen und die Organisatoren genehmigen es nur, wenn ein Familienmitglied als Ersatz teilnimmt.«

Ein Stöhnen drang durch die Leitung. »Tut mir leid, Eva. Das … das kann ich nicht.«

6. Kapitel

Endlich. Ein Freitagabend, an dem Angela nicht früh schlafen gehen musste, weil sie am Samstagmorgen die Frühschicht im Wellnesshotel hatte. Sie hatte vor zwei Wochen gekündigt und jetzt konnten sie als Familie endlich damit anfangen, zur Normalität zurückzukehren.

Sie holte das Zucchinibrot aus Sherrys Ofen. »Perfekt.« Der Laib war oben gerade so feucht, dass es im Inneren schön saftig sein musste. Sie stellte das Brot auf die Arbeitsplatte neben mehrere Bananenbrote und Plätzchen, die Sherry an diesem Tag bereits gebacken hatte.

Ihre Schwiegermutter blickte von dem deutschen Schokoladenkuchen auf, den sie gerade zubereitete, und schaltete das Handrührgerät aus. »Duftet himmlisch.«

Sherry war erst sechzig und von durchschnittlicher Größe und Statur und ihr Haar war inzwischen mehr grau als blond. Aber obwohl sie ihre beiden Söhne verloren hatte und wenige Jahre zuvor ihren Mann, strahlte sie irgendwie Frieden und Güte aus. Und Angela profitierte viel öfter davon, als sie es verdiente. Ohne Sherry und ihre Bereitschaft, die Kinder zu nehmen, wenn Angela an den Wochenenden oder nach Schulschluss arbeiten musste, hätte sie nicht überlebt.

Angela spürte, wie ein Lächeln ihre Lippen umspielte. Wann war das so ungewohnt geworden? »Genau, wie du es mir beigebracht hast.«

Als Wes und sie frisch verheiratet gewesen waren, hatte Angela keine Ahnung von Haus und Heim gehabt. Aber Sherry hatte ihrer jungen Schwiegertochter alles gezeigt – nicht nur, wie man

Brot dazu brachte aufzugehen, sondern auch, wie man ein Baby großzog.

Als sie den Teig fertig gerührt hatte, füllte Sherry ihn in eine gefettete Kuchenform. »Die Kinder sind bestimmt bald bereit für den Nachtisch.« Als Angela angekommen war, um sie abzuholen, hatten sie schon zu Abend gegessen. Es war wieder zu viel zu tun gewesen und Sherry hatte angeboten, die Kinder von der Gruppe abzuholen und ihnen ihre berühmte Lasagne zu machen.

»Zach hat erwähnt, dass er ein paar von deinen Plätzchen braucht.« Alle drei Kinder guckten im Wohnzimmer alte Videoaufnahmen von Wes und Brent. Angela hatte sie nicht herausreißen wollen, also hatte sie sich gerne bereit erklärt, Sherry beim Backen zu helfen. »Soll ich ihnen welche bringen?«

»Wenn du magst. Aber ich wollte vorher noch mit dir über etwas reden, wenn du nichts dagegen hast.« Ihre Schwiegermutter stellte die Temperatur am Ofen ein und schob den Kuchen hinein.

»Natürlich.« Angela nahm ein paar von den Keksen vom Teller und setzte sich an den Tisch. »Ist alles in Ordnung?«

»Oh ja.« Sherry goss Milch in zwei Gläser und stellte eines vor Angela hin, bevor sie sich zu ihr setzte. »Eva hat gestern Abend angerufen.« Eine Pause. »Sie hat mir erzählt, dass du dich noch immer nicht entschieden hast, was diesen Ultra-Marathon betrifft.«

Typisch Eva. Seit ihrem ersten Anruf am Dienstag hatte sie nicht locker gelassen, selbst nach Angelas entschlossenem Nein – oder besser, mehreren davon. Ihre Schwägerin konnte einfach nicht verstehen, warum Angela die Teilnahme an dem Lauf nicht einmal in Erwägung zog. Aber das sollte Angela eigentlich nicht überraschen. Sie lebten in verschiedenen Welten.

Angela biss in einen Keks und trank einen Schluck von ihrer Milch. »Ich *habe* mich entschieden. Ich habe Nein gesagt. Mehrmals.«

Worauf wollte Sherry hinaus? Es sah ihr nicht ähnlich, sich in

Angelas Angelegenheiten einzumischen. »Du weißt doch, wie hektisch mein Leben im Moment ist. Jetzt, wo ich nicht mehr zwei Jobs habe, wird es etwas besser, aber wegen der Beförderung habe ich jetzt auch mehr Verantwortung und da muss ich mich erst einarbeiten. Für ein Lauftraining habe ich gar keine Zeit, mal ganz abgesehen davon, dass ich die Kinder nicht wochenlang allein lassen kann, um einmal um die halbe Welt zu fliegen. Dann würde das Leben völlig aus dem Ruder laufen.«

Schweigen folgte, während Sherry die Augenbrauen hochzog. »Und im Moment hast du das Gefühl, dass du das Ruder fest im Griff hast?«

Zugegeben, die Frau hatte nicht unrecht. »Nein, aber ich arbeite darauf hin. Natürlich gibt es ein paar Dinge, die ich nicht kontrollieren kann, unter anderem die Anzahl Stunden, die ich arbeiten muss, um uns über Wasser zu halten. Meine Kinder haben ihren Vater verloren und ich bin sowieso schon zu oft nicht bei ihnen. Wir müssen unsere gemeinsame Zeit zur Priorität machen und das kann ich nicht, wenn ich ständig laufen gehe. Und wofür? Für etwas, das ihnen ihren Dad nicht wiederbringen wird. Aber ich – ich bin aus Fleisch und Blut. Ich bin noch hier. Und sie brauchen mich.«

»Ja, du bist *körperlich* hier.« Sherry legte eine Hand auf ihr Herz. »Aber was ist hiermit? Angela, es tut mir leid, dass ich das sagen muss, aber ich glaube, deine Kinder haben das Gefühl, dass sie euch beide verloren haben, als Wes gestorben ist.«

Der Rest eines Plätzchens zerbrach in Angelas Hand. Erst Juliet. Und jetzt Sherry. Hielt die ganze Welt sie für eine schlechte Mutter? Ja, vor sechzehn Jahren hatte sie ernsthaft überlegt, ob sie ihre Träume und Pläne auf dem Altar der Mutterschaft opfern wollte, aber mit der Geburt von Kylee hatte sie versucht, ihre Rolle als Mutter so gut wie möglich auszufüllen.

»Das haben sie gesagt?«

»Nicht direkt.«

Angela wischte sich mit ihrer Serviette die geschmolzene Schokolade von den Fingern. Wie konnte es sein, dass sie sich so viel Mühe gegeben hatte und ihren Kindern trotzdem nicht das geben konnte, was sie brauchten? »Ich weiß nicht, was ich sonst tun soll.«

Sherry stand auf und schnitt eine Scheibe Bananenbrot ab. Dann verstrich sie mit einem Messer Butter darauf, hin und her, ganz systematisch. »Weißt du noch, dass ich mir damals nach Roys Tod ganz allein eine Auszeit genommen habe?« Sie legte die Scheibe auf einen Teller und nahm die nächste.

»Ja.«

Sherry war an denselben Ort gereist, an dem sie und ihr Mann fünfunddreißig Jahre zuvor ihre Flitterwochen verbracht hatten. Sie hatte sich ganz ihrer Trauer hingegeben und Angela und Wes hatten nicht gewusst, wie sie ihr helfen sollten.

»Ich kam als anderer Mensch zurück. Denn ich habe dort Gott auf eine Weise erfahren, die ich nicht erwartet hatte.« Sie kam an den Tisch und schob einen der beiden Teller mit dem gebutterten Brot zu Angela hinüber, bevor sie sich mit ihrem eigenen Teller wieder setzte. »Es war nicht alles mit einem Schlag besser. Wenn man einen schweren Verlust erleidet, verschwindet die Trauer nie wieder ganz. Ja, sie wird weniger und sie schwingt nicht mehr mit jedem Herzschlag mit. Aber sie verändert dich, wird Teil von dir, von deinem Leben.«

Hatte der Verlust von Wes Angela wirklich verändert? Natürlich hatte er ihre Umstände auf drastische Weise verändert. Aber innerlich? Das war geschehen, lange bevor sie den schlimmsten Anruf ihres Lebens erhalten hatte. »Ich bin froh, dass deine Reise dir etwas gebracht hat, Sherry. Aber ich nicht sicher, was das mit mir zu tun hat.«

»Ich wollte wohl nur sagen, dass ich etwas Drastisches brauchte, um die Angst loszuwerden, die mich gepackt hatte. Um die neue Wirklichkeit anzunehmen, eine Welt, in der ich nicht alles unter Kontrolle hatte. Diese Wahrheit zu erkennen, hat meinen Blickwinkel verändert. Meine Sicht auf das Leben. Auf den Tod. Sogar auf meinen Mann.«

Sherry konnte unmöglich wissen, welchen Konflikt Angela in ihrem Innern ausfocht. Den Schmerz. Die Fragen. Die Wut. All die gemischten Gefühle. Die Gefühle, die sie nicht an die Oberfläche ließ – denn dann, so fürchtete sie, könnte der Vulkan ausbrechen und viel Schaden anrichten.

Die Folgen des winzigen Risses in ihrem kontrollierten Äußeren – Anfang der Woche, als sie Kylee angebrüllt hatte –, konnte sie schon sehen.

»Hast du …« Angela brachte die Worte nicht heraus. Die Hitze des Ofens schien den ganzen Raum zu erfüllen und sie zu ersticken. »Hast du festgestellt, dass du Roy besser verstanden hast? Nachdem –« Bei dem letzten Wort brach ihr die Stimme.

Sherrys Augen waren voller Mitgefühl. »Ich habe mir die Erlaubnis gegeben, alle meine Empfindungen zu erkunden – ganz gleich, welche Schuldgefühle ich deswegen hatte oder wie viel Angst es mir gemacht hat. Das hat mich befreit.«

»Ich –«

»Ich sage ja nicht, dass dieser Marathon dir letzten Endes helfen wird, all das zu tun. Aber ich will *sagen*, dass du deinen Kindern niemals helfen kannst, ihre Trauer zu verarbeiten, wenn du ihnen nicht zeigst, wie das geht.« Sherry ergriff Angelas Hand und drückte sie. »Du wirst nie echte Freude erleben, wenn du dich mit der Traurigkeit, der Wut und der Trauer nicht ehrlich auseinandersetzt. Das weiß ich.«

Angela spürte einen Kloß im Hals. Sie legte ihre andere Hand auf die von Sherry und streichelte sie. »Danke, Sherry. Ich werde darüber nachdenken.«

»Denk nicht zu lange darüber nach, Liebes. Eva hat mir erzählt, dass der letzte Termin für die Registrierung und die Anmeldegebühr morgen ist.«

Ach ja, das Geld. Das war noch ein Grund, warum sie den Marathon nicht laufen konnte. Eva hatte angeboten, die gesamte Reise zu bezahlen, aber das war nicht richtig, selbst wenn ihre Schwägerin jede Menge Geld besaß.

»Ich bringe den Kindern jetzt die Plätzchen.« Angela tat einige Kekse auf einen Teller und ging den Flur entlang in Richtung Wohnzimmer – doch bei dem Anblick, der sich ihr bot, blieb sie wie angewurzelt stehen. Ihre drei Kinder saßen eng aneinandergeschmiegt auf dem Sofa und sahen zu, wie alte Filme über den Bildschirm flimmerten. Ein junger Brent hing mit dem Kopf nach unten von einem Baum und versuchte, seinen großen Bruder dazu zu bringen, dass er auch hinaufkletterte. Wes sah aus, als würde er gerne, aber stattdessen schüttelte er den Kopf und trat gegen einen Stein.

Warum hatte er nicht dieser vorsichtige Junge bleiben können?

»Hallo, Leute, ich habe Plätzchen mitgebracht.«

Die Blicke der drei blieben unverwandt auf den Bildschirm geheftet.

Als sie genauer hinsah, entdeckte Angela, dass Tränen über Kylees Wangen liefen. Schließlich wandte ihre Tochter sich um und sah Angela an. Etwas in ihren Augen ließ Angela frösteln.

In diesem Blick lag eine Vielzahl von Gefühlen – Schuldzuweisung, Sehnsucht, tiefe Traurigkeit, Hoffnungslosigkeit.

Es war, als würde Kylee um Hilfe bitten.

Aber Angela wusste nicht, was sie tun sollte, um den Schmerz zu lindern.

Sherrys Worte kamen ihr wieder in den Sinn. *»Du wirst deinen Kindern niemals helfen können, ihre Trauer zu verarbeiten, bis du ihnen zeigst, wie das geht.«*

Wie sah die Trauer, der Heilungsprozess für sie, Angela, aus?

Wieder fiel ihr Blick auf den Bildschirm. In diesem Film hielt der junge Wes einen kleinen verletzten Vogel in seinen kleinen Händen. Er sprach ganz ruhig mit ihm und lockte ihn wieder ins Leben zurück.

An *diesen* Jungen … an ihn erinnerte Angela sich. Sie wusste noch, wie er zu ihr gewesen war. Wie sich ihre Partnerschaft in den ersten Jahren angefühlt hatte. Wann war das alles verschwunden?

Vielleicht konnte sie Wes loslassen, wenn sie endlich verstand, warum Wes in den letzten Jahren seines Lebens so anders gewesen war. Vielleicht konnte sie dann mit der Vergangenheit abschließen. Heilung erleben. Mehr werden als eine Hülle mit allen möglichen Plänen, aber ohne innere Verbindung zu ihnen.

Das war sie den Kindern, die da auf dem Sofa saßen, schuldig.

Alle ihre Pläne hatten sie ihrem Ziel nicht näher gebracht, hatten ihr nicht gebracht, was sie wollte. Was sie – was ihre Kinder – wirklich brauchten. Vielleicht war es an der Zeit, sich etwas von Eva abzuschauen und ausnahmsweise mal impulsiv zu handeln.

»Leute.« Angela trat vor, stellte die Kekse auf den Tisch, nahm die Fernbedienung des Fernsehers und hielt das Video an.

Drei Augenpaare starrten sie an.

Beinahe hätte sie die Worte unterdrückt, aber dann platzten sie doch aus ihr heraus. »Was haltet ihr davon, wenn ich zusammen mit Tante Eva diesen Ultra-Marathon laufe?«

7. Kapitel

Niemals hätte Eva mit dem Anruf gerechnet, den sie am vergangenen Abend von Angela erhalten hatte. Ihre Schwägerin machte mit.

Und Eva konnte es kaum erwarten, mit den Vorbereitungen zu beginnen.

Aber zuerst – Kaffee.

Sie betrachtete die Starbucks-Karte und bestellte einen *Pumpkin Spice Latte*, da das Wetter diese Woche zum Glück unter die Zwanzig-Grad-Marke gefallen war. Nachdem sie ihr Getränk geholt hatte, ging Eva zu dem Tisch in der hinteren Ecke des kleinen Cafés, an dem ihre Schwägerin und Marc bereits saßen und sich unterhielten.

Die Stimme von Norah Jones drang aus unsichtbaren Lautsprechern über ihren Köpfen und wetteiferte mit dem Geräusch von Kaffeemühlen und Mixern hinter dem Tresen. Der Duft von gemahlenen Kaffeebohnen beruhigte sie ein wenig. Wenn Eva aufgeregt war, konnte sie sich bei anstehenden Aufgaben nur schwer auf die Details konzentrieren. Zum Glück hatten Marc und Angela beide Organisationstalent, was man an den Notizbüchern und Stiften sehen konnte, die beide an diesem Morgen mitgebracht hatten.

Sie setzte sich neben Marc, der bereits eifrig Notizen machte. Obwohl es ein Samstag war, trug er ein schwarzes Polohemd und eine dunkelblaue Jeans – nicht Jogginghose und T-Shirt, wie Brent es getan hätte, wenn er nicht im Büro war.

»Seid ihr so weit?« Er trank einen Schluck aus seinem Becher.

»Lass mich raten. Heiße Schokolade?« Der Mann war besessen von diesem Zeug, egal zu welcher Jahreszeit.

»Hundert Punkte.«

Sie lachte. »Ich bin so weit, aber bist du sicher, dass ich dir nicht erst noch was Richtiges zu trinken holen soll?« Marc aufzuziehen, fühlte sich gut an. Ihre Zeit auf dem Bauernmarkt am letzten Wochenende hatte Wunder gewirkt, um das Gefühl der Verlegenheit zu mindern, das sich immer eingestellt hatte, wenn sie ohne Brent zusammen waren.

»Nur, wenn es so toll schmeckt wie das hier.«

»Die meisten Erwachsenen finden, dass das auf Kaffee zutrifft.« Eva war selbst keine große Kaffeetrinkerin gewesen, bis Brent sie ermutigt hatte, seine kubanische Lieblingsröstung zu probieren – und da war es um sie geschehen gewesen. Gemeinsam waren sie zu Kaffeekennern geworden, hatten die neueste und beste Espressomaschine und eine French Press gekauft und eine Vielzahl lokaler Röstungen ausprobiert, bis sie ihre Lieblingssorten gefunden hatten.

Angela räusperte sich. »Ich habe Kylee gesagt, dass ich in etwa einer Stunde wieder da bin, damit sie mit ihrer Mannschaft laufen gehen kann.«

»Dann legen wir am besten los.« Marc tippte mit dem Stift auf sein Notizbuch und wandte sich an Eva. »Womit willst du anfangen?« Er war sofort bereit gewesen, allem zuzustimmen und ihre Vision zu übernehmen.

Sie trank einen Schluck von ihrem süßen Getränk und genoss den Geschmack der Gewürze auf ihrer Zunge. »Ich hatte gehofft, jemand mit Organisationstalent könnte die Besprechung leiten.«

Marc musterte sie einen Moment und nickte dann. »Ich glaube, es ist wichtig, dass wir unsere Ziele für diese Veranstaltung von vornherein festlegen. Was will jede und jeder von uns und wie können wir einander helfen, es zu erreichen? Außerdem sollten wir über mögliche Befürchtungen sprechen, die wir haben, oder Schwierigkeiten, die wir vorhersehen. Und zu guter Letzt müssen wir über Ausrüstung, Trainingsstrategien und unseren Zeitplan reden.«

Sie hatte es doch gleich gewusst, dass er die Sache in die Hand nehmen sollte.

»Fang du an, Eva.«

»Ich weiß nur, dass ich in den Flieger nach Neuseeland steigen und mir für Brent das Herz aus dem Leib rennen werde.« Sie zupfte an der braunen Papphülle um ihren Becher. »Der Rest ist mir egal.«

Angela schnaubte. Als Eva ihr einen giftigen Blick zuwarf, riss ihre Schwägerin die Augen auf. »Oh, du meinst das ernst.«

»Na ja, schon. Ich weiß, dass es bestimmt viel zu planen gibt, aber ich habe nur meine Ziele genannt. So wie Marc es wollte.« Sie betonte diese letzten Worte. Angela hielt sie vielleicht für eine dumme Gans, aber sie betrachtete einfach das große Ganze. Brent und sie waren beide so gewesen, hatten einander immer zu neuen Höhenflügen angestachelt. »Größer, höher, weiter.« Das war ihr Motto gewesen. »Jedenfalls bin ich flexibel, was die Einzelheiten betrifft.«

»Sieht so aus.« Angela schob sich die schulterlangen blonden Haare aus dem Gesicht und umklammerte ihr Notizbuch mit beiden Händen, während sie überflog, was sie aufgeschrieben hatte. »Mein Ziel ist es, einfach nur durchzuhalten. Ich schlage vor, dass wir *gehen*, weil ich nicht glaube, dass es realistisch ist, die ganze Strecke zu laufen. Und ich will nicht, dass wir hinterher enttäuscht sind.«

»Aber meinst du nicht, die Jungs wären gelaufen?«

Angela quittierte Evas Frage damit, dass sie die Lippen spitzte, bevor sie alle Emotionen aus ihrem Gesicht verbannte. »Vielleicht, aber sie sind ja auch schon einige Marathons gelaufen – na ja, für Wes wäre es der erste gewesen, aber Brent hat mit dir zusammen doch schon an einigen teilgenommen, oder, Marc?« Als Marc nickte, fuhr sie fort. »Ich konnte noch nicht ausführlich recherchieren, wie viel Zeit wir jede Woche für das Training einplanen müssen, aber ich will nicht, dass diese Sache mein ganzes Leben bestimmt.«

»Aber –«

»Tut mir leid, Eva. Hast du nicht gesagt, dass man die Strecke auch gehen kann?«

Das stimmte, aber sie hatte versucht, Angela dazu zu bringen, dass sie überhaupt mitmachte. Sie war sich sicher gewesen, dass Angela es *richtig* machen wollte, sobald sie sich erst einmal dafür entschieden hatte. Trotzdem war es nicht fair von Eva, das Gehen als Möglichkeit vorzuschlagen und dann später darüber zu meckern. »Du hast recht. Wenn wir die ganze Strecke gehen müssen, okay. Aber vielleicht können wir dennoch versuchen, einen Teil davon zu laufen.«

»Was auch immer wir machen, wir müssen zusammenbleiben, Mädels. Und das meine ich durchaus wörtlich. Da wir ein Team sind, dürfen wir während des ganzen Rennens nicht mehr als dreißig Meter auseinander sein. Wie wäre es, wenn wir abwarten, wie das Training läuft? Klingt das nach einer fairen Lösung?« Der arme Marc spielte Schiedsrichter. Das sollte eigentlich nicht seine Rolle sein.

»Natürlich.« Eva zwang sich, heiter zu klingen. Gute Miene zu bösem Spiel. Sie musste positiv bleiben – sonst würden sie die nächsten sechs Monate nicht überleben. Sie wollte Angela keinen Grund geben, vorher auszusteigen.

Jetzt ergriff Marc wieder das Wort. »Ich kann mich um unsere Ausrüstung kümmern, wenn ihr wollt. Ich habe mal nachgesehen, was wir brauchen, und die oberste Priorität sind unsere Rucksäcke. Ohne Rucksack zu laufen, ist natürlich einfacher, vor allem im Vergleich zu einem vollgepackten, deshalb sollten wir so viel wie möglich mit Gepäck trainieren.«

Eva und Angela nickten und er sah wieder in seine Notizen. »Bevor wir über die Einzelheiten unseres Trainingsplans reden, sollten wir besprechen, wie wir das mit den Spenden machen. Streng genommen müssen wir keine Sponsoren haben – das ist keine Voraussetzung –, aber ich fände es toll, wenn wir wenigstens ein paar Tausend Dollar für die Herzstiftung in Manhattan sammeln könnten.«

»Brent wollte eine Million sammeln.« Eva beugte sich vor und hätte in ihrem Eifer beinahe ihr Getränk umgestoßen. »Ich würde sagen, dann machen wir das auch.«

Angela biss in ihren Muffin und spülte den Bissen mit einem Schluck Kaffee hinunter. »Und wie sollen wir das deiner Meinung nach bewerkstelligen?«

Aha! Das war das einzige Detail, über das Eva sich an diesem Morgen erfolgreich Gedanken gemacht hatte. »Nachdem ich Tina Landry angerufen und die restliche Gebühr bezahlt habe, haben Kimberly und ich über eine Benefizveranstaltung geredet. Mit Brents Kontakten in Sachen Herzforschung und Kims Kontakten in der Eventbranche glaubt sie, dass wir so was in etwa sechs Wochen auf die Beine stellen können.«

»Im Ernst?« Angelas Tonfall machte ihre Zweifel deutlich.

»Ja, offenbar gibt es in Brooklyn einen richtig guten Veranstaltungsort, der plötzlich am 24. Oktober frei geworden ist – eine ihrer Bräute hat ihren Verlobten dabei ertappt, wie er sie betrogen hat –, und Kim glaubt, dass sie den Besitzer und die meisten oder sogar alle Lieferanten davon überzeugen kann, ihre Dienste an dem Abend kostenlos zur Verfügung zu stellen.«

»Warum sollten sie das tun?«

Marc schaltete sich ein. »Erstens ist das gut fürs Image. Und zweitens vermute ich, dass Kim in diesen Kreisen durchaus Einfluss hat.«

»Oh ja. Sie ist derzeit eine der begehrtesten Hochzeitsplanerinnen in der Stadt. Wenn Dienstleister sich bei ihr beliebt machen können, indem sie ihr einen Gefallen tun, und gleichzeitig in der Öffentlichkeit gut dastehen, weil sie etwas für einen guten Zweck spenden, dann wäre es dumm, es nicht zu tun.« Eva warf Marc einen Blick zu und sah so etwas wie Bewunderung in seinen Augen.

Sie spürte eine plötzliche Wärme in der Magengegend.

Was war das denn?

»Klingt so, als wäre das geregelt.« Angelas Stift trommelte auf das Notizbuch, das vor ihr auf dem Tisch lag. »Gibt es sonst noch was oder können wir jetzt über das Training reden? Wie stellt ihr euch das vor? Das ist wegen der kurzen Zeit und meines Trainingszustands meine größte Sorge. Ich hatte in den letzten Jahren nicht gerade Zeit und Muße, besonders in Form zu bleiben.« Sie zupfte an ihrer Bluse, als säße sie nicht richtig.

Ganz offensichtlich war Angela ein sehr fähiger Mensch und sie machte auf Eva meist einen sehr selbstbewussten Eindruck. Sie war hochgewachsen und stark, mit umwerfenden braunen Augen und Haaren, die im Sommer golden glänzten – kein Grund also für Komplexe. Warum versteckte sie ihren Körper dann in Kleidung, die mindestens eine Größe zu groß für sie war?

Marc notierte etwas in seinem Heft und sah dann zu Angela auf. »Du läufst doch regelmäßig auf dem Laufband, oder?«

»Ja, aber nur zum Stressabbauen. Dabei sehe ich fern und reagiere mich ab, weil ich bei der Arbeit die ganze Zeit sitze.«

»Was würdest du sagen, wie viele Kilometer du im Moment läufst?«

Angela zuckte mit den Schultern. »Normalerweise laufe ich anderthalb Stunden – das sind zwei Folgen im Fernsehen. Vielleicht acht Kilometer?«

»Wenn du das jeden Tag machst, heißt das, du läufst fünfzig bis fünfundfünfzig Kilometer die Woche, was eine gute Ausgangsposition ist, vor allem, wenn wir vorhaben, den größten Teil der Strecke zu gehen. Jetzt kannst du anfangen, Cross-Training zu ergänzen – Wandern, Radfahren, Gewichttraining usw. –, ein paarmal die Woche.«

»Es wird nicht leicht, die Zeit dafür zu finden.« Angela biss sich auf die Unterlippe und schrieb etwas in ihr Notizbuch. »Aber ich werde es schon irgendwie unterbringen.«

Eva war sicher, dass es noch eine Menge Arbeit für sie sein würde. Konnte sie sich allein genügend motivieren? »Ich kann gerne nach der Arbeit rüberkommen und zusammen mit dir trainieren. Mein Terminplan ist ziemlich flexibel.« Sie konnte weniger Stunden in der Herzstiftung arbeiten. Ihre Kolleginnen würden wahrscheinlich eine Party feiern.

»Ja, vielleicht.« Angela sah Marc an. »Also, was ist unser Ziel?«

»Im Idealfall habt ihr zweimal die Woche ergänzendes Training: Zwei Tage, an denen ihr zehn bis zwanzig Kilometer wandert oder joggt, und einen großen Tag, an dem ihr irgendwann dreißig bis sechzig Kilometer lauft oder wandert.«

Angela verschluckte sich an ihrem Kaffee und prustete, sodass das Getränk über den Tisch spritzte.

»Alles in Ordnung?« Eva reichte ihr eine Serviette.

»Ja. Klar.« Die Antwort ihrer Schwägerin war ebenso geprustet wie der Kaffee. Sie sah Eva und Marc nicht an, während sie den Tisch abwischte.

»Ich weiß, dass es beängstigend klingt, aber wir sind sowieso schon im Hintertreffen. Normalerweise wird ein Training über sieben bis acht Monate empfohlen. Wir müssen unsere Ausdauer aufbauen, um uns Tag für Tag, Kilometer für Kilometer zu steigern. Natürlich können wir an dem langen Trainingstag mit kürzeren Entfernungen anfangen und das ausbauen. Fünfzehn Kilometer wären dabei ein guter Anfang und dann erhöhen wir jede Woche um vier oder fünf Kilometer, damit unser Körper Zeit hat, sich daran zu gewöhnen und Kraft aufzubauen.« Er wandte sich an Eva. »Wenn ihr wollt, kann ich einen Kumpel fragen, der auf persönliche Trainings spezialisiert ist. Er kann für jeden von uns einen detaillierten Plan erstellen und vielleicht einmal die Woche mit uns trainieren.«

»Super Idee.«

»Ich kann mir keinen persönlichen Trainer leisten«, sagte Angela.

»Mach dir darüber keine Gedanken, das übernehme ich.« Eva lächelte.

»Ich finde, wir sollten keine unnötigen Kosten verursachen.« Die Stimme ihrer Schwägerin klang angespannt.

Eva wollte keinen Streit, deshalb hielt sie einen frustrierten

Seufzer zurück. »Aber wenn er einen Trainingsplan erstellen könnte, wäre das auch schon hilfreich.«

Marcs Blick wanderte zwischen den beiden Frauen hin und her. »Das sehe ich auch so. Ich glaube, das ist ein einfacher Schritt, der dabei helfen wird, unsere Nachteile ein wenig auszugleichen. Schade, dass wir nicht früher nach Neuseeland fliegen können. Das Gelände dort wird nicht komplett flach sein wie hier, deshalb wäre Übung vor Ort ein echter Vorteil.« Dann schnipste er mit den Fingern, als hätte er gerade eine Idee gehabt. »Oh, und noch ein Vorteil … Vielleicht können wir ein paar Wochen vor dem Lauf bei einem Marathon mitmachen. Dann haben wir ein Zwischenziel, für das wir trainieren, und wir können besser einschätzen, wie gut wir schon sind, sodass wir gegebenenfalls das Training noch anpassen können.«

»Super.« Eva klatschte in die Hände.

»Wahrscheinlich keine schlechte Idee …« Mit zusammengepressten Lippen starrte Angela auf ihr Notizbuch.

Ein einziges Wort stand auf der Seite: *Wie?*

Es war so oft umkringelt, dass es aussah, als hätte ein Edding den Kreis darum gezogen und kein normaler Stift.

Zweifel überkamen Eva, aber sie verdrängte sie. Impulsiv oder nicht, diese Entscheidung fühlte sich tief in ihrem Innern richtig an. Ja, es würde eine Herausforderung sein, aber was war für sie im Moment keine Herausforderung?

Die nächsten Monate würden eine Prüfung in Sachen Geduld und Ausdauer sein. Eva musste zuversichtlich bleiben, damit Angela es auch war.

Aber letzten Endes würde die ganze Angst sich lohnen. Das wusste Eva einfach.

8. Kapitel

Der erste Tag ihres Trainings war ein sonniger, heller Tag.

Angela konnte dem Versuch der Natur, sie davon zu überzeugen, dass dies eine gute Idee war, nichts abgewinnen.

Das Licht fiel durch die Bäume des Central Parks, während sie in der Nähe des Wasserreservoirs auf Eva und Marc wartete. Es erstreckte sich über eine Fläche von über 40 Hektar und bot einen herrlichen Vordergrund für die Skyline der Stadt. Ein bei Läufern beliebter Pfad zog sich um das ganze Wasserreservoir, das von einem schön verzierten gusseisernen Zaun umgeben war.

Die Luft schimmerte noch kühl, wie es an Spätsommermorgen oft der Fall war. An diesem frühen Sonntagmorgen liefen schon viele Jogger und Spaziergänger auf dem Weg an Angela vorbei. Alle wirkten entspannt, glücklich und selbstbewusst.

Wenn Angela tief in ihrem Gedächtnis grub, konnte sie beinahe die Erinnerung an solche Gefühle hervorrufen, die mit dem Laufen verbunden waren.

Aber im Hier und Jetzt sah sie nur, dass es unmöglich war. Wie hatte sie nur in diese Sache einwilligen können?

»Angela! Tut mir leid, dass ich zu spät bin.« Eva kam näher, ihr schlanker Körper in enge schwarze Hosen, ein eng anliegendes leuchtend blaues Tank-Top und eine schwarze Jacke gekleidet, die gut zu ihrem gebräunten Teint passten. Ein passendes blaues Haarband hielt den Pony aus ihren Augen.

»Kein Problem.« Angela hätte die Zeit damit zubringen sollen, Dehnübungen zu machen, aber stattdessen hatte sie nur herumgestanden. Sie zog einen Arm quer über ihre Brust und spürte, wie verkrampft ihre Schulter war. »Obwohl ich dachte, Marc würde schon hier sein.«

»Hast du seine Nachricht nicht bekommen? Sein Onkel ist in der Stadt und seine Eltern wollten, dass er mit ihnen zur Kirche geht und zu Mittag isst.«

Sie konnten schließlich nicht erwarten, dass er alle seine Wochenendpläne über den Haufen warf, nur weil Angela sich in letzter Minute entschieden hatte mitzumachen. Bei seinem vollen Terminkalender war es ein Wunder, dass er für ihre Planungssitzung gestern Zeit gehabt hatte.

»Okay. Wie sollen wir anfangen. Wollen wir uns ein Ziel setzen? Marc hat gesagt, wir sollten mehrmals die Woche zehn bis zwanzig Kilometer schaffen. Die Runde ums Reservoir ist ungefähr zweieinhalb Kilometer lang, also könnten wir die vier oder fünf Mal machen.«

»Super.« Eva setzte einen Fuß auf die Bank und beugte sich dann nach vorne, um ihr Bein zu dehnen. »Da wir heute sonst nichts machen, könnten wir vielleicht versuchen, die Strecke zu joggen.«

»Darüber haben wir doch gesprochen, Eva.« Obwohl sie nichts im Magen hatte, war Angela sicher, dass sie sich würde übergeben müssen. Zehn Kilometer gehen … okay. Aber dieselbe Strecke zu laufen war etwas ganz anderes.

»Ich weiß, ich weiß, aber vielleicht können wir es wenigstens versuchen. Es wäre doch schön, wenn wir nicht die allerletzten wären.« Eva dehnte das andere Bein. »Wir schaffen das.«

Vielleicht schaffte Eva das. Früher hätte Angela das von sich auch sagen können. Ursprünglich hatte sie mit dem Geländelauf begonnen, um bei ihrer Bewerbung fürs College eine Sportart angeben zu können, weil die besten Ausbildungsstätten sehen wollten, dass man sich für verschiedene Dinge interessierte. Aber sie hatte sofort gemerkt, dass das Laufen etwas anderes war als Debattiergruppen, naturwissenschaftliche Projekte oder Studienzeitung. Wenn sie lief, vergaß sie alles andere. Irgendwie ging es bald um mehr als darum, die anderen zu schlagen.

Später war es das Einzige gewesen, dem sie einfach aus Spaß

nachgegangen war. Sie war dabei nicht die Beste gewesen, aber das hatte ihr nichts ausgemacht.

Aber das war damals gewesen. Heute sah das anders aus. Die erwachsene Angela schleppte viel mehr Gewicht mit sich herum – wörtlich und im übertragenen Sinne –, als sie es als Teenager getan hatte.

Wenn ihre Schwägerin glaubte, sie könnte einfach ihre Ziele ändern, mit den Fingern schnipsen und Angelas sportliche Fähigkeiten auf wundersame Weise steigern, dann hatte sie sich leider geschnitten.

»Komm schon, Ang. Positives Denken, Babe.« Wes' Stimme tauchte plötzlich aus dem Nichts in ihrem Kopf auf und traf sie wie ein Schlag. Es war dieselbe Stimme, die ihr vor sechzehn Jahren versichert hatte, alles würde gut werden, kurz nachdem sie die blaue Linie auf dem Schwangerschaftstest gesehen hatte – unverheiratet und im zweiten Studienjahr.

Positives Denken. Ja, sie *konnte* es schaffen. Obwohl es sich nicht so anfühlte, war sie immer noch dieselbe Frau, die ein Stipendium für die University of California in Los Angeles bekommen, in ihrem Mathekurs Bestnoten erreicht und dreimal ohne Betäubung ein Kind zur Welt gebracht hatte.

Wenn sie etwas wollte – wirklich wollte –, dann konnte sie es mit Fleiß und eisernem Willen erreichen.

Und das war das Problem, nicht wahr? Sie schwankte zwischen dem aufregenden Gedanken, was dieses Projekt für ihre Familie bedeuten könnte, und dem Drang, einfach aufzugeben angesichts der lächerlichen Idee, dass dieser Lauf irgendwie ihr Leben verändern könnte.

»Also gut. Versuchen wir es. Ich kann dir nicht versprechen, dass ich schnell sein werde oder die ganze Strecke im Dauerlauf schaffe, aber ich werde es versuchen.«

»Super.« Ihre Schwägerin musterte sie einen Moment lang. »Wie schnell willst du laufen?«

»Ich weiß nicht.« *Wie wäre es mit einem Kilometer pro Stunde?*

»Du könntest das Tempo vorgeben und ich versuche so gut wie möglich mitzuhalten.« Es würde ein bisschen brennen, aber mit Schmerz konnte sie umgehen. Und es war ja nicht so, dass sie noch nie gelaufen war. Es war nur eine Weile her.

»Okay.« Zum ersten Mal klang Evas Stimme unsicher, aber ihre Schwägerin ging voran in Richtung des mit feinem Kies ausgelegten Pfades.

Einige Jogger überholten sie und eine leichte Brise fuhr durch Angelas Haare. Vögel zwitscherten in den Bäumen um sie herum.

Eva fing an zu joggen und Angela folgte ihr, während sie die Stoppuhr an ihrer Uhr einschaltete, um einen Eindruck von ihrem Tempo zu bekommen. Das Geräusch ihrer Füße auf dem Weg übertönte das entfernte Brummen von Flugzeugen über ihnen.

Eva grüßte andere Läufer und Spaziergänger und ihr Atem ging leicht und unangestrengt.

Es fühlte sich gar nicht so schlecht an. Eva hielt sich offensichtlich zurück, aber Angela konnte nicht schneller. Trotzdem, sie kam wenigstens mit. Sie würde es schaffen. Ihr Ziel war es, den Ultra-Marathon zu gehen und die ganze Strecke zu schaffen, aber wenn sie sechs Monate trainierte, konnte sie vielleicht sogar einen Teil davon laufen.

Dann fing das Seitenstechen an. Ihre Beine zitterten und ihre Lunge zog sich zusammen. Angela versuchte, sich an die Tipps aus ihrer Läuferzeit zu erinnern – durch die Nase einatmen, durch den Mund wieder aus – und die Schmerzen zu ignorieren, die ihren ganzen Körper durchzogen.

Der Ärmel ihres schlabberigen T-Shirts scheuerte. Autsch. Wie oft hatte sie sich die Arme und Oberschenkel wundgescheuert, als sie in der Highschool gelaufen war? Die unangenehmen Aspekte des Sports kamen ihr jetzt wieder in den Sinn. Die Blasen. Das Scheuern. Die schwarzen Zehennägel – obwohl ihr Trainer immer gesagt hatte, einen Zehennagel zu verlieren, sei eine Auszeichnung, ein Beweis dafür, dass ein Läufer nicht aufgegeben hatte.

Aber im Moment klang das alles schmerzhaft und sinnlos. Wie hatte sie das jemals genießen können?

Wie lange wohl noch? Angela warf einen Blick auf ihre Uhr und sah die Zahlen 16:25. Im Ernst? Es fühlte sich an, als wären sie schon Stunden gelaufen, nicht erst sechzehn Minuten, und ihr GPS sagte ihr, dass sie gerade einmal anderthalb Kilometer hinter sich hatten.

Anderthalb. Lächerliche. Kilometer.

Und in sechs Monaten sollte sie gleich zweihundertfünfzig davon gehen?

Angela verlangsamte ihr Tempo und hielt sich die Seite, in der sie das Stechen jetzt nicht mehr ignorieren konnte.

Eva blieb stehen. »Alles in Ordnung?«

»Nur ein bisschen Seitenstechen. Vielleicht habe ich zu schnell angefangen. Ich muss mich besser aufwärmen.« Wie peinlich, dass Eva ihren erbärmlich Zustand sah.

»Sollen wir abbrechen?«

Ja. Das hätte Angela am liebsten gesagt. Aber wenn sie gleich nach dem ersten Trainingstag aufgab, wie sollte sie dann ihren Kindern unter die Augen treten – vor allem Kylee? Als Angela ihre Teilnahme am Ultra-Marathon verkündet hatte, war sie von ihrer Tochter stürmisch umarmt worden.

»Nein.« Sie würde nicht aufgeben. Aber sie musste in ihrem eigenen Tempo laufen. »Ich schaffe das schon. Aber lauf du doch schon mal vor. Ich hole dich bald ein.« Sie verlieh ihrer Stimme so viel Selbstbewusstsein wie möglich.

Offensichtlich war Eva nicht überzeugt, aber ihre Schwägerin zuckte mit den Schultern und lief weiter.

Einen Fuß vor den anderen. So würde Angela diese Herausforderung meistern.

Sie holte Luft und fing wieder an zu joggen.

9. Kapitel

Ein Spinningkurs löste nicht alle Probleme, aber Eva hoffte, diesmal würde er es tun.

Sie brauchte unbedingt eine Auszeit von der Frustration und der Verärgerung, die nach beinahe drei Wochen Training für den Ultra-Marathon in ihrem Herzen miteinander kämpften. Und nichts würde besser helfen, als etwas Vertrautes zu tun, so wie das Strampeln auf einem Spinningrad.

Unter ihren Schritten knisterten orangefarbene und gelbe Blätter, die von den Bäumen entlang der Straße zu Boden gefallen waren, als sie sich dem Fitnessstudio am Broadway näherte. Sie ging hinein und anstelle von Schweißgeruch und miefigen Schuhen schlug ihr eine Duftmischung ätherischer Öle aus Eukalyptus und Lavendel entgegen. Beyoncé sang irgendwo im Hintergrund einen fröhlichen Song über Beziehungen, der gelegentlich von dem metallischen Geräusch von Gewichten unterbrochen wurde, die aneinanderschlugen. Das Surren der Fitness-Geräte und die Unterhaltungen der wenigen Mitglieder, die an diesem Freitagvormittag zum Training hier waren, lagen wie ein Klangteppich darunter.

Die Collegestudentin am Empfang lächelte. »Hi, Eva.«

»Hallo, Tonya. Ich komme zum Kurs um halb elf.«

»Super.« Tonya scannte Evas Telefon und tippte dann etwas in ihren Computer. »Es kann losgehen. Oh, übrigens, der Kurs ist die Probestunde einer neuen Trainerin.«

»Ja, Marc hat mich gebeten, an dem Kurs heute teilzunehmen, um zu sehen, ob wir sie dauerhaft einstellen wollen.« Es war wenigstens ein kleiner Beitrag, den Eva leisten konnte. Und jetzt, wo sie weniger Stunden bei der Herzstiftung arbeitete, um mehr Zeit fürs Training zu haben, konnte sie häufiger hier sein.

Sie hatte gehofft, sie könnte weiter mit Angela zusammen trainieren, aber …

Nein. Es war nicht gut, sich auf negative Dinge zu konzentrieren. Sie musste das Gift ausschwitzen, das sich seit Beginn der Trainingsphase angesammelt hatte.

Eva ging zu dem Übungsraum, in dem der Kurs stattfinden sollte, und lugte hinein. Ungefähr zwanzig Räder standen dort aufgereiht. Eine zierliche Rothaarige mit einem Headset-Mikrofon plauderte vorne mit einigen Stammgästen des Studios.

Von Marc war nichts zu sehen. Er wollte ebenfalls an dem Kurs teilnehmen, aber vielleicht war etwas dazwischengekommen.

An den Abenden und Wochenenden waren die Kurse meist schnell voll, aber acht oder zehn Teilnehmer wie jetzt war für einen Wochentag vormittags ziemlich normal. Eva zog ihre Jacke aus und hängte sie an einen Haken hinten im Raum. Als sie zu einem Paar Räder in der hinteren Ecke ging, abseits von den anderen, zog sie eine Grimasse. Aufgrund ihrer zusätzlichen Laufeinheiten hatte sie an beiden Fersen Blasen bekommen. Sie hatte sie zwar mit Blasenpflaster versorgt, dennoch brannten sie. Hoffentlich würde der Kurs heute nicht zu sehr wehtun.

Aber spielten ihre Mühen oder ihre Schmerzen überhaupt eine Rolle? Wenn nicht alle im Team so engagiert waren …

Nein. Konzentrier dich.

Die Trainerin stieg auf ihr Rad. »Hallo, Leute.« Ihre Stimme dröhnte dank Mikro bis in alle Ecken des Raumes. »Für diejenigen, die mich noch nicht kennen – ich heiße Kendra. Ich hoffe, ihr findet hier heute das, was ihr braucht, ganz gleich, ob ihr nur ein Training sucht, das euch ins Schwitzen bringt, oder ob ihr die Welt ausblenden und innerlich zur Ruhe kommen wollt. Achtet nur darauf, dass ihr euer eigenes Tempo fahrt. Wenn ihr nicht so weit kommt wie ich, ist das okay. Aber was auch immer ihr macht, gebt nicht auf. Und jetzt geht's los.«

Als Kendra die Musik zuschaltete – etwas mit ausgeprägtem Rhythmus –, stellte Eva ihr Fahrrad ein und begann mit dem Aufwärmen. Sie saß aufrecht und holte mehrmals tief Luft, während sie langsam mit geringem Widerstand trat und versuchte, die innere Ruhe zu finden, von der Kendra gesprochen hatte. Heute brauchte sie die mehr denn je, während sie mit den Emotionen kämpfte, die das Training für den Ultra-Marathon zutage gefördert hatte.

»Hi.«

Eva blickte auf und sah, dass Marc auf das Spinningrad neben ihr zukam. Sein orangefarbenes Sportshirt gab den Blick auf die kräftigen Muskeln an seinen Armen frei, während er den Sitz einstellte und aufsprang.

»Du bist zu spät. Ich dachte schon, du kommst nicht.« Eva sprach so laut, dass Marc sie trotz der Musik hören konnte, aber hoffentlich nicht so laut, dass sie die anderen störte, die mehrere Räder weit entfernt trainierten.

»Das Telefonat mit den potenziellen neuen Investoren hat länger gedauert.«

Dies war das erste Mal seit zwei Wochen, dass sie ihn sah, denn er war unterwegs gewesen, um Expansionsmöglichkeiten in anderen Städten auszuloten und sich mit Investoren zu treffen.

Nach einer einfachen, gleichmäßigen Spinningphase zog Kendra das Tempo an. »Pedale auf Level acht. Da bleiben wir vier Minuten lang.«

Eva stellte den Widerstand entsprechend ein. Autsch. Ihre Muskeln schmerzten mehr denn je. Das überraschte sie, wo sie doch so oft Sport trieb und dieses Level im Vergleich zu ihren üblichen Anstrengungen eigentlich kein Problem für sie darstellen dürfte. Aber Marc und Angela hatten sie beide gewarnt, dass Langstreckenläufe diese Wirkung hatten. Bis jetzt hatte sie sich an ihrem Langstreckentag auf acht Kilometer Joggen und acht Kilometer Gehen gesteigert.

Sie hatte keine Ahnung, wie es Angela mit ihrem Training erging. Seit dem ersten Lauf im Central Park vor fast drei Wochen hatte sie sich nicht mehr mit Eva zum Trainieren getroffen.

Aua. Eva strampelte fester und zog dabei eine Grimasse.

»Und jetzt Level neun. Super, Leute. Ihr macht das gut.«

Doch Eva fiel heute mit ihren Umdrehungen pro Minute so weit zurück, dass es ihr regelrecht peinlich war. Hoffentlich bemerkte Marc es nicht.

»Level zehn. Geht eine Minute lang an eure Grenzen. Los!«

Evas Muskeln protestierten ebenso laut wie ihr Verstand.

Das wird niemals funktionieren.

Du wirst Brent nicht gerecht.

Glück kann es für dich nur einmal im Leben geben.

Evas Körper zitterte, während sie sich bemühte, mit dem Tempo mitzuhalten. Der Schweiß tropfte von ihrer Stirn auf das Display des Rades.

»Fantastisch, Leute. Und jetzt ganz entspannt.«

»Was ist eigentlich mit dir los?«

Eva warf Marc einen Blick zu, der sich mit einem Handtuch den Schweiß von Gesicht und Nacken wischte. Sie hatte verschwitzte Männer nie besonders attraktiv gefunden, aber sie musste seine Sportlichkeit und sein Engagement einfach bewundern. Wie stark und –

»Eva?«

Ups. »Nichts. Alles in Ordnung. Ich bin nur ein bisschen gerädert vom Training.« Sie runzelte die Stirn und wandte ihre Aufmerksamkeit wieder der Trainerin zu. Die Richtung, in die ihre Gedanken gerade wanderten, brachte alles andere als die innere Ruhe, nach der sie sich so sehnte.

Zum Glück erwiderte Marc nichts, aber Eva konnte die Fragen in seinem Kopf förmlich hören.

Als Nächstes ließ Kendra sie einige Steigungen simulieren. »Aufstehen und angreifen! Los, Leute! Atmen, atmen, konzentrieren, konzentrieren! Lasst die negative Energie raus und gebt alles!«

Trotz der aufmunternden Worte der Trainerin spürte Eva, wie ihre Muskeln sich verkrampften, anstatt sich zu lockern, als sie die Füße in die Pedale stemmte und versuchte, den imaginären Berg zu erklimmen.

»Okay, Verschnaufpause. Zwei Minuten rollen lassen.«

»Ist es die Trainerin oder was anderes?«

Konnte er sie nicht einfach in Ruhe lassen? Aber als sie sich Marc zuwandte, stockte ihr Atem, als sie die Besorgnis in seinen Augen sah. Dieser Blick war Balsam für ihre Seele, weil sie sah, welche Sorgen er sich um sie machte. Wie wichtig sie ihm war.

Ja, es gab Menschen in ihrem Leben, die sie liebten. Ihre Eltern und ihre Schwester, die sie von der anderen Seite des Landes aus so gut wie möglich unterstützten, obwohl sie nicht wussten, wie. Kimberly. Sherry.

Aber in Marcs Blick lag noch etwas ganz anderes. Eva konnte nicht genau sagen, was es war, aber es ließ ihre Beine zittern.

»Also gut. Wenn du nicht sagen willst, was du auf dem Herzen hast – wie kommt ihr mit der Planung für die Benefizveranstaltung voran?« Er zog die Augenbrauen hoch.

»Die Vorbereitungen laufen gut.« Eva keuchte ein wenig zwischen den Sätzen. »Kim hat alles im Griff und wir haben schon eine beeindruckende Gästeliste. Das ist kein Thema. Ich bin nur … frustriert.«

Die Musik wechselte zu einer Rockballade und Kendra gab ihnen Anweisung, die Phase der Abkühlung einzuleiten.

Eva seufzte und versuchte verzweifelt, ruhig zu atmen, während sie die Hände hinter dem Rücken faltete und weitertrat. »Das Training ist härter, als ich gedacht hatte. Und Angela … ich glaube, wir haben es am ersten Tag übertrieben.« Sie erzählte Marc davon, dass ihre Schwägerin während der letzten drei Runden um den See weit zurückgefallen war. Die letzten beiden Runden war Eva dann sogar mit ihr gegangen, nachdem sie vier Runden gejoggt war. »Ich glaube, Angela nimmt die ganze Sache nicht so ernst wie ich.«

»Wie kommst du darauf?« Marc beugte sich vor.

Eva wollte ihren Herzschlag dazu zwingen, sich zu beruhigen, aber das Thema, über das sie sprachen, erschwerte das. »In den letzten drei Wochen habe ich sie jeden Tag gefragt, ob sie mit mir läuft, und jeden Tag hat sie abgelehnt. Sie behauptet, zu viel mit den Kindern zu tun zu haben.«

»Ich muss mich auch noch um andere kümmern, Eva. Das versteht du nicht.«

Vielleicht hatte sie wirklich zu viel zu tun. Angela hatte recht. Eva wusste nicht, wie das war – auch wenn sie manchmal davon träumte, wie es wohl wäre.

»Das heißt, sie hat gar nicht trainiert?« Marc stieg ab und machte zwischen seinem und Evas Rad Dehnübungen.

»Doch, ich glaube schon.« Evas Herz raste noch immer, als sie ebenfalls von ihrem Rad stieg. »Nur nicht mit mir. Deshalb habe ich keine Ahnung, wie weit sie läuft oder wie schnell oder so.« Sie ahmte Marcs Übungen nach.

Er begab sich in eine andere Position und umfasste mit einer Hand sein Fußgelenk, um seinen Quadrizeps zu dehnen. »Mach dir nicht so viele Sorgen. Sie scheint mir nicht der Typ zu sein, der etwas macht, ohne gründlich darüber nachzudenken.«

»Da hast du recht. Es ist nur so, dass es mir so viel bedeutet.« *Es bedeutet mir alles.*

»Uns allen bedeutet es viel.«

Während Eva ihre Hüften rotieren ließ, dachte sie über Marcs Worte nach. Sie hatte einfach vorausgesetzt, dass er mitmachen würde, aber warum hatte er zugestimmt. War es Brents wegen?

Oder ihretwegen?

Und warum stolperte ihr Herz bei dem Gedanken, dass Letzteres der Fall sein könnte?

Abrupt endete die Musik. »Danke, dass ihr heute mitgemacht habt, Leute.« Kendra klatschte in die Hände. »Ihr habt echt was geleistet.«

Andere Teilnehmer applaudierten ebenfalls, dann wandten sie

sich einander zu, um sich zu unterhalten, oder tranken gierig aus ihren Wasserflaschen.

»Ich weiß, dass du wegen Angela frustriert bist.« Marcs sanfte Stimme unterbrach ihre Gedanken. »Aber wir sind ein Team. Und als Team müssen wir einander unterstützen.«

»Ich unterstütze sie ja. Ich weiß, dass es schwer für sie ist. Deshalb will ich ja auch mit ihr trainieren. Sie ermutigen. Sie motivieren. Es ist hart, das alles allein zu machen.« *Vor allem, wenn man überhaupt erst dazu überredet werden musste.*

Natürlich war sie Angela dankbar dafür, dass sie sich bereit erklärt hatte, bei dem Lauf mitzumachen – was auch immer die eigentlichen Gründe ihrer Schwägerin sein mochten.

»Du musst es Angela überlassen, das Tempo zu bestimmen, weißt du.« Marc zögerte. »Ob es dir gefällt oder nicht – du brauchst sie.«

10. Kapitel

Kimberly hatte sich selbst übertroffen.

Eva balancierte auf ihren Stiletto-Absätzen und staunte über die beiden herrlichen Ballsäle im Stil der französischen Renaissance, die ihre beste Freundin in ein nobles Spielcasino verwandelt hatte. Marmorsäulen trafen auf die Girlanden aus Blumenschmuck, die sich über die hohe Decke zogen. Ein Kronleuchter hoch über ihnen war beinahe so breit wie der Raum selbst – und der war groß genug, um dreißig Tische mit je zehn Gedecken zu beherbergen und dazu eine Bühne, auf der Eva in wenigen Stunden reden und die Sponsoren bitten würde, ihr Geld für einen guten Zweck zu spenden.

Die Gäste trudelten nach und nach ein und schlenderten durch den Raum nebenan, in dem Casino-Tische alles von Poker über Blackjack bis zu Roulette boten.

»Wie findest du es?« Kimberly trat neben Eva, ihr Telefon in der Hand. Eva wusste, dass ihre Freundin damit ihre To-Do-Liste bei Veranstaltungen abarbeitete. Kim sah umwerfend aus in ihrem schimmernden schwarzen Meerjungfrauenkleid, das ihre Hüften umschmeichelte und an den Füßen glockenartig weiter wurde. Ihre langen Haare hatte sie straff zurückfrisiert und ihr Augen-Make-up war perfekt.

»Ich kann nicht fassen, dass du das alles in nur sechs Wochen auf die Beine gestellt hast.« Evas Augen waren wahrscheinlich so groß wie Wagenräder, als sie die üppige Ausstattung in sich aufsog, die Wandleuchter mit den flackernden Kerzen und die Ölgemälde in vergoldeten Rahmen sowie die antiken Messingstatuen, die die Grandesse dieses Palastes noch betonten.

»Das meiste davon war schon für die Hochzeit geplant, die

dann abgesagt wurde. Abgesehen von der kurzfristigen Werbung und dem Kontakt zu den Sponsoren – um den du und die Herzstiftung euch gekümmert habt – musste ich nur ein bisschen tricksen, um alle Dienstleistungen umsonst zu bekommen.«

»War das schwierig?«

»Manche Anbieter waren erst ein bisschen widerspenstig.« Kim grinste, sodass ihre geraden Zähne erstrahlten, die für jemanden, der so viel Kaffee und Cola light trank wie sie, viel zu weiß waren. »Aber als ich sie daran erinnerte, dass ich bald Firmen für die Carlton-Hochzeit suchen werde, tja …« Sie sah auf ihr Telefon, dessen Display einen eingehenden Anruf anzeigte. »Sorry, da muss ich drangehen. Misch dich unter die Leute und schick sie zu dem Tisch in der Mitte, wo man Jetons kaufen oder an der Verlosung teilnehmen kann.«

»Mach ich. Danke, Kim.«

Bei dreihundert Dollar pro Nase und ungefähr vierhundert Gästen an diesem Abend hatten sie jetzt schon ein Zehntel ihres Ziels an Spenden eingenommen. Aber jetzt mussten Marc, Angela und sie die Leute dazu bringen, ihre Portemonnaies noch weiter zu öffnen und einen Betrag pro gelaufenem Kilometer zuzusagen.

Wenn sie auch nur zweihundert Personen dazu brachten, zwanzig Dollar pro Kilometer zu spenden, hätten sie ihr Ziel von einer Million erreicht. Aber um zusätzliche Anreize zu schaffen, hatte Kim einige fantastische Gewinne organisiert, zum Beispiel ein Mittagessen mit Senator Elliott Carlton und ein exklusives Abendessen für sechs Personen, veranstaltet von Theodore Maine, einem beliebten Koch in einem der besten Restaurants in der Stadt.

Kimberlys Personal huschte herum und nahm noch letzte Korrekturen an den Tischen vor. Stilvolle Lounge-Musik drang durch die zweiflügeligen Türen aus dem Nebenraum herüber. Hoffentlich waren Marc und Angela bereits dort und unterhielten sich mit Sponsoren und knüpften Beziehungen.

Eva holte tief Luft. Es war an der Zeit, Brents Traum in die Tat umzusetzen – jedenfalls den nächsten Schritt.

Sie betrat den Raum, der vor Lebendigkeit nur so brodelte. Frauen in glanzvollen Kleidern und Männer im Smoking standen am Roulettetisch, manche stöhnend und andere jubelnd, als das Rad sich drehte und die Kugel auf einer Zahl liegen blieb. An einem anderen Tisch betrachteten Kartenspieler kritisch ihr Blatt, ihre Mienen voll konzentriert, während ihre Partner zusahen.

Bedienungen schoben sich zwischen den Menschen hindurch und boten Champagner und Wein an. Eva nahm ein Glas Rotwein von einem Tablett, das eine junge Frau mit Nasenring trug.

Sie legte eine Hand um das Glas und sog den starken Duft ein, um sich Mut zu machen. Ihr Blick wanderte durch den Raum, aber sie konnte ihre Mitstreiter noch nicht entdecken.

»Eva!«

Sie wandte sich um und sah Maryanne näher kommen. Trotz ihres ungewöhnlichen Modegeschmacks strahlte Evas Chefin in ihrem hellgelben Kleid einen besonderen Glanz aus und ein aufrichtiges Lächeln erschien in ihrem Gesicht, als sie sich vorbeugte, um Eva zu umarmen. Sie war die letzten beiden Wochen verreist gewesen und extra früher zurückgeflogen, um an diesem Abend dabei zu sein.

»Hi, Maryanne. Ich bin froh, dass Sie hier sind.« Eva löste sich aus der Umarmung und erwiderte das Lächeln der Frau. »Und danke noch mal dafür, dass Sie sich bereit erklärt haben, heute etwas zu sagen. Ich bin sicher, nichts wird die Gäste so zum Spenden inspirieren wie eine Rede der Leiterin des Zentrums, dem die Spenden des heutigen Abends zugutekommen.«

»Da irren Sie sich, meine Liebe.« Maryanne griff nach einer Champagnerflöte, als ein Tablett vorbeigetragen wurde. »Ich glaube, Ihre Rede wird den Erfolg des Abends garantieren. Ich zweifle keine Sekunde daran, dass Sie aus tiefstem Herzen sprechen werden und dass Ihre Geschichte die Menschen dazu bewegen wird zu helfen.«

Eva hob das Glas an ihre Lippen und trank daraus, um bei Maryannes lieben Worten nicht in Tränen auszubrechen. Der Wein war eine Mischung aus sauer und süß – so wie diese ganze Angelegenheit. »Es ist sehr nett, dass Sie das sagen. Ich bin einfach froh und dankbar, dass all diese wichtigen Personen bereit waren, so viel für eine Karte zu bezahlen, und auch spontan Zeit hatten.« Mehrere der Anwesenden hatten ihre Pläne geändert, um hier sein zu können. Andere hatten Spenden geschickt. Es war mehr, als Eva zu hoffen gewagt hatte.

»Das ist nur Ihrem Mann zu verdanken – und Ihnen.« Maryanne machte eine Handbewegung, die all die Leute um sie herum einschloss. »Brent war bei allen, die sich für herzkranke Menschen einsetzen, sehr beliebt.«

»Danke für Ihre freundlichen Worte. Und dafür, dass Sie meine verrückte Idee unterstützen.«

»Sie machen wohl Witze! Ich danke Ihnen für alles, was Sie tun, um unserer Organisation zu helfen. Wegen dieser großzügigen Spende werden zusätzlich Hunderte von Menschen Zugang zu Bildung und Vorsorge haben.«

»Ich hoffe, wir können die Million sammeln, die Brent wollte. Aber am besten mische ich mich vor dem Essen noch unter die Leute. Wir sehen uns später.« Sie verließ Maryanne mit neuem Selbstbewusstsein. Vielleicht hatte sie Angelas Engagement und Fähigkeiten angezweifelt, aber ihre Schwägerin selbst hatte nichts mehr über etwaige Zweifel gesagt. Und auch wenn sie in den letzten Wochen nur wenige kurze Textnachrichten ausgetauscht hatten, eine kürzer als die andere, musste Eva davon ausgehen, dass Angela etwas sagen würde, wenn sie Hilfe brauchte. Irgendwann würden sie die Sache sicher gleich betrachten, oder?

Sie trat an einen Tisch und stellte sich den Gästen dort vor. Nachdem sie eine halbe Stunde lang die Runde gemacht und die Anwesenden ermuntert hatte, sich zu amüsieren, entdeckte Eva schließlich Marc und Angela. Sie entschuldigte sich bei ihren aktuellen Gesprächspartnern und durchquerte den Raum, während sie sich einen schmerzverzerrten Gesichtsausdruck verkneifen musste, weil ihre Schuhe an den Stellen scheuerten, die nach sechs Wochen Training ziemlich wund waren.

Marc entdeckte sie und winkte. Bildete sie sich das ein oder wanderte sein Blick kurz über ihre Figur? Es war lange her, dass sie sich richtig schick gemacht hatte – wahrscheinlich war er einfach nur nicht gewohnt, dass sie etwas anderes trug als Sporthosen und T-Shirt.

Aber heute Abend wollte sie auffallen und farbenfrohe Hoffnung verkörpern, trotz der Zweifel, die seit dem Beginn dieser Aktion an ihr genagt hatten. Bei einer Shoppingtour mit Kimberly hatte Eva deshalb ihre Ängste beiseitegeschoben und im Nobelkaufhaus Neiman Marcus das leuchtend rote, schmal geschnittene Spitzenkleid mit tiefem Dekolleté und fließendem Cape gekauft, ohne es auch nur anzuprobieren.

Wie es schien, war es die perfekte Wahl.

Schließlich erreichte sie Angela und Marc. »Endlich habe ich euch gefunden.«

Marc sah wie immer gut aus in seinem Smoking. Er trug einen leichten Bartschatten und erreichte damit eine nette Mischung aus Eleganz und rauer Männlichkeit. Er beugte sich vor und küsste sie auf die Wange. »Du siehst umwerfend aus.« Er trat wieder zurück, bevor sie sein Rasierwasser näher bestimmen konnte, aber was auch immer es war – es hinterließ ein merkwürdiges Gefühl in ihrer Magengegend.

Ihr Lächeln war unsicher, aber sie schob ihre Nervosität beiseite. »Danke. Du machst aber auch keine schlechte Figur.« Dann wandte sie sich an ihre Schwägerin. »Und du siehst toll aus, Angela.«

Angela trug das blassgrüne Brautjungfernkleid mit der Empire-Taille, das sie vor fünf Jahren zu Evas Hochzeit angehabt hatte. Ihre Haare fielen in schlichten Locken um ihre Schultern. Sie sah ausgesprochen reizend aus – vielleicht noch besser wegen des

Trainings? – und trotzdem umgab sie eine gewisse Melancholie. Das Make-up konnte die dunklen Ringe unter ihren Augen nicht verbergen. »Danke.« Ihr Rücken war steif wie ein Besenstiel und ihre Stimme noch steifer. Sie starrte zu Boden.

»Wo ist Kylee?« Ihre älteste Nichte hatte unbedingt dabei sein wollen, aber Eva hatte sie noch nicht entdeckt.

»Irgendwo.« Diese Antwort war ebenso tonlos – und desinteressiert – wie die erste.

Eva unterdrückte einen Seufzer. Sie hatte gehofft, dieser Lauf würde Angela und sie einander näherbringen und ihr helfen, besser zu verstehen, wie ihre Schwägerin tickte. Aber trotz Marcs sanfter Ermahnung am Ende ihres Spinningkurses vor drei Wochen und trotz Evas Bereitschaft, es noch einmal zu versuchen, sah Angela das offenbar anders.

Eva wandte sich wieder an Marc. »Hat jemand schon eine größere Spende versprochen?«

»Auf jeden Fall. Obwohl sich die Leute erst nach dem Programm so richtig überschlagen werden, um zu spenden.« Marc sah auf seine Rolex, die er sich für besondere Gelegenheiten aufhob. »Apropos, gleich geht das Essen los.«

»Eva.« Angelas Kopf fuhr plötzlich hoch. »Wir müssen reden.«

Oh-oh. Was sollte das denn jetzt?

»Natürlich –«

»Alle herhören.« Kims Stimme erklang über die Lautsprecheranlage, während die Musik ausgeblendet wurde. »Ich weiß, dass Sie sich alle köstlich amüsieren, aber jetzt gibt es etwas zu essen! Aber keine Sorge. Wenn wir gegessen und etwas von unseren Rednerinnen gehört haben, können Sie noch stundenlang die Casino-Atmosphäre genießen. Außerdem werden Sie genügend Zeit haben, unsere Läufer finanziell zu unterstützen und einen der fantastischen Preise bei der Verlosung zu gewinnen. Bitte begeben Sie sich jetzt in den Speisesaal und entnehmen Sie Ihren Platz dem Sitzplan am Eingang. Bon appétit.«

Eva hakte sich bei Marc und Angela unter. »Tut mir leid, Angela, aber wir müssen später reden. Jetzt müssen wir erst mal eine Million Dollar für unsere Männer beschaffen.«

Sie musste es Eva sagen. Jetzt.

Aber jedes Mal, wenn sie es versuchte, verließ Angela der Mut.

Sie saß dort an dem schicken Tisch und starrte auf die Bühne, während Eva über Brent sprach, über seine Leidenschaften und sein Vermächtnis. Das riesige Blumengesteck mit exotischen Blumen und Perlen versperrte ihr teilweise die Sicht, aber sie konnte die Überzeugung und die gemischten Gefühle in der Stimme ihrer Schwägerin hören.

Warum konnte Angela nicht so empfinden? Warum konnte sie sich nicht darauf konzentrieren, dass aus Wes' Tod etwas Gutes erwuchs, anstatt Angst, Schuld und Wut in ihrem Inneren zu nähren?

Vielleicht, wenn sie – wie Eva – die Zeit und Energie dazu hätte und keine Kinder, die sie ernähren und anziehen und mit einem Dach über dem Kopf versorgen musste, könnte sie …

Angelas Blick wanderte zu Kylee, die sich auf die Lippe biss und ihre feine Leinenserviette fest umklammert hielt, während sie ihre Tante beobachtete. Ihre älteste Tochter war dank des Kleides, das sie im Schlussverkauf gefunden hatten, über Nacht aufgeblüht. Nachdem sie ihre Haare in Locken gelegt und ein wenig Lippenstift und Rouge aufgetragen hatte, war sie kein kleines Mädchen mehr, das mit Angelas alten Klamotten und Make-up Verkleiden spielte.

Sie war ein Mädchen, das bald eine Frau sein würde, und bei dem Gedanken spürte Angela einen Stich in ihrem ohnehin schon sorgenvollen Herzen.

Eva beendete ihre Rede unter donnerndem Applaus und damit waren die Ansprachen für den Abend vorbei. Dann wurden sie von einer Welle Menschen mitgerissen, die aus dem Saal drängten, um ihre Spendenzusagen abzugeben und weiter an den Casino-Tischen zu spielen. Bevor Angela sich Eva schnappen konnte – sie musste dieser Farce *jetzt* ein Ende machen –, verschwand ihre Schwägerin in der Menge, wohl um noch mehr Unterstützung für ihre Sache zu gewinnen.

Eine Sache, von der Angela nicht wusste, ob sie noch dahinterstehen konnte. Nicht, weil sie nicht daran glaubte, sondern weil es sie langsam umbrachte.

Mit jeder Stunde, die diese Benefizveranstaltung dauerte, spürte sie, wie die Schlinge um ihren Hals sich fester zusammenzog. Während das Geld der Sponsoren floss, waren sie gefangen. Sie hatten sich festgelegt. Aber trotzdem wusste Angela nicht, wie sie noch einen Tag ihres Trainingsplans überleben sollte, geschweige denn viereinhalb Monate.

Angela schob sich durch das organisierte Chaos und fühlte sich dabei, als hätte sie eine Erkältung – ihre Ohren waren wie mit Watte verstopft, ihre Kehle schmerzte, weil sie die Reue und Angst, die in ihr aufstiegen, immer wieder hinunterschluckte, und ihre Augen waren vor Erschöpfung trüb. Der gedämpfte Klang von Gelächter, fliegenden Würfeln, Applaus und Musik machte sie ganz benommen, während sie herumlief und Eva suchte. Suchte und nicht fand. Was für eine Metapher für ihr Leben.

Gut, jetzt war sie einfach müde und konnte keine klaren Gedanken fassen, weil ihr Geist von der Müdigkeit erfasst wurde, die ihr Körper seit Wochen fühlte – ein neues Ausmaß an Erschöpfung, das sie lange nicht mehr erlebt hatte. Und alles wegen eines mehrstündigen Trainings nach der Arbeit und dem Versorgen ihrer Kinder.

In diesem Durcheinander würde sie Eva nie finden. Angela zog die hohen Schuhe von ihren Füßen und ging zum Rand des Saals, wo sie einige Polstersessel mit hohen Lehnen entdeckt hatte. Die Muskeln in ihrem Körper stöhnten und ihre Knie knackten. Ihre steifen Finger ließen die Schuhe los und ihr Kopf sank an die Rückenlehne. Sie schloss die Augen und blendete nach und nach ihre Umgebung aus …

»Angela?« Eine sanfte Berührung an der Schulter schreckte sie auf. Sie blinzelte, weil der Mascara obere und untere Wimpern miteinander verklebte. Nase und Augen fühlten sich an, als wären sie einem Wüstenwind ausgesetzt gewesen, und ihr Kopf dröhnte. War sie etwa mitten auf einer Party eingeschlafen?

Dann wurde ihr bewusst, dass das Fest vorüber war. Die Musik war verstummt und Kimberlys Leute trugen leere Gläser und Teller ab. Das ausgeliehene Casino-Personal klappte Tische zusammen.

Eva sank auf den Stuhl neben Angela. »Tut mir leid, dass ich dich geweckt habe. Aber es ist Zeit, nach Hause zu gehen.«

»Ich habe dich gesucht, und als ich dich nicht gefunden habe, bin ich …« Ein Muskel zuckte in Angelas Rücken. »Wo ist Kylee?«

»Ich glaube, sie kaut Kim in der Küche ein Ohr ab.« Eva lachte. »Weißt du was, Angela? Wir haben es geschafft. Wir haben eine Million Dollar zusammenbekommen. Sogar mehr als das. Mit Eintrittskarten, Losverkauf und Spendenzusagen werden wir 1,2 Millionen Dollar für die Manhattaner Herzstiftung bekommen, wenn der Lauf vorbei ist.« Tränen glänzten in ihren Augen, als Eva Angelas Hand drückte. »Brent und Wes wären stolz auf uns.«

Angela starrte Evas Hand an. Jetzt musste sie die Wahrheit sagen. Sie wollte nicht, aber was blieb ihr anderes übrig? Sie konnte nicht so weitermachen wie bisher. Aber wie sollte sie es formulieren, damit es Eva nicht das Herz brach?

»Eva, ich schaff das nicht.« Autsch. Hätte sie es nicht besser ausdrücken können? Und warum klang ihre Stimme immer so emotionslos?

Aber das war die Folge, wenn man so erschöpft war, dass man mitten in einem Spielsalon einschlief. Ihr Verstand funktionierte einfach nicht mehr.

»Was schaffst du nicht?« In Evas Augen lag ein Ausdruck der Verwirrung und ihre geschwungenen Lippen waren gespitzt.

Obwohl Eva und sie einander überhaupt nicht ähnlich waren, wollte Angela ihrer Schwägerin keinen Kummer machen. Angela seufzte. »Ich wollte es dir eher sagen, aber wir hatten ja keine Zeit. Die letzten sechs Wochen waren für mich die Hölle. Mein Haus ist die reinste Müllhalde, meine Familie isst nur noch Junkfood und ich sehe meine Kinder nicht mehr, und das alles wegen der zusätzlichen Zeit, die ich für das Training aufbringen muss.«

Sie tat das alles ja nur der Kinder wegen, aber wie sollte die Situation sich verbessern, wenn sie nie Zeit zusammen verbrachten und Angela keine Chance hatte, sich auf den Heilungsprozess zu konzentrieren? Es war dumm gewesen zu glauben, dass es zu etwas anderem als zu Chaos führen könnte, wenn sie so impulsiv war, Evas Plan zu unterstützen.

Sie fuhr mit ihrer Erklärung fort, in der Hoffnung, dass Eva sie verstehen würde, selbst wenn sie es nicht nachempfinden konnte. »Und es ist nicht nur die Tatsache, dass ich kein Leben mehr habe. Ich bin völlig fertig. Ich habe vergessen, wie anstrengend es sein kann, so viel zu laufen.« Nicht, dass sie beim Training immer joggte. Aber es war sinnvoll, die Strecke schneller zurückzulegen, und das bedeutete, dass sie ihr Tempo erhöhen musste. »Gestern bin ich bei der Arbeit eingeschlafen und habe einen sehr wichtigen Anruf verpasst, auf den wir dringend gewartet hatten. Meine Chefin war so außer sich, dass ich mich frage, warum sie mich nicht gefeuert hat. Das war für mich der Tropfen, der das Fass zum Überlaufen gebracht hat.«

Eva zog ihre Hand weg. »Aber ohne dich kann ich es nicht machen. Das habe ich dir doch erklärt. Und was ist mit heute Abend, mit all dem Geld, das wir gesammelt haben?«

»Ich weiß. Ich weiß. Und es tut mir leid. Aber ich darf meinen Job nicht verlieren, Eva. Und meine Kinder haben mehr verdient als das, was ich ihnen gerade geben kann. Vor der Idee mit dem Marathon haben wir uns schwergetan, das gebe ich zu. Aber jetzt ist es noch schlimmer. Ich habe weder die nötige Zeit noch die Energie für diese Aktion.«

Ihre Schwägerin starrte mehrere Sekunden lang zu Boden. Dann hob sie den Kopf und sah Angela in die Augen, während ihre Miene sich aufhellte. »Wie wäre es, wenn wir nicht bis März warten?«

»Wie bitte?«

»Wie wäre es, wenn wir schon vor dem Lauf nach Neuseeland fliegen? Wir könnten jederzeit abreisen. Ein Haus dort mieten. Wir könnten uns ganz auf das Training konzentrieren. Das Land kennenlernen. Das herrliche Wetter genießen. Dort ist bald Sommer.«

Da waren wieder diese unrealistischen Vorstellungen, die mit der Wirklichkeit nichts zu tun hatten. »Eva, wovon redest du? Ich muss arbeiten. Die Kinder gehen in die Schule. Und ich würde sie niemals so lange allein lassen. Hörst du mir nicht zu?«

»Vermisst du es nicht, sie selbst zu unterrichten?«

»Doch, natürlich.«

»Was ist, wenn das möglich wäre?«

Verstand Eva denn nicht, wie weh ihre Fragen taten? »Noch mal: Wovon redest du?«

Eva beugte sich vor. »Du weißt doch, dass Brent mir viel Geld hinterlassen hat, und das Unternehmen läuft sehr gut.« Ihre Miene zeigte ihre Entschlossenheit. »Wir müssen einen Weg finden, diese Krise zu meistern. Vielleicht sollten wir alle in diesem Winter eine Auszeit nehmen und uns das Sommerlicht gönnen.«

»Oh, Eva.« Was für eine Träumerin.

»Ich merke, dass du mich für verrückt hältst, aber wir könnten es tun. Ich bezahle für alles. Kündige deinen Job – ich bin sicher, wenn du zurückkommst, findest du etwas Ähnliches, aber wenn nicht, kannst du in einem unserer Fitnessstudios für Marc arbeiten.«

»Ich weiß nicht …« Angelas Kopf drehte sich von all dem, was mit Evas Vorschlägen verbunden war. Von der Absurdität ihrer Ideen.

Und doch bohrte sich ein winziges *Was-wäre-wenn* in ihr Herz.

»Und Sherry könnte mitkommen und mit den Kindern helfen, wenn wir trainieren. Wir können gehen, wann immer du willst. Nächste Woche. Nächsten Monat.«

Konnte sie wirklich die Kinder aus der Schule nehmen und sie für mehrere Monate von allem losreißen, was sie kannten – von dem Haus, in dem sie mit ihrem Vater gelebt hatten? Und konnte Angela sich finanziell wirklich so von Eva abhängig machen? Dass sie für ihre Teilnahme an dem Ultra-Marathon bezahlte, war eine Sache. Aber sich von ihrer Schwägerin eine monatelange Reise für die ganze Familie finanzieren zu lassen … das war etwas anderes.

Das alles – auch der Lauf – brachte einfach zu viel Unruhe mit sich. Angela musste sich wehren, bevor Evas Zug aus guten Vorsätzen ihr Leben völlig entgleisen ließ.

»Es tut mir leid, Eva. Ich muss aufgeben. Vielleicht lassen sie euch trotzdem mitmachen, wenn du ihnen die Situation erklärst.« Angela zog eine Grimasse, während ihr Kopf dröhnte. Sie atmete aus, um sich zu beruhigen. Es war die richtige Entscheidung.

»Du gibst auf? Wirklich?«

Natürlich. Den ganzen Abend konnte sie ihre Tochter nicht finden und ausgerechnet in diesem Augenblick tauchte sie auf.

Kylee stapfte auf sie zu, ihr Gesicht eine wütende Maske.

»Liebling –«

»Nein, Mom, halt … einfach den Mund. Ich meine, eigentlich sollte ich nicht überrascht sein. Dad hast du ja auch aufgegeben.«

Die Worte waren wie ein Schlag, den Angela im ganzen Körper spürte. »Entschuldigung?«

Wes hatte *sie* aufgegeben, nicht andersherum. Wer hatte sich denn um die Kinder gekümmert, während ihr Mann in der Weltgeschichte herumgereist war, auf der Suche nach Gefahren? Wer hatte die Tränen der Kinder getrocknet und sie nach bösen Träumen beruhigt, als Wes mit gebrochenen Rippen im Krankenhaus gelandet war, weil ein Abseilabenteuer schiefgelaufen war – ein ganzes Jahr, bevor er bei einem dämlichen Unfall gestorben war, den er hätte vermeiden können, wenn er nur auf ihre Bitten gehört hätte, mit diesen Dingen aufzuhören?

»Nichts. Ich dachte nur, du würdest der Welt – uns – endlich zeigen, dass Dad dir etwas bedeutet hat. Aber das ist wohl zu schwer für dich, oder?«

»Kylee.« Eva sprach den Namen ihrer Nichte mit sanfter Stimme aus. »Sei lieb. Deine Mutter hat ihre Gründe.«

Erstaunlicherweise löste Kylee sich nicht in Tränen auf und klammerte sich auch nicht an Eva. Ihre Unterlippe bebte, während sie eine trotzige Miene aufsetzte und ihre Arme verschränkte. »Verteidige sie nicht, Tante Eva.«

Wie sollte sie nur zu ihrer Tochter durchdringen? Hatte Kylee nicht bemerkt, wie belastend das Training schon jetzt für ihre Familie war? »Ich habe deinen Vater geliebt, aber …« Nein, sie würde nicht sagen, was sie wirklich sagen wollte. Wes war für Kylee alles gewesen und Angela würde das Bild, das ihre Tochter von ihrem Helden hatte, nicht beschädigen. Sie stählte sich gegen die Empörung und die anderen Gefühle, die aus ihr herauszusprudeln drohten. »Wir können später darüber reden, wenn du dich beruhigt hast.«

»Ich werde mich nie beruhigen. Und willst du wissen, warum? Weil ich nicht so sein will wie du.« Kylee machte auf dem Absatz kehrte und rannte aus dem Saal.

Angela sank auf ihrem Polstersessel zurück und atmete schwer.

Eva blieb schweigend an ihrer Seite.

Was sollte sie tun? Angelas Leben war dauerhaft in einem Aufzug gefangen. Aber egal, für welches Stockwerk sie sich entschied, immer wartete etwas Unangenehmes auf sie. Und wie man an den letzten anderthalb Jahren sehen konnte, war es auch keine Option, im Aufzug zu warten, bis ein besseres Stockwerk kam. Sie durfte nicht stehen bleiben und sich von einem winzigen Raum ersticken lassen.

»*Wenn du merkst, dass etwas, was du machst, nicht funktioniert, ändere den Kurs.*«

Sie erkannte die Stimme in ihrem Kopf sofort. Ihr Lauftrainer in der Highschool, Bryan Simmonds, war ein Fels der Ermutigung und Orientierung gewesen. Er hatte sie immer in die richtige Richtung gelenkt, während sie versuchte, in ihrer Sportart besser zu werden. Warum kamen ihr seine Worte ausgerechnet jetzt in den Sinn? Vielleicht, weil sie wieder mit dem Laufen begonnen hatte – konnte das die Erinnerung hervorgeholt haben?

Aber er hatte noch mehr gesagt, nicht wahr? Angela konzentrierte sich und versuchte, sich an jenen Lauf vor langer Zeit zu erinnern, als sie über ihre eigene Leistung so enttäuscht gewesen war.

Was hatte er damals noch gesagt? Ach ja …

»Ändere deine Atemtechnik, hol dir neue Schuhe, mach etwas anders. Das könnte entscheidend dafür sein, ob du das Rennen nur überlebst oder ob du siegst.«

Könnte es sein, dass ihre Optionen nicht so eindeutig und schwarz-weiß waren, wie sie dachte? Dass es nicht ein »Mach bei dem Lauf mit« oder »Mach bei dem Lauf nicht mit« sein musste? Vielleicht hatte Evas Idee doch etwas … Vielleicht konnte eine Auszeit von der Arbeit und vom Alltag die Dinge irgendwie neu zusammenfügen.

Im Moment wusste Angela nur eins – wenn ihre Tochter sie hasste, ihre Schwägerin von ihr enttäuscht war und eine ganze Stadt, die Geld gespendet hatte, sich verraten fühlte, weil sie aufgab, vielleicht war es dann an der Zeit, eine Siegerin zu werden.

Und der erste Sieg, der errungen werden musste, war der Sieg über ihren eigenen Stolz.

Sie blickte zu ihrer Schwägerin auf und biss sich so fest auf die Lippe, dass sie Blut schmeckte. »Was meinst du … wann sollen wir fliegen?«

11. Kapitel

Eva hatte gelesen, Neuseeland sei ein Land der Gegensätze. Das war einer der Gründe gewesen, warum Brent immer dorthin reisen wollte. Es gab zerklüftete Gebirgsketten und Gletscher, Fjorde und Vulkanebenen, aber auch Sandstrände, subtropische Wälder oder fruchtbares Ackerland. In manchen Monaten wehte der Wind von Westen, dann wieder herrschte Ostwind vor.

Es war ein Land voller Geheimnisse und Wunder, beinahe mystisch. Ein Land von erlesener Schönheit.

Und vielleicht, wenn ihre Herzen bereit waren, konnte es ein Ort der Heilung werden …

Beinahe drei Monate, nachdem sie den ersten Anruf von Tina Landry erhalten hatte, nahm Eva im Flugzeug ihre Augenmaske ab und blinzelte angesichts der hellen Lampen. Der Kapitän hatte gerade angekündigt, dass sie den Landeanflug auf Queenstown beginnen würden, nachdem sie in Auckland zu ihrer letzten Reiseetappe aufgebrochen waren. Zuvor hatten sie zwei sehr lange Flüge hinter sich gebracht und waren nun fast vierundzwanzig Stunden unterwegs. Und nach der Landung mussten sie noch ein Stück bis zu ihrem Zielort Wanaka fahren.

Neben Eva las Sherry in einem Buch, die Ruhe selbst. Auf der anderen Seite von Sherry saß Kylee mit Ohrhörern in den Gehörgängen, die Augen geschlossen. Lilly plauderte auf der anderen Seite des Ganges mit Angela, ihre aufgeregte Stimme umgeben von dem Grundrauschen im Flugzeug, während Zach auf sein Tablet starrte.

Sherry blickte zu Eva auf. »Hast du gut geschlafen, Liebes?«

»Ich glaube schon.« Eva drehte den Kopf nach links und dann nach rechts, um die steifen Halsmuskeln zu dehnen. Sie hatte in

Flugzeugen noch nie schlafen können, aber angesichts ihrer totalen Erschöpfung und dem Wattegefühl im Mund musste sie wohl doch eingeschlafen sein. Ihr Gesicht fühlte sich an, als wäre jede Pore mit Dreck verstopft. Eva fuhr sich mit der Hand durch die Haare und versuchte, die Mischung aus Begeisterung und Nervosität in ihrem Magen durch tiefes Ein- und Ausatmen zu beruhigen.

Sie hatte in den vergangenen fünf Wochen viel um die Ohren gehabt, während Angela und sie sich auf ihre Reise vorbereitet hatten – einen Makler in Neuseeland finden, der ihnen eine Unterkunft für einige Monate besorgen sollte, Flüge buchen, mit Marcs persönlichem Trainer einen Besuch um die Weihnachtsfeiertage herum vereinbaren, bevor er im Januar an einem Marathon in Neuseeland teilnahm, und ihre Arbeit bei der Herzstiftung an andere Kolleginnen übergeben. Eva hatte die gesamte Planung einer Agentur überlassen wollen, aber Angela hatte darauf bestanden, dass sie alles selbst machten, damit sie sicher sein konnten, dass alles richtig lief.

Da Eva kein Detailmensch war, hatte sie auf die Kinder aufgepasst und Essen zu Angelas Haus gebracht, wann immer ihre Schwägerin es zuließ. Es war offensichtlich, dass Angela sich schwer damit tat, Hilfe anzunehmen – oder vielleicht wollte sie einfach nicht mehr Zeit mit Eva verbringen als nötig.

Die drei Teammitglieder hatten es außerdem geschafft, ein paarmal zusammen zu trainieren. Eva und Marc hatten Angela das Tempo bestimmen lassen, was bedeutete, dass sie die meiste Zeit gegangen waren – und das war für Eva schwieriger, als sie zugeben mochte.

Während ihrer eigenen Trainingseinheiten sehnte sie sich inzwischen nach dem Adrenalin des Laufens und nach dem stechenden Schmerz in der Lunge, nach dem Seitenstechen und dem Brennen der Muskeln.

Manch einer würde eine solche Sehnsucht als masochistisch bezeichnen, aber für Eva war der körperliche Schmerz eine willkommene Ablenkung von dem, was ihr Herz beinahe täglich belastete.

Unabhängig davon, dass sie sich nicht ganz einig waren, was das Training betraf, waren ihre Pläne für die Reise wunderbar aufgegangen. Dass sie jetzt hier in Neuseeland waren, müsste Angela den Freiraum geben, den sie brauchte, um sich mehr auf ihr Training zu konzentrieren. Vielleicht ließ sie sich ja sogar umstimmen, was das Laufen statt Gehen betraf.

Eva klappte den Tisch vor sich hoch und schob die Jalousie am Fenster nach oben. Wolken umgaben sie – weiße, fluffige, nicht dunkle wie die, als sie zu Hause aufgebrochen waren. Hier sahen sie aus wie die dicke Füllung, die man für Steppdecken und Kissen benutzte, sodass das Flugzeug über einer flauschigen Decke zu schweben schien, die einen auffälligen Kontrast zu dem strahlend blauen Himmel über ihnen bildete.

Sie blinzelte. War das Einbildung oder sah sie schneebedeckte Berggipfel aus den Wolken aufragen?

Ja. Beeindruckend.

Was für andere Schönheiten würden sie wohl sehen, während sie hier waren?

Plötzlich verschwand die Welt außerhalb des Fliegers in einer weißen Masse, als sie durch die Wolkendecke hinabstiegen. Konnte der Pilot in diesem Nebel überhaupt sehen?

Anstatt Angst auszulösen, erweckte die Frage ihren schlummernden Abenteuersinn zum Leben.

Als sie wieder aus den Wolken auftauchten, wurde sie mit einem umwerfenden Ausblick belohnt, als sich ein grünes Tal vor ihnen auftat, umgeben von den Bergen, die sie gerade von oben gesehen hatten. Das Flugzeug näherte sich dem Rollfeld und in der Ferne war ein stiller See zu sehen.

Es war der erste Dezember. Zu Hause hatte alles angefangen zu vereisen, kalt zu werden und zu sterben. Aber hier blühte das Leben.

»Wow.«

»Kann man wohl sagen.« Sherry reckte den Hals, um besser sehen zu können.

Auf ihrem Platz auf der anderen Seite des Ganges kommentierte Lilly begeistert alles, was sie sah.

Eva warf einen verstohlenen Blick zu Angela hinüber, deren Augen auf den Sitz vor ihr geheftet waren. Bereute sie bereits ihre Entscheidung? Obwohl Eva und sie in den letzten Wochen mehr miteinander geredet hatten, war Angela dabei ganz sachlich gewesen. Der Riss, den Angelas kontrolliertes Äußeres bei der Benefizveranstaltung erhalten hatte, war wieder geflickt worden – als hätte es ihn nie gegeben. Und während des Trainings sprachen sie nie, außer sich über das Tempo zu verständigen.

Aber jetzt waren sie hier und vielleicht würde all das sich ja ändern.

Angela hatte noch nie etwas so Schönes gesehen, obwohl sie an der herrlichen Küste von Südkalifornien aufgewachsen war.

Sie trat auf die Veranda des Hauses am Lake Wanaka, das in der letzten Minute frei geworden war. Sie hatten es für die Dauer von vier Monaten mieten können – ein Wunder in dieser Jahreszeit – und es war perfekt für sie geeignet. Das Holz knarrte unter Angelas nackten Füßen, als sie ans Geländer trat und die Aussicht genoss: die sanften Wellen des Sees, die Pinien, die über ihr in die Höhe ragten, die Berge, die sich aus der Erde erhoben, groß und stark und überwältigend in ihrer Schönheit. Wie merkwürdig, dass die Leute zu Hause sich auf den ersten großen Wintersturm der Saison einstellten, während sie hier mit Motorboot oder Fahrrad fuhren.

Zu dem kleinen Ort Wanaka gelangte man am Seeufer zu Fuß in wenigen Minuten, aber bis jetzt hatten sie noch keine Zeit gehabt, ihn zu erkunden. Gestern waren sie nur noch in ihre Betten gefallen, kaum dass sie im Haus angekommen waren. Dank Jetlag hatte Angela dreizehn Stunden am Stück geschlafen und die Kinder schlummerten trotz des fortgeschrittenen Vormittags noch immer im zweiten Stock des Hauses.

»Bist du bereit?«, durchbrach Evas Stimme die Einsamkeit.

»Wofür?« Angela zermarterte sich das Hirn, konnte sich aber nicht an den Plan für heute erinnern. Obwohl sie so lange geschlafen hatte, war sie mit müdem Geist aufgewacht – zum ersten Mal seit Monaten hatte Wes sie im Traum heimgesucht. Natürlich hatte ihre Erschöpfung nicht nur diesen Grund. Nach all den Stunden, die sie mit Trainieren, Packen, Unterrichtsplanung, Arbeit, Organisieren von Haushütern und allem anderen verbracht hatte, was man bei einer viermonatigen Abwesenheit bedenken musste, war sie körperlich, mental und emotional am Ende ihrer Kräfte.

Eva näherte sich ihr in ihrer Designer-Laufbekleidung. »Für unseren ersten Trainingstag hier.«

Puh.

In New York hatten sie im November ein paar gemeinsame Übungstermine gefunden und jedes Mal schien Eva trotz der gelaufenen Kilometer kaum in Schweiß auszubrechen. Okay, es war kein Wettbewerb. Aber diejenige zu sein, die das Team ausbremste … das wurmte Angela. Egal, wie sehr sie sich verbesserte – sie hatte das Gefühl, dass es Eva nie genügen würde, weil sie immer noch darauf fixiert war, den gesamten Ultra-Marathon im Joggingtempo zu laufen.

»Ich muss mich umziehen.«

»Kein Problem. Wenn du fertig bist, nehmen wir den Weg, der an der Stadt vorbei- und um den See herumführt. Ich dachte, wir könnten fünfzehn Kilometer machen, also an der Stadt vorbei und dann auf halber Strecke umdrehen.«

In ihrem jetzigen Trainingszustand waren fünfzehn Kilometer gar nichts. Angela hatte sich an den Wochenenden bis auf fast fünfundzwanzig Kilometer gesteigert.

Na gut, *gar nichts* war es nicht. Immer wenn sie die Laufstrecke oder die Belastung auf ihrem Laufband erhöhte, protestierte ihr Körper. Zuerst hatte sich das in Blasen an den Füßen geäußert, die mit jedem Schritt unangenehmer wurden. In letzter Zeit hatte ihre Hüfte angefangen, sich nach langen oder schnelleren Wanderungen zu melden.

Aber trotz der Unannehmlichkeiten hatte sie sich mehr und mehr an den Sport gewöhnt. Nicht, dass sie ihren »Mamabauch« jemals ganz loswerden würde, aber sie hatte abgenommen und mehr Muskeln entwickelt.

Trotzdem waren die angeblichen positiven Auswirkungen von mehr körperlicher Ertüchtigung, wie besserer Schlaf und eine bessere Laune, von der Sorge zunichtegemacht worden, die sie ständig belastete: War es richtig, die Kinder hierherzuschleifen und diesen Lauf mitzumachen?

Angela wandte sich vom See ab. »Bin gleich wieder da.« Sie ließ Eva auf der Veranda stehen und ging in ihr Zimmer, wo sie in den Tiefen ihres Koffers herumwühlte, bis sie eine ausgeleierte Sporthose und ein altes Bibelschul-T-Shirt von vor fünf Jahren gefunden hatte. Sie zog sich um und ging wieder nach unten.

In der Küche war Sherry gerade dabei, Pfannkuchen zu backen, als Angela hereinkam, um eine Wasserflasche aus dem Kühlschrank zu holen. »Geht ihr eine Runde?«

»Ja. Macht es dir etwas aus, bei den Kindern zu bleiben?«

Als sie den Kindern von ihrer Entscheidung erzählt hatte, früher herzukommen und den Rest ihres Schulhalbjahres online zu absolvieren, hatten Zach und Lilly gejubelt. Kylee hingegen hatte so getan, als wäre es eine ungeheure Zumutung, dass sie ihre Freunde mehrere Monate nicht sehen würde – offenbar hatte sie diesen Teil der Unterhaltung mit Eva bei der Benefizveranstaltung nicht mit angehört. Trotz ihrer zickigen Reaktion hatte Angela ihrer Tochter den Wunsch erfüllt, mit der Abreise bis nach dem letzten Geländelauf der Saison zu warten.

»Natürlich nicht. Deshalb bin ich doch hier.«

»Danke, Sherry.« Als sie die Tür zum Garten öffnete, sah sie Eva, die ihre Dehnübungen machte und dabei die Sonne genoss.

Eva lockerte die Muskeln. »Sollen wir noch mal versuchen zu joggen?« Ihre Miene war eine Mischung aus Hoffnung und Ängstlichkeit.

Am liebsten hätte Angela ihrer Schwägerin zum tausendsten Mal ein »Nein!« an den Kopf geworfen. Denn sie wollte nie wieder joggen.

In der Schule war es ihr Ding gewesen, ja, aber jetzt war sie ein anderer Mensch. Damals hatte sie Träume gehabt, Pläne für die Zukunft, die keinerlei Ähnlichkeit mit ihrem heutigen Leben hatten. Nicht, dass sie das Leben, in dem sie dann gelandet war, nicht geliebt hatte – natürlich, bevor Wes gestorben war –, aber das Mädchen, das joggte, war jemand, der nie bei etwas versagte. Jemand, der eine erfolgreiche Ärztin werden würde und sich von nichts an einem gut situierten Leben hindern lassen würde. Jemand, der niemand anderen brauchte, um sich durchzusetzen.

Aber dieses Mädchen gab es nicht mehr. Irgendwo auf dem Weg war Angela Jamison eine Frau geworden – eine Frau, deren Träume beiseitegeschoben worden waren, weil sie das Ziel aus den Augen verloren hatte.

Weil sie sich verliebt hatte.

Angela seufzte. »Mal abwarten, wie es läuft, okay?«

»Okay. Kein Problem.« Das Leuchten in Evas Augen flackerte, aber sie lächelte trotzdem. Wie machte sie das nur? Selbst unter den schlimmsten Umständen schien Eva entschlossen, an ihre Mission zu glauben.

Sie setzten ihre Rucksäcke auf – da sie noch nicht ihre komplette Ausrüstung hatten, füllten derzeit etwa zehn Kilo Wasserflaschen und schwere Bücher die Rucksäcke –, und dann ging Eva als Erste die Verandastufen hinunter zu dem Pfad, der am See entlangführte. Sie begannen mit einem angenehmen Tempo.

Lange goldene Schilfrohre raschelten am Wasser und Möwen schrien ein Stück entfernt in der Nähe der Stadt. Radfahrer riefen Hallo, wenn sie vorbeifuhren, und andere Fußgänger nickten zum Gruß. Es war ein freundlicher Ort.

Als eine Gruppe Mütter mit Buggys an ihnen vorbeimarschierte, bemerkte Angela, dass Eva die Fäuste ballte und auf ihrer Unterlippe kaute. Es war klar, dass sie losrennen wollte.

»Lauf du ruhig vor«, machte Angela ihr das gleiche Angebot wie an dem Tag ihres ersten gemeinsamen Lauftrainings vor mehr als zwei Monaten.

»Nein, wir sollten zusammenbleiben.« Eva lächelte wieder, aber diesmal wirkte es etwas gezwungener.

Na gut, sie hatte es versucht.

Sie gingen schweigend weiter. Angela atmete den frischen Duft der Pinien um sie herum ein. Der Weg wand sich am Seeufer entlang und über ihnen erstreckte sich ein Baldachin aus Ästen und darüber nichts als der bloße Himmel.

Bei dem beruhigenden Rhythmus des Windes, der über den See wehte, dem Knirschen der Kiesel unter ihren Füßen und der Wärme der höhersteigenden Sonne in ihrem Gesicht begann ihr Körper sich zu entspannen. Und nach einer Weile beschleunigte sie ihre Schritte. Zuerst unbeabsichtigt. Die Schönheit, die sie umgab, erinnerte sie sehr an Kalifornien – nicht, weil es dort genauso aussah, sondern weil sie seitdem nicht mehr richtig in der Natur gewesen war. New York City hatte für manche Menschen einen eigenen Reiz, aber Wes und sie waren ursprünglich dorthin gezogen, weil seine Eltern ihnen dort in ihren ersten Ehejahren eine kostenlose Wohnung zur Verfügung gestellt hatten.

Ehe sie es sich versah, fiel Angela in einen Laufschritt.

Und dann wurde sie von einem Gefühl der Freiheit überwältigt, als sie den Weg entlangflog, die Beine ausgreifend wie eine Gazelle, den Wind in den Haaren, das Adrenalin in ihren Adern. So hatte sie sich zu Hause beim Laufen nicht gefühlt.

Wann hatte sie sich überhaupt das letzte Mal so gefühlt?

Eine Vision tauchte in Angelas Gedächtnis auf, nebulös zunächst. Aber als sie so am Lake Wanaka entlanglief, entwickelte die Erinnerung sich in ihrem Kopf zu einem regelrechten Film …

Es war das vierte Semester am College. Sie war auf dem Campus gejoggt, einfach aus Spaß – wegen ihrer vielen Vorbereitungskurse für das Medizinstudium hatte sie keine Zeit mehr für Aktivitäten, die nichts mit ihrem Studium zu tun hatten – und plötzlich war ein Typ erschienen, den sie aus ihrem Biologieunterricht kannte. Angela wandte den Blick ab und hielt den Kopf gesenkt.

»Hi.« Sie hatte ihn noch nie auf dieser Strecke laufen sehen. »Hast du was dagegen, wenn ich dir Gesellschaft leiste?«

Angela spitzte die Lippen und lief ein bisschen schneller. »Eigentlich –«

»Ich heiße Wes Jamison.« Der drahtige junge Mann hielt mit ihr Schritt, obwohl er sicher kein geübter Läufer war. »Wir haben Bio zusammen.«

Konnte ein Mädchen denn nicht joggen gehen, ohne angesprochen zu werden? Angela blieb unter einem großen Baum stehen. »Hör mal, du bist bestimmt sehr nett und so, aber ich geh nicht mit Jungen aus, okay?« Erstens hatte sie im Moment überhaupt keine Zeit und außerdem hatten die zwei Verabredungen, die sie bisher mit Männern gehabt hatte, sie geheilt. Ihre Tante sagte immer, eine intelligente Frau schüchtere Männer ein, aber wer wusste schon, ob das der wahre Grund war.

Und damit hatte sie auch kein Problem. Wirklich nicht. Um Ärztin zu werden, musste sie sich ganz auf ihr Studium konzentrieren. Männer verkomplizierten die Dinge nur.

Aber anstatt die Stirn zu runzeln und zu verschwinden, zog ein Grinsen über Wes' Gesicht. Es war ein nettes Lächeln – nicht wie bei den Typen, die einen ungeniert musterten oder sich selbst für unwiderstehlich hielten. Nein, dieses Lächeln löste etwas in Angelas Magengrube aus.

Er schien ein anständiger, zuverlässiger, netter Junge zu

sein. Die Art Mann, die eigentlich nichts mit der ungeschickten, ernsten Angela Ladd zu tun haben wollte.

»Dann ist ja alles gut. Ich war gar nicht auf eine Verabredung aus.«

»Nicht?« Warum war sie mit einem Mal so enttäuscht? Angela krümmte die Zehen in ihren Laufschuhen, weil sie weiterlaufen wollte. »Warum hast du mich dann angehalten?«

»Genau genommen habe ich dich nicht angehalten. Ich habe nur gefragt, ob ich mitlaufen kann.« Er stieß sie mit dem Ellenbogen an.

Angela erstarrte bei der Berührung. »Also –«

»Entspann dich, das war ein Witz. Ich wollte gestern nach dem Unterricht mit dir sprechen, aber du warst zu schnell weg. Und gerade, als ich zum Lernen da drüben saß, habe ich dich vorbeilaufen sehen. Da wollte ich es noch mal probieren.«

»Warum wolltest du denn mit mir reden?«

Er fuhr sich mit den Fingern durch die kurzen blonden Locken und kratzte sich dann im Nacken. »Na ja, also, du bist so richtig schlau und da dachte ich, vielleicht können wir im Labor zusammenarbeiten. Ich habe Professor Higgins gefragt, ob ich wechseln kann, weil das Mädchen, das im Moment meine Partnerin ist, echt keine Ahnung hat. Und ich habe bemerkt, dass du keinen Laborpartner hast.« Wes zuckte mit den Schultern. »Also, wenn du nichts dagegen hast, könnten wir es doch mal zusammen probieren.«

So wie sein Lächeln wirkte auch seine Bitte vollkommen echt. »Tut mir leid, aber ich arbeite besser allein.«

Er musterte sie einen Moment lang. »Vielleicht. Vielleicht auch nicht. Wie wäre es, wenn du es einmal ausprobierst, mit mir zusammenzuarbeiten, und einfach schaust, wie es läuft?«

Angela starrte ihn an. »Ich –«

»Gib mir jetzt keine Antwort, wenn die Antwort *Nein* lautet.« Da war dieses schelmische Grinsen wieder. Warum hatte es eine solche Wirkung auf sie? »Wenn du dich entscheidest, meine Partnerin zu sein, dann setz dich morgen im Unterricht einfach neben mich. Wenn nicht, nehme ich es nicht persönlich.«

Was für ein merkwürdiger Typ. »Okay.«

Wes wandte sich zum Gehen, blieb dann aber noch einmal stehen und blickte über die Schulter zurück. »Aber ich hoffe trotzdem, du sagst *Ja*.«

Siebzehn Jahre später holte Angela tief Luft und verlangsamte ihre Schritte, während sie den Deckel von ihrer Wasserflasche drehte und von der kalten Flüssigkeit trank. Das Herz hämmerte wild in ihrer Brust – ob von der körperlichen Anstrengung oder von der Erinnerung, wer wusste das schon?

Dieser eine Tag hatte die Richtung ihres Lebens für immer verändert. Was wäre gewesen, wenn sie einfach weitergelaufen wäre? Wenn sie sich am nächsten Tag *nicht* neben ihn gesetzt hätte?

Würde sie bei einer zweiten Chance alles anders machen?

Nein.

Die Antwort hallte in ihrem ganzen Körper wider, gefolgt von Erleichterung.

So kompliziert viele ihrer Gefühle auch waren, was Wes und ihr gemeinsames Leben betraf, war sie sich sicher, damals die richtige Entscheidung getroffen zu haben.

Und in diesem Moment genügte das.

12. Kapitel

Eva musste hier raus.

Langsam erhob sie sich aus dem zu fest gepolsterten grauen Sessel am Panoramafenster.

Angela stand neben dem hohen Kamin, die Spitzen ihrer gespreizten Finger an der Stirn, die Augen geschlossen. »Zum letzten Mal, Kylee: Nur weil wir hier in einer Kleinstadt sind, heißt das nicht, dass du mit den erstbesten Leuten weglaufen kannst.«

Eva machte noch einen Schritt und hoffte, dass Sherry oder eines der anderen Kinder hereinkommen würde, um sie vor dem peinlichen Theater zu retten, das sich vor ihren Augen abspielte.

»Mom, ich will nur mit ihnen Eis essen gehen. Es ist schlimm genug, dass du mich von meinen richtigen Freunden weggezerrt hast. Und jetzt hinderst du mich daran, neue Freunde zu finden? Wirklich?«

»Hör auf zu übertreiben. Ich habe nur gesagt, dass du sie hierher einladen sollst, damit ich sie vorher kennenlernen kann.«

Beinahe in der Küche … Evas Fuß stieß gegen ein Stuhlbein und sie zog eine Grimasse bei dem lauten Geräusch.

Angela und Kylee blickten beide auf. Angelas Gesicht wurde ganz blass – vielleicht hatte sie vergessen, dass Eva da war.

Was sollte sie sagen? »Ich gehe in die Stadt.« Ja, das war genau die Pause, die sie brauchte. Viel länger konnte sie diese angespannte Atmosphäre nicht mehr aushalten – sie waren erst eine Woche hier und schon jetzt hatte sie zu viele Auseinandersetzungen mitbekommen. »Willst du mitkommen, Kylee?«

»Ja!« Kylee rannte zur Treppe. »Bin in einer Minute wieder da.«

»Tut mir leid. Ich hätte dich wohl erst fragen sollen.«

»Schon gut.« Angela lehnte die Stirn ans Fenster. »Offenbar

kann ich im Moment gar nichts richtig machen. Sorry, dass du unseren Streit mitbekommen hast.«

Meistens machte ihre Schwägerin einen starken, ja fast unbeugsamen Eindruck auf sie, aber manchmal zeigten sich Risse in der Rüstung, die sie jeden Tag anlegte, um sich zu schützen … wovor, wusste Eva eigentlich nicht.

Eva ging zurück, bis sie neben Angela stand. »Ich habe als Teenager auch oft mit meiner Mutter gestritten. Du doch bestimmt auch. Das ist ganz normal.«

»Meine Mom starb, als ich klein war. Ich kann mich kaum an sie erinnern. Und meine Tante war fast nie zu Hause.«

»Oh.« Das hatte Eva doch sicher gewusst, oder? Sie erinnerte sich vage daran, dass Brent ihr mal so etwas erzählt hatte. »Glaub mir, es ist normal.« Sie wollte die Hand ausstrecken und Angelas Arm drücken, aber Angela war kein sehr anhänglicher Typ – jedenfalls nicht Eva gegenüber.

»Danke.« Aber Angela sah nicht so aus, als glaube sie Eva. Eva konnte es ihr nicht verdenken. Sie konnte sich nicht vorstellen, wie schwierig es sein musste, ein Kind zu lieben und so viel mit ihm zu streiten.

Sie konnte es sich nicht vorstellen und würde es nun auch nie erleben. Wenn Brent und sie doch nur nicht beschlossen hätten, mit Kindern noch zu warten! Allerdings wäre sie dann eine alleinerziehende Mutter mit vaterlosen Kindern. Wie Angela.

Trotzdem … wenigstens hatte Angela Menschen, zu denen sie abends nach Hause kam.

»Bist du so weit, Tante Eva?«

Eva drehte sich um und sah, dass ihre Nichte in ein Paar Shorts geschlüpft war, das ihre durchtrainierten Beine zeigte, und ein süßes gerüschtes Top mit Punkten dazu trug. »Ja.«

Nachdem sie sich kurz von Angela verabschiedet hatten, traten Eva und Kylee aus dem Haus und auf den Weg, auf dem sie in fünf Minuten die Stadt erreichen würden.

Ein paar Minuten gingen sie schweigend nebeneinanderher

und Evas Geist ließ sich von den Stimmen der Natur einhüllen, die überall um sie herum wie ein Chor sangen.

Und dann waren da die Farben – die Blautöne des Wassers, die leuchtenden Grüntöne der Blätter, die weißen Tupfen am Himmel und die braunen Berge in der Ferne. Es juckte sie förmlich in den Fingern, etwas zu erschaffen, kreativ zu sein.

Endlich ein Anflug von Hoffnung.

Aber sie spürte, dass Kylee diese innere Ruhe nicht hatte. Mit jedem Schritt trat sie fester auf und ihre Hände ballten sich zu Fäusten. Das arme Mädchen. Kylee hatte in so jungen Jahren schon so viel Verlust erfahren. Ein bisschen Ablenkung würde ihr guttun. »Sollen wir shoppen gehen?«

Kylee grinste. »Oh ja!« Aber dann zogen die Mundwinkel sich wieder nach unten. »Aber ich habe kein Geld.«

»Darum kümmere ich mich.« Eva lachte, als ihre Nichte begeistert jauchzte.

Musik und Gelächter deuteten darauf hin, dass sie den Stadtrand erreicht hatten. Während sie in Richtung Strand gingen, sah Eva sich um. Es gab mehrere Rasenflächen entlang der Promenade und junge Leute spielten Frisbee oder saßen grüppchenweise auf Picknickdecken und aßen Eis. Ein Mann fütterte eine Frau mit Schokoladentrüffeln. Ein Stück weiter hatte ein Straßenkünstler ein niedriges Drahtseil zwischen zwei Bäumen gespannt und balancierte darauf, während er mit bunten Bällen jonglierte. Touristen saßen auf den Bänken am Wegrand. Familien gingen mit Buggys und angeleinten Hunden vorbei. Der Geruch von geröstetem Kaffee zog von einem Laden an einer Ecke der Hauptstraße herauf, in der sich Boutiquen und Cafés, Restaurants und Kneipen jeglicher Art befanden.

»Neuseeland ist ziemlich cool, oder?« Eva stieß Kylee spielerisch mit der Hüfte an.

Kylee beobachtete einige Jungs im Teenageralter, die Cola tranken und einander ärgerten. Sie grinste schief. »Ist ganz okay.«

»Meinst du, du könntest nicht ganz so streng mit deiner Mom

sein, weil sie dich hierhergeschleppt hat?« Eva versuchte, es beiläufig zu sagen, während sie in ein Souvenirgeschäft gingen, in dem es Schaffellpantoffeln, Marmelade, Manuka-Honig und kleine Sammelfiguren aus den Herr-der-Ringe-Filmen gab.

Kylee schob ein paar Kleiderbügel beiseite und musterte einen Ständer mit Neuseeland-T-Shirts. »Vielleicht.«

Sie stöberten noch in einigen anderen Läden, bevor sie bei einem Blumengeschäft landeten. Eva wollte daran vorbeigehen, aber als sie das Schaufenster sah, blieb sie unwillkürlich stehen.

Primeln. Ganz viele davon dekorativ arrangiert. Dabei waren sie für diese Region gar nicht typisch.

Brent hätte gesagt, das sei ein Zeichen. Wofür, war Eva sich nicht sicher.

Aber in diesem Augenblick spürte sie seine Nähe.

»Wir sollten Blumen für Grandma kaufen.« Kylee sah ihre Tante erwartungsvoll an.

Sherry würde schließlich die kommenden vier Monate ihres Lebens opfern, um Angela mit den Kindern zu helfen. Blumen waren nicht viel, aber ihre Schwiegermutter würde sich vielleicht trotzdem über ein kleines symbolisches Dankeschön freuen.

»In Ordnung.« Evas Hände zitterten, als sie die Tür aufstieß.

Der vertraute Geruch duftender Seligkeit überwältigte sie. Wie Kunstwerke auf einer lebensgroßen Leinwand setzten Farbtupfer von Lilien, Stiefmütterchen, Orchideen, Veilchen, Bromelien und anderen Blumen bunte Akzente in dem herrlichen Laden, in dem es überraschend wenig weihnachtliche Dekorationen gab außer ein paar Girlanden und zentral platzierten Sträußen mit roten Blüten.

Mehrere Kunden liefen herum und übertönten mit ihren Gesprächen die klassische Musik, die aus dem Radio auf dem Tresen drang.

»Hallo.« Eine dünne Brünette mit hohen Wangenknochen blickte in der Nähe der Kasse von einem großen Blumengesteck auf. »Sagen Sie Bescheid, wenn ich helfen kann.« Der britische

Akzent der Frau klang trällernd und ließ – zusammen mit ihrer Hose, der Bluse und einer Perlenkette um ihren Hals – die Frau in den Vierzigern etwas brav und bieder wirken. Sie wandte sich wieder ihrem Blumenarrangement zu.

»Danke.« Eine Vielzahl von Düften stieg von den Blumen auf, die in Vasen an der Wand aufgereiht waren. Die Freesien mit ihrem Honig-Minze-Duft, das leicht bittere Orangenaroma der Narzissen, die klebrige Süße der Hyazinthen.

»Wir wollen Blumen für meine Großmutter kaufen. Meine Tante ist eine sehr talentierte Floristin.«

Eva zog eine Grimasse ob des überschwänglichen Lobs und hoffte, dass die Frau Kylee ignorieren würde.

Aber sie blickte wieder auf und kam auf sie zugeschwebt, voller natürlicher Anmut. »Ach, wirklich? Es ist immer schön, andere Blumenkünstler zu treffen.« Die Floristin klatschte in die Hände, während ein breites Grinsen ihr Gesicht erhellte und ihre Züge weicher machte. »Wie lange bleiben Sie in der Stadt?«

»Bis Ende März.«

»Wunderbar.« Die Ladenbesitzerin legte den Kopf schief. »Falls sie mal über Blumen plaudern wollen, nichts lieber als das. Ideen anderer Leute inspirieren mich sehr. Ich heiße übrigens Joanne.«

»Ich heiße Eva und das hier ist Kylee. Und das klingt sehr nett.«

Lügnerin. Denn welche Inspiration konnte sie schon bieten? Sie hatte aufgehört, als Brent gestorben war, denn alle ihre Kreativität war mit seinem Tod versickert. Außerdem konnte sie es nicht ertragen, in der Nähe anderer Menschen zu sein, deren Glücksgeschichte erst ihren Anfang nahm.

Eine andere Kundin wandte sich an Joanne.

»Dann lasse ich euch in Ruhe überlegen. Wenn ihr was braucht, sagt Bescheid.« Joanne wandte sich der wartenden Kundin zu und folgte ihr durch den Laden.

Als die Frau gegangen war, ließ Eva den Tränen, die sie zurückgehalten hatte, freien Lauf, während sie an einer rosafarbenen Rose roch.

»Du weinst ziemlich viel, Tante Eva.« Kylees Worte klangen traurig.

Sie hatte ihre Nichte beinahe vergessen. Eva ließ die stark duftende Rose sinken. »Ich bin wahrscheinlich emotionaler als die meisten Leute.« Sie zog ihre Nichte mit einem Arm an ihre Seite, in der Hoffnung, dass es die richtige Geste war.

Kylee schmiegte sich an sie und lehnte den Kopf an Evas Schulter.

Es dauerte einen Moment, bis Eva die Worte in ihrem Herz geformt hatte. »Weißt du, wenn du tiefe Liebe und einen tiefen Verlust erlebt hast, ist es in Ordnung, tiefe Gefühle zu haben.«

Zugegeben, einige Menschen, zum Beispiel ihre Eltern, machten sich Sorgen, weil sie immer noch so viel weinte, als gäbe es ein Zeitlimit für Trauer. Aber wie sollte sie eine Liebe hinter sich lassen, die so groß war, dass sie ihre ganze Persönlichkeit geprägt hatte? Obwohl sie sich als Kind immer ein bisschen fehl am Platz gefühlt hatte, hatte Brent sie verstanden, hatte ihr einen Platz gegeben, an den sie gehörte.

Und wie sollte sie ohne ihn jemals wieder glücklich sein? Ja, vielleicht konnte sie ab und zu ein bisschen Farbe in ihr Leben bringen und ein bisschen Glück in ihre Welt holen, aber alle Farben verblassten irgendwann.

So, wie jede Rose irgendwann welkte.

»Manchmal frage ich mich, ob meine Mom meinen Dad überhaupt geliebt hat.«

Puh. Ein schwerer Gedanke für einen so jungen Menschen. »Wie kommst du darauf?«

Kylee nahm eine weiße Rose in die Hand und fuhr mit Daumen und Zeigefinger über die seidigen Blütenblätter. »Ich habe sie seit Dads Tod nicht ein einziges Mal weinen sehen. Nicht mal bei der Beerdigung. Und sie haben sich oft gestritten, bevor er gestorben ist.«

»Ach, Liebling.« Ein paar Tränen tropften auf Kylees Haare. »Alle Paare streiten sich. Sogar Onkel Brent und ich.«

»Wirklich?«

Zugegeben, oft war es nicht vorgekommen, aber andererseits waren sie einander auch sehr ähnlich gewesen. Worüber hätten sie sich streiten sollen? »Ja, und wir alle trauern unterschiedlich. Deine Mom muss für euch alle stark sein. Um ehrlich zu sein, weiß ich nicht, ob sie überhaupt die Chance hatte, richtig zu trauern.«

Kylee löste sich aus ihrem Arm und rümpfte die Nase. »Es ist anderthalb Jahre her.«

Eva überlegte, bevor sie darauf antwortete. »Manchmal sind unsere Gefühle vielleicht nicht im Einklang mit der Zeit. Wenn man ohne den Menschen ist, den man liebt, kann ein Tag sich wie tausend Jahre anfühlen. Und andere Tage verstreichen fast unbemerkt.«

Das Rosenblatt löste sich zwischen Kylees Fingern. Ihre Hand erstarrte und sie schluckte. »Ich vermisse sie. Meine Mom, meine ich. Die Mom, die sie früher war.«

»Ich weiß, Liebes.« Eva zog die beschädigte Rose aus dem Eimer, um sie dem Strauß für Sherry hinzuzufügen. »Manche Menschen haben so viel Trauer in sich, dass sie nicht wissen, wie sie sie herauslassen sollen. Sie verschließen sich und zeigen nur ihre Dornen. Aber vergiss nicht, dass da auch eine Rose ist. Manchmal muss man einfach warten, bis sie blüht.«

14. Kapitel

Ihre Familie war zusammen und keiner stritt sich.

Träumte Angela etwa?

»Cool, Mom, guck mal!« Zach rannte in der chinesischen Bergbausiedlung am Rande der historischen Stadt Arrowtown auf die restaurierte Hütte aus Stein und Holz zu. Das Dorf war etwa eine Stunde von Wanaka entfernt.

Lilly folgte ihm auf den Fersen. »Warte auf mich!«

»Seid vorsichtig, ihr zwei.« Obwohl sie bereits früh am Morgen hergekommen waren, hatten sich schon viele Touristen zu ihnen gesellt, die ebenfalls auf den Spuren der Vergangenheit unterwegs waren. Angela beschleunigte ihre Schritte und ließ Sherry und Kylee auf dem Trampelpfad zurück. Endlich hatte sie die kleineren Kinder eingeholt, die um eine winzige Hütte herumliefen, die in den 1860er-Jahren während des Goldrauschs von Otago errichtet worden war.

Ein kleines Stück hinter ihnen plätscherte der Bush Creek, ein Nebenfluss des Arrow River. Wie bei jedem Teil dieses herrlichen Landes, den sie in den anderthalb Wochen seit ihrer Ankunft gesehen hatten, umgaben sich sanft im Wind wiegende Bäume die Siedlung – Weiden und Pappeln, Weiß- und Rotdorn. Die Sonne lachte von einem wolkenlosen Himmel. Das Thermometer sollte heute bis auf dreiundzwanzig Grad klettern, ein perfektes Wetter zum Laufen also. Aber Angela hatte Eva heute Morgen in letzter Minute einen Korb gegeben. Ihre Ausrede war die Vorbereitung des Ausflugs gewesen – doch eigentlich litt sie unter einer Übersäuerung der Muskeln, weil sie in der vergangenen Woche ihre Leistung deutlich gesteigert hatte.

Während sie darauf wartete, dass Kylee und Sherry zu ihnen

aufschlossen, betrachtete Angela die Broschüre, die sie beim Touristenzentrum an der Hauptstraße von Arrowtown erhalten hatte. »Hier steht, dass die Einwanderer aus China die Hütten und Läden aus verschiedenen Materialien gebaut haben, darunter Lehmziegel, Eisenblech, Steinmauern, Segeltuch und Holz.«

»Cool.« Zach untersuchte die Hütte von allen Seiten. »Wie viele Personen haben denn hier drin gewohnt?«

Als Sherry und Kylee sich zu ihnen gesellten, blätterte Angela wieder in dem Heft. »Offenbar zwei bis sechs Personen pro Haus. Und wahrscheinlich haben nur Männer hier gelebt, weil sie nach Gold gesucht und ihren Claim bearbeitet haben, obwohl etwa siebzig Prozent von ihnen verheiratet waren.«

Kylee las in ihrem eigenen Heft. »Traurig.«

Oh. Angela hatte von Kylee völlige Langeweile erwartet, aber seit sie Anfang der Woche mit Eva in die Stadt gegangen war, hatte ihre Tochter sich beinahe freundlich verhalten. Angela musste Eva unbedingt nach ihrem Geheimnis fragen.

»Warum haben sie nicht bei ihren Frauen gewohnt?« Lillys kraus gezogene Nase ließ die Sommersprossen darauf hervortreten. Sie berührte den Ehering an der rechten Hand ihrer Großmutter.

Sherry ging in die Hocke, um auf Lillys Höhe zu sein. »Wahrscheinlich mussten sie arbeiten und Geld an ihre Familie schicken. Es wäre sehr schwer und zu teuer gewesen, alle hierherzubringen.«

»Ja, hier steht, dass China Probleme hatte, deshalb sind die Männer hergekommen, um Geld zu verdienen.« Kylee ließ die Broschüre sinken und runzelte die Stirn.

Was dachte ihre Tochter wohl? Wenn Angela doch nur in ihren Kopf hineinschauen könnte. Aber sie traute sich nicht zu fragen, um die zerbrechliche Verbindung zwischen ihnen nicht zu gefährden.

Zach lief in eine der Hütten und kam dann wieder heraus. »Da drin würde ich auf keinen Fall wohnen. Da wäre ich lieber in China geblieben.«

Wie schön, wieder zu sehen, wie ihre Kinder lernten und neue Dinge entdeckten. Sie hatte das Unterrichten mehr vermisst, als sie sich selbst eingestanden hatte. »Wenn du für eine Familie sorgen müsstest, würdest du tun, was nötig ist, um sie zu beschützen, junger Mann.«

Es dauerte einen Augenblick, bis die Worte, die sie ausgesprochen hatte, sich einen Weg in ihr Herz bahnten. Plötzlich spürte sie einen Stich in der Brust und sie blinzelte, um die Tränen zurückzuhalten, die sich in ihren Augen zu bilden drohten.

Denn Wes … das hatte er nicht getan. Er hatte …

Angela sog scharf die Luft ein und atmete dann wieder aus. Nein. Sie würde nicht noch einmal daran denken, denn sie war entschlossen, mit der Vergangenheit abzuschließen und diese Reise ganz ihrer Familie zu widmen. Und das konnte sie nicht, wenn sie immer schlechte Dinge über ihren Mann dachte – Dinge, wegen derer sie ihm zürnte. Dinge, die ihre Kinder verletzen würden.

Zum Glück schienen die anderen ihre Reaktion nicht zu bemerken. Sie sahen sich die restlichen Gebäude an, darunter den Laden eines wichtigen Anführers der Einwanderer, und aßen ihre mitgebrachten Brote am Fluss. Die Kinder bettelten nach Eiscreme, also gingen sie in die süße kleine Stadt zurück und schlenderten die Buckingham Street hinunter, auf der sie an mehreren kleinen historischen Gebäuden und Bergarbeiterhäuschen vorbeikamen, aber auch an schicken Galerien, Geschäften, Cafés, Restaurants und einem köstlich duftenden Bonbonladen – alles an der von Bäumen gesäumten Hauptstraße gelegen.

Die Kinder liefen voraus und stellten sich in eine Schlange, die sich vor dem Verkaufsfenster der Eisdiele gebildet hatte. Als sie an der Reihe waren, ging Sherry mit den beiden kleineren Kindern an einen Tisch, der gerade in der Nähe frei geworden war.

Ein Junge, der vielleicht siebzehn oder achtzehn war, bediente sie an der Theke und sein Blick wanderte sofort zu Kylee. »Hi.« Er fuhr sich mit der Hand durch das schulterlange Haar. »Wie geht's?«

»Äh, hi.« Kylee biss sich auf die Unterlippe und ihre Wangen röteten sich.

Oh-oh. Angela trat vor. »Können wir bitte fünfmal eine Kugel von dem Hokeypokey-Eis haben?« Die Worte klangen schärfer, als sie beabsichtigt hatte.

Sie merkte, wie sich Kylee an ihrer Seite versteifte.

»Ja, klar.« Der Junge fing an, das Vanilleeis mit Karamellstückchen in Becher zu füllen. »Ich hab euch hier noch nie gesehen. Seid ihr zu Besuch?« Er richtete die Frage an Kylee.

»Ja.« Ihre Tochter fingerte an ihren Haaren herum. »Aber vier Monate.«

Mehr als freundliches Interesse leuchtete in den Augen des jungen Mannes auf. »Wo kommt ihr denn her?«

Beeil dich, Freundchen – und hör auf, meine Tochter so anzusehen. Das hätte Angela am liebsten gesagt, aber sie biss sich auf die Zunge.

»New York.« Kylee malte mit dem Finger ein *K* auf den Holztresen. »Und du?«

Er lachte. »Ursprünglich aus dem Norden, aber jetzt wohne ich hier.«

»Cool. Unser Haus ist in Wanaka.«

Angela räusperte sich. Dieser Typ brauchte nicht noch mehr über ihre fünfzehnjährige Tochter zu wissen. Sie nahm die drei fertigen Eisbecher und drückte sie Kylee in die Hand. »Kannst du die bitte schon mal zu den anderen bringen, Liebling?«

Wenn Blicke töten könnten, wäre Angela nicht mehr am Leben gewesen, aber ihre Tochter gehorchte.

Angela bezahlte das Eis und bedankte sich bei dem Jungen, der Kylee schöne Augen machte, bis sie wieder gingen. Auf dem Heimweg war ihre Tochter wortkarg und Angela fragte sich unwillkürlich, ob die winzige Brücke des Vertrauens zwischen ihnen wieder zerbröckelt war.

Warum war es so schwer hineinzugehen? Es war schließlich nur ein Geschäft.

Mindestens zehn Minuten lang stand Eva vor Joannes Blumenladen. Es war beinahe Zeit fürs Abendessen und sie musste bald zum Haus zurückgehen. Auf dem Weg in die Stadt hatte sie die ganze Zeit versucht, sich diesen Besuch auszureden, aber die Blumen in diesem Geschäft hatten einen Lockruf gesandt – und den konnte sie einfach nicht ignorieren.

Schließlich atmete sie aus und betrat den Laden. Obwohl es keine zwei Wochen mehr bis Weihnachten waren, war das Geschäft menschenleer.

Eva registrierte Einzelheiten, die sie bei ihrem ersten Besuch mit Kylee übersehen hatte. Hölzerne Kisten in verschiedenen Größen enthielten eine Vielzahl von Blumensorten, jede in einer eigenen Glasvase. Auf einem alten Servierwagen standen Tontöpfe in erdigen Farben und hübsche gepunktete Krüge, in denen man perfekt Kräuter auf der Fensterbank ziehen konnte. Von der Decke hingen antike Hängeleuchten, die an zierliche Weinranken erinnerten und in einem blumenförmigen Glasschirm endeten. Auf den Regalen und Borden an der Wand waren überall geblümte Artikel zu sehen.

Und die Blumen selbst … sie schienen Eva beinahe zuzuwinken, als wollten sie sie zu Hause willkommen heißen.

»Hallo«, rief eine Stimme aus dem Hinterzimmer. »Bin gleich da.«

»Lassen Sie sich Zeit.« Eva schlenderte an den Blumen entlang und fuhr mit den Fingerspitzen über Blütenblätter unterschiedlicher Form, Größe und Farbe.

Sie schloss die Augen und stellte sich vor, wie es sich angefühlt hatte, einen Strauß oder ein Gesteck zusammenzustellen. Jede Blume gab einem Strauß eine einzigartige Note. Allein die Tatsache, dass sie von ihnen umgeben war, ließ das Adrenalin und die Zufriedenheit in Eva aufsteigen, die sie dabei empfunden hatte, etwas Schönes für den großen Tag einer Braut zu kreieren.

Absätze klackerten auf dem Terrazzoboden und Joanne erschien. »Wie kann ich –« Als die reifere Frau Eva erkannte, lächelte sie. »Ich hatte gehofft, dass Sie wiederkommen.«

»Schön, Sie wiederzusehen.«

»Hat Ihre Schwiegermutter sich letzte Woche über den Strauß gefreut?«

»Ja, danke.«

Joanne kam näher und musterte sie. »Was kann ich denn heute für Sie tun?«

Eva blickte zu den Blumen hinüber und sog die Schönheit in sich auf, während sie Mühe hatte, die Tränen zurückzuhalten. »Äh … ich wollte nur …«

Als spürte sie, dass Eva Zeit brauchte, ging Joanne zur Eingangstür, drehte das »Geöffnet«-Türschild um, nahm einen Korb und ging zu Eva zurück.

»Mir war nicht bewusst, dass Sie schließen. Ich kann wieder gehen.«

Joanne wischte ihre Worte mit einer Handbewegung fort und drückte Eva den Korb in die Hand. »Würden Sie mir vielleicht helfen, die besten Blumen für eine Bestellung auszusuchen, die gerade hereingekommen ist? Ich brauche Rosen, Pohutukawa-Zweige, Hortensien und Freesien. Rote natürlich. Weihnachten und so.«

»Oh. Natürlich.« Eva nahm den Henkel des Drahtkorbes. »Warten Sie mal – welches sind die Pohu…«

»Pohutukawa. Die da.« Joanne zeigte auf eine Dolde aus leuchtend roten Blüten mit Hunderten von schmalen Blütenblättern, die aussahen wie ein stacheliger Flaum. »Teil der Myrtenfamilie. Der Pohutukawa-Baum wird auch als neuseeländischer Weihnachtsbaum bezeichnet. Sie sollten mal einen sehen, wenn er in voller Blüte steht. Fantastisch.«

»Das kann ich mir vorstellen.« Eva musterte die Auswahl und nahm einige der kräftigsten Zweige und schönsten Blüten. Warum diese Frau ihr diese Aufgabe überließ, wusste sie nicht. Aber es fühlte sich wieder ganz natürlich an, mit den Pflanzen umzugehen.

»Wie kommt es eigentlich, dass Sie vier Monate auf unserer schönen Insel verbringen?«

Über Brent zu reden, während sie Blumen in der Hand hielt … auch das fühlte sich ganz natürlich an. »Ich bin Teil einer Mannschaft, die hier im März an dem Ultra-Marathon teilnimmt.« Dann erklärte sie, wie es zu ihrer Reise gekommen war.

Joanne arbeitete schweigend an ihrer Seite und hörte zu. Dann legte sie eine Hand auf Evas Rücken. »Das ist eine wirklich ungewöhnliche Geschichte. Mein herzliches Beileid.«

Es war eine so einfache Reaktion. Und doch sagten Menschen, die von Evas Tragödie erfuhren, oft gar nichts. Oder, noch schlimmer, sie gaben Plattitüden von sich. Einfach Mitgefühl auszudrücken, ohne es besser machen zu wollen … *so* tröstete man Menschen, die trauerten.

Und oft hatten jene, die das Richtige sagten, selbst getrauert.

»Danke, das ist sehr freundlich von Ihnen.« Eva zog eine letzte Pohutukawa-Blüte aus dem Eimer vor ihr und hielt sie sich an die Nase. Hm. Kein richtiger Duft. »Wie ist es mit Ihnen? Sie klingen nicht wie eine gebürtige Neuseeländerin.«

»Nein, ich komme aus Port Willis, einem winzigen Ort an der Küste Cornwalls in England. Aber ich bin jetzt seit beinahe zwanzig Jahren in Wanaka.«

»Was hat Sie hierhergeführt?«

Joanne bedeutete Eva, ihr zu folgen, und ging in den hinteren Teil des Ladens. »Mein erster Mann Ian und ich haben uns scheiden lassen. Ich habe zwei Söhne und die Scheidung kam gerade zu der Zeit, als Neil, mein Jüngster, zwei war.« Sie gingen durch eine Tür, die den Verkaufsraum von der Werkstatt trennte. »Nach der ganzen Sache war ich so am Boden zerstört, dass ich mit den

Kindern hierhergezogen bin, wo wir keine Menschenseele kannten.«

»Warum hierher?«

Joanne stellte den Blumenkorb auf die Platte eines runden Arbeitstisches, auf dem alle möglichen Weihnachtskugeln lagen, die sie für festlichere Gestecke benutzen konnte. »Können Sie sich vorstellen, dass ich in einer Zeitschrift davon gelesen habe? Ich bin normalerweise niemand, der drastische Dinge tut, aber ich wollte damals unbedingt ein neues Leben für mich und die Jungs aufbauen.«

»Das hat bestimmt unglaublichen Mut erfordert.«

»Oder unglaubliche Dummheit.« Die Ladenbesitzerin lachte leise, während sie eine Blumenkiste von einem Regal an der Wand nahm. »Ich hatte niemanden, der mir mit den Kindern half, während ich mein Geschäft eröffnete. Sie haben jeden Morgen, Nachmittag und Abend hier zwischen den Blumen gespielt. Bis ich Graeme kennenlernte.«

»Wer ist Graeme?«

»Zuerst war er mein Nachbar. Jetzt ist er mein Mann.«

»Ah.« Eva setzte sich auf einen Klappstuhl neben dem Werktisch. »Und wie lange hat es gedauert, bis er ihr Herz erobert hatte?«

»Achtzehn Jahre.«

»Wirklich?« Geschichten, bei denen aus Freunden Liebende wurden, mochte Eva besonders gern, auch wenn es bei Brent und ihr nicht so gewesen war.

»Ja, wir sind seit acht Monaten verheiratet.« Joanne zog ihr Telefon aus der Tasche ihrer schwarzen Hose, tippte ein paarmal auf das Display und ging mit ausgestrecktem Handy auf Eva zu. Auf dem Display war eine elegant gestylte Joanne in einem herrlichen Brautkleid mit Spitzenärmeln und langer Schleppe zu sehen und an ihrer Seite ein gut aussehender Bräutigam. Sein grau gesprenkeltes Haar sah distinguiert aus, wie es bei einem Mann immer war.

»Sie sehen wunderschön aus.« Das Paar sah einander in die Augen, ein Lächeln im Gesicht und Lachfältchen an den Augenwinkeln. »Und so glücklich.«

Joanne schob das Telefon wieder in ihre Tasche und nahm ein silbernes Band aus ihrem Dekovorrat. »Wir *sind* glücklich.«

Was für ein Segen für die Frau, eine solche zweite Chance zu bekommen.

Joanne musterte Eva einen Moment lang. »Entschuldigen Sie.« Sie wandte sich um und hatte den Raum verlassen, bevor Eva etwas erwidern konnte.

Eva legte eine Hand auf die Blumen in dem Korb und fühlte die harten Stängel, die Kühle des Wassers, das sie in den letzten Tagen am Leben erhalten hatte. Und dann stach ein versteckter Dorn sie und die Wirklichkeit holte sie wieder ein, als sie auf die Stelle an ihrem Daumen starrte, an der sich jetzt ein winziger Blutstropfen bildete.

Sie sog hörbar die Luft ein und steckte sich den verletzten Finger in den Mund. Die Berührung brannte.

Joanne erschien ebenso schnell wieder, wie sie verschwunden war, und hielt etwas Kleines in der Faust. »Hier.« Die freundliche Frau drückte Eva einen harten, kalten Gegenstand in die Hand.

Ein Schlüssel. »Wofür ist der?«

»Der ist für die Hintertür. Sie sind hier jederzeit willkommen, meine Liebe. Tag und Nacht.«

»Aber … Sie kennen mich ja nicht einmal.«

»Ich weiß genug. Wir sind verwandte Seelen, wie man so sagt.« Joanne legte eine Hand auf Evas Wange, wie eine Mutter oder eine liebe Tante es getan hätte. »Wann immer Sie eine Auszeit von Ihrem Leben, von der Traurigkeit, von den Erinnerungen brauchen, können Sie herkommen und die Blumen genießen – das Versprechen der Schöpfung an Sie, dass das Leben irgendwann wieder blühen wird.«

14. Kapitel

Wo in aller Welt waren Marc und Eva? Hatten sie den Besuch des Journalisten vergessen?

Angela machte sich in der Küche zu schaffen, verstaute dreckige Teller und Gläser vom Mittagessen in der Spülmaschine und schaltete sie ein, bevor sie mit einem Lappen den Tisch abwischte. Ein Reporter hatte Eva angerufen, etwa eine Woche, nachdem die Veranstalter des Ultra-Marathons ihm ihre Kontaktdaten zur Verfügung gestellt hatten. Dieser Simon King sollte einen Bericht über sie in der vierteljährlich erscheinenden Zeitschrift *Worldwide Runners* bringen. Deshalb hatten sie das Interview für heute vereinbart – genau genommen sollte es in zwei Minuten beginnen –, aber Marc und Eva waren noch nicht von ihrer morgendlichen Fahrradtour durch die Umgebung von Wanaka zurück.

Marc war spät am vergangenen Abend eingetroffen. Er wollte drei Wochen bleiben, um zu trainieren, und am 9. Januar den Marathon mit den beiden Frauen laufen, als Vorbereitung auf den Ultra-Marathon im März.

Es war Evas Idee gewesen, sich für das Interview hier zu treffen. Sie fand, im Haus würde die Atmosphäre entspannter und ruhiger sein als an einem öffentlichen Ort. Angela hatte Sherry gebeten, an diesem Vormittag mit den Kindern zum Eisessen in die Stadt zu gehen, um eine Ablenkung zu vermeiden.

Ihre Nerven kribbelten. Warum war sie so angespannt? Es war doch nur ein kleines Interview.

Es klingelte an der Tür, als sie gerade eine Kanne Kaffee aufsetzte. Sie hatte sich vor dem Interview noch umziehen wollen, aber dann mussten ihre Trainingshose und das Wanaka-T-Shirt es eben auch tun. Nachdem sie einen Blick in den Flurspiegel geworfen hatte, um sich zu vergewissern, dass ihre Haare nicht völlig zerzaust waren, öffnete Angela die Tür.

»Hallo.« Der braunhaarige Mann, der auf der Veranda stand, lächelte und seine geraden Zähne strahlten dabei. Er war groß, aber nicht zu groß, hatte eine sportliche Figur, ohne überaus muskulös zu sein. Mit seiner braunen Baumwollhose, einem weißen Hemd mit aufgekrempelten Ärmeln und einer Botentasche quer über der Brust sah er sehr professionell und zugleich leger aus. Er schien nicht viel älter zu sein als sie – vielleicht um die vierzig. »Ich bin Simon.«

»Angela Jamison.« Sie gab ihm die Hand. »Kommen Sie rein.« Sie trat zur Seite, um ihn hereinzulassen, dann schloss sie die Tür und ging voran in die Küche. »Es tut mir leid, aber meine Schwägerin und unser Mannschaftskollege sind noch nicht von einer Fahrradtour zurück. Ich bin sicher, sie kommen gleich. Möchten Sie einen Kaffee, während wir auf die beiden warten?«

»Das wäre super, danke.« Simon zeigte auf den modernen schwarzen Tisch für sechs Personen und sein Akzent bestätigte, dass er Neuseeländer war. »Machen wir das Interview hier?«

»Wenn das okay ist.« Angela nahm zwei große Becher, goss Kaffee hinein und stellte dann einen vor Simon hin, der ein Notizbuch, einen Stift und ein kleines Diktiergerät aus seiner Tasche holte. »Bitte sehr. Sahne, Zucker?«

»Schwarz ist perfekt.« Er trank einen Schluck. Offenbar machte ihm die Temperatur des Getränks nichts aus.

Angela setzte sich ihm gegenüber an den Tisch und legte die Hände um ihren Becher. »Haben Sie an Weihnachten und Silvester etwas Schönes vor?«

»Ja, meine Kinder sind schon ganz aufgeregt. Ich muss allerdings vorher noch total viel erledigen und werde schon bei dem Gedanken an die Feiertage müde.«

Sie stimmte in sein Lachen ein. »Das kann ich nachvollziehen.«

»Sie haben auch Kinder?«

»Drei.« Sie trommelte mit den Fingern auf dem Becherrand

und wartete einen Augenblick, bevor sie fortfuhr. »Ich bin nicht sicher, warum Eva dieses Interview so kurz vor Weihnachten machen wollte. Bestimmt hätte es auch bis nach den Feiertagen warten können.«

»Das war meine Schuld. Mein Herausgeber will den Artikel so bald wie möglich und die ganze letzte Woche war ich ›flat tack‹!«

Für einen kurzen Moment schaute sie ihn erstaunt an. Neuseeländisches Englisch war zum Teil schon sehr speziell.

»Tut mir leid … es bedeutet einfach, dass ich viel zu tun hatte.« Sein jungenhaftes Grinsen und sein gebräunter Teint waren sehr attraktiv. Kleine Lachfältchen zierten seine Augen und Mundwinkel, ein Beweis dafür, dass er häufig lächelte.

Und jetzt war es plötzlich warm hier drin. Angela stand auf und ging zur Terrassentür. Sie öffnete die Schiebetür und befestigte das Fliegengitter, sodass eine Brise hereindriften konnte. Besser.

Angela warf erneut einen Blick auf ihr Handy. Keine Nachrichten oder verpassten Anrufe. »Ich habe versucht, Eva zu erreichen, um zu sehen, wo sie ist, aber sie hat sich nicht gemeldet. Ich hoffe, wir müssen nicht zu lange warten.«

»Wir beide können doch schon mal anfangen, und wenn sie kommt, machen wir den Rest. Haben Sie was dagegen, wenn ich unser Gespräch aufzeichne?«

»Nein, natürlich nicht.« Angela setzte sich wieder und legte die Hände um ihren Becher.

Er schaltete das Diktiergerät ein. »Ich kenne die groben Eckdaten, warum Sie hier sind, aber erzählen Sie es mir doch noch mal mit Ihren eigenen Worten.«

Sie hätte auf Eva warten sollen. Es war schließlich ihre Idee gewesen, bei diesem Lauf mitzumachen. »Ich weiß nicht so recht, wo ich anfangen soll.«

»Meiner Erfahrung nach ist es ganz praktisch, vorne anzufangen.«

»Oh. Klar. Natürlich.«

Das Funkeln in seinen braunen Augen ließ sie zögern. Er nahm sie auf den Arm.

Sie quittierte das mit einem kleinen Zucken der Mundwinkel. »Sie sind witzig.« Angela trank einen Schluck ihres Kaffees. »Also, vor etwas mehr als anderthalb Jahren haben mein Mann, Wes Jamison, und sein jüngerer Bruder Brent eine Tauchtour unternommen, wie sie es öfter taten. Aber dies war das erste Mal, dass sie zu einem Schiffswrack getaucht sind. Es lag vor der Ostküste der USA. Mein Mann brach mit dem Fuß durch ein morsches Brett und blieb stecken.« Erzählte sie zu viele Einzelheiten? »Die Behörden gehen davon aus, dass Brent versucht hat, ihn zu befreien, es aber nicht geschafft hat, und dann ging beiden der Sauerstoff aus und sie starben.«

Wie oft hatte sie das schon sagen müssen – dass ihr Mann tot war?

Normalerweise klangen die Worte, wenn Angela sie aussprach, kalt und nüchtern. Heute aber zitterte ihre Stimme ein wenig. Merkwürdig. Oder vielleicht auch nicht, wenn man bedachte, wie viele Emotionen beim Laufen jedes Mal an die Oberfläche kamen. Jeder Schritt tat weh, wie ein Stich in ihrem Körper – und es war nicht nur der physische Schmerz, obwohl es den auch gab, das stand fest.

Nein, dieser Schmerz ging tiefer, sie spürte ihn bis in die Knochen. Etwas, das sie lange nicht mehr an sich herangelassen hatte.

Simon räusperte sich. *Oh.* Sie hatte aufgehört zu reden.

»Im September erfuhr Eva, dass unsere Männer und ihr Freund Marc Cinelli sich als Mannschaft für den Ultra-Marathon hier in Neuseeland angemeldet hatten.« Die restlichen Ereignisse erklärte sie so einfach wie möglich. »Und deshalb sind wir jetzt hier.«

»Das ist eine erstaunliche Geschichte. Und warum sind Sie so früh hergekommen?« Simon tippte mit dem Stift an seinen Becher. Das metallische Geräusch vermischte sich mit dem Gurgeln des Geschirrspülers.

Wie viel sollte sie diesem Fremden erzählen? »Das ist kompliziert.«

Simon blickte von seinen Notizen auf, musterte Angela und nickte dann. »Das ist das Leben doch immer, oder?« Er leerte seinen Kaffeebecher und schien über seine nächsten Worte nachzudenken. »Wie alt sind Ihre Kinder?«

Puh. Neutrales Gebiet – keine Emotionen nötig. »Lilly ist sieben, Zach zehn und Kylee ist fünfzehn.«

»Ich habe einen elfjährigen Jungen und ein dreizehnjähriges Mädchen. Benjamin und Ella.«

»Hasst Ihre Tochter Sie auch?« Angela schlug sich die Hand vor den Mund. Ups. »Das war natürlich nur ein Witz.« Angela trank schnell einen Schluck und musste dann husten, weil sie sich verschluckt hatte.

Simon lachte. »Einen Teenager im Haus zu haben, ist auf jeden Fall eine Herausforderung.«

»So kann man es auch nennen.« Seit dem Zwischenfall bei der Eisdiele in Arrowtown hatte Kylee nur dann mit Angela gesprochen, wenn es sich gar nicht vermeiden ließ, sodass der Unterricht mit ihr nicht gerade ein Riesenspaß war. Allerdings machte Kylee in ihrem Alter einen großen Teil ihrer Schularbeiten am Computer in ihrem Zimmer und Angela kontrollierte die Arbeiten am Ende der Woche.

»Und Kinder allein großzuziehen, ist schwierig.«

»Auf jeden Fall.« Warte mal, war das eine Frage oder sprach er aus Erfahrung? Ein flüchtiger Blick und sie sah, dass er keinen Ring trug. Geschieden? Verwitwet? Nie verheiratet gewesen? Aber das ging sie nichts an. Sie kannte diesen Mann kaum und seine Lebensgeschichte brauchte sie erst recht nicht zu kennen – auch wenn sie ihm ihre erzählte. »Aber wir tun für unsere Kinder, was nötig ist. Ich bete nur, dass ich sie als alleinerziehende Mutter nicht völlig verkorkse.«

Autsch. Es stimmte, aber wollte sie wirklich, dass es in einem Zeitschriftenbeitrag erschien? Warum hatte sie eine so lose Zunge? Klar, Simon war ein angenehmer Gesprächspartner mit seiner entspannten Art und den sympathischen Augen und …

Sie lachte laut auf, als hätte sie einen Witz gemacht. »Aber im Ernst, meine Kinder sind wirklich toll. Sie kommen mit all dem viel besser klar als ich.« Schon wieder zu viele Informationen.

Er zog die Augenbrauen zusammen und streckte die Hand aus, um das Aufnahmegerät auszuschalten. »Ich weiß, was Sie meinen. Kinder sind zäh. Als meine Frau vor drei Jahren an Krebs starb, war ich ein einziges Nervenbündel. Meine Kinder haben mich gerettet. Im wahrsten Sinne des Wortes.«

Angelas Lippen formten sich zu einem Oh und sie hatte den Drang, seine Hand zu ergreifen. Das Geständnis hing zwischen ihnen. Wie sollte sie reagieren?

»Mom!« Zach kam zur Küche hereingestürmt und blieb dann wie angewurzelt stehen. »Wer ist das?« Sein Blick wanderte zwischen Simon und Angela hin und her, dann riss er die Augen auf, bevor er sie misstrauisch halb zusammenkniff.

»Das ist Mr King. Er ist ein Journalist, der einen Artikel über den Marathon schreibt.«

»Oh.« Ihr Sohn nahm sich eine Banane aus dem Obstkorb. »Cool.«

Sonst war im Haus alles still. »Zach, wo sind deine Schwestern und Grandma?«

»Lilly wollte am See ihren Drachen fliegen lassen und Grandma sieht zu.«

»Und Kylee?«

Er zuckte mit den Schultern, während er in die Banane biss. »Als wir wieder hier waren, ist Grandma mit Lilly zum Anleger runter und Kylee hat gesagt, sie geht aus.«

»*Wie bitte?*« Angela drehte sich auf dem Stuhl mit einer abrupten Bewegung, sodass sie mit dem Knie gegen das Tischbein stieß. »Wohin?«

Zach wich einen Schritt zurück. »Keine Ahnung. Wahrscheinlich ins Café. Da hat sie auf dem Heimweg Daisy gesehen.«

»Oh.« Daisy von nebenan hatte sich mit Kylee angefreundet und sie mit anderen Jugendlichen in ihrem Alter bekanntgemacht. Das Café war nur wenige Minuten entfernt und bis jetzt hatte Wanaka sich als friedliche Kleinstadt erwiesen. Kein Grund, sich Sorgen zu machen, Angela. »Danke, Kumpel.«

Er stopfte sich den Rest der Banane in den Mund, warf die Schale in den Müll und ging.

Angela wandte ihre Aufmerksamkeit wieder Simon zu. »Tut mir leid.«

Kylee war doch bestimmt nicht in Gefahr, oder? Bestimmt nicht.

Solange sie vernünftig war – genau das, was Angela nicht gewesen war.

»Kein Problem. Sollen wir weitermachen?«

»Ja, auf jeden Fall.« Denn je eher sie fertig waren, desto eher konnte sie Kylee suchen gehen.

Wo war Eva, wenn man sie brauchte?

15. Kapitel

Heiligabend in Neuseeland kam Eva eindeutig ganz anders vor als zu Hause.

Daisys Eltern, Jim und Fiona, hatten die gesamte Jamison-Familie zum Mittagessen eingeladen. Ein wolkenloser Himmel versprach wieder einen herrlichen Tag und die Sonne wärmte Evas Wangen, als sie im Garten ihrer Nachbarn stand. Wieder einmal war sie froh darüber, dass sie einen der schlimmsten Winter in der Geschichte New Yorks verpasste. Nicht nur, dass das Feiertagswetter hier das genaue Gegenteil war, sondern anstelle von gebratenem Truthahn aus dem Ofen hatte Jim Wild und Garnelen auf den Grill geworfen und Fiona hatte eine Auswahl aus kalten Desserts angerichtet – von Baisertorte über Käsekuchen bis hin zu Obstsalat – anstelle von warmen Aufläufen. Diese Mischung der Aromen hätte Eva beinahe dazu verleitet, ihre Manieren zu vergessen und schon vorab zu naschen.

Von den Lehnstühlen auf Jims und Fionas Veranda, wo Kylee und Daisy mit ihren Handys saßen, drang Lachen herüber, während sie irgendwelche gut aussehenden Stars betrachteten. Zach und Lilly spielten mit Marc auf dem Rasen Fußball. Sherry half Fiona, den langen Picknicktisch mit Tellern und Besteck zu decken.

Eva ging das Herz auf. Ein herrlicher Tag der Gemeinschaft lag vor ihnen.

Aber Moment mal. Wo war Angela?

Eva suchte den Garten ab. Endlich entdeckte sie ihre Schwägerin am Bootsanleger der Jamisons. Was machte sie da unten? Hoffentlich war sie nicht immer noch sauer, weil Eva sie gestern mit dem Journalisten in eine unangenehme Situation gebracht hatte. Marc hatte auf der Fahrradtour einen Platten gehabt und es hatte länger gedauert als erwartet, zu dem Interview nach Hause zu kommen. Dazu kam noch die Tatsache, dass Evas Handy keinen Empfang gehabt hatte – eine Verkettung unglücklicher Umstände.

Eva ging in den Garten ihrer Nachbarn und den Weg zum Anleger hinunter. Sie stellte sich neben Angela, die auf dem Steg saß und ihre Beine über dem Wasser baumeln ließ, während sie zu den Bergen hinüberstarrte, die weiter entfernt waren, als sie schienen. »Störe ich dich?« Sie wartete nicht auf eine Einladung, die sowieso nicht kommen würde, sondern setzte sich neben ihre Schwägerin.

Ihre Blicke kreuzten sich kurz, bevor Angelas Blick wieder in die Ferne wanderte. »Oh. Hi, Eva.« Ihre Wangen waren ein wenig gerötet, aber ob es an der kühlen Brise lag oder an irgendwelchen Gefühlen, war schwer zu sagen. »Ist das Essen schon fertig?«

Angela redete mit ihr. Das war ein gutes Zeichen. »Beinahe.« Eva streifte ihre Sandalen ab und tauchte einen Zeh ins Wasser, zog ihn dann aber schnell wieder heraus. Die Einheimischen hatten gesagt, dass der See das ganze Jahr über kalt blieb – um die zehn Grad, wenn sie sich recht erinnerte –, aber sie probierte es trotzdem jeden Tag.

Brent wäre wahrscheinlich trotz der Temperaturen schwimmen gegangen. Bei dem Gedanken musste Eva lachen.

»Was?«

»Nichts.« Wenn sie Brent oder Wes erwähnte, erntete sie eigentlich immer einen unterkühlten Blick von Angela. Selbst nachdem sie fast einen Monat auf engstem Raum verbracht hatten, blieb diese Frau ihr in vielerlei Hinsicht ein Rätsel. Es gab Zeiten, in denen Eva einen wehmütigen Ausdruck in den Augen ihrer Schwägerin zu entdecken glaubte, aber ihre Worte und Taten schienen dem nie zu entsprechen. Wie konnte Eva sie dazu bringen, sich zu öffnen?

Sie könnte den direkten Ansatz wählen und sehen, was passierte. »Und, wie fühlst du dich heute?« Vermisste Angela ihren

Mann heute, an Heiligabend, auch so sehr wie Eva ihren? Waren die vergangenen Wochen für sie ein Segen gewesen, so wie für Eva, die ihren einsamen Geist ermutigt und wieder einen Hauch Farbe in ihr Leben gelassen hatte?

Als sie sah, dass Angela die Augen schloss, wusste Eva, dass sie die falschen Worte gewählt hatte. »Wie fühlst du dich in Bezug auf den Marathon Anfang Januar, meine ich.« So. Hoffentlich war das ein weniger riskantes Thema, wenn man bedachte, wie sehr Angela sich in der kurzen Zeit hier gesteigert hatte. Natürlich hatten sie immer noch mit unliebsamen körperlichen Nebenwirkungen zu kämpfen – dass sie ihr Training um Anstiege erweitert hatten, hatte ihnen beiden mächtigen Muskelkater beschert, aber das würde sich hoffentlich bald geben. Während sie jeden Tag eine längere Strecke liefen, stellte Eva sogar fest, dass sie mehr Mühe hatte als Angela, deren Erfahrung im Geländelauf sicher ein Vorteil war.

Das hatte sie Angela allerdings noch nicht gesagt. Wann immer Eva versuchte, sich während des Laufens zu unterhalten, antwortete Angela knapp und wortkarg.

Ihre Schwägerin baumelte einen Moment lang mit den Beinen und starrte ins Wasser unter ihnen. »Dank der letzten Trainingseinheit am Samstag wissen wir, dass wir immerhin mehr als dreißig Kilometer am Tag gehen können. Noch ein paar Wochen, und wir können hoffentlich zweiundvierzig durchhalten, wenn der Marathon stattfindet.«

»Okay.« Eva zögerte. »Aber wie fühlst du dich dabei?« Würde ihre Schwägerin ihr den Gefallen tun und die Frage beantworten?

»Es wird eine gute Gelegenheit sein zu sehen, wie fit wir wirklich sind. So wie Marc es bei unserer ersten Planungssitzung gesagt hat.«

Wich Angela ihr absichtlich aus oder war sie ehrlich der Meinung, sie hätte Evas Frage beantwortet? »Ja, das ist gut. Aber bist du nervös oder so?«

»Es nützt doch nichts, nervös zu sein.«

»Das mag sein, aber ich kann es trotzdem nicht immer verhindern, mich so zu fühlen.«

»Klar kannst du. Du musst es nur trainieren.«

»Wie denn?« Wirkte Angela deshalb oft so emotionslos, was den Tod ihres Mannes betraf? Verbot sie sich das Trauern und tat es deshalb einfach nicht?

»Wenn ein negativer Gedanke oder ein negatives Gefühl kommt, dann stecke sie in eine Schachtel. Versiegele die Schachtel in Gedanken und sag dir, dass es alles, worauf du hinarbeitest, zerstören wird, wenn du sie öffnest.« Ihre Stimme klang jetzt etwas weicher, so als spräche sie mit einem Kind.

Und vielleicht sah sie Eva wirklich so. Aber nur weil Eva sechs Jahre jünger und keine Mutter war, hieß das nicht, dass sie inkompetent oder weniger wert war. Sie hatte geliebt und gelitten, genau wie Angela. Und im Gegensatz zu Angela hatte Eva eine Therapie gemacht. Sie wusste, dass die Methode, die Angela hier beschrieb, letzten Endes nur Kummer verursachen würde.

Aber wie sollte sie das auf eine Weise erklären, die sie näher zusammenbrachte – und nicht noch mehr voneinander trennte?

Das vergnügte Kreischen von Zach und Lilly drang durch den Garten zu ihnen herüber, begleitet von dem köstlichen Duft der Leckereien, eine Erinnerung daran, dass Eva nicht viel Zeit blieb, bevor Angela und sie zum Essen gerufen wurden.

»Ich finde auch, dass es nicht gut ist, in einem ständigen Zustand der Angst und Sorge zu verharren. Es gibt Beweise dafür, dass es dauerhafte Verbindungen im Gehirn schafft, wenn man ständig dieselben negativen Gedanken hat, und diese Art Gedanken können den Körper regelrecht vergiften.« Brent war davon fasziniert gewesen, wie Körper und Geist miteinander verbunden waren, und er hatte oft mit Eva über seine Erkenntnisse gesprochen.

Eva zog an einer Haarsträhne, die ihr über die Schulter gefallen war. »Aber ich glaube, du tust dir keinen Gefallen, wenn du nie überlegst, warum du diese Gedanken überhaupt hast. Denn wie sollst du deine Denkmuster verändern, wenn du nicht das zugrunde liegende Problem angehst? Und was die Trauer betrifft, die kann man nicht einfach ignorieren. Sie lässt sich nicht für immer in einem Karton in deinem Kopf wegschließen. Irgendwann kommt sie raus.«

Nichts außer einem Muskelzucken an Angelas Kiefer ließ erkennen, dass ihre Schwägerin sie überhaupt gehört hatte.

Vielleicht würde es Angela den nötigen Anstoß geben, sich verletzbar zu machen, wenn Eva mit gutem Beispiel voranging. »Ich jedenfalls bin nervös. Was ist, wenn wir es nicht schaffen? Den Marathon meine ich. Ich weiß, dass wir noch ein paar Monate haben, um für den Ultra zu trainieren. Ich sollte wahrscheinlich all das Positive sehen und meistens tue ich das auch. Aber ich weiß einfach nicht, was wir machen sollen, wenn wir scheitern. Wie würde das Leben aussehen, wenn wir es nicht geschafft haben?«

Ein winziges Brennen auf ihrer Kopfhaut machte sich bemerkbar, wo sie an ihren Haaren gezogen hatte. Sie ließ die Strähne los. »Ich weiß nicht einmal, was ich anschließend machen will. So weit kann ich noch gar nicht schauen. Also konzentriere ich mich auf das, was als Nächstes kommt, und das ist der Marathon. Ich finde, unser Training läuft doch ganz gut, oder nicht?«

Oh, Mann, jetzt hatte sie Angela förmlich zugetextet. Aber nachdem sie angefangen hatte, waren ihre Gedanken einfach übergekocht wie Wasser, das zu lange auf dem Herd steht.

»Stimmt, es läuft nicht schlecht.« Angela schluckte. »Ich … es macht Spaß, wieder zu laufen.«

Sieg! Es war nicht viel, aber es war etwas. Ein Anfang.

Bevor Eva ihre Schwägerin fragen konnte, was ihr daran gefallen hatte, kam Lilly den Weg hinuntergelaufen. »Mom! Tante Eva! Das Essen ist fertig!«

»Danke, Kleines. Wir kommen gleich.« Angela stand auf und wandte sich ab, um ihrer Tochter zu folgen, die schon wieder in den Garten der Nachbarn zurückhüpfte.

Dann blieb sie stehen, drehte sich noch einmal um und half Eva beim Aufstehen.

16. Kapitel

Dies würde ein denkwürdiges Silvester werden.

»Und, seid ihr aufgeregt?« Eva drückte Lillys Schultern. Ihre kleine Nichte stand zwischen Eva und Kylee und stellte sich auf Zehenspitzen, um an den Leuten, die an der Seilbahn in der Schlange vor ihnen standen, irgendwie vorbeizusehen. Sie warteten jetzt schon eine halbe Stunde am Fuß von Bob's Peak, in Queenstown am Lake Wakatipu, aber das war an einem Feiertag kaum verwunderlich.

Lilly griff nach Kylees Hand. »Ja!«

Kylee starrte die Berge an, die sich um sie herum erhoben, und ein winziges Lächeln zuckte um ihre Lippen. Es erwärmte Evas Herz zu sehen, dass ihre Nichte ihre Umgebung wenigstens etwas genoss, nachdem sie wochenlang geschmollt hatte. Eigentlich war Kylee bei ihrem Ausflug nach Queenstown schon den ganzen Tag über sehr verträglich gewesen – zuerst beim Frühstück, dann bei ihrem Einkaufsbummel. Heute Abend wollten sie zu einer Feier mit Livemusik, Essen und Feuerwerk am Seeufer bleiben.

Aber vor der Party hatte Eva ein Abenteuer auf dem Gipfel von Bob's Peak organisiert und sie hatte Mühe, das Geheimnis für sich zu behalten. Es würde eine schöne Belohnung dafür sein, dass sie die Feiertage gut überstanden hatten. Dank der Ablenkung durch die neue Umgebung war Weihnachten nicht so schlimm gewesen wie letztes Jahr, aber sie alle hatten sich in dieser Woche auf die eine oder andere Weise schwergetan. Würden die Feiertage jemals wieder richtig fröhlich werden, nachdem sie geliebte Menschen verloren hatten?

Endlich betraten sie das Gebäude, in dem sie die Gondel besteigen würden – einen Schritt näher an Evas Überraschung. Sie hoffte, dass sie so das neue Jahr als stärkere, fröhlichere Familie einläuten konnten. Zu schade, dass Sherry nicht dabei war, aber sie hatte in den letzten paar Nächten nicht gut geschlafen und war zu Hause geblieben, um etwas Ruhe zu haben.

»Ich habe gelesen, dass die *Skyline Gondola* die steilste Seilbahn auf der ganzen südlichen Erdhalbkugel ist.« Zach zog an den Ärmeln seiner Jacke, die er auf Evas Beharren hin trug. Die Frau in der Touristeninformation, mit der sie gestern gesprochen hatte, hatte darauf bestanden, dass sie warme Kleidung brauchten, weil sie zu dem Gipfel eines kleinen Berges hinauffahren würden, wo das Klima unberechenbar war.

»Mein kleines Lexikon.« Angela fuhr mit der Hand durch Zachs Haare und lachte, als er sich wegduckte.

Es war gut, ihre Schwägerin lächeln zu sehen, nachdem sie die ganze Woche über ziemlich still gewesen war. Eva hatte gehofft, dass ihr gemeinsames Training nach ihrer Unterhaltung am Bootssteg lebhafter sein würde, aber Angela schien mehr denn je entschlossen, ihr eigenes Ding zu machen.

Oder vielleicht setzte sie sich auch nur mit ihren Emotionen auseinander und fand nicht die richtigen Worte, um darüber zu reden.

»Ich habe gelesen, dass man einen Zweihundertzwanzig-Grad-Panoramablick auf den Coronet Peak hat und auf … wie heißt das andere Gebirge noch mal?« Marc strich sich über den kurzen Bart und zog die Nase kraus, um besonders verwirrt zu wirken.

»The Remarkables! Oh, und Walter Peak und Cecil Peak.« Zach grinste, weil er mehr wusste als Marc.

Marc zwinkerte Eva über den Kopf ihres Neffen hinweg zu. Ihr Magen machte einen kleinen Satz.

Die vergangenen anderthalb Wochen mit Marc waren herrlich gewesen. Zwischen den Zeiten, in denen er arbeitete, hatten sie über Geschäftsideen gesprochen, Ausflüge in die Umgebung gemacht und Selfies gedreht, die sie Brent gewidmet hatten. Natürlich hatten sie auch Strategien für den großen Lauf überlegt, über Landkarten gebrütet und versucht, die genaue Route zu erraten, die erst veröffentlicht werden sollte, wenn der Ultra-Marathon begann.

Es war schon merkwürdig – Eva war seit Jahren mit Marc befreundet, aber sie hatte noch nie mehrere Tage am Stück mit ihm zusammen verbracht. Ein paarmal hatte sie eine verwirrende Spannung zwischen ihnen entdeckt, die sie vorher noch nie bemerkt hatte. Wahrscheinlich war es nur Einbildung, eine Mischung aus Nervosität und Aufregung wegen all dessen, was erst mit dem Marathon und dann mit dem Ultra-Marathon verbunden war.

Das hoffte sie jedenfalls.

Angela zeigte nach vorne. »Guckt mal. Gleich sind wir dran.«

Die Leute unmittelbar vor ihnen kletterten in eine Gondel.

Als die nächste Gondel in das Gebäude einfuhr, machten Angela und die Kinder sich bereit hineinzusteigen. In jede Kabine passten nur vier Personen, also würden Eva und Marc die nächste nehmen. Normalerweise hätten sie sich die Gondel mit den nächsten beiden Personen teilen müssen, aber nach ihnen kamen mehrere Familien, die in Viergruppen fahren wollten, also würden Eva und Marc während der Auffahrt ungestört sein.

Als sich die Tür ihrer Gondel öffnete, stieg Marc hinter Eva ein und setzte sich ihr gegenüber. Die Türen schlossen sich und die Gondel ruckelte beim Anfahren etwas.

Die Gondel war rundum verglast, sodass sie alles unter sich sehen konnten – auf der einen Seite erstreckte sich der Lake Wakatipu und die Bäume am Ufer waren so hoch, dass es ihnen vorkam, als könnten sie die Wipfel berühren, während die Berge in der Ferne majestätisch aufragten.

Der Duft von Marcs Rasierwasser zog durch die kleine Kabine und stieg ihr mit einem Hauch von Estragon und Zimt in die Nase. Ganz anders als Brents Alltagsrasierwasser, eine Mischung aus Apfel und Limette mit einer Note aus Vanille, Rum und Leder.

Aber sie konnte nicht leugnen, dass Marcs Duft reizvoll war. Er roch so, als wollte er zu einer Veranstaltung mit Abendgarderobe, aber an ihm wirkte es nicht aufgesetzt.

»Eva?«

»Hmm?« Oh Mann, warum dachte sie fast eine Minute lang über Marcs Rasierwasser nach?

»Ich habe dich gefragt, wie du das Training einschätzt.« Seine Augen waren ganz ernst, beinahe besorgt, als er sich nach vorne beugte, die Unterarme auf die Oberschenkeln gestützt.

»Ganz gut, würde ich sagen. Aber ich bin mir nicht sicher, wie Angela es sieht.«

»Hast du sie gefragt?«

Eva zog an ihren langen Ärmeln und runzelte die Stirn. »Ja. Und ich dachte, ich könnte zu ihr durchdringen, aber sie scheint nicht die gleiche Art Verbindung zu suchen, wie ich sie mir wünsche.«

»Ich bin stolz auf dich, weil du es versuchst.« Er richtete sich auf. »Brent wäre auch stolz auf dich.«

»Ich hoffe es.« Sie spürte, wie ihr die Tränen kamen. Würde sie jemals an den Punkt kommen, an dem sie nicht mehr anfing zu heulen, wenn sie Brents Namen hörte?

Woher war dieser Gedanke wohl gekommen? Seit seinem Tod hatte sie jede Träne als Zeichen dafür betrachtet, dass sie ihn wirklich geliebt hatte, dass die Tiefe ihrer Emotionen unermesslich war. Es machte sie irgendwie stolz, jemanden zu lieben, der diese Liebe nicht mehr erwidern konnte.

Warum fühlte sie dann plötzlich die Last dieser Liebe, als wäre sie zu schwer?

Nein. Sie durfte in ihrer Entschlossenheit nicht nachlassen und musste jede Träne willkommen heißen und alles tun, um so zu leben, wie Brent es getan hätte. Sie musste sich an die Strohhalme des Glücks klammern, die ihr blieben, und sie zu etwas Schönem weben. Irgendwie.

»Ich weiß es. Und ob sie es versteht oder nicht – Angela braucht dich.«

»Manchmal fällt es mir schwer, das zu glauben.« Eva schob sich eine Strähne ihrer langen Haare hinters Ohr.

Marc folgte der Bewegung mit seinem Blick, während er darauf wartete, dass sie ihre Worte näher erläuterte. Warum machte sein Blick sie mit einem Mal so nervös?

Sie biss sich auf die Innenseite ihrer Wange und blickte aus dem Fenster, um das Naturschauspiel um sie herum zu betrachten. »Ich versuche es immer wieder, aber wir sind uns eigentlich immer noch nicht näher als vor drei oder vier Monaten, als die ganze Sache angefangen hat. Und das sollten wir doch, oder?«

»Ich weiß nicht. Mir scheint es weniger Spannungen zwischen euch zu geben als zum Beispiel damals bei dem ersten Planungstreffen. Ich vermute, dass sie eine Menge verkraften muss.«

»Ich wünschte nur, sie würde … ich weiß nicht … erkennen, wie Brent und Wes das Leben gesehen haben. Mich hat das inspiriert, aber Angela scheint der Abenteuergeist der beiden gar nicht zu motivieren. Sie scheint ihn vielmehr zu verachten. Ich verstehe sie nicht.«

»Gib ihr Zeit. Vielleicht gewinnt sie durch unseren Aufenthalt hier eine neue Perspektive, einen neuen Blick auf alles.«

Und hoffentlich war Evas Überraschung dazu ein Beitrag. »Du hast recht.« Ihr Blick begegnete seinem.

Er hatte die Augen die ganze Zeit nicht abgewandt. Sein Blick ruhte unverwandt … auf ihr. »Neue Perspektiven können beängstigend sein.« Marcs Stimme klang ganz vorsichtig. Ein Hauch Sehnsucht schwang darin mit und ihrer Seele kam etwas in seinem Tonfall vertraut vor.

Ein Gefühl stieg in ihrer Brust auf – sie konnte es nicht definieren, aber es fühlte sich aufregend und gefährlich an. Es war dasselbe Gefühl, das sie immer hatte, wenn etwas Neues begann. Die Angst vor dem Scheitern, dem Unbekannten, wetteiferte mit einer tiefen Gewissheit, dass das Risiko sich lohnte.

Sie schluckte. »Das stimmt.«

»Aber das bedeutet nicht, dass wir sie vermeiden sollten, oder?«

Worum ging es bei seiner Frage wirklich?

Die Gondel hielt an und die Tür ging auf. Als ein Helfer den Arm hereinstreckte und ihr aus der Kabine half, atmete Eva unwillkürlich freier. Denn die Richtung, in die ihre Unterhaltung sich bewegt hatte … dafür war sie nicht bereit. Aber vielleicht machte sie sich auch viel zu viele Gedanken. Wahrscheinlich sogar.

Von hier oben aus wirkte die Stadt sogar noch kleiner als sonst, vor allem, wenn man es mit dem Blick auf Manhattan verglich, den sie gehabt hatten, als sie zu Beginn ihrer Reise am John-F.-Kennedy-Flughafen abgehoben hatten. Angela und die Kinder lehnten am Geländer ein Stück weiter entfernt und genossen den Ausblick.

Ihre Schwägerin drehte sich um. »Danke, Eva. Das war wirklich schön.«

»Ziemlich beeindruckend, oder?« Und hoffentlich fanden sie Evas Überraschung genauso toll. »Kommt mal mit.«

»Was ist denn da drüben?« Zach blinzelte.

»Eine Kleinigkeit, die ich organisiert habe.« Sie ging einige Meter den Weg entlang und dann zu einer Treppe. Diese führte auf eine Plattform, die über die Bäume hinausragte.

Wenn Wes und Brent mit ihnen hierhergekommen wären, hätten sie dafür gesorgt, dass die Kinder und Angela und Eva ein Abenteuer erlebten.

»Wir sind da.«

Angela blieb wie angewurzelt stehen, als sie das Schild sah, auf dem *Schöner als Fliegen* stand. »Wovon redest du?«

»Ich habe eine Seilrutschen-Tour für uns alle organisiert. Macht euch darauf gefasst, Neuseeland auf ganz neue Weise zu erleben.«

Was hatte sich Eva nur dabei gedacht?

Wahrscheinlich nichts, wie immer.

Zugegeben, das war kein netter Gedanke, aber im Ernst! Ihre Schwägerin stand da und strahlte wie ein Kind, das gerade die Bestnote im Zeugnis bekommen hatte, und hatte keinerlei Gespür für die Gefühle, die in Angela aufstiegen. Sie meinte es offensichtlich gut, aber warum hatte sie sich nicht die Mühe gemacht, Angela vorher zu fragen?

Die Vorstellung, dass ihre Kinder über der Stadt hingen, das Seil riss und sie hinunterstürzten, immer weiter und weiter …

»Wenn ein negativer Gedanke oder ein negatives Gefühl kommt, dann stecke sie in eine Schachtel. Versiegele die Schachtel in Gedanken und sag dir, dass es alles, worauf du hinarbeitest, zerstören wird, wenn du sie öffnest.«

Die Worte, die sie vor einer Woche zu Eva gesagt hatte, verhöhnten sie jetzt. Für all die Emotionen, die sie in diesem Augenblick umtrieben, bräuchte sie einen Betonbunker.

»Ich finde, das ist keine gute Idee.« Irgendwie gelang es ihr, das ganz ruhig zu sagen. Ein kleines Wunder.

»Das geht schon in Ordnung, Mom.« Warum konnte Kylee nie so begeistert reagieren, wenn Angela etwas vorschlug? Ihre Tochter tat einige Schritte auf die Plattform zu, auf der einige Helfer die Gurte für zwei Frauen in den Zwanzigern fertig machten. »Ich wollte schon immer mal mit einer Seilrutsche fahren.«

»Kylee, warte.«

»Ja, Mom. Das ist total cool.« Zach rannte hinter seiner Schwester her.

Marc blickte zwischen Eva und Angela hin und her und es hatte den Anschein, als wollte er etwas sagen. Aber Lilly nahm seine Hand und zog ihn fort, sodass Angela mit ihrer Schwägerin allein zurückblieb.

Evas Gesicht war eine Mischung aus Verwirrung und Verletztheit. »Was ist denn?«

Angela verschränkte die Arme und holte tief Luft. »Ich bin

einfach nicht sicher, ob meine Kinder alt genug dafür sind. Du hättest mich fragen sollen, Eva.«

Ein Juchzer zerschnitt die Luft. Angelas Kopf fuhr herum, sodass sie gerade noch eine der beiden jungen Frauen sah, wie sie an dem Seil abwärtsflog. Sie ließ los und hing kopfüber, als sie an den Baumwipfeln vorbeisegelte, die Füße in der Luft, und schwenkte die Arme.

Ein Schauer lief über Angelas Rücken.

Ihre Schwägerin öffnete den Mund und schloss ihn dann wieder. »Ich wollte nicht … ich dachte nur, wenn Brent und Wes hier wären, würden sie wollen, dass wir alle etwas Aufregendes wie das hier erleben. Und wenn du dir Sorgen wegen Lilly machst, dann kann sie auch zusammen mit einem der Helfer rutschen. Es ist alles ganz ungefährlich.«

Ganz ungefährlich. Diese Worte hatte Angela schon einmal gehört.

»Hey.« Wes lehnte am Türrahmen zum Wohnzimmer, die Hände in den Hosentaschen.

Angela blickte aus dem Vierfüßlerstand auf. Sie hatte Lilly gerade ins Bett gebracht und suchte unter dem Sofa nach dem Teddy ihrer Tochter, denn sie hatte ihr versprochen, ihn bis zum nächsten Tag zu finden. »Ach, du bist endlich zurück. War viel los bei der Arbeit?« Wes' Job als Sozialarbeiter erforderte oft lange Arbeitszeiten und viel Herzblut – und Letzteres steckte ihr Mann in rauen Mengen in seine Arbeit.

»Ja. Und Mom hat angerufen. Der Stein für Dads Grab ist endlich gekommen.«

Angela stand auf und ging zu ihrem Mann. Sie schlang die Arme um seinen Bauch, der sich über dem Bund seiner Baumwollhose leicht wölbte. Sein Schwangerschafts-Solidaritätsbauch, so hatte er es genannt. Zwei Jahre später war er zu einer festen Einrichtung geworden. Aber das machte ihr angesichts ihrer eigenen zehn Kilo zu viel nichts aus. »Tut mir leid. Das muss schwer für sie gewesen sein.« Sie drückte ihm einen Kuss auf die Lippen.

Er erwiderte den Kuss flüchtig, schien aber mit den Gedanken woanders zu sein. Dennoch erlaubte sie sich den Luxus, von ihm im Arm gehalten zu werden. Seit dem Tod seines Vaters vor einem Monat hatte er oft nach seiner Mutter gesehen und ihr bei den Finanzen und anderen Dingen geholfen. Außerdem gab es bei der Arbeit immer irgendwelche Notfälle. Da hatte sie noch mehr als sonst zu Hause die Stellung halten müssen, aber sie hatte nichts dagegen, ihren Beitrag zu leisten. Sherry gehörte zur Familie und sie war jetzt allein. Angela konnte sich nicht vorstellen, wie sich das anfühlen musste.

Wes' Arme drückten sie kurz und ließen sie dann wieder los. Er nahm ihre Hand und spielte mit dem Ring an ihrem Finger. Es war ein schlichter Goldreif mit einem halbkarätigen Diamanten, aber er war furchtbar stolz gewesen, als er ihr ihn zu ihrem fünften Hochzeitstag hatte schenken können, nachdem er immer ein bisschen von seinem Gehalt dafür gespart hatte. »Übrigens, Brent hat gefragt, ob ich am Wochenende mit ihm klettern gehe.«

»Im Studio? Ja, mach das.« Wes konnte einen Ausgleich zu seinem Stress gebrauchen.

»Eigentlich hat er die *Adirondack Mountains* vorgeschlagen. Einen richtigen Wochenendausflug.«

»Oh.« Angela biss sich auf die Unterlippe. Dann würde sie das ganze Wochenende mit den Kindern allein sein und am Samstag war das Grillfest ihrer Gemeinde. Es war immer schwierig, alle in Schach zu halten, wenn sie auf sich allein gestellt war, aber sie würde es schon schaffen, wenn es für Wes wichtig war. »Okay.«

»Wirklich? Macht es dir nichts aus?«

»Nein.« Sie stellte sich auf Zehenspitzen und küsste ihn noch einmal. »Solange du heil wieder nach Hause kommst.«

Sie lachte bei der Bemerkung, aber es war ihr durchaus ernst. Brent war dafür bekannt, dass er kein Risiko scheute – das hatte er noch nie getan. Aber Wes wusste immer, wie er seinen kleinen Bruder zügeln konnte.

Ihr Mann nahm sie wieder in den Arm. »Natürlich. Das ist alles ganz ungefährlich.«

Die Erinnerung daran ließ Angelas Hände regelrecht zittern. Wes hatte sich geirrt. Wer so lebte wie Brent, nahm Risiken in Kauf – und Wes hatte sich von seinem Lebensstil anziehen lassen. Natürlich waren die meisten Dinge tatsächlich ungefährlich. Aber warum das Risiko eingehen, wenn es nicht nötig war?

»Tut mir leid, Eva. Die Antwort ist Nein.«

»Aber –«

»Guck mal, Mom!« Lillys Stimme drang zu ihr herüber.

Angela wandte sich wieder dem Baumhaus zu und beinahe wäre ihr das Herz aus dem Leib gesprungen. Zach bekam gerade die Gurte angelegt und der Helfer hatte sich hingehockt, um ihm Anweisungen zu geben. Ihr Sohn nickte, seine Miene ganz konzentriert. Dann stand der junge Mann auf und setzte Zach einen Helm auf.

Sie rannte zu der Plattform. »Warten Sie! Halt!«

Der Helfer blickte verwirrt auf. »Gibt's ein Problem?«

Angela packte Zach und zog ihn zur Treppe, vom Abgrund weg. Sie sog scharf die Luft ein, als sie sah, wie hoch sie hier waren. »Brauchen Sie keine Einwilligung der Eltern, um Kinder auf die Seilrutsche zu lassen?«

»Ich bin beim Frühstück raus und habe das Formular im Büro des Veranstalters in der Stadt ausgefüllt.« Evas Stimme erklang hinter ihr, aber sie war leiser als sonst. »Ich dachte nicht, dass du ein Problem damit haben würdest.«

Angela versuchte, die Augen zu schließen, aber sie sah nur rot. Endlich sah sie wieder ihre Schwägerin an. »Können wir reden?« Nachdem sie sich vergewissert hatte, dass Marc auf die Kinder aufpasste, ging Angela mit Eva die Treppe hinunter und ein Stück den Weg entlang, damit sie ungestört waren.

»Ich weiß, dass du es gut meinst, Eva, aber dies sind nicht deine Kinder. Sie sind meine Kinder. *Meine* Verantwortung. Verstehst du, was das bedeutet?« Ihre Worte waren schroff und kratzten in ihrer Kehle.

»Ich wollte doch nur helfen.« Und da war es wieder, das verräterische Zittern in Evas Stimme. Sie stand mit hängenden Schultern da und kaute an ihrem Daumennagel. Eine Träne rann über ihre Wange.

Super. Jetzt sah Angela aus wie der böse Wolf, der das Haus der kleinen Schweinchen zerstörte. Sie rieb sich die Nase. »Ich weiß, dass du dir Mühe gibst. Und du bist eine wunderbare Tante für die Kinder. Aber du scheinst nicht zu begreifen, dass es meine oberste Priorität ist, meine Kinder zu beschützen. Und wenn du so gegen mich arbeitest, halten meine Kinder mich für die Spielverderberin.« Natürlich ging die Sache tiefer als das, aber im Moment wollte Angela diese tiefer liegenden Gefühle nicht näher untersuchen.

»Es tut mir leid.« Eva war ganz klein geworden und rieb sich jetzt die Oberarme.

Angelas Mutterinstinkt sagte ihr, dass sie Eva in den Arm nehmen sollte. Aber nein. Eva musste wissen, dass es ihr ernst war. Wenn sie noch drei Monate zusammenleben und diesen Ultra-Marathon irgendwie erfolgreich bewältigen wollten, musste Eva wissen, wo sie stand.

Denn sonst würde die ganze Sache in sich zusammenfallen – wenn das nicht schon geschehen war.

17. Kapitel

Eva warf einen Blick auf die Uhr. Das Display zeigte 2.37 Uhr – ein neues Jahr.

Noch ein Jahr ohne Brent. Ohne ein Ziel über diesen Lauf hinaus.

Im ganzen Haus war es still. Seit Stunden war es schon so, seit sie von dem missglückten Versuch mit der Seilrutsche zurückgekehrt waren. Sie waren nicht zu der Silvesterparty in Queenstown gegangen, sondern sofort nach Hause gefahren, und nach einem schnellen Abendessen hatten alle sich in ihre Zimmer zurückgezogen. Offenbar hatte niemand Lust, dass neue Jahr gemeinsam zu begrüßen.

Obwohl das nicht ganz stimmte. Marc hatte gefragt, ob sie spazieren gehen wollte, aber sie hatte abgelehnt mit der Begründung, sie wäre keine gute Gesellschaft. Dabei hatte Marc sie schon oft niedergeschlagen gesehen, warum also war es diesmal anders?

Eva kroch unter ihrer Bettdecke hervor. Mit bloßen Füßen ging sie über die Holzdielen im Flur, die Treppe hinunter und in die Küche. Das Mondlicht schien durch die Fenster herein und malte Muster auf Schränke, Tisch und Fußboden. Sie nahm ein Glas aus dem Schrank und goss sich Kokosmilch ein. Dann suchte sie in einem Tontopf nach einem von Sherrys Kirschplätzchen.

Sie tauchte den Keks in die Milch und aß einen Bissen. Der säuerliche Kirschgeschmack tanzte auf ihrer Zungenspitze. Herrlich. Und das Beste an all dem Training war es, dass sie diesen Keks morgen verbrennen würde, wenn sie mit Marc und Angela joggen ging. Nachdem sie jetzt seit mehr als einer Woche zu dritt trainierten, hatten sie einen Rhythmus gefunden. Der bevorstehende Marathon würde ihnen einen Eindruck davon vermitteln, wie sie in einem Wettbewerb abschneiden konnten.

Vielleicht würde Angela dadurch herausfinden, warum sie tatsächlich hier war. Denn Eva kam einfach nicht dahinter. Die Ereignisse an diesem Nachmittag hatten ihr endgültig gezeigt, dass sie nicht unbedingt aus den gleichen Gründen hier waren.

Sie aß das Plätzchen auf und leerte ihr Glas. Als sie zur Treppe zurückging, fiel ihr Blick auf etwas auf der Terrasse. Jemand saß auf einem der Stühle. Jemand Kleines, also war es nicht Marc. Eva schob die Terrassentür auf und zog ihren Bademantel fester um sich, als sie die plötzliche Kühle spürte. Sie trat hinaus und sah Sherry, die auf den See hinausblickte. Das Wasser war gesprenkelt mit Lichtern, die aussahen, als würden sie auf den Wellen Pirouetten drehen. Der Himmel war die perfekte Künstlerleinwand mit leuchtend goldenen und weißen Tupfen darauf. Und obwohl die Berge in der Dunkelheit kaum zu sehen waren, spürte Eva, wie sie stark und unerschütterlich um sie herum aufstiegen. Immer gegenwärtig.

Sie sank auf den Stuhl neben ihrer Schwiegermutter und lehnte den Kopf an Sherrys Schulter.

Sherry sagte nichts, aber sie hob den Arm und berührte Evas Kinn. Dann tätschelte sie Evas Wange.

»Konntest du wieder nicht schlafen?« Jetzt, wo Brent nicht mehr da war, um sich um seine Mutter zu kümmern, war das ihre und Angelas Aufgabe. Aber Sherry konnte niemals eine Last sein – sie war der einzige Teil von Brent, der Eva noch blieb. Abgesehen davon war ihre Schwiegermutter so versessen darauf, allen zu helfen, dass ihre eigene Gesundheit oft ganz unten auf der Prioritätenliste landete.

»So was in der Art. Ich habe mir ein Glas Wasser aus der Küche geholt und konnte mir die Gelegenheit nicht entgehen lassen.«

»Gelegenheit?« Eva kuschelte sich an Sherry, die nach Mehl und Zucker roch.

»Gott anzubeten. Der Schöpfer hat hier ganze Arbeit geleistet, meinst du nicht?«

Ein Zikadenchor schien zustimmend zu singen und lauter zu werden, dann wieder leiser.

Für eine Künstlerin wie Eva hatte die Natur immer diesen Reiz gehabt, aber obwohl sie mit ihren Eltern in die Kirche gegangen war und an Gott glaubte, hatte sie in letzter Zeit nicht oft an das schöpferische Herz dieses Gottes gedacht. Der Gedanke zauberte ein kleines Lächeln auf ihr Gesicht. »Das hat er wirklich.«

Wenn sie doch nur etwas so Schönes erschaffen könnte – oder auch nur halb so schön. Ein Viertel davon. Aber sie fürchtete, ihre kreativen Tage waren für immer vorbei.

»Was hast du auf dem Herzen, mein liebes Mädchen?« Sherrys Hand drückte Evas Knie. »Denkst du über heute nach? Ich hoffe, du machst dir keine Vorwürfe. Deine Absicht war gut. Das wird Angela mit der Zeit erkennen.«

»Ich habe das Gefühl, dass ich immer wieder alles vermassele, ohne es zu wollen … auch, dass ich sie überredet habe, mit nach Neuseeland zu kommen. Vielleicht war das ein Fehler.«

»Ich persönlich finde nicht, dass es ein Fehler war. Es ist gut, wenn Angela endlich genügend Zeit hat, sich ihrer Trauer zu stellen. Die sucht nämlich schon eine ganze Weile nach ihr und Angela läuft immer vor ihr davon. Hab Geduld mit ihr. Liebe sie trotzdem. Ich weiß, dass du das tust. Du hast eine gütige Seele, Eva.«

Eine Träne lief Evas Nase hinunter und hing einen Moment da, bevor sie salzig auf Evas Lippen tropfte. »Danke für deine lieben Worte, Sherry.« Sie seufzte. »Aber gute Absichten hin oder her, ich weiß nicht, was ich als Nächstes tun soll. Brent wusste immer, was zu tun war.«

Ein Vogel krächzte in der Ferne und es klang wie eine Mischung aus einem kleinen kläffenden Hund und einer miauenden Katze. Die Tierwelt hier in Neuseeland war ganz anders als daheim.

Eine Weile schwieg Sherry. »Ich verstehe das Gefühl, ohne Orientierung zu sein, wenn die Liebe deines Lebens nicht mehr da ist. So ging es mir auch.«

»Aber es ist mehr als das.« Wie konnte Eva die völlige Verzweiflung, das Loch in ihrem Leben, den Verlust ihres Selbst in Worte fassen? Eva setzte sich auf, zog die Beine auf den Stuhl und schlang die Arme um ihre Knie. »Habe ich dir eigentlich mal erzählt, dass ich bei unserer ersten Begegnung bereits sicher war, den Richtigen gefunden zu haben?«

»Wirklich?«

»Ja, und es war nicht nur die Tatsache, dass mir der Atem stockte, als unsere Blicke sich begegneten, oder dass er so gut aussah. Ich habe einfach den Lebenshunger gespürt, den sein ganzes Wesen ausstrahlte. Es war so, als würde er ein Geheimnis kennen, das der Rest der Welt nicht kannte und das er mit jedem teilen wollte.«

Eva schloss einen Moment lang die Augen und genoss die Erinnerung. Sie war auf dem Weg zum Spinningkurs gewesen, als sie mit Brent zusammengestoßen war. Er hatte verhindert, dass sie fiel – indem er ihre Oberarme festgehalten hatte –, und ihr dabei tief in die Augen geschaut. Sie wusste nicht mehr, ob er etwas gesagt hatte oder ob seine Seele einfach zu ihr gesprochen hatte.

Sie wusste nur, dass sie an dem Abend nach Hause geeilt war und wie benommen die fantastischsten Brautsträuße entworfen hatte, die ihr jemals gelungen waren.

Jetzt öffnete sie wieder die Augen. »Er hat mein Leben verändert, Sherry. Nachdem ich ihn getroffen hatte, ist mein Leben förmlich explodiert vor Farben und Energie, plötzlich war da so viel mehr … von allem.« Sollte sie es wagen, den Rest zu sagen? »Jetzt habe ich den Eindruck, der Rest meines Lebens liegt wie ein gähnendes Loch vor mir. Was ich sehe, ist nicht gut, nicht wie früher. Ich … ich habe Angst, dass ich nie wieder richtig glücklich sein werde.«

Sherry drehte sich auf ihrem Stuhl, um Eva anzusehen. Selbst im Dunkeln konnte Eva das tiefe Mitgefühl in den Augen ihrer

Schwiegermutter wahrnehmen. »Ich bin sehr froh, dass mein Junge so viel Liebe von dir erfahren hat. Aber Glücklichsein ist etwas Flüchtiges.« Sie tätschelte Evas Knie. »Es ist ein Gefühl, und wenn wir es haben, ist alles schön. Aber es kann jederzeit verschwinden. Mach dir das Glück nicht zum Ziel. Denn dann werden das Leben und die Menschen dich nur enttäuschen.«

Ein Schluchzer stieg in Evas Kehle auf. »Was soll denn sonst mein Ziel sein?«

»Freude, meine Liebe. Du solltest nach Freude streben.«

Was war denn der Unterschied? »Das verstehe ich nicht.«

»Freude beruht nicht auf einem Gefühl. Sie ist da, unabhängig davon, was in deinem Leben passiert. Du kannst Freude erleben, selbst wenn die Welt um dich herum einstürzt.«

»Wie denn das?« Etwas Tiefes und Verzweifeltes in ihr sehnte sich nach der Antwort. »Wie kann ich Freude erleben, wenn meine große Liebe, mein Partner fürs Leben, tot ist? Wenn mir nichts außer der Erinnerung an ihn bleibt?«

»Freude ist nicht von dir abhängig oder von den guten Dingen im Leben, zum Beispiel einem wundervollen Ehemann. Sie ist von Gott abhängig und davon, ob du mit ihm im Reinen bist. Sie gründet in der tiefen Gewissheit, dass es jemanden gibt, an dem du dich festhalten kannst, egal, was in diesem Leben geschieht, selbst wenn du zu ertrinken drohst.«

Sherry hatte oft über ihren Glauben gesprochen und sie hatte sich in schweren Zeiten daran geklammert. Es war ein schöner Gedanke für Eva, dass sie Gott wichtig war, aber er war nicht hier und flüsterte ihr keine Worte der Liebe zu. Er würde sie nie in den frühen Morgenstunden in den Arm nehmen und ihr übers Haar streichen, wenn sie traurig war. Er würde sich nie zurücklehnen und klatschen oder vor Bewunderung pfeifen, wenn sie die ganze Nacht aufgeblieben war, um ein perfektes Blumengesteck zu kreieren.

Brent war so gewesen. Ein Mensch, den sie anfassen und umarmen und küssen und lieben konnte.

Sie vermisste das. Sie brauchte es. Sie brauchte *ihn*.

Ein tiefer Seufzer entwich ihrer Brust und sie stellte sich vor, wie er übers Wasser wehte und verschwand und trotzdem blieb.

18. Kapitel

Endlich lief etwas so, wie es laufen sollte.

Angela beugte sich vor ihrem Haus vor, Hände auf die Knie gestützt, und holte mehrmals tief Luft. Dann sah sie auf ihre Armbanduhr und reckte die Faust in die Luft. »Ja!«

Marc und Eva kamen kurz nach ihr an. Sie hatten es ihr überlassen, das Tempo vorzugeben, und in den letzten Sekunden ihres Laufs war sie losgesprintet, angetrieben von einem köstlich vertrauten Gefühl.

Ihre innere Sportlerin kam endlich zum Vorschein.

Marc stieß einen Siegesschrei aus. »Super, Angela! Das war das erste Mal, dass du einen Kilometer unter sechs Minuten geschafft hast. Eine fantastische Steigerung.« Er hob die Hand, um mit Angela abzuklatschen.

Sie schlug mit der flachen Hand dagegen. »Danke. Das ist ein gutes Gefühl.« Obwohl ihre Muskeln und ihre Lunge brannten, hatte dieser Schmerz etwas Befreiendes. Das Wetter war an diesem Abend etwas kühler, und als sie die Oberschenkel dehnte, fühlte sie das Prickeln auf ihrer Haut, während der Schweiß verdunstete.

Eva lächelte, aber das Lächeln blieb seltsam leblos. »Klasse.« Seit dem Vorfall mit der Seilrutsche vor zwei Tagen war sie wie ausgewechselt und ihr sonst so lebhafter Tonfall war einer tonlosen Stimme gewichen.

Angela sollte auf sie zugehen, etwas Tröstliches sagen. Aber jedes Mal, wenn sie es versuchte, zerrte die Angst an ihren Stimmbändern und ließ sie schweigen. Wenn sie nicht hundertprozentig standhaft blieb, was Eva betraf, würde ihre Schwägerin vielleicht wieder eine ihrer verrückten Nummern abziehen.

Und Angela hatte schon genügend verrückte Nummern erlebt.

Wenn sie Wes gegenüber hart geblieben wäre …

Nein. Daran wollte sie nicht denken. Im Moment wollte sie sich zur Abwechslung einfach nur mal gut fühlen und sei es wegen der Tatsache, dass sie die letzten fünf Kilometer ihrer Strecke heute ohne Pause gerannt war. Na gut, gejoggt. Aber trotzdem. Das war doch etwas.

»Danke, gleichfalls.«

Sie beendeten ihre Dehnübungen und gingen ins Haus, wo ihnen sogleich der köstliche Duft von Sherrys berühmter Lasagne entgegenschlug. Ihre Schwiegermutter stand an der Küchenzeile und schnitt Tomaten in Scheiben.

»Oh, das riecht fantastisch.« Marc ging zur Spüle, wusch sich die Hände und trocknete sie anschließend an einem Tuch ab. »Kann ich was helfen?«

Eva folgte ihm. »Ja, was können wir machen?«

Sherry scheuchte sie fort. »Setzt euch mit einem Glas Wein auf die Terrasse. Ich sage Bescheid, wenn das Essen fertig ist. Ungefähr in einer Viertelstunde.«

»Vergiss den Wein. Zeit genug für einen heißen Kakao.« Marc stieß Eva an, die die Augen verdrehte und stöhnte. »Na gut, dann eben Wein.«

Während Marc grinsend die Gläser aus dem Schrank holte, suchte Eva einen Rotwein aus.

Angela nutzte die Gelegenheit und ging zu Sherry.

»Du bist wundervoll.« Sie drückte Sherrys Schultern und erntete dafür einen überraschten Blick. Doch Sherry verbarg ihre Reaktion schnell.

Angela räusperte sich und lehnte sich an die Küchenzeile. »Sind die Kinder in ihren Zimmern? Sie können kommen und den Tisch decken.«

»Zach und Lilly sind oben, aber Kylee hat gefragt, ob sie mit Daisy auf einen Kaffee zu Alistairs Café gehen kann. Ich wusste, dass du es ihr schon häufiger erlaubt hast, also habe ich gesagt, dass es in Ordnung geht. Ich hoffe, das war es.«

»Ja, natürlich.« Es war nicht leicht, ihrer jugendlichen Tochter ihre Freiheit zu lassen, aber nachdem sie jetzt einen Monat hier waren, hatte Angela sich an den Gedanken gewöhnt, dass Kylee in der Kleinstadt allein unterwegs war. Außerdem war sie es leid, ständig mit Kylee zu streiten. Sie musste sich immer wieder daran erinnern, dass ihre Tochter ihr noch nie Grund gegeben hatte, ihr nicht zu vertrauen. »Ich ruf sie an und sage ihr, dass das Essen bald fertig ist.«

Der Anruf landete auf der Mailbox. Hmmm … seltsam. Das Handy war bei ihrer Tochter eigentlich so gut wie angewachsen und immer in Reichweite. Vielleicht war es im Café lauter als sonst. Manchmal gab es an Wochenenden dort Livemusik.

Angela ging nach oben und duschte in zwei Minuten, um anschließend in bequeme Leggings und eine weite Tunika zu schlüpfen. Als sie sich in der Küche wieder zu Sherry gesellte, war Kylee noch immer nicht erschienen und bei einem erneuten Anruf sprang wieder die Mailbox an. »Ich gehe zum Café und hole Kylee. Wenn das Essen fertig ist und alle Hunger haben, dann wartet nicht auf uns. Es wird bestimmt nicht lange dauern.«

Ein flotter fünfminütiger Spaziergang, dann stand sie vor dem schicken Café. Als sie eintrat, sah sie sich um. An der Theke und den Tischen drängten sich die Gäste, aber die Mädchen waren nirgends zu sehen.

Angela spürte, wie ihr ein Schauer über den Rücken lief. *Wo sind sie?*

Obwohl viele Kunden anstanden, um ihre Bestellung aufzugeben, trat Angela zu der Bedienung, die hinter dem Tresen geduldig darauf wartete, dass der füllige Herr vor ihr sagte, was er wollte. Das Namensschild der jungen Frau erinnerte Angela daran, dass sie Vange hieß. »Entschuldigung.«

Vange wandte sich mit ihrem Lippenpiercing und dem Igelhaarschnitt zu ihr um. »Angela, richtig? Wie geht's?«

»Mir geht's gut. Haben Sie vielleicht meine Tochter Kylee gesehen? Sie müsste eigentlich hier sein.« Angela kniff sich in die Haut zwischen Daumen und Zeigefinger.

Vange zog die Augenbrauen hoch und zeigte in eine Richtung. »Da drüben ist sie doch.«

Erleichterung strömte durch Angelas ganzen Körper und ihr Blick folgte Vanges Finger – bis ihr Blick auf ein Pärchen fiel, das auf einem Stuhl in der Nähe des Eingangs saß und knutschte.

»Oh, tut mir leid, das muss eine Verwechslung sein. Ich rede von Kylee. Sie kommt oft mit Daisy Hogan hierher.«

Der Blick der jungen Frau war voller Mitgefühl. »Ich habe die beiden schon zusammen hier gesehen, aber in letzter Zeit kommt sie immer mit diesem Typen her.«

Das konnte sie nicht sein. Aber bei genauerem Hinsehen trug das Mädchen, das auf dem Schoß des Jungen saß, ein leuchtend pinkfarbenes Sweatshirt mit türkisfarbenen Streifen. So eines besaß Kylee. Aber ihre Tochter kannte doch keine Jungs hier und …

Das Pärchen holte Luft und das Mädchen lehnte den Kopf an die Stirn des Jungen und kicherte.

Nein. »Kylee Lynn Jamison.« Der Aufschrei hallte durch das kleine Café, als Angela auf ihre Tochter zustürzte. Sie hatte kaum die letzte Silbe ausgesprochen, als Kylee ruckartig den Kopf hob und Angela mit großen Augen und aufeinandergepressten Lippen anstarrte. Der Typ blickte an Kylee vorbei und Angela erkannte den Jungen von der Eisdiele in Arrowtown.

»Was fällt dir eigentlich ein?« War dieses Kreischen ihre eigene Stimme? Okay, vielleicht war ihre Reaktion übertrieben. Aber andererseits war dies genau die Art Verhalten, die zu Fehlern führte, die Kylee nicht rückgängig machen konnte. Die Art Verhalten, die ihre Zukunft entgleisen lassen konnte.

Das Murmeln an den umliegenden Tischen wurde lauter und Angela fühlte, wie eine Million Augen sie ansahen. Wie peinlich. Aber sie straffte die Schultern. Wen interessierte schon, was die anderen dachten? In ein paar Monaten würde sie diese Leute nie wiedersehen, aber Kylee würde immer ihre Tochter sein.

»Mom.« Kylee presste zischend nur dieses eine Wort zwischen den Zähnen hindurch. Die Angst in ihren Augen war etwas weitaus Dunklerem gewichen. »Mach keinen Aufstand.«

»Ich soll keinen Aufstand machen? Entschuldige, Fräulein« – autsch, hatte sie das wirklich gerade gesagt? –, »aber ich habe allen Grund, einen Aufstand zu machen.« Sie zog ihre Tochter von dem Schoß des jungen Mannes. »Und Sie … wie alt sind Sie überhaupt? Wussten Sie, dass dieses Mädchen erst fünfzehn ist?«

Der Junge warf die Haare zurück und stand mit erhobenen Händen auf. »Ich will keinen Ärger.« Dann nahm er seine Jacke und ging.

Kylee riss sich aus Angelas Griff los. »Warum hast du das denn gemacht? Jetzt geht er nie wieder mit mir aus.« Ihre Tochter schniefte und wischte sich eine Träne von der Wange. »Ich hasse dich.«

Angela rieb sich die Schläfen. »Was du gerade gesagt hast, geht aus mehreren Gründen gar nicht und wir werden noch darüber reden. Aber nicht hier. Ich bin gekommen, um dich zum Essen zu holen. Gehen wir.«

»Gerne.« Ihre Tochter machte auf dem Absatz kehrt und stürmte aus dem Café.

Angela holte tief Luft und eilte hinter Kylee her, ohne jemand anderen anzusehen. Hier würde sie jedenfalls nicht noch einmal herkommen, so viel stand fest –

»Angela?«

Sie setzte ein Lächeln auf und drehte sich um. Hinter ihr stand Simon King. *Na, super.* »Hi.« *Bitte schreiben Sie das nicht in Ihren Artikel.* »Wie geht es Ihnen?«

Er neigte den Kopf ein wenig zur Seite und trank einen Schluck aus seinem Becher. »Besser als Ihnen, wie es aussieht.« Seine Armbanduhr funkelte im Schein der Lampen.

»Dann haben Sie den Auftritt gerade mitbekommen?«

Ein Grinsen zuckte um seine Mundwinkel. »War nicht zu vermeiden.«

Angela schloss kurz die Augen und stöhnte. »Ich habe Ihnen ja erzählt, dass meine Tochter mich hasst. Das war der Beweis.«

»Jedes Mädchen, das von seiner Mutter in der Öffentlichkeit beim Knutschen erwischt wird, würde so reagieren. Willkommen im Verhasste-Eltern-Klub.« Er hob seinen Becher wie zum Toast.

Darüber musste sie lachen. Mit jemand anderem Witze darüber zu machen, fühlte sich irgendwie gut an. »Na, vielen Dank.« Angela warf einen Blick in Richtung Tür. »Ich überzeuge mich besser davon, dass sie nach Hause geht und nicht stattdessen wegläuft.«

»Hätten Sie Lust, sich irgendwann bei einem Abendessen darüber auszutauschen?«

Lud er sie gerade zu einem Date ein? Oder wollte er nur nett sein? »Das ist lieb, aber ich bin sehr beschäftigt mit dem Training für den Marathon und dem Unterrichten der Kinder.«

Etwas wie Enttäuschung flackerte in seinen Augen auf. »Falls Sie es sich anders überlegen, würde ich Ihnen gerne etwas mehr von unserer Stadt zeigen. Sie ein bisschen von dem Teenie-Ärger ablenken.«

Sie sah ihn an. Vielleicht wäre es schön, von jemandem Rat zu bekommen, der wusste, wie es war, nach dem Tod des Ehepartners allein die Kinder großzuziehen. Nur als Freund natürlich. »Wenn ich es mir recht überlege, kann ich mir vielleicht doch einen Abend freinehmen.«

19. Kapitel

Manchmal musste eine Frau nach einem Albtraum einfach mit einer guten Freundin reden. Zum Glück bedeutete der Zeitunterschied, dass das, was bei Eva mitten in der Nacht war, bei Kimberly morgens war.

»Es klingt so, als würdet ihr bei eurem Training Fortschritte machen, was die beiden Läufe angeht.« Kimberly saß im Bett und hob mit einer Hand einen riesigen lilafarbenen Becher an ihre Lippen, während sie in der anderen ihr Smartphone vor sich hielt. Sie hatte die Haare zu einem unordentlichen Pferdeschwanz zurückgebunden, trug kein Make-up und auf ihrer Nase saß eine Brille mit dickem Rand. Sie war gestern lange auf gewesen, um eine Party zum fünfzigsten Geburtstag irgendeines Promis zu schmeißen, und hatte erst später am Tag einen Termin – aber dennoch war sie ans Telefon gegangen, als Eva angerufen hatte. Was für eine tolle Freundin! »Wie fühlst du dich deswegen?«

»Ich fühle mich gut … meistens jedenfalls. Je länger die Strecke wird, desto härter wird es allerdings. Mein Körper ist es zwar gewohnt, Sport zu treiben, aber lange Strecken zu laufen, das erfordert viel Kondition.« Mit dem Computer auf ihren Knien lehnte Eva sich an das graue gepolsterte Kopfteil ihres Bettes. Sie fuhr mit dem Finger über die schwarz-weiße Seidenbettdecke mit Diamantmuster. »Und die mentale Seite macht mir ein bisschen zu schaffen. Nicht nur beim Laufen, da allerdings auch. In letzter Zeit kommen mir immer häufiger Zweifel.«

Der Traum heute Nacht war da auch nicht gerade förderlich gewesen.

»Zweifel in Bezug worauf?« Kim trank noch einen Schluck.

»In Bezug auf alles. Meine Beziehung zu Angela.« *Und Marc.*

Sie schob den Gedanken beiseite. »Meine Zukunft. Ob wir hier wirklich unser Ziel erreichen können.«

Kimberly stellte ihren Becher ab und rückte ihre Brille zurecht. »Und was ist, wenn ihr euer Ziel nicht erreicht?«

Ehrlich gesagt … sie hatte keine Ahnung. Obwohl sie die Möglichkeit fürchtete, hatte Eva keine Vorstellung davon, wie das Leben nach dem Lauf aussehen sollte – ob sie scheiterten oder nicht. Würde sie sich wieder bei der Herzstiftung engagieren? Oder sollte sie wieder als Hochzeitsfloristin arbeiten? Sie hatte Kim bereits abgesagt, was die Carlton-Hochzeit betraf, aber ihre Freundin würde sie bei anderen Veranstaltungen sofort wieder ins Boot holen, das wusste sie. Und sie hatte erste winzige Schritte getan, indem sie ein paarmal in der Woche zu Joannes Blumenladen ging. Von Blumen umgeben zu sein – und mit der netten Floristin zu reden, die schnell eine gute Freundin geworden war –, gab ihr eine innere Ruhe, die sie nicht erklären konnte.

Aber wenn sie versuchte sich vorzustellen, wie sie selbst wieder kreativ wurde, sah sie nur eine farblose Leere vor sich.

Bilder aus dem Traum, den sie vor einer Stunde gehabt hatte, flackerten wieder vor ihrem geistigen Auge auf.

»Schätzchen, ich sehe doch die gemischten Gefühle in deinem Gesicht. Du hast mich mitten in der Nacht angerufen. Was ist los?«

Eva griff nach einer Haarsträhne und rieb sie zwischen Daumen und Zeigefinger. »Ich bin nur verwirrt.«

»Weswegen?« Kims Lippen verzogen sich zu einem ermutigenden Lächeln.

Eva ließ ihre Haare los. »Ich habe heute Nacht von Brent geträumt.«

»Das ist doch nichts Neues, oder?«

»Eigentlich nicht. Das kommt ab und zu vor. Aber diesmal … es hat sich angefühlt wie …«

»Wie echt?«

»Ja und nein.« Sie musste es erklären. Immerhin hatte sie Kim deshalb überhaupt erst angerufen. »Ich bin mit Marc unten am See entlanggegangen, wir haben uns unterhalten, gelacht – und einen Augenblick lang habe ich vergessen, dass ich eigentlich trauern sollte. Und dann ist Brent erschienen und hat zwischen uns hin und her gesehen.« Und er hatte nicht die freundlichen Augen gehabt, an die sie sich erinnerte. Etwas wie Eifersucht hatte in seinem Blick gelegen. Und das war lächerlich.

»Wie hast du dich gefühlt, als du aufgewacht bist?«

Ihr Herz hatte gehämmert. Vor lauter Schuldgefühlen hatte sie kaum atmen können und war in die kalte Nacht hinausgelaufen, um tief Luft zu holen. »So, als wäre ich bei etwas Verbotenem ertappt worden.«

»Und was war das?«

Ihr kamen die Tränen und ihre Kehle war mit einem Mal wie zugeschnürt. »Dass ich glücklich war. Aber das ergibt keinen Sinn. Denn Brent würde doch wollen, dass ich glücklich bin. Das weiß ich. Und ich weiß, dass ich es ohne ihn nie wirklich sein werde.« Das Echo ihrer Unterhaltung mit Sherry vor einigen Nächten hallte noch in Evas Kopf wider. Aber egal, was Sherry sagte, Eva konnte sich ein Leben ohne Brent nicht vorstellen, obwohl es seit anderthalb Jahren Realität für sie war.

Vielleicht fiel es ihr deshalb so schwer herauszufinden, was sie als Nächstes tun sollte. Er war nicht hier, um ihr zu raten, also hatte sie einen Weg finden müssen, ihn in der Nähe zu behalten.

»Evie, du redest viel davon, was Brent gewollt hätte. Aber was willst *du?*«

»Ich weiß nicht.«

»Die Tatsache, dass du dein Leben auf den Kopf gestellt hast, um für einige Monate in ein ganz anderes Land zu ziehen, sagt mir, dass du mit der Vergangenheit abschließen und nach vorne blicken willst, aber Angst davor hast. Warum?« Kim runzelte die Stirn und zog die Nase kraus. »Du kannst nicht ewig in diesem Schwebezustand bleiben.«

Wenn irgendjemand anders das zu ihr gesagt hätte – ihre Eltern zum Beispiel –, hätte Eva erklärt, sie verstünden sie nicht, und das Telefonat so schnell wie möglich beendet. Aber Kim kannte sie, akzeptierte sie und liebte sie so, wie sie war. Vor Brent war sie der einzige Mensch gewesen, von dem sie das hätte sagen können.

Und das bedeutete, dass Eva über Kims Worte nachdenken musste, so schwer es ihr auch fiel.

Es dauerte eine Weile. »Vielleicht … vielleicht habe ich Angst vor dem, was es bedeuten könnte. Bedeutet es, dass ich Brent verliere? Wenn ich Dinge für ihn tue, zu seinem Andenken, dann muss ich vielleicht nicht wirklich Lebewohl sagen.« Ihre Lippen bebten. »Und dann muss ich nicht herausfinden, wer ich ohne ihn bin.«

»Ach, Evie, es tut mir so leid, Liebes. Ich wünschte, ich hätte die Antwort.« Eine Pause. »Aber eins weiß ich. Du bist noch dieselbe starke, offene, unglaublich gütige und kreativ begabte Frau, die du immer warst. Daran hat Brent nichts geändert und sein Tod auch nicht.«

Jetzt war der Damm gebrochen. Tränen strömten über Evas Wangen. »Danke, Kim. Ich hab dich echt nicht verdient.«

»Merk dir das, denn ich habe noch eine Frage an dich. Und die wird dir wahrscheinlich nicht gefallen.«

Typisch. »Okay.«

»In dem Traum hast du gelacht und die Zeit mit Marc genossen. Glaubst du, du hättest dich genauso schuldig gefühlt, glücklich zu sein, wenn es Angela oder Sherry gewesen wäre?«

Kim war dieses Detail also nicht entgangen. Es sah ihrer besten Freundin ähnlich, direkt zum Kern der Sache vorzudringen.

Zur Wahrheit – dass Eva Gefühle für Marc entwickelte.

Sie krallte die Finger in ihre Bettdecke und knüllte den Stoff zusammen. »Autsch. Warum musstest du mich das fragen?«

Was für ein Mensch war sie? Sie war Brents wegen hier in Neuseeland – eines Mannes wegen, der sie mit Leib und Seele geliebt hatte – und sie dachte an einen anderen Mann. Wenigstens unterbewusst, wenn nicht bewusst.

Eva konnte es nicht länger leugnen.

Aber es zu akzeptieren und etwas deswegen zu unternehmen, waren zwei Paar Schuhe. Nur weil sie endlich zugeben konnte, dass sie sich zu Marc hingezogen fühlte und gern mit ihm zusammen war, bedeutete das nicht, dass sie dem Gefühl nachgeben musste.

Sie musste sich einfach daran erinnern, weshalb sie hier war – und zwar *nicht*, um sich in den besten Freund ihres Mannes zu verlieben.

Angela musste sich immer wieder daran erinnern, dass dies kein Rendezvous war. Denn das hieße, dass es bisher durchaus vielversprechend gelaufen wäre – aber das konnte sie sich emotional betrachtet nicht leisten.

»Das hier ist doch ein schöner Platz.« Simon rollte die hellblaue Decke auf dem Rasen in der Nähe des Spielplatzes aus. Ein riesiger Baum bildete über ihnen eine Markise aus Blättern und Ästen und schützte sie vor der Abendsonne. Keine zehn Meter entfernt leckte das Wasser der *Roys Bay* am Seeufer und die Gipfel des Mount-Aspiring-Nationalparks umrahmten die postkartenwürdige Szene.

Sie ließ sich auf der Decke nieder und kramte in dem Picknickkorb, den Simon mitgebracht hatte. »Oooh, was haben wir denn hier?« Als sie diesen Ausflug im Café geplant hatten, hatte Angela gesagt, sie könne ihr eigenes Essen mitbringen, aber davon hatte Simon nichts wissen wollen. Um klarzustellen, dass dies kein Date war, hatte Angela angeboten, auf dem Weg zurück zum Haus, wo Simon sie vor ein paar Stunden abgeholt hatte, ein Dessert zu kaufen.

Zuerst war er mit ihr durch die Stadt gelaufen und hatte ihr die ganze Geschichte von Wanaka erzählt, was sich in den letzten Jahrzehnten verändert hatte und was nicht. Er wusste alle möglichen Dinge über seine Heimatstadt, die sie im Internet nicht finden würde, und in jeder Silbe wurde sein Stolz deutlich.

Manchmal vermisste Angela die Wärme und Schönheit Kaliforniens, aber sie hatte es nie als Heimat betrachtet. Für sie war es nur der Bundesstaat, in dem ihre Tante lebte. In den ihr Vater sie geschickt hatte. An die Orte vorher erinnerte sie sich kaum, aber sie wusste, dass sie wegen der Militärkarriere ihres Vaters mehrmals umgezogen waren.

Dann waren Wes und sie nach ihrer Heirat nach New York gezogen, und auch wenn sie an der Stadt hing, weil sie dort mit ihm und den Kindern gelebt hatte, war sie nie so begeistert davon gewesen, wie Simon es ganz offensichtlich von Wanaka war.

Angela und Simon beendeten ihre Tour hier in einem Park am Stadtrand. Kinder riefen, während sie auf den gelben Schaukeln turnten, und die wenigen Picknicktische aus braunen Holzlatten waren besetzt. Trotzdem hatte der Ort etwas Privates, beinahe Intimes.

Simon setzte sich neben sie und zeigte auf die verschiedenen Behälter, die Angela aus dem Korb geholt hatte. »Salat mit Feigen, Mozzarella und Parmaschinken, Sandwiches mit gebratenem Truthahn und selbst gemachter Apfelbutter mit Cheddar und Walnuss-Schoko-Birnen-Törtchen.«

Sie sah ihn mit großen Augen an und stieß einen Pfiff aus. »Sieh mal einer an.« Ein Mann, der kochen konnte und in seinen Jeans und dem Hemd mit den aufgekrempelten Ärmeln so gut aussah, war eine gefährliche Mischung. Gut, dass sie in nächster Zukunft nicht auf eine Beziehung mit irgendjemandem aus war – wenn überhaupt jemals wieder. »Aber ich hatte doch gesagt, dass ich mich um den Nachtisch kümmere.«

Er zuckte mit den Schultern. »Ich wollte das neue Rezept ausprobieren.«

»Wo hast du so kochen gelernt?« Angela gab ihm die Behälter und nahm Teller und Gabeln aus dem Korb.

Simon öffnete die erste Plastikdose und tat etwas Salat auf

ihre Teller. »Als Sarah gestorben war, habe ich zusammen mit den Kindern Kochkurse belegt. Es war etwas, das wir zusammen machen konnten, und es war nötig, weil ich nur Tiefkühlpizza und Erdnussbutterbrote machen konnte.« Aus der zweiten Dose nahm er zwei Sandwiches, die in Butterbrotpapier gewickelt und mit einem Band verschnürt waren.

»So feines Essen bin ich nicht gewöhnt.« Angela packte ihr Brot aus und biss in die dicke, knusprige Kruste. »Das ist köstlich. Danke für die Einladung. Es war bestimmt viel Arbeit.«

Er lächelte. »Ella hat mir geholfen.«

Seine Tochter hatte ein Essen zusammengepackt, damit ihr Dad mit einer Frau zusammen sein konnte, die nicht ihre Mutter war? Aber vielleicht hatte Simon Ella versichert, dass dies kein Rendezvous war. »Manchmal ist es eine regelrechte Qual, Kylee dazu zu bringen, dass sie in der Küche hilft. Seit Samstagabend hat sie kein Wort mit mir geredet.«

Simon aß einen Bissen und kaute, während er zu überlegen schien. »Hast du versucht, mit ihr zu reden?«

»Natürlich, aber sie ignoriert mich einfach.« Ein Tropfen Apfelbutter fiel von dem Sandwich auf ihre Jeans und sie wischte ihn mit einer Serviette fort. »Ich weiß einfach nicht, was ich machen soll, und ich hasse das Gefühl, hilflos zu sein. Aber es gibt keinen Grundkurs für Eltern. Und selbst wenn es einen gäbe, weiß ich nicht, ob sie einem darin erzählen würden, wie man die eigenen Kinder durch den Verlust eines Elternteils begleitet.«

»Es ist eindeutig das Schwierigste, was ich jemals getan habe.«

»Und wie machst du das?«

»Ich gehe einen Tag nach dem anderen an, würde ich sagen. Und jedes Mal, wenn ich denke, wir haben Fortschritte gemacht, kommt ein neuer Sturm auf, durch den ich das Familienschiff lenken muss.«

»Ich weiß, was du meinst.«

Einen Moment lang schwiegen sie und aßen beide.

Dann schluckte Simon den letzten Bissen seines Butterbrotes

hinunter und holte den Kuchen aus dem Korb. »Weißt du, ich bin kein Experte, aber vielleicht gibt es ja eine besondere Art, wie du mit ihr Verbindung aufnehmen kannst. Die Kochkurse waren am Anfang vor allem dazu da, kochen zu lernen, aber zugleich haben wir auch Zeit zusammen verbracht und gemeinsam etwas erreicht. Vielleicht könntest du deine Tochter fragen, ob sie mit dir trainieren will. Läuft sie gerne?«

Oh. »Ja, das tut sie. Sie ist sogar sehr gut. Aber ich bin nicht sicher, ob sie mit mir laufen wollen würde.« Sie biss in ein Törtchen und seufzte genüsslich, als die verschiedenen Aromen sich zu einem vollkommenen Genuss vereinten.

Simons Augen zeigten, wie sehr er sich über ihre Begeisterung freute. »Es schadet nicht, sie zu fragen. Macht ihr nicht bald bei einem Marathon mit?«

Das Törtchen schmeckte auf einmal nicht mehr so gut. »Dieses Wochenende sogar.« Es hatte sie kalt erwischt.

Ein paar Kinder warfen am Ufer Frisbeescheiben hin und her. Die Scheiben schossen erst durch die Luft, dann wurden sie vom Wind erfasst und schwebten zu Boden, als wären sie schwerelos.

Angelas Emotionen taten genau dasselbe. Erst war sie voller Hoffnung, dann stürzte sie in eine Dunkelheit, die sie lieber nicht genauer untersuchte. Würde der Marathon eine Katastrophe werden oder ihnen das Gefühl geben, dass der Ultra-Marathon mehr war als nur ein Hirngespinst?

»Du könntest doch fragen, ob sie mitlaufen will. Natürlich nur, wenn es die Gruppendynamik nicht beeinträchtigt.«

Würde ihre Tochter Ja sagen? Vielleicht würde es Kylee gefallen, mit Angela zu laufen, und sei es nur als Antreiber oder moralische Unterstützung. Warum war Angela nicht selbst darauf gekommen?

Während sie über die Möglichkeiten nachdachte, aßen sie ihren Nachtisch. Als der Wind an ihren leeren Papptellern zog, warf Simon sie in einen Mülleimer in der Nähe. »Sollen wir hierbleiben oder noch ein bisschen weitergehen?«

»Das Essen war so üppig, dass ein Spaziergang wahrscheinlich eine gute Idee ist.«

Nachdem er eine leichte braune Jacke übergeworfen hatte, half er ihr auf die Füße, und als ihre Hände einander berührten, spürte sie ein Kribbeln in den Fingern. Ihr Hirn warnte sie im selben Moment, in dem ihr Herz angesichts der Berührung einen Satz machte.

Sie wandte ihre Aufmerksamkeit dem Korb, den Dosen und der Decke auf dem Boden zu. »Müssen wir das nicht einpacken?«

»Nee, da geht keiner dran. Das Zeug können wir auf dem Rückweg einsammeln.«

Die Sonne wanderte allmählich Richtung Horizont und auch die Temperatur sank. Angela trug Jeans und eine kurzärmelige Bluse, aber in ihrer Eile hatte sie vergessen, einen Pullover mitzunehmen. Sie verschränkte die Arme, weil sie eine Gänsehaut bekam.

Simon zog seine Jacke aus und hielt sie ihr hin. »Hier.«

»Nein, die kann ich nicht nehmen. Dann wird dir doch kalt.«

»Ich werde nicht zulassen, dass eine Frau in meiner Gegenwart friert.«

Als sie sich immer noch weigerte, die Jacke zu nehmen, hängte er sie ihr über die Schultern. Sofort hüllten Wärme und ein natürlicher, holziger Geruch sie ein. »Danke.« Angela schob die Arme in Simons Jacke, die fast doppelt so groß war, wie ihre eigene es gewesen wäre, und krempelte die Ärmel auf, damit ihre Hände nicht bedeckt waren.

Simon führte sie zum Ufer hinunter, bis sie zu einem Weg kamen. »Da oben ist ein Baum, der so berühmt ist, dass er einen eigenen Hashtag hat.«

»Wirklich?« Überall um sie herum waren Bäume und warfen ihren Schatten auf den Weg. Das Wasser rechts von ihnen war dank des dichten Laubs kaum noch zu sehen. »Welcher ist es denn?«

»Wenn du ihn siehst, weißt du es.«

Sie waren erst eine oder zwei Minuten gegangen, als Simon durch eine Lücke in der Vegetation trat und sich wieder dem Wasser zuwandte.

Er hatte recht. Sie wusste gleich, welchen Baum er meinte. Und nicht nur, weil eine Gruppe am Strand dabei war, die beste Stelle für ein Foto oder ein Selfie zu finden.

Mit nur sechs oder sieben Hauptästen – die meisten von ihnen dünn – schien die Weide an sich nichts Besonderes zu sein. Aber ihr Standort im Wasser, wo sie drei oder vier Meter vom Ufer entfernt wuchs, und die Tatsache, dass sie sich dramatisch nach rechts lehnte, machten sie außergewöhnlich.

»Beeindruckend, oder? Es heißt, vor achtzig Jahren oder so sei der Baum mal ein Zaunpfahl gewesen, der so entschlossen gewesen sei zu leben, dass das hier daraus wurde. Er heißt ›Der Wanaka-Baum‹.«

Angela konnte den Blick nicht abwenden. Etwas an dem, was er gesagt hatte, hallte tief in ihr wider. Das Echo wurde immer lauter, bis ihre Hände zu zittern begannen.

Sie musste hier weg.

Sie wandte sich an Simon und stellte die erste Frage, die ihr in den Sinn kam. »Ist dein Büro eigentlich weit von hier?«

Wenn Simon über den plötzlichen Themenwechsel überrascht war, ließ er es sich nicht anmerken. »Ich bin freiberuflicher Journalist, deshalb arbeite ich von zu Hause aus für mehrere Zeitungen, Zeitschriften und Webseiten. Dadurch habe ich viel Flexibilität, vor allem, wenn Benjamin und Ella nicht in der Schule sind.«

»Es ist toll, dass du so für sie da sein kannst. Leider muss ich viel außer Haus arbeiten, deshalb verbringen meine Kinder viel Zeit bei meiner Schwiegermutter.«

Sie ließen die rufenden Hobbyfotografen hinter sich und gingen wieder auf den Trampelpfad zurück, der am See entlangführte.

»Was arbeitest du?«

»Als Wes noch gelebt hat, war ich bei den Kindern zu Hause. Jetzt arbeite ich am Empfang bei einem Maklerbüro.« Jedenfalls, bevor sie gekündigt hatte, um hierherzukommen. Sie hatte noch immer keine Ahnung, was sie machen sollte, wenn sie wieder in Amerika waren. Ein beunruhigender Gedanke.

»Gefällt dir die Arbeit?«

»Die Arbeit nicht besonders, aber der Lohnzettel.«

»Wenn du machen könntest, was du willst, was würdest du dann arbeiten?«

»Früher wollte ich Ärztin werden.«

»Was ist passiert? Hast du dich anders entschieden?«

Wie ehrlich sollte sie diesem Mann gegenüber sein, den sie kaum kannte? Aber er hatte sich geöffnet, also wollte sie es auch tun. Sie waren schließlich nur zwei Freunde, die einander besser kennenlernten, nicht wahr? »Meine Pläne wurden durchkreuzt. Ich wurde im zweiten Collegejahr schwanger und habe dann Wes geheiratet.«

Selbst jetzt, sechzehn Jahre später, spürte Angela, wie das vertraute Gefühl der Schande in ihr aufstieg. Was würde er wohl von ihr denken? Sie erinnerte sich daran, wie es gewesen war, ihre Tante und ihrem Dad von Kylee zu erzählen. Sie hörte noch die schroffe Antwort ihres Vaters, sie brauche ihn nicht mehr anzurufen.

Und sie dachte an die Worte, die ihre Tante gesagt hatte: *»Ich bringe dich sofort in eine Klinik für die Abtreibung.«*

Diese Möglichkeit hatte auch Angela tatsächlich in Erwägung gezogen.

Sie hörte noch die Warnung ihrer Tante: *»Wenn du dieses Baby bekommst, werden alle deine Träume genau das bleiben – Träume. Jetzt Mutter zu werden, wird dir jede Chance nehmen, das zu verwirklichen, was du im Leben erreichen willst.«*

Simon vergrub die Hände in den Taschen seiner Jeans. »Es ist merkwürdig, wie uns das Leben manchmal auf dem falschen Fuß erwischt. Als Junge habe ich davon geträumt, professioneller

Snowboarder zu werden, aber dann habe ich mich im letzten Jahr der weiterführenden Schule verletzt und damit war meine Chance auf diese Karriere dahin. Also beschloss ich, zur Uni zu gehen, und im ersten Kurs habe ich meine Frau kennengelernt.«

»Das mit der Verletzung tut mir leid. Es muss schwer gewesen sein, das zu akzeptieren.«

Er zuckte mit den Schultern. »Das ist das Schöne am Leben. Wir glauben, wir wollen eine Sache, und dann passiert etwas und zeigt uns, dass es vielleicht der größte Segen war, es nicht zu bekommen.«

20. Kapitel

Nicht einmal zu ihren aktivsten Läuferzeiten in der Highschool war ein einzelner Wettbewerb so wichtig gewesen.

Angela blies sich in die Hände und schüttelte sie, während sie von einem Fuß auf den anderen hüpfte. Es war beinahe zehn Jahre her, dass sie an irgendeinem Sportwettkampf teilgenommen hatte – und der letzte war nur ein Fünf-Kilometer-Lauf aus Spaß gewesen –, aber das Blut, das in ihren Ohren rauschte, und die Aufregung um sie herum waren ihr immer noch vertraut.

Mehr als dreihundert Personen hatten sich auf dem Grundstück einer Hotelanlage am Rand von Arrowtown eingefunden. Wie die meisten von ihnen trug Angela ein weißes Abzeichen mit einer Nummer, das an ihrem Shirt befestigt war. Es war windig und um die fünfzehn Grad und sie fror ein bisschen, aber es hatte keinen Sinn, heute eine Jacke zu tragen. Bei der Bewegung würde ihr schon bald warm werden, wenn der Marathon erst einmal anfing.

»Hi.« Eva erreichte Angela, nachdem sie sich durch die Menge gedrängt hatte, Marc und Kylee auf den Fersen. Wie immer sah sie elegant und exotisch aus. Die Haare hatte sie zu einem langen Zopf geflochten und ihr schlanker Körper steckte in engen schwarzen Laufhosen und einem lilafarbenen ärmellosen Top. »Die Schlange vor den Toiletten ist verrückt. Wir können froh sein, dass wir dich überhaupt wiedergefunden haben.«

»Kein Problem.« Angela sah an Eva vorbei und musterte Kylee, die mit dem Fuß gegen einen Stein trat. Sie ließ die Schultern hängen und kaute auf ihrer Lippe – genau das, was Angela auch immer tat, wenn sie unsicher oder nervös war. »Hallo, Liebling. Danke, dass du uns hilfst.«

Als Angela von ihrem Abend mit Simon nach Hause gekommen war, hatte sie seinen Rat beherzigt, an Kylees Tür geklopft und sie gefragt, ob sie am nächsten Tag mitlaufen wollte.

Auf alle anderen hätte das Schulterzucken und das »Egal« entmutigend gewirkt, aber für Angela war es eine verheißungsvolle Reaktion.

Jetzt sah Kylee Angela an und nickte. Einen Moment lang sah Angela in Kylees Augen so etwas wie Sehnsucht. Wollte sie ihre Beziehung genauso gerne in Ordnung bringen wie Angela?

Marc legte die Hände auf Evas Schultern und drückte sie kurz, bevor er wieder losließ. »Bist du bereit?«

»Ja.« Eva war bei der Berührung ein wenig zusammengezuckt, und ihr Lächeln wirkte irgendwie gezwungen. Hmm. Was war denn das für eine merkwürdige Spannung zwischen den beiden? Hatte Eva vielleicht die gleichen Bedenken in Bezug auf eine neue Beziehung, wie Angela sie hatte?

Als Simon sie zur Haustür begleitet und sich zu einem zaghaften Gute-Nacht-Kuss vorgebeugt, also durchaus Interesse gezeigt hatte, war Angela versucht gewesen, es einfach zuzulassen. Doch dann hatte sie den Kopf weggedreht und sein Kuss war auf ihrer Wange gelandet. Mit einem schnellen »Bis bald« war sie im Haus verschwunden, während ihr Herz wie wild gehämmert hatte.

Was war nur mit ihr los? Das war doch albern. Sie war sechsunddreißig Jahre alt. Wenn sie jemanden küssen wollte, dann sollte sie es tun. Sie musste den Typen ja nicht heiraten. Viele Leute hatten unverbindliche Dates.

Aber Simon schien kein Mann zu sein, der auf unverbindliche Verabredungen aus war – oder mit dem das funktionieren würde. Sie blieb besser auf Distanz.

Eine Sirene ertönte, und die Menschenmenge setzte sich in Bewegung. »Das ist die Aufforderung, sich an die Startlinie zu begeben.« Angela drehte sich wieder zu Kylee um. »Ist es immer noch okay, wenn du bei mir bleibst?«

»Ist okay.« Kylee kaute an ihrer Lippe und zog an den Ärmeln ihrer schwarzen Laufjacke.

Nicht gerade gesprächig. Aber immerhin war sie hier. Das war ein Anfang. Wenn Angela es nur schaffte, nicht wieder alles zu vermasseln.

»Bist du sicher, dass du nichts dagegen hast, wenn Marc und ich die ganze Strecke laufen?« Eva zog die Augenbrauen zusammen.

»Überhaupt nicht. Ich weiß, dass ihr zwei eure Grenzen austesten wollt.« Sie hatten angeboten, am Ende des Laufs zurückzukommen und mit Angela und Kylee den Rest der Strecke zurückzulegen, wo auch immer sie gerade waren, aber Angela hatte gesagt, das sei nicht nötig.

Sie hoffte inständig, dass es die Wahrheit war.

»Wenn du sicher bist.« Eva sah Marc an. Er war eigentlich dagegen gewesen, weil er meinte, sie sollten üben, als Mannschaft zu laufen, aber als Angela darauf bestanden hatte, hatte er nachgegeben.

In Wirklichkeit wollte sie mit Kylee allein sein. Vielleicht löste sich ja zwischen ihnen etwas, wenn sie stundenlang nur zu zweit unterwegs waren.

Eine Männerstimme war durch die tragbaren Lautsprecher zu hören. »Läufer, auf die Plätze. Fertig. Los.«

Ein lauter Sirenenton, und die Wettkämpfer drängten vorwärts, während die Zuschauer am Wegrand – unter ihnen Sherry, Zach und Lilly – jubelten. Angela und die anderen waren irgendwo in der Mitte der Läuferschar. Es war ein bisschen beunruhigend, zur Startlinie gedrängt zu werden, wie Vieh, das zur Schlachtbank getrieben wird. Wenn das kein unangenehmer Gedanke war …

Schweißperlen erschienen auf Angelas Stirn und die hatten nichts mit der Sonne zu tun. Sie ballte ihre Hände zu Fäusten und löste sie dann wieder.

»Mom, entspann dich.«

Angela warf Kylee einen Blick zu. Ihre Tochter musterte sie

prüfend. »Mir geht es gut.« Als würde ihr Tonfall irgendjemanden überzeugen.

»Genieß den Lauf einfach. Sagst du mir das nicht auch immer, wenn ich laufe?«

Ein paar Worte waren also tatsächlich hängen geblieben. Vielleicht hatte Angela doch nicht gänzlich versagt. »Das ist ein guter Rat.«

Die Startlinie war jetzt zu sehen – nur noch wenige Reihen Mitläufer waren vor ihnen.

»Dann hör drauf.«

Sie traten über die Startlinie und gingen zur Seite, um die durchzulassen, die rennen wollten. Marc und Eva winkten und liefen los, mit dem geplanten Tempo fünf Minuten pro Kilometer.

Kylee und Angela begannen mit einem schnellen Gehen. Der Marathon würde in der Region der Queenstown-Seen durch Flora und Fauna verschiedener Arten führen, vorbei am Lake Hayes und am Shotover River und in die vertrautere Gegend um Lake Wakatipu und Queenstown, in dessen Zentrum der Lauf auf einem großen Parkplatz enden würde.

Während sie gingen, kamen die Hügel näher, sodass sie irgendwann auf einem Pfad liefen, der zwischen einem kleineren Gebirge und dem See hindurchführte. Die relative Stille wurde nur von dem Geräusch ihrer Schuhe auf dem Schotter und von vorbeilaufenden Wettkämpfern unterbrochen.

Trotz Angelas Wunsch, Kylee zu fragen, wie es ihr ging, hielt sie den Mund, weil sie Angst hatte, die friedvolle Atmosphäre dieses Augenblicks zu stören.

»Siehst du, ist doch gar nicht so schlimm, oder?«

Nach fünfzehn gegangenen Kilometern zerriss Kylees Frage die Luft und Angelas Herz machte einen Satz. Wer war dieses Mädchen, das eine Unterhaltung mit seiner Mutter anfing? »Nicht so schlimm, wie ich dachte, das stimmt.«

Genau genommen wurden ihre Glieder nicht müde und schwer, wie sie es erwartet hatte, sondern mit Adrenalin geflutet.

So fühlte es sich also an, wenn das Training sich auszahlte. Sie musste noch einiges tun, um den Ultra-Marathon zu schaffen, aber diesen Sieg würde sie genießen, und wenn er noch so klein war.

Oder vielleicht sollte sie anerkennen, dass dieser Sieg gar nicht klein war. Vielleicht war es in Ordnung, wenn sie es als großen Sieg bezeichnete – zumindest für sich selbst.

Vielleicht war es okay, ein bisschen zu träumen.

Angela warf Kylee ein verschwörerisches Lächeln zu. »Sollen wir versuchen, ein bisschen zu laufen?«

Das Grinsen auf Kylees Gesicht war Antwort genug. Zusammen beschleunigten sie ihr Tempo. Und liefen. Dankbarkeit stieg in Angela auf und floss aus ihrem Herzen in ihre Adern und so lief sie weiter, als sie es für möglich gehalten hatte.

Ihre Zehen schmerzten. Sie musste ganz bewusst eine kribbelnde Stelle an ihrem linken Fuß ignorieren, wo ihr Schuh drückte. Ihr Knie fing an zu pochen und sie spürte, wie ihre Körpertemperatur stieg. Auch ihre Nase hatte begonnen zu laufen. Sie musste dringender auf die Toilette, als Angela lieb war – die Folgen davon, dass sie drei Kinder bekommen hatte.

Und trotzdem … sie genoss jeden Augenblick.

Am Ufer des Lake Wakatipu entlang erreichten sie endlich Kilometer dreiunddreißig, den Punkt, an dem die meisten Läufer an Schwung verloren. Angela musste an den kleinen blauen Fisch Nemo aus einem von Lillys Lieblingsfilmen denken und wandelte die Worte ein wenig ab. »*Einfach laufen, einfach laufen …*«

»Ich weiß, Mom.«

Oh. Sie musste es wohl laut gesagt haben. »Sorry.«

Als sie sich der Trinkstation bei Kilometer achtunddreißig näherten, wurde Angela langsamer und zog eine Grimasse, als sie die Blase spürte, die sich dank der Mischung aus Hitze und Feuchtigkeit unter ihrer Fußsohle gebildet hatte.

Aber das Feuer, das durch ihre Adern pumpte, war neu und vertraut zugleich. »Das war fantastisch.«

Sie nahmen sich beide Wasser und tranken es im Gehen. Die kalte Flüssigkeit war himmlisch. Rechts von ihnen erinnerte die Stadtkulisse sie daran, wie weit sie schon gelaufen waren.

»Mom?« Als sie die zaghafte Stimme hörte, sah Angela zu Kylee hinüber, die sie anstarrte, und zum ersten Mal seit ... seit sehr Langem lag Freude in ihren Augen.

»Ja?« Angela brachte das Wort vor Rührung kaum heraus.

»Ich weiß, dass ich mich nicht so verhalten habe, aber ... ich bin froh, dass du diese Läufe für Dad machst.«

Die Worte waren wie ein Schlag in die Magengrube – die Erinnerung an den Grund, warum Angela das alles tun sollte. Jedenfalls gingen alle davon aus, dass das der Grund war. Wenn sie ehrlich war, hatte sie an diesem Morgen nicht ein einziges Mal an Wes gedacht und bei den letzten Trainingsläufen auch nicht. Stattdessen war das Laufen für sie eher eine Gelegenheit gewesen, etwas von einer Vergangenheit zurückzugewinnen, die ihr gestohlen worden war. Sich selbst wiederzufinden.

Aber es hätte um Wes und ihre Familie gehen sollen – oder nicht?

»Ich auch.«

Sie kamen an ein paar Nachzüglern vorbei, die am Wegrand stehen geblieben waren, um den See zu betrachten.

»Woher hast du eigentlich gewusst, dass du ihn liebst?«

Angela hätte am liebsten vor Freude gejubelt und zugleich gestöhnt. Endlich sprach ihre Tochter mit ihr, aber warum über dieses Thema?

Es sollte nicht so schwer sein, über Wes zu reden. Im vergangenen Monat waren hier in Neuseeland viele Erinnerungen an ihr gemeinsames Leben in ihr aufgestiegen – viele aus der Zeit, bevor die Wut das zentrale Merkmal ihrer Ehe geworden war. Aber sie wollte das alles nicht genauer betrachten. Diese Bilder erinnerten sie nur daran, was sie verloren hatte, noch bevor Wes gestorben war.

Denn trotz ihres anfänglichen Widerstands hatte sie sich irgendwann in den freundlichen, zuverlässigen Wes Jamison verliebt. Total. Sie hatte ihm alles gegeben und er hatte zu ihr gehalten, auch als das Leben sich anders entwickelt hatte als geplant.

Aber dann … hatte er sich verändert und ihre eigenen Opfer hatten sich irgendwie weniger wertvoll angefühlt.

»Mom?«

»Ich …« Wie viel sollte sie ihrer Tochter über ihre Beziehung zu Wes in den frühen Jahren erzählen? »Du weißt ja, dass wir als Laborpartner angefangen haben. Dann sind wir Freunde geworden. Und dann … mehr als das.«

An der Miene ihrer Tochter – gerunzelte Stirn und Kauen auf der Unterlippe – konnte sie sehen, dass Kylee mit Angelas Antwort nicht zufrieden war. »Und woran soll ich dann erkennen, wenn ich verliebt bin?«

Woher kam diese Frage denn jetzt? Angela sagte das Erste, was ihr in den Sinn kam. »Vielleicht hilft es, deswegen zu beten.«

Sie erntete eine hochgezogene Augenbraue. »Betest du denn noch, Mom?«

»Natürlich.« *Lügnerin.* Ihr Gewissen verhöhnte sie, denn es war tatsächlich eine Weile her, dass Gott und sie miteinander geredet hatten.

Es war nicht so, dass sie Gott die Schuld daran gab, dass Wes ertrunken war. Wes hatte sich entschieden, zu dem Schiffswrack zu tauchen, obwohl sie ihn angefleht hatte, es nicht zu tun.

Aber Gott erwartete Vergebung und sie wusste nicht, wie sie seine Enttäuschung aushalten konnte, weil sie ihrem Mann nicht vergeben wollte.

Oh Mann.

Angela wurde schneller, bis sie wieder richtig lief. Die Knie ächzten, die Hüfte knirschte, die Achseln waren wund, aber trotzdem konnte sie vor diesem Gedanken nicht weglaufen.

Jetzt, wo er heraus war – wo sie ihn sich selbst eingestanden hatte –, ließ er sich nicht wieder in die Kiste zurückstopfen.

»Warte, Mom.« Kylee holte sie ein.

»Tut mir leid.« Sie joggte langsamer.

Danach herrschte wieder Schweigen zwischen ihnen. In der Ferne war Jubel zu hören. Sie näherten sich der Ziellinie. Unglaublich. Die Zeit war viel schneller verstrichen, als sie erwartet hatte.

»Ich glaube, ich liebe Ethan.«

Bei diesen leisen Worten wäre Angela beinahe gestolpert. Sie wandte ihre Aufmerksamkeit Kylee zu, die geradeaus vor sich hinstarrte. Hatte Angela richtig gehört? War das der Name des Jungen, der vor einer Woche ihre Tochter geküsst hatte? Und hatte sie ihn seitdem wiedergesehen, trotz Angelas Anweisungen? »Wer ist Ethan?« Sie versuchte, den anklagenden Tonfall aus ihrer Stimme zu verbannen, aber ohne Erfolg.

»Ach, egal.« Kylees Miene verhärtete sich. »Ich weiß nicht, warum ich dachte, ich könnte mit dir über so was reden.«

Dann sprintete ihre Tochter los in Richtung Ziellinie – weg von Angela.

Als Angela ihr folgte und ihren ersten Marathon beendete, schmeckte der Sieg nicht so süß, wie sie gehofft hatte.

Eva trank den letzten Schluck Wasser und zerknüllte den Pappbecher. »Ich kann immer noch nicht fassen, dass wir so eine gute Zeit gelaufen sind. Weniger als vier Stunden? Das ist der Hammer.«

Der Recreation Ground in Queenstown, ein großer öffentlicher Platz in der Innenstadt, war Gastgeber für das Ende des Marathons. Hinter der Ziellinie hatten Freiwillige Tische aufgestellt, auf denen Wasserbecher, frisches Obst, Bagels und andere Stärkungen warteten, damit die Wettkämpfer sich von dem Lauf erholen konnten.

»Ich schon. Du hast dich während des Trainings unglaublich gut geschlagen.« Marc nahm ihr den zerknüllten Becher ab und warf ihn zusammen mit seinem eigenen in den Müll. Sie hatten schon etwas von den Leckereien gegessen, die vom Veranstalter angeboten wurden, und dann mit Sherry und den Kindern an der Ziellinie eine Weile auf Angela und Kylee gewartet. Aber Marc hatte immer noch Durst, deshalb waren sie zu den Ständen zurückgegangen. »Wo ist die heiße Schokolade, wenn man sie braucht?«

»Guck mal, da vorne gibt es Kakao.« Eva nahm eine Flasche und warf sie ihm zu.

Mit einer schnellen Handbewegung drehte er den Deckel ab und trank einen Schluck der braunen Milch. »Nicht dasselbe.«

»Du kannst ja auch Kaffee trinken.« Sie zeigte auf einen Wagen, der Kaffeegetränke aus fair gehandelten Bohnen feilbot.

Er tat so, als würde es ihn schütteln. »Ich weiß nicht, wie du das Zeug trinken kannst.«

»Es ist köstlich.« Sie stieß Marc einen Finger in die Rippen.

Er hielt ihren Finger mit einer Hand fest. »Ja, das ist heiße Schokolade auch.« Er zog sie näher, sodass sie nur noch wenige Zentimeter von seinem Brustkorb entfernt war. »Wann hast du eigentlich das letzte Mal was davon probiert?«

Ihre Heiterkeit verflog, als sie ihm plötzlich so nahe war. Seit ihrer Unterhaltung mit Kimberly hatte sie bewusst darauf geachtet, nicht zu viel Zeit allein mit Marc zu verbringen. Aber nach vier Stunden gemeinsamen Laufens, in denen sie über Gott und die Welt geredet hatten, fühlte sie sich unwillkürlich zu ihm hingezogen.

»Äh, ich weiß nicht. Als ich klein war, vermutlich. Aber dann habe ich festgestellt, dass ich überhaupt keine Schokolade mag.«

»Irgendwann solltest du sie noch mal probieren.« Marc ließ ihre Hand los. »Natürlich nur, wenn du willst.«

»Klar. Vielleicht.« Eva deutete mit dem Kopf in Richtung Ziellinie. »Angela und Kylee können jeden Augenblick eintreffen. Wir gehen besser zurück.«

Eva drehte sich auf dem Absatz um und ging voran zu ihrer

Familie, die sich um Angela und Kylee drängten. Oh Mann, jetzt hatte sie den Einlauf der beiden verpasst. »Hi, Mädels. Ihr habt es geschafft!«

Angela drehte sich um und runzelte die Stirn, wie sie da so neben ihrer Tochter stand. Eigentlich sollte sie doch ein Glücksgefühl verspüren. Was ging ihr wohl gerade durch den Kopf?

Eva sah Kylee an, die den Blick gesenkt hielt. »Toll gemacht, Liebes.« Sie zog die Fünfzehnjährige in ihre Arme.

»Danke, Tante Eva.« Kylee löste sich aus der Umarmung und funkelte Angela an.

Sherry musterte die beiden, die gerade den Marathon erfolgreich beendet hatten, und Eva hatte den Eindruck, dass ihre Schwiegermutter die Feinheiten der Familiendynamik viel besser verstand als sie selbst. »Wie wäre es, wenn ihr euch was zu essen holt? Sie haben eine Menge Auswahl. Zach und Lilly können euch zeigen, wo es die leckersten Häppchen gibt.«

Die jüngeren Geschwister nickten begeistert und zogen Kylee am Arm fort.

Sherry wandte sich Angela zu. »Die Kinder wollen im Restaurant zu Mittag essen. Was hältst du davon?«

»Ehrlich gesagt, bin ich total fertig. Würde es dir was ausmachen, wenn wir einfach nach Hause fahren und dort was essen?«

»Überhaupt nicht. Oder wir holen uns auf dem Weg etwas, wenn dir das lieber ist.« Ihre Schwiegermutter richtete einen vielsagenden Blick auf Eva und Marc. »Und was ist mit euch beiden?«

Marc hatte sie an diesem Morgen hierhergefahren und dann hatten sie das Shuttle zum Startpunkt genommen. Eva hatte vorgehabt, mit ihm zurückzufahren.

Eva zuckte mit den Schultern. »Ich bin nicht sicher. Vielleicht essen wir was und kommen dann nach Hause.«

»Ich habe da schon eine Idee.« Marc zwinkerte ihr zu.

Ihre Wangen fühlten sich warm an.

Sherry lachte leise und dann zogen Angela und sie los, um die

Kinder zu suchen. Noch immer überquerten alle paar Minuten Geher oder Jogger die Ziellinie, aber die Menge hatte sich deutlich gelichtet. Vereinzelt stieg Jubel vor den Bäumen, den Bergen und dem allgegenwärtigen See auf.

Eva zog eine Augenbraue hoch und sah Marc an. »Und, was für eine Idee hattest du?«

Er zeigte auf den See. »Ich habe gehört, wie ein paar Läufer davon gesprochen haben, sich nach dem Lauf im See abzukühlen, und da hatte ich eine Idee.«

»Du weißt schon, dass der See megakalt ist, oder?«

Sein schelmisches Grinsen jagte ihr einen Schauer über den Rücken. »Was meinst du?« Der Wind bewegte seine sonst mit Gel zurückgekämmten Haare und Eva verspürte den plötzlichen Drang, mit den Fingern hindurchzufahren.

Denk daran, warum du hier bist, Eva.

»Sorry, aber ich habe keine Lust, mit nassen Klamotten zum Haus zurückzufahren.« Außerdem war der Gedanke, mit ihm allein schwimmen zu gehen … Ja, das wäre eindeutig nicht klug, wenn man bedachte, wohin ihre Gedanken gerade wanderten.

Jetzt war er es, der eine Augenbraue hochzog. »Kneifst du etwa, Jamison?«

Sie stemmte die Hände in die Hüften und warf ihm einen neckenden Blick zu. »Ich glaube, ich habe mich verhört.«

»Beweis es.«

»Indem ich in einem See schwimme?«

»Nein. Indem du hineinspringst. Von einer dreißig Meter hohen Klippe.« Er grinste, wohl weil er sich daran erinnerte, dass sie immer bereit gewesen war, mit Brent verrückte Dinge zu tun.

Aber Brent war nicht hier.

Und das war das Problem, nicht wahr? Denn sie war hier. Und sein bester Freund auch.

Sie wollte springen. Aber wohin würde das führen? Was bedeutete es tatsächlich, ohne Brent zu leben?

Eine Träne kullerte über Evas Wange.

Marcs Miene wurde mit einem Mal ganz schuldbewusst. »Oh Mann, Eva, ich wollte dich doch nicht zum Weinen bringen. Vergiss, was ich gesagt habe. Wir gehen einfach –«

»Nein, schon gut. Machen wir's.« Sie wischte die Träne fort und straffte die Schultern.

»Bist du sicher?«

»Nein. Aber …« Eva befingerte das Ende ihres Zopfes. »Ich will es versuchen.« Verstand er die tiefere Bedeutung ihrer Worte?

Verstand sie selbst sie? Und würde sie bereuen, dass sie sie gesagt hatte?

Seine Augen ließen ihre die ganze Zeit nicht los, während er die Hand ausstreckte.

Sie ergriff sie. Und ihr Herz schlug schneller.

Zusammen gingen sie zum Wagen und stiegen ein. Marc folgte zehn Minuten lang den Anweisungen seiner Navigationssoftware, dann hielt er am Straßenrand, wo schon einige andere Wagen parkten. »Hier ist es.«

Nachdem sie ausgestiegen waren, sahen sie einen kurzen Trampelpfad, der sich zwischen Gebüsch und Bäumen hindurchschlängelte. Dann führte der Weg zu mehreren Klippen oberhalb des glasklaren Wassers, wo eine Gruppe aus Männern und Frauen stand. Einer nach dem anderen sprangen sie von der Kante und ihre Freudenschreie hallten durch die Luft.

Als Eva und Marc näher kamen, sah sie, dass der Felsen zum See hin bewachsen war, aber es waren keine Steinbrocken im Weg. Nichts würde sie daran hindern zu springen.

Nichts außer der Angst.

Marc ließ ihre Hand einen Moment lang los und zog seine Schuhe aus. Sie folgte seinem Beispiel. Die Sonne stand jetzt hoch am Himmel und Vögel zwitscherten in den Bäumen über ihnen. Seit ihrer Ankunft in Neuseeland hatten sie viele Augenblicke wie diesen erlebt, in denen der Ruf der Natur sie umgeben hatte. Aber das hier fühlte sich trotzdem anders an.

Denn hier stand viel auf dem Spiel. Die Ehrfurcht vor der Stille. Etwas Unausgesprochenes, das sich zwischen ihnen verändert hatte.

Eva schob sich langsam bis zum Klippenrand vor. Sie setzte sich und ließ die Beine baumeln. Marc folgte ihr und einen Moment lang erlaubte sie sich, all ihr Zögern zu vergessen. Die Schuldgefühle.

Sogar Brent.

Sie lehnte den Kopf an Marcs Schulter und er legte den Arm um sie. Mit geschlossenen Augen atmete Eva den Duft von Pinien und Frieden ein. »Bereit?«

Sein Arm glitt von ihrer Schulter. Dann rutschte Marc ein Stück zurück, um sie besser ansehen zu können. Seine Finger schoben einige Haare, die sich aus ihrem Zopf gelöst hatten, hinter ihr Ohr.

Sie fröstelte bei seiner Berührung. So sanft.

»Du denn?«

»Vielleicht.« *Oh Mann*. Diese Augen … dunkelbraun, aufmerksam, ehrlich. Eva wandte den Blick ab. »Ich weiß nicht, wie ich das anstellen soll.«

Aber musste sie das in diesem Augenblick wissen? War es nicht genug, diesen kleinen Schritt ins Unbekannte zu tun? Zu fallen und sich von einem Meer der Möglichkeiten auffangen zu lassen?

Oder zumindest von einem See der Möglichkeiten.

»Ich auch nicht.« Marc berührte sanft ihr Kinn mit einem Finger und hob es an, bis ihre Blicke sich erneut begegneten. »Aber wir können es zusammen herausfinden.«

Brents Gesicht erschien plötzlich vor ihrem geistigen Auge. Er hatte einmal etwas Ähnliches gesagt. Wann war das noch mal gewesen?

Hitze fuhr durch ihren ganzen Körper. Warum konnte sie sich nicht daran erinnern? Sie hatte noch nie Probleme gehabt, sich an irgendwelche Einzelheiten aus ihrer Zeit mit Brent zu erinnern.

Wenn sie sprang, würde sie dann mehr verlieren als nur eine Erinnerung?

Ach, du liebe Güte. Nein.

Sie wich zurück und brachte nicht mehr als ein Flüstern heraus. »Es tut mir leid, Marc. Ich kann nicht.«

Das Gefühl der Zurückweisung in seinem Blick schmerzte mehr als der quälende Kummer, Brent zu vermissen.

Eva sprang auf, nahm ihre Schuhe und floh zum Hauptweg zurück, während Steine und Zweige in ihre Füße stachen – eine physische Erinnerung an die Qualen, die ihr Innerstes zu zerreißen drohten.

21. Kapitel

Viel konnte sich in vier Monaten verändern.

Als sie in diese verrückte Reise eingewilligt hatte, hätte Angela sich nicht vorstellen können, dass sie einen steilen Gebirgspfad in der Nähe von Wanaka in Neuseeland hinaufkraxeln würde, leicht außer Atem, aber nicht im Mindesten geneigt stehen zu bleiben.

Und sie hätte definitiv nicht gedacht, dass sie mit einem Mann hier sein würde – einem Mann, den sie trotz ihrer Bedenken mit jedem Treffen in den vergangenen zwei Wochen seit dem Marathon lieber mochte.

»Ist diese Aussicht nicht unfassbar?« Simons Stimme wurde von dem kräftigen Wind hier auf dem Berg fast weggeweht.

Zahllose Gipfel ragten in einer Zickzacklinie in den Himmel auf und schufen ein ganzes Tal aus Dreiecken, das sich in alle Richtungen verzweigte. In der Ferne glitzerte die Wasseroberfläche des Wanaka-Sees, als bestände er aus Millionen winziger blauweißer Diamanten. Mit Farben von einem tiefen Grün bis hin zu Braun- und Gelbtönen schien die lebhafte Landschaft das Werk eines meisterhaften Künstlers zu sein.

Seit Langem hatte ihr nichts mehr das Gefühl gegeben, dem Schöpfer so nahe zu sein.

»Es ist einfach …« Sie hatte keine Worte dafür.

»Ich weiß.«

Das Terrain unter ihren Füßen wurde ebener und das Brennen in Angelas Beinmuskeln ließ nach. Als sie auf dem Bergrücken weitergingen, begegneten sie keiner Menschenseele. Simons breite Schultern trugen einen Rucksack mit Notfallausrüstung, seine muskulösen Beine waren von der vielen Zeit in der Sonne gebräunt.

Als sie sich dem Gipfel des Berges näherten, den sie jetzt schon seit Stunden bestiegen, drehte Simon sich um. »Das letzte Stück ist vielleicht ein bisschen heftig, aber es lohnt sich.«

»Danke für die Warnung.«

Simon ging die letzte Strecke bis zum Gipfel voran. Angelas Lunge protestierte und sie konzentrierte sich auf ihre Atmung, darauf, den Duft von Fels und Erde und Pinien einzuatmen und – einen kurzen Augenblick lang – den Duft der Freiheit.

Schließlich hatten sie den Gipfel erklommen und der Pfad wurde wieder flacher und endete dann. Für ihre Mühe wurden sie durch ein atemberaubendes Panorama belohnt. So etwas hatte Angela noch nie gesehen. Sie hatte gedacht, dass die Farben auf dem Weg zum Gipfel kräftig gewesen waren, aber das war nichts im Vergleich zu dem Anblick, der sich ihr jetzt bot. Es war leuchtender als alles, was sie sich hätte vorstellen können.

Und das alles vermischte sich mit einem Triumphgefühl – anstrengende Arbeit kombiniert mit unverdientem Glück und Segen.

Wann hatte sie sich eigentlich das letzte Mal so beschenkt, so gesegnet gefühlt?

»Wie gesagt, es lohnt sich, oder?« Simons Stimme unterbrach ihre Gedanken, aber es war keine unangenehme Störung.

Angela warf ihm einen Blick zu, während er am Rand des Berges stand, die Schulterriemen seines Rucksacks umklammert, den Oberkörper vorgestreckt, als wollte er den Wind begrüßen, der über ihre Gesichter strich. Sie badete in der Wärme der Sonne, die mit den bauschigen weißen Wolken über ihren Köpfen Verstecken spielte. Er hatte in den letzten Wochen oft davon gesprochen, wie sehr er die Natur liebte, und jetzt verstand sie es endlich – er war in seinem Element.

Und das war ausgesprochen attraktiv.

Als wären sie zwei Magneten, näherte Angela sich ihm. Sie hatte nicht vorgehabt, so viel Zeit mit ihm zu verbringen, aber nach dem Marathon hatte sie ihn angerufen, weil sie unbedingt seinen

Rat brauchte, was sie wegen Kylee machen sollte. Sein milder und vernünftiger Rat war es gewesen, Geduld mit ihrer Tochter zu haben und da zu sein, falls sie reden wollte, und Angela leuchtete die Logik ein. Und auch wenn Kylee nichts mehr über Ethan gesagt hatte oder über ihre Gefühle, hatte sie sich nicht wieder völlig zurückgezogen, so wie Angela es erwartet hatte. Sie trainierte jetzt sogar an den meisten Tagen zusammen mit ihrer Mutter und ihrer Tante. Wieder einmal bemühten sie sich um einen zerbrechlichen Waffenstillstand.

Diese spätabendliche Beratungsstunde hatte sich in fast tägliche Treffen mit Simon verwandelt. Manchmal gingen sie ins Kino oder sie aßen abends etwas in der Nähe der Werft oder machten einen Spaziergang am See entlang. Simon und seine Kinder – die nach allem, was Angela sah, wundervolle, ausgeglichene Kinder waren – waren auch im Haus der Jamisons zu Besuch gewesen und die Kinder hatten sich erstaunlich gut verstanden. Diese neuen Freundschaften waren wahrscheinlich der Grund, warum keines ihrer Kinder Reaktionen zeigte, wie sie typisch waren, wenn ein Elternteil anfing, eine besondere Beziehung zu jemandem zu knüpfen.

Aber gewöhnten sie alle sich vielleicht zu sehr aneinander? Angela hatte versucht, ihre Kinder beiläufig daran zu erinnern, dass sie diesen Erdteil irgendwann wieder würden verlassen müssen, aber Lillys Antwort gestern Abend ließ Angela nicht mehr los. *»Ich weiß, Mommy. Aber was wäre, wenn wir nicht wegmüssten?«*

Das war natürlich ein absurder Gedanke. Irgendwann würde der März zu Ende gehen und die Jamisons würden abreisen. Aber trotzdem schwelgte Angela einige Augenblicke in dieser absurden Vorstellung. Was wäre, wenn zwischen Simon und ihr mehr sein könnte? Konnte sie überhaupt eine Beziehung haben, ohne sich selbst zu verlieren, ohne das aufzugeben, was sie wollte? Das war vielleicht eine selbstsüchtige Perspektive, aber es gab ihr trotzdem zu denken. Auf keinen Fall würde sie etwas überstürzen.

Nicht dass Simon sie gedrängt hätte. Genau genommen hatte er seit ihrem ersten »Date« nichts mehr davon gesagt, dass er mehr wollte als Freundschaft. Aber das Interesse in seinen Augen war eindeutig.

Selbst jetzt wandte er den Blick von der Schönheit ab, die sie umgab … und sah Angela an.

Plötzlich wurde sie ganz schüchtern. »Was ist?«

»Nichts. Ich genieße nur den Anblick.« Ein Lächeln umspielte seine Lippen.

»Ach ja?« Sie konnte das Grinsen, das sich auf ihren eigenen Lippen breitmachte, nicht unterdrücken.

»Und der Anblick ist gerade noch überwältigender geworden. Du lässt die Natur regelrecht alt aussehen, wenn du lächelst.«

Angela zupfte an dem Reißverschluss ihrer Jacke. »Es gab nicht viel Grund zu lächeln … bis jetzt.«

»Ich verstehe, warum es sich so anfühlen kann. Aber sieh dir doch mal all die tollen Dinge an, die du hast, und was du alles erreicht hast.«

»Und was genau habe ich erreicht? Eine Freundin von mir hat Bücher veröffentlicht. Eine andere ist Anwältin in einer angesehenen Kanzlei. Eine unterrichtet ihre Kinder, führt von zu Hause aus ein Unternehmen und arbeitet in so ziemlich jedem Komitee in ihrer Kirche mit. Meine Kinder mit dem Nötigsten zu versorgen, scheint mir auf der Liste der bemerkenswerten Leistungen nicht gerade weit oben zu stehen.«

»Du darfst dich nicht mit allen anderen vergleichen. Du musst die Aufgaben erledigen, die dir gegeben sind – nicht mehr und nicht weniger. Und wenn du mich fragst, sehe ich eine Frau, die viel mehr getan hat, als ihre Kinder mit dem Nötigsten zu versorgen. Du liebst sie so sehr, dass es dir Angst macht. Liebe hat vielleicht nicht den Anschein einer Leistung, aber sie ist das, was uns alle lebendig macht.«

Bei diesen Worten schnürte sich Angelas Kehle zu. Das passierte ihr in letzter Zeit oft. »Das Komische ist, dass ich nie Kinder haben wollte.«

»Warum nicht?«

Sie zuckte mit den Schultern. »Mein Vater hat beim Militär Karriere gemacht. In der Navy. Meine Mom starb an einer Nierenkrankheit, als ich sechs war, während mein Dad auf einem Schiff im Einsatz war. Er kam zur Beerdigung nach Hause und hat mich dann zu meiner Tante gebracht, die ständig gearbeitet hat und mich eigentlich auch nicht wollte. Aber es gab keine andere Familie, die bereit gewesen wäre, mich aufzunehmen, und mein Vater wollte seinen guten Posten nicht aufgeben. Diese Lösung sollte eigentlich nur ein paar Jahre dauern, bis er in den Ruhestand gehen konnte.«

»Und wie lange hat sie tatsächlich gedauert?«

»Bis ich mit der Highschool fertig war. Und als ich sagte, dass ich schwanger bin, ohne verheiratet zu sein, wollte er nichts mehr mit mir zu tun haben. Wir haben seitdem kein Wort mehr miteinander gesprochen.« Schnell sprach sie weiter – sie wollte sein Verständnis, nicht sein Mitleid. »Jedenfalls wollte ich deshalb nie Kinder haben. Ich bin nicht in einer richtigen Familie aufgewachsen und dachte, ich könnte keine gute Mutter sein.«

»Was eindeutig nicht stimmt.«

Angela lächelte halbherzig. »Kylee sieht das womöglich anders.«

»Wie gesagt, du kannst nicht von dem ausgehen, was ein Teenager meint.« Er stieß sie an. »Und trotz deiner Bedenken hast du dich dann doch für Kinder entschieden.«

»Es war ganz sicher nicht meine Entscheidung, schwanger zu werden. Jedenfalls beim ersten Mal.« Sie trat gegen einen Stein. »Ich hätte Kylee beinahe abgetrieben.« Der Gedanke hing schmerzlich in der Luft und verdarb die Schönheit um sie herum.

Diesmal antwortete er nicht so schnell. »Aber du hast es nicht getan.«

»Ich weiß, aber …« Wie sollte sie das erklären? »Als die Krankenschwester sie mir das erste Mal in den Arm legte, habe ich geweint. Vor Freude, ja, natürlich, aber auch vor Schuldgefühlen und Reue. Manchmal sehe ich Kylee an und denke: *Was wäre, wenn?* Was, wenn ich es getan hätte? Was, wenn sie nicht mehr hier wäre? Und dann bin ich so froh über die Entscheidung, die ich getroffen habe. Nicht, dass ich andere verurteile, die anders entscheiden. Aber ich kann mir ein Leben ohne mein kleines Mädchen einfach nicht vorstellen. Aber manchmal frage ich mich …«

Simons Hand hatte ihre ergriffen. Er hielt sie und drückte sie leicht, als wollte er ihr Kraft geben.

Sie schluckte. »Ich frage mich, ob wir deshalb so ein angespanntes Verhältnis haben, weil sie irgendwie weiß, dass ich sie am Anfang nicht wollte. Dass ich monatelang geweint und mir gewünscht habe, sie wäre nicht in meinem Bauch. Dass ich gebetet habe, ich könnte aufwachen und alles wäre nur ein schlechter Traum gewesen.«

Das hatte sie Wes gegenüber einmal zugegeben, da waren sie etwa acht Jahre verheiratet gewesen. Er war zurückgewichen, als hätte sie ihn geohrfeigt.

»Du gibst mir immer noch die Schuld, nicht wahr?«

»Es geht dabei nicht um dich.«

»Nein, es geht darum, dass du Ärztin werden wolltest und ich deine Pläne durchkreuzt habe, indem ich dich geschwängert habe.«

»Sag das nicht so.« Was war nur in ihn gefahren? Wes sprach sonst nie so grob. »Ich hatte schließlich auch etwas damit zu tun.«

»Du hast mich aber nicht geliebt, Angela. Du warst einsam und ich war da –«

»Das ist doch lächerlich, Wes.« Vielleicht hatte sie anfangs in ein Date mit ihrem guten Freund und Laborpartner eingewilligt, weil sie einen Seelenverwandten gesucht hatte, wohingegen er in sie verliebt gewesen war, aber jetzt? Er war ihr Ehemann. Der Vater ihrer Kinder. Sie hatten sich von null auf gemeinsam ein Leben aufgebaut. Ein gutes Leben. Er hatte ihr die Sicherheit und Liebe geschenkt, nach der sie sich ihr Leben lang gesehnt hatte, hatte das Weinen des kleinen Mädchens gestillt, das ihr Vater nie beachtet hatte. Er hatte zu ihr gehalten, als alles ungewiss und schwierig gewesen war. »Natürlich habe ich dich geliebt.«

»Bist du sicher? Oder hast du dich nur der Kinder wegen mit mir zufriedengegeben?«

»Hey.« Ein erneutes Drücken ihrer Hand holte sie in die Gegenwart zurück. Zu Simon. »Du und Kylee, ihr schafft das schon. Sie ist ein Teenager. Es spielt keine Rolle, was in der Vergangenheit passiert ist. Wichtig ist, dass du sie liebst und alles für sie tun würdest. Eigentlich weiß sie das in ihrem tiefsten Innern, auch wenn sie es nicht zugibt.«

»Ich hoffe, du hast recht.«

22. Kapitel

Das Ganze war eine Katastrophe.

Eva stöhnte und warf die Rose, die sie in der Hand hielt, quer durch das Hinterzimmer in Joannes Laden, wo sie saß, umgeben von jeder Menge mit Blumen gefüllten Eimern und Werkzeug, von Scheren bis Blumendraht, Nadeln und Bändern.

Warum hatte sie nur Ja gesagt, als Joanne sie gefragt hatte? Ja, die Floristin hatte verzweifelt geklungen, als sie an diesem Nachmittag angerufen hatte. Ihr Mann hatte einen Asthmaanfall gehabt – nicht so schwer, dass es eine Frage von Leben oder Tod war, aber ernst genug, dass ein Besuch im Krankenhaus angeraten schien. Das Problem? Joanne musste für eine Hochzeit morgen sechs Blumensträuße fertigstellen. Sie war mit einigen anderen Bestellungen im Rückstand gewesen und hatte abends lange arbeiten wollen, um die Sträuße zu binden, aber jetzt lief sie durch den Notfall Gefahr, es nicht rechtzeitig zu schaffen.

Sie hatte Eva gebeten, so viele Sträuße wie möglich zu binden, bis Joanne sie ablösen konnte. Eva hatte versucht, Nein zu sagen, aber stattdessen war ihr ein »Ja« entwischt.

Das war vor mehreren Stunden gewesen und noch immer saß Eva hier ohne einen fertigen Blumenstrauß.

Draußen vor dem Fenster hatte die Sonne für den Tag eingepackt, etwas, das Eva auch gerne getan hätte. Ein samtener Himmel erstreckte sich über das schlafende Wanaka und Wolken verhüllten die Berggipfel, die ständigen Gefährten der Stadt.

Im Laufe des letzten Monats hatte Eva versucht, sich aktiv auf ihre Zukunft zu konzentrieren, und gebetet, dass ihre kreative Ader wieder zurückkehren würde. Aber dank ihres vermasselten

Sprungs in den See mit Marc war ihr künstlerischer Geist so leblos wie eh und je.

Er war am nächsten Tag nach Hause geflogen und sie hatten seitdem nicht mehr über den Zwischenfall gesprochen. Stattdessen waren sie einfach zu ihrer freundschaftlichen und kollegialen Beziehung zurückgekehrt und unterhielten sich einmal die Woche über das Geschäft und das Training für den Ultra-Marathon. Vielleicht hatte sie seine Absichten ja doch missverstanden.

Und das war für sie in Ordnung. Vollkommen.

Aber dieses Blumenstrauß-Desaster fühlte sich an, als wäre es mehr, als sie verkraften konnte. Seit zwei Stunden starrte Eva jetzt schon die Blumen an und trotz Joannes Anweisung, etwas Einfaches, aber Elegantes zusammenzustellen, hatte sie beim besten Willen keine Idee.

Sie hätte Joanne die Wahrheit sagen sollen – sich selbst die Wahrheit eingestehen sollen –, dass sie es einfach nicht mehr konnte.

Nein. Sie konnte diese unbekannte Braut nicht im Stich lassen. Evas Hochzeit war vollkommen gewesen, bis ins letzte Detail, und jede Braut hatte das verdient.

»Okay, Eva. Du schaffst das.« Vielleicht, wenn sie diese … Nein, das sah furchtbar aus. Oder wie wäre es mit der … Puh, ein Anfängerfehler!

Ihr Handy unterbrach ihre negativen Gedanken über ihre eigenen Fähigkeiten. Auf dem Display erschien Marcs Name. Wenn sie etwas zu besprechen hatten, rief er sie für gewöhnlich zwischen fünf und sechs Uhr morgens an, wenn er gerade aufgestanden war. Sie nahm das Videogespräch an. »Hi.«

Sein Gesicht erschien auf ihrem Display. »Hallo du.« Er war von dunkelroten Kissen umgeben und ein modernes schwarzes Kopfteil war am Rand des Bildes zu sehen. Telefonierte er etwa im Bett anstatt auf seinem Balkon, wie er es sonst tat? Hatte er überhaupt ein Hemd an?

Puh. Plötzlich kam es ihr in dem mit Pflanzen gefüllten Raum viel stickiger vor.

»Was machst du gerade?« Seine rauchig tiefe Morgenstimme erfüllte den bis jetzt stillen Raum.

Wie konnte jemand um fünf Uhr morgens so zum Küssen klingen?

Reiß dich zusammen, Eva. Sie schob den Gedanken beiseite und lehnte das Telefon so an eine Stuhllehne, dass sie gleichzeitig mit den Blumen hantieren und sich unterhalten konnte. »Ich vertrete Joanne. Sie hatte einen familiären Notfall und hat mich gefragt, ob ich ein paar Sträuße für sie binde.«

»Ach ja? Und wie läuft's?«

Eva hob ihre leeren Hände. »Fantastisch. Siehst du das nicht?«

»Ich spüre so etwas wie Sarkasmus.«

»Leider ja. Ich hätte nicht Ja sagen sollen, aber ich wollte ihr helfen.«

»Warum hättest du nicht Ja sagen sollen?« Marc schob einen Arm hinter seinen Kopf, was seinen Bizeps betonte. Der Ärmel eines weißen T-Shirts erschien. Er war also komplett angezogen.

Du liebe Güte. Ihre katholische Mutter würde sich dreimal bekreuzigen, wenn sie von Evas Gedanken wüsste. Allerdings hatte ihre Mom selbst zu der Zeit, als Eva mit Brent verheiratet gewesen war, immer so getan, als müssten ihre Gedanken so keusch sein wie die einer Nonne.

Bei der Erinnerung daran musste sie unwillkürlich grinsen.

Marcs Augenbrauen wanderten in die Höhe. »Was hat es mit dem Lächeln auf sich?«

»Ach, nichts.« Hoffentlich war die Übertragung der Farben per Telefon nicht so gut, denn ihre Wangen fühlten sich an, als stünden sie in Flammen. Sie räusperte sich. »Und um deine Frage zu beantworten: Ich hätte nicht Ja sagen dürfen, weil ich aus der Übung bin. Ich habe so was schon seit … seit ewig nicht mehr gemacht.«

»Warum eigentlich nicht?« Eine so leise Antwort bedeutete

normalerweise, dass Marc nachdachte. »Ich bin immer davon ausgegangen, dass es wegen deiner Arbeit bei der Herzstiftung ist. Aber es steckt mehr dahinter, oder?«

Eva nahm einige Alaskarosen aus dem Eimer in ihrer Nähe. Sie musste etwas zusammenstellen, auch wenn es nichts Tolles war. »Zuerst war das vielleicht der Grund. Aber als Brent starb, konnte ich keine Begeisterung mehr für meinen Job aufbringen.« Sie hatte erwartet, dass ihre Beziehung nach ihrem Rückzieher auf der Klippe angespannt sein würde, aber Marc behandelte sie wie immer und sie ertappte sich dabei, dass sie auf seine ehrliche Fürsorge ihrerseits mit Offenheit reagierte.

»Vielleicht ist dies der Anstoß, den du brauchst, um wieder anzufangen.«

»Bis jetzt funktioniert es aber nicht sehr gut.« Sie fing an, die Blätter von den Stängeln zu entfernen und anschließend die Dornen.

»Ich finde, es sieht gut aus.«

Sie verdrehte die Augen und schnaubte verächtlich. »Und wieso bist du plötzlich ein Experte in Sachen Blumenarrangements?«

»Das habe ich nie behauptet. Ich habe nur gesagt, ich finde, es sieht gut aus.«

»Na, danke.«

Einige Momente des Schweigens verstrichen, während sie arbeitete. Dann: »Wollen wir irgendwann mal darüber reden, was passiert ist, Eva?«

Das Zögern in seiner Stimme ließ sie innehalten, die Schere in der Hand, und sie blickte zu ihm auf. Dann schluckte sie. Tausend verschiedene Emotionen waren in seinen Zügen zu lesen, aber in seinen Augen sah sie Liebe.

Liebe?

Nein. Das konnte nicht sein.

Sie war immer eine Meisterin darin gewesen, ihre eigenen Gefühle zu deuten, aber im Moment schien es ihr unmöglich, den

Finger darauf zu legen, was sie empfand – wahrscheinlich, weil sie so durcheinander war und so widersprüchliche Gefühle um ihr Herz kämpften.

»Ich weiß nicht so recht, was ich sagen soll.« Sie wickelte Blumenband um die Rosen und fügte einige Nelken und Hortensien zu dem Strauß hinzu.

Er seufzte und fuhr sich mit der Hand übers Gesicht. »Ich wünschte, ich wäre vor Ort, um richtig darüber zu reden. Übers Telefon ist das schwierig, ich weiß. Aber ich sterbe hier, weil ich so weit weg von dir bin …«

Eva wich seinem Blick aus und stopfte willkürlich Schneeballbeeren und Paua-Muscheln in den entstehenden Strauß.

»Hör zu, ich verstehe, dass du vielleicht Zeit brauchst, aber können wir uns wenigstens darauf einigen, dass –«

»Weißt du, Marc, ich muss Schluss machen.« Er hatte damals am See recht gehabt. Sie war ein Feigling. »Ich sollte mich auf die Blumen konzentrieren.«

Seine Züge verhärteten sich einen Moment lang. »Ich mag dich, Eva. Als Freundin. Und mehr als das. So, jetzt habe ich es gesagt.« Das Verlangen in seiner Stimme … Oh, Mann, sie hatte ein Problem. »Wenn du Zeit brauchst, bekommst du sie. Ich werde so lange warten, wie es für dich nötig ist. Aber wenn du meine Gefühle nicht erwiderst, dann sag es mir bitte.«

Das Problem war, dass sie die Gefühle erwiderte.

Aber neben diesen Gefühlen zerdrückte ihr schlechtes Gewissen sie beinahe.

Klar, vielleicht mochte sie Marc. Sehr sogar.

Aber konnte sie ihn jemals so lieben, wie sie Brent geliebt hatte?

Und wollte sie das überhaupt?

Eva ließ ihre Finger weiterarbeiten, während sie krampfhaft überlegte. »Ich weiß wirklich nicht, was ich empfinde. Du bist mein Freund und ich möchte dich nicht verlieren. Aber …« Sie konnte nicht weitersprechen. Was sollte sie sagen?

Nach einigen Augenblicken des Schweigens seufzte er. »Dann lass ich dich jetzt besser in Ruhe.«

»Marc …«

»Schon gut, Eva.« Er zögerte. »Viel Glück mit den Blumen.«

Nach einem eiligen »Bis bald« betrachtete sie den Strauß, den sie in der Hand hielt – und ihr fiel die Kinnlade herunter.

Er war fantastisch. Wie für eine Zeitschrift.

»Oh, Brent … Es tut mir schrecklich leid.«

Als stünden die Blumen in Flammen, warf sie den Strauß quer durch den Raum und ließ die Schluchzer heraus, die ihren Körper erschütterten.

23. Kapitel

Es war kaum zu glauben, dass es nur noch sechs Wochen bis zu ihrem Ultra-Marathon waren.

Angela beschleunigte, während Eva und sie die nächste Runde liefen, die sie mehrmals in der Woche absolvierten. Ihre Ausdauer und Kondition hatten unverhältnismäßig zugenommen, seit sie vor zwei Monaten in Neuseeland angekommen war, obwohl sie noch weit von der Sportlerin entfernt war, die zu Schulzeiten in ihr gesteckt hatte. Vielleicht würde sie nie wieder so schnell sein, aber das war in Ordnung.

Inzwischen brauchte sie das tägliche Training, egal, ob es das Joggen auf ebenem Gelände um den See herum war wie jetzt oder ein Dauerlauf in den Hügeln in entlegeneren Teilen der Südinsel. Das Hochgefühl, einen Marathon geschafft zu haben, hatte Angelas Sucht nach den Stunden, die sie laufend verbrachte, nur noch verstärkt. Und abgesehen von einem wiederkehrenden Schmerz im rechten Knie war ihr Körper richtig stark geworden. Anstelle der Blasen hatte sie jetzt Hornhaut und gegen jedwedes Scheuern war Vaseline ihr Allheilmittel.

In vielerlei Hinsicht war Angela wie neugeboren. Wenn sie lief, war sie so sehr sie selbst wie seit Jahren nicht mehr.

Eva und Angela kamen an einem jungen Pärchen vorbei, das am See stand. Das Mädchen hatte die Nase in eine einzelne Rose gesteckt und der Junge versuchte offensichtlich herauszufinden, wie er einen Kuss ergattern konnte. Dann kam ihnen ein Paar mit weißen Haaren und wettergegerbter Haut Hand in Hand entgegen. Die Frau lachte über etwas, das der Mann sagte, und in diesem Augenblick wirkte sie zehn Jahre jünger.

»Brent hat immer gesagt, sobald der Februar beginnt, denken

die Leute nur noch an den Valentinstag.« Evas Worte klangen tonlos.

»Ach ja, heute ist der erste, oder?« Würde Simon etwas zum Valentinstag unternehmen wollen? Bei dem Gedanken schlug ihr Herz schneller.

»Komm, wir ziehen das Tempo an.« Eva wartete Angelas Antwort nicht ab, sondern lief mit halsbrecherischer Geschwindigkeit an dem älteren Paar vorbei.

Was war denn plötzlich in sie gefahren?

Angela bemühte sich, Eva einzuholen. Ihre Schwägerin war das ganze Wochenende über wortkarg gewesen, hatte sich am Samstag in ihrem Zimmer eingeschlossen, gestern die geplante Wanderung abgesagt und war heute mit dunklen Ringen unter den Augen wieder aufgetaucht. Sherry hatte erwähnt, dass Eva am letzten Donnerstag lange aufgeblieben war, um der Besitzerin des Blumenladens zu helfen, aber das war vier Tage her. Und etwas an Evas starrer Haltung und den hängenden Mundwinkeln zeugte von einem Problem, das nichts mit Schlafmangel zu tun hatte.

Sie wollte Eva fragen, was los war, aber auch wenn sie seit zwei Monaten unter einem Dach lebten, standen ihre Schwägerin und sie sich einfach nicht so nahe.

Und wessen Schuld ist das wohl?

Angela stöhnte innerlich. Eva hatte oft versucht, auf eine tiefere Ebene vorzudringen, aber Angela war noch nicht so weit gewesen, hatte nicht gewusst, was sie sagen sollte. Aber jetzt? Etwas in ihr sehnte sich danach, sich mit der einzigen Frau außer Sherry zusammenzutun, die wusste, wie es war, einen Jamison geliebt und verloren zu haben.

Ja, diese Reise hatte wirklich eine seltsame Wirkung auf sie.

Nachdem sie einen guten Kilometer den sich windenden Pfad entlanggerannt war, hielt Angela sich die Seiten und wurde langsamer. »Puh. Ich muss Luft holen. Tut mir leid.«

Ihre Schwägerin verlangsamte ebenfalls ihre Schritte und seufzte. »Nein, mir tut es leid. Ich wollte nicht so schnell rennen.«

»Aber es ist ja gut für mich.«

Eva reckte die Arme über den Kopf, sodass der untere Rippenbogen hervortrat, als sie einatmete. »Manchmal verliere ich aus dem Blick, warum wir eigentlich hier sind.«

Die Frau, die ihrem Mann zuliebe all das eingefädelt hatte – die ihr ganzes Leben zu einem Denkmal für ihn machte –, verlor ihr Ziel aus dem Auge? Oh, Mann …

Angela hingegen war anfänglich ihrer Kinder wegen hergekommen und denen schien es hier zu gefallen. Sogar Kylee. Aber was war mit Angela selbst? Zugegeben, sie hatte das Gefühl, dass sie einen Veränderungsprozess durchmachte, aber sobald sich etwas in ihrem Innenleben verschob, taten sich neue Fragen auf, was ihre Bedürfnisse und Wünsche betraf. Was ihr Leben mit Wes betraf. Und seinen Tod.

Eva zog das Gummiband aus ihren langen Haaren und fuhr mit den Händen hindurch, um sie auf dem Hinterkopf zu glätten, bevor sie sie zu einem lockeren Knoten zusammenband. »Sag mal, Angela, seid ihr eigentlich zusammen, Simon und du?«

Das war eindeutig nicht die Richtung, in die sie die Unterhaltung lenken wollte. »Nein.« Wenn man bedachte, wie viel Zeit sie miteinander verbrachten, war es keine so abwegige Vermutung. Und es bestand kein Zweifel an der Anziehungskraft zwischen ihnen. Angela spürte sie jedes Mal, wenn sie in seiner Nähe war. Es erinnerte sie an das Knistern, das Kindern vertraut ist, wenn sie auf dem Spielplatz eine Plastikrutsche hinunterrutschen.

Aber es war mehr als körperliche Anziehung. Er verstand ihre Seele. Mann, wie kitschig klang das denn?

»Oh. Ich dachte …«

»Ich glaube, er wünscht sich mehr, aber das ist einfach nicht praktisch.« Wenn sonst nichts funktionierte, konnte sie immer das als Grund angeben.

»Warum nicht?«

»Erstens lebt er hier und ich lebe in New York. Und zweitens muss ich an die Kinder denken.« Ihre Kinder schienen Simon und seine Kinder zu mögen, was sie nicht vorhergesehen hatte. Sie hatte vielmehr erwartet, dass Kylee kritisch auf ihre Beziehung reagieren würde, aber das war nicht geschehen. Vielleicht war ihre Tochter zu sehr mit ihrem eigenen Liebesleben beschäftigt, um sich Gedanken über das von Angela zu machen – obwohl sie, soweit Angela wusste, Ethan seit dem Tag im Café nicht wiedergesehen hatte.

»Also.« Eva stemmte die Hände in die Hüften. »Wenn ihr in derselben Stadt wohnen würdet und du nicht an die Kinder denken müsstest … würdest du mit ihm zusammen sein?«

Worauf wollte sie hinaus? »Darüber habe ich eigentlich nicht nachgedacht. Aber ja, ich denke schon. Vielleicht.« Falls sie überhaupt noch einmal zulassen sollte, dass sie sich verliebte.

Denn trotz aller Probleme hatte sie Wes am Ende doch immer noch geliebt – auch wenn sie ihm nicht verzeihen konnte, dass er gestorben war.

»Hast du nicht das Gefühl, dass es zu früh ist? Dass du das Andenken an Wes missachten würdest, wenn du dein Herz einem anderen schenkst?« Evas Worte klangen vielleicht anklagend, aber ihr Tonfall war es nicht. Er klang vielmehr … flehend.

Ah.

Es war nicht zu leugnen, was Marc für Eva empfand. Es war offensichtlich, wann immer er sie ansah. »Sag mal, reden wir immer noch von Simon und mir?«

Ihre Schwägerin biss sich auf die Lippe und schüttelte den Kopf.

Wollte sie, dass Angela nachfragte? Oder würde sie bereit sein, darüber zu reden, wenn Angela es tat? Sie wollte Eva nicht ungewollt fortstoßen, jetzt, wo sie endlich offen miteinander sprachen.

Sie bogen um eine Ecke und das Haus kam in den Blick. Zach und Lilly spielten am Bootssteg unter Sherrys wachsamen Blicken.

Wann immer Simon ihre Hand nahm und freundlich drückte, fühlte Angela sich besser. Also tat sie dasselbe mit Eva.

Ihre Schwägerin blieb stehen und schlang die Arme um sie. Angelas Schulter fühlte sich plötzlich nass an und Eva schluchzte zitternd.

Angela spürte, wie Zuneigung zu ihrer Schwägerin in ihr aufstieg. Die Frau weinte eindeutig mehr als Angela und sie hatte keine Ahnung, wie es war, eine müde und gestresste Mutter zu sein. Doch in diesem Augenblick verband sie mehr, als sie trennte. Denn sie teilten den gleichen Schmerz, eine Leere, wo früher ein Mann gewesen war. Das war ein Band, das niemand durchtrennen konnte.

Wohin der Wind sie auch von hier aus treiben würde, sie würden immer eine Familie sein.

Angela drückte Eva noch einmal und löste sich dann aus der Umarmung, um die verlaufene Wimperntusche von Evas Wangen zu wischen. »Was hältst du davon, wenn wir uns Popcorn machen und Kylee dazu überreden, mit uns *E-Mail für dich* oder was ähnlich Abscheuliches zu gucken?«

Eva lachte und ihre Stimme klang heiser. »Das klingt eigentlich ziemlich gut.«

Und dann gingen sie Hand in Hand ins Haus. Eigentlich war kein Problem gelöst, die Fragen blieben, aber trotzdem hatte sich etwas verändert.

24. Kapitel

»Das hat Spaß gemacht, Mommy.« Lilly hüpfte durch die Haustür und drehte eine Pirouette. »Können wir das noch mal machen?«

Angela, Kylee und Zach betraten hinter ihr das Haus. Kylee lief sofort wortlos nach oben. Sie war merkwürdig still gewesen, seit sie vom Bowlingcenter in Queenstown aufgebrochen waren, wo sie sich mit Simon und seinen Kindern getroffen hatten. Zuerst hatte Kylee sich wie die anderen amüsiert, doch dann war sie plötzlich ganz blass geworden und auf der Toilette verschwunden.

Zach schob seine Brille auf der Nase nach oben. »Du hast doch nur zehn Punkte gemacht. Das ist beim Bowling ziemlich mies.«

»Und es ist völlig egal, Kumpel.« Angela drückte Lillys Schulter. »Schön, dass es dir Spaß gemacht hat, Liebling. Natürlich können wir noch mal bowlen gehen.«

Sherry kam um die Ecke, während sie sich die Hände an einem Handtuch abtrocknete. »Habt ihr eine schöne Zeit gehabt?«

Lilly rannte auf Sherry zu und schlang die Arme um ihre Taille. »Grandma! Ich habe in derselben Mannschaft gespielt wie Ella und wir hatten eine Viererkugel!«

»Und wie ist es mit dir, Zach?«

»Ich hab Benjamin fertiggemacht.« Zach warf sich in die Brust. »Und dann habe ich einen Siegestanz gemacht. So.« Er wackelte mit den Hüften und stieß einen Juchzer aus, während er die Faust in die Luft reckte.

Angela verdrehte lachend die Augen. »Und dann hast du eine Ermahnung bekommen, weil du dich unsportlich verhalten hast, richtig?«

Ihr Sohn zuckte mit den Schultern. »Benjamin war das egal. Er hat mich auch einmal geschlagen und beim nächsten Mal werden wir ja sehen, wer gewinnt.«

Beim nächsten Mal. Angela rieb sich den Nacken, während sie sich auf die Lippe biss. Wie würden ihre Kinder sich fühlen, wenn sie Neuseeland verlassen mussten und die Kings wahrscheinlich nie wiedersehen würden?

Wie würde *sie* sich fühlen?

Sie wandte ihre Aufmerksamkeit wieder Sherry zu, die sie aufmerksam beobachtete. »Und was habt ihr so gemacht?«

»Ich war bei Fiona und bin schon eine Weile wieder zurück.« Sie runzelte die Stirn. »Ich glaube, Eva ist den ganzen Abend über in ihrem Zimmer geblieben. Ich mache mir Sorgen um sie.«

Kylee hatte die ganze Woche zusammen mit ihnen trainiert und an den meisten Abenden hatte Eva sich in ihr Zimmer zurückgezogen, wenn die Kinder im Bett waren. So hatte Angela nach ihrem Gespräch vor einigen Tagen nicht viele Gelegenheiten gehabt, sich ungestört mit Eva zu unterhalten. Vielleicht sollte sie nach ihrer Schwägerin sehen. »Ich frage mal nach, ob sie irgendwas braucht.«

»Das wäre gut, Liebes.« Sherry wandte sich den beiden kleineren Kindern zu. »Was haltet ihr davon, wenn wir vor dem Schlafengehen noch mal gucken, was das Eisfach zu bieten hat?«

Lilly und Zach jubelten und rannten in die Küche.

Angela drehte sich um und stieg die Treppe ins Obergeschoss hinauf. Evas Zimmer lag am Ende des Ganges neben dem von Lilly. Die Luft war hier oben etwas stickiger, aber es war auch ruhiger und dunkler. Auf dem Weg zu Evas Tür blieb Angela stehen, als sie gedämpftes Weinen vernahm.

Es kam aus Kylees Zimmer.

Angela hob die Hand, um an Kylees Tür zu klopfen, doch dann zögerte sie. Was würde ihre Tochter sich wünschen? Im Bowlingcenter hatte Angela nach ihr gesucht, als sie eine halbe Stunde lang nicht von der Toilette zurückgekommen war. Am Ende war die Fünfzehnjährige aus einer der Kabinen gekommen, die Augen rot und geschwollen, aber sie hatte Angela gegenüber nichts gesagt außer: »Mir geht es gut, Mom.«

Würde ein Nachfragen von Angela wieder zurückgewiesen werden?

Sie trat einen Schritt zurück, entschlossen, die Privatsphäre ihrer Tochter nicht zu verletzen, aber die Schluchzer zerrissen ihr das Herz. Sie erinnerte sich daran, wie sie als Kind und als Teenager in ihr Kissen geweint hatte, allein, und sich gewünscht hatte, ihre Tante möge sie finden, in den Arm nehmen und ihr sagen, dass alles gut werden würde.

Aber es war nie jemand gekommen.

Angelas Hand traf eine Entscheidung, bevor ihr Verstand es tat. Das Klopfen schien auf dem Gang widerzuhallen – oder vielleicht war es Angelas Herzklopfen. *Bitte lass es mich nicht vermasseln.*

»Geh weg.«

Angela ignorierte die gemurmelten Worte, öffnete vorsichtig die Tür, schlüpfte hinein und schloss die Tür wieder hinter sich. Sie ging zum Bett, auf dem Kylee bäuchlings im Halbdunkel ausgestreckt lag, das Gesicht in den lilafarbenen Kopfkissenbezug gedrückt. Die Ruhe, die der in Flieder und Creme gestrichene Raum ausstrahlte – mit seinem spitzenbesetzten Bettüberwurf, Bildern von Pfingstrosen an der Wand und dem sanften Lichtschein der Nachttischlampe –, schien Kylees düstere Stimmung nicht aufhellen zu können.

Angela setzte sich neben ihre Tochter, streckte eine Hand aus und rieb mit kreisenden Bewegungen Kylees Rücken. Bildete sie sich das ein oder schienen die Schultern des Mädchens sich bei der Berührung der Mutter zu entspannen?

Eine Weile blieben sie so und Kylees Schluchzen ließ langsam nach. Angela ertappte sich dabei, wie sie »Hush, Little Baby« summte, die Melodie, die sie einem Säugling mit Koliken vor fünfzehn Jahren vorgesungen hatte, während sie ihn gewiegt und geschaukelt hatte, gewiegt und geschaukelt, bis ihre Füße schmerzten und ihre Arme von dem Gewicht der Kleinen schwer wurden.

Endlich rollte ihre Tochter sich auf die Seite und sah zu Angela auf, während sie die Tränen aus ihrem Gesicht wischte. Angela wollte schon fragen, was los sei, aber eine leise innere Stimme riet ihr, zu schweigen und weiterzusummen. Also tat sie genau das.

Kylee richtete sich auf und lehnte sich an das Kopfteil ihres Bettes, die Arme um die Knie geschlungen. »Ethan war im Bowlingcenter. Mit einem anderen Mädchen.«

Angela unterdrückte eine Grimasse. Würde ihre Tochter ihr Vorwürfe machen, weil sie Ethan und Kylee getrennt hatte? War das die richtige Reaktion? Würde Kylee wütend werden, wenn Angela sagte, sie sei ohne den Kerl besser dran? Dass er ihrer gar nicht würdig war?

Vielleicht war Mitgefühl die beste Alternative zu diesen Gedanken. »Es tut mir leid, Liebes.«

Kylee knibbelte an der Nagelhaut eines Fingers und kaute dann an ihrem Daumennagel. Sie sah Angela nicht an. »Dann hat er mich wohl doch nicht geliebt.« Ihre Lippen zitterten.

Ach, egal. Angela konnte nicht schweigend warten und zusehen, wie ihre Tochter litt, nur weil sie ständig Angst hatte, etwas Falsches zu sagen. Sie nahm Kylees Hand und war überrascht, als ihre Tochter die Hand nicht wegzog. »Dann weiß er nicht, was er verpasst.«

»Ich dachte nur … Ich meine, er hat so nette Dinge gesagt.« Noch eine Träne kullerte über Kylees Wange. »Er hat mir gesagt, dass ich schön bin und was ganz Besonderes. Ich bin ziemlich dumm, weil ich ihm geglaubt habe, oder?«

»Wenn man bedenkt, dass beides stimmt – dass du schön bist und was ganz Besonderes, meine ich –, nein, dann bist du überhaupt nicht dumm.« Angela zog ein Taschentuch aus der Schachtel auf dem Nachttisch und drückte es ihrer Tochter in die Hand. »Aber einmal wird der richtige Junge diese Dinge zu dir sagen und sie wirklich meinen. Und dann wirst du nie daran zweifeln, dass sie wahr sind.«

»War Dad der richtige Junge für dich, Mom?« Die Frage klang so unsicher und Kylee wirkte plötzlich ganz zerbrechlich zwischen ihren lilafarbenen Kissen, mit dem tränennassen Gesicht, der heiseren Stimme und den zerzausten Haaren.

Ihre Tochter war nicht mehr so jung, wie Angela es sich gerne vorgemacht hätte. Sie verwandelte sich in eine Frau, also musste Angela vielleicht anfangen, auch so mit ihr zu reden. Und dazu gehörte Ehrlichkeit. »Ja. Ich habe deinen Vater geliebt, Kylee, und er hat mich geliebt. Wir hatten keine perfekte Ehe, aber ich habe nie daran gezweifelt, dass er die liebevollen Dinge, die er gesagt hat, auch meinte.«

Nicht jeder Typ hätte vorgeschlagen zu heiraten, nachdem er erfahren hatte, dass das Mädchen, mit dem er seit sechs Monaten zusammen war, schwanger war. Aber genau das hatte Wes getan. Er war ein Ehrenmann gewesen, wo er doch auch so hätte reagieren können wie ihre Tante und ihr Vater. Und wie viele andere Männer reagiert hätten.

Sie hatte lange nicht mehr daran gedacht. Stattdessen hatte sie sich darauf konzentriert, dass er seine Familie durch seinen Tod im Stich gelassen hatte. Doch er war für sie da gewesen, als Kylee geboren wurde. Er war ein vertrauenswürdiger Mann mit Prinzipien gewesen. Und ja, vielleicht hatte er sich von der Abenteuerlust anstecken lassen – eine Art Midlife-Crisis –, aber trotzdem hatte er seine Familie immer noch geliebt. Selbst in ihrer Wut auf ihn konnte sie das nicht leugnen.

Ein Anflug von Wärme kroch in Angelas Herz.

Kylee bohrte den Daumen in das Taschentuch, bis das dünne Papier riss. »Warum konntest du mir dann nicht sagen, woher du wusstest, dass du ihn liebst?« Sie riss das Taschentuch entzwei.

»Das ist kompliziert, Kylee.« Angela schien den alten Frust nicht ganz aus ihrer Stimme verbannen zu können. Denn Ehrlichkeit hatte ihre Grenzen. Wenn sie ihrer Tochter die ganze

Wahrheit sagte, könnte Kylee die Sache mit ihrer ungeplanten Zeugung erahnen – und Angela wollte nicht, dass sie sich jemals fragte, ob sie gewollt war. Sie hatte in ihrem kurzen Leben schon genug Kummer und Herzeleid erfahren.

Ihre Tochter schniefte, aber anstelle einer wütenden Reaktion ließ sie niedergeschlagen die Schultern hängen. »Bitte, Mom. Sag es mir.«

Angela rieb sich die Nase. »Du musst das verstehen. Es ist schwierig für mich, darüber zu reden.«

»Das heißt, du willst, dass ich ehrlich bin, aber du brauchst es nicht zu sein?« Das Taschentuch hatte sich inzwischen in Fetzen aufgelöst, die auf der Bettdecke verstreut waren. »Das ist nicht fair.«

»Es hat einfach mehr damit auf sich, als du weißt. Mehr, als ich dir erzählen kann. Es tut mir leid, Liebling. Ich liebe dich, aber du bist immer noch ein Kind. Mein Kind. Und ich will –«

»Ich weiß, dass du Dad die Schuld an seinem Tod gibst.«

Kaum waren die Worte über Kylees Lippen gekommen, wurde sie blass und riss die Augen auf. Dann presste sie die Lippen zusammen.

Angelas Wangen glühten. »Wie bitte?« Sie brachte die Worte kaum heraus. Woher sollte ihre Tochter das wissen?

»Ich habe in deinem Tagebuch gelesen.« Kylee sah aus, als würde sie gleich wieder anfangen zu weinen. »Du warst immer so wütend und irgendwann, als ich mir Schmuck aus deinem Zimmer geliehen habe, lag dein Tagebuch auf dem Nachttisch und ich konnte mich einfach nicht beherrschen. Es tut mir leid. Ich wollte nur wissen, was du denkst.«

Sie hatte nur einmal seit Wes' Tod in dieses Tagebuch geschrieben und ihre Tochter hatte die Worte gelesen, die sie dort hineingekritzelt hatte? Angela wollte zornig sein und alle anderen Gefühle verdrängen, aber stattdessen fühlte sie, wie großer Kummer in ihr aufstieg. Kummer darüber, dass sie diese Worte überhaupt hatte schreiben müssen. Darüber, dass ihre Tochter das Gefühl hatte, sie müsse herumspionieren, anstatt Angela einfach zu fragen, was sie fühlte. Und Reue darüber, dass sie wahrscheinlich nicht die Wahrheit gesagt hätte, *wenn* Kylee sie gefragt hätte.

»Was ich da geschrieben habe, war ganz unausgegoren. Ich bin nicht besonders gut damit umgegangen … mit allem. Ich habe so eine Situation ja noch nie erlebt und du auch nicht.« Sie sammelte die Taschentuchfetzen ein und warf sie in den Papierkorb.

»Das heißt, du bist nicht wütend auf Dad, weil er gestorben ist?«

Was war jetzt gefragt – Ehrlichkeit … oder Beschützerinstinkt? Angela seufzte. »Ehrlich gesagt, manchmal schon.«

»Ich war am Anfang auch wütend auf ihn.«

Angela ergriff wieder die Hand ihrer Tochter. »Wirklich?« Wie hatte ihr das entgehen können? Sie und ihre Tochter waren sich ähnlicher, als sie jemals zugegeben hätte.

»Ja, aber Juliet hat mir in den Gruppenstunden geholfen, an dem Thema zu arbeiten.«

»Tja, ich arbeite auch gerade daran.« Endlich konnte sie diese Worte wahrheitsgemäß aussprechen, obwohl sie nicht wusste, wie das Endergebnis dieses Prozesses aussehen würde. Woher sollte sie wissen, wann sie genügend an dem Thema »gearbeitet« hatte? »Aber ich will nicht, dass du dir deshalb Sorgen machst.«

Kylee musterte sie einen Moment lang. »Wird es uns irgendwann wieder gut gehen, Mom?«

»Irgendwann, Liebling. Ich weiß, dass es noch ein langer Weg ist, aber ich bin bereit, ihn in Angriff zu nehmen, wenn du willst. Zusammen?«

Kylees Nicken war so zaghaft, dass Angela es beinahe übersehen hätte. Aber als sie es sah, war ihr danach zumute, wie Zach einen Siegestanz aufzuführen.

25. Kapitel

»Meine Freundin wird begeistert sein.« Ein kleiner Neuseeländer in den Zwanzigern mit bis oben hin zugeknöpftem Hemd gab Eva seine Kreditkarte, während er den schlichten Strauß aus Calla-Lilien bewunderte, den sie für ihn gebunden hatte.

»Das freut mich.« Eva zog die Kreditkarte durch Joannes Kartenlesegerät und trommelte mit den Fingern auf dem Tresen, während die Verarbeitung lief. Sie hatte angeboten, eine Stunde auf den Laden aufzupassen, damit Joanne mit Graeme zu Mittag essen konnte. Joannes Mann ging es nach seinem Asthmaanfall letzte Woche schon wieder viel besser.

Das Gerät surrte und spuckte den Beleg aus. Eva riss ihn ab und gab ihn dem Mann, zusammen mit seiner Karte. »Danke sehr. Und viel Glück mit dem Heiratsantrag.«

Der Mann ging, nachdem er den Dank erwidert und zum Abschied gewunken hatte. Dann war es wieder ruhig im Laden, nur das Summen der Deckenlampe durchbrach die Stille. Eva schob sich die Haare hinters Ohr und richtete einen Eimer mit Nelken hier und ein Band dort. Seit sie den schönsten Brautstrauß ihrer Karriere kreiert hatte, war sie nicht mehr hier gewesen. Und mit Marc hatte sie seitdem auch noch nicht wieder gesprochen.

Denn bis in ihren Magen hinein machte sich eine inhaltsschwere Erkenntnis breit. Aber sie war noch nicht bereit, sich damit auseinanderzusetzen. Wenn Marc ihr Gesicht sah oder ihre Stimme hörte, würde er es vielleicht auch merken. Also schrieb sie alles, was sie ihm mitteilen musste, als Textnachricht.

Wenigstens hatte der Streit etwas Gutes gehabt. Angela und sie waren sich erstaunlich nahegekommen. Ihre Schwägerin hatte sich am Abend zuvor sogar die Mühe gemacht, nach ihr zu sehen, nachdem Eva den Großteil des Tages zusammengerollt im Bett verbracht hatte.

Die Glocke über der Tür klingelte und Joanne kam herein, dicht gefolgt von ihrem Mann. Sie hielten sich an den Händen und Joanne lachte über etwas, das er ihr ins Ohr geflüstert hatte.

Als Joanne Eva sah, strahlte sie. »Danke dir, dass wir eine kleine Pause machen konnten, Liebes.«

»Ihr wart ja gar nicht lange weg.« Eva ging in den hinteren Raum, um ihre Nachrichten am Handy zu checken, sodass Joanne und Graeme ungestört waren. Sie hatte nur eine Nachricht von Angela bekommen, die ihre Pläne für eine abendliche Wanderung bestätigte.

Eva schickte ein Daumen-hoch-Emoji zurück und sperrte ihren Bildschirm, bevor sie das Handy in die Handtasche schob und wieder in den Laden ging.

Joanne war jetzt allein und summte und lächelte, während sie auf einer Leiter stand und ein hohes Regal in der Ecke abstaubte.

»Ihr seid ein süßes Paar, du und dein Mann.« Weil es keine Kunden gab, die bedient werden wollten, beschloss Eva, mit einer Bestellung anzufangen, die hereingekommen war, während Joanne ihre Pause gemacht hatte.

Sie ging zu der Vase mit lilafarbenem Rittersporn, von dem es hieß, er stehe für die erste Liebe – angemessen für den kleinen Strauß, den ein Mann für ein erstes Date heute Abend bestellt hatte. Zwanzig bis dreißig zarte Blüten umgaben wie Sterne jeden Trieb und bildeten eine efeuartige Schleppe den Stängel entlang und mit jeder Blüte wurde die Pflanze schöner. Hätten einzelne Blüten gefehlt, wäre die Blume unvollständig.

Marc war in ihrem Leben wie eine dieser Blumen gewesen. Ein Freund, als sie jemanden brauchte, der ihren Verlust verstand. Balsam für ihr Gemüt. Ein Partner, der ihre Suche nach einem neuen Lebenssinn unterstütze.

Und vielleicht … noch mehr.

Wenn sie doch nur ihre Angst vor dem Unbekannten überwinden könnte!

Der Seufzer, der Evas Lippen entwich, kam ungebeten.

Joanne hielt bei ihrer Tätigkeit inne und zog eine Augenbraue hoch. Dann stieg sie von der Leiter. »Hast du etwas auf dem Herzen?«

Sollte sie sich Joanne anvertrauen? Eva hatte nicht einmal Kim von ihrer letzten Unterhaltung mit Marc erzählt – vor allem, weil ihre beste Freundin sie wahrscheinlich drängen würde, in die Zukunft zu blicken, indem sie eine neue Beziehung einging. Aber Joanne war viel unparteiischer. Sie hatte Marc ein paarmal getroffen, als er hier gewesen war, aber nie mehr als ein paar Minuten mit ihm verbracht. Und Joanne hatte Erfahrung in diesen Dingen.

Eva konnte sich jetzt sowieso nicht auf ihren Strauß konzentrieren. Sie ließ den Rittersporn wieder ins Wasser fallen, dass es leise spritzte. »Ich habe dich gar nicht gefragt, wie Graeme und du irgendwann erkannt habt, dass ihr mehr sein wollt als Freunde?«

Die Besitzerin des Blumenladens verstaute Lappen und Möbelpolitur unter der Theke. »Das ist eine interessante Geschichte.«

»Du musst sie mir nicht erzählen, wenn du nicht willst.«

»Oh, das macht mir nichts aus. Wie gesagt war Graeme mein Nachbar, als ich nach Neuseeland kam, und er war zehn Jahre älter als ich – damals also Ende dreißig. Er war nie verheiratet, hatte keine Kinder, aber wir freundeten uns schnell an. Er bot an, mir im Laden zu helfen, wenn er nicht arbeitete, oder auf meine Jungs aufzupassen, wenn ich bei der Arbeit war. Als die Kinder älter wurden, hat er mit ihnen im Park Fußball gespielt und in den Bergen gezeltet. Er wurde für die beiden eine Vaterfigur, nachdem ihr eigener Vater sie wegen einer neuen Familie verlassen hatte.« Trotz dessen, was sie sagte, klangen Joannes Worte nicht bitter. Offensichtlich hatte sie das Verhalten ihres Ex-Mannes verarbeitet und hinter sich gelassen.

»Klingt so, als wäre er immer für dich da gewesen.« Eva musste unweigerlich an Marc denken. Er war die gleiche Art Mann.

»Das war er.« Joannes Hände spielten mit der Perlenkette um ihren Hals. »Nach ein paar Jahren gestand er mir seine Gefühle, die über eine Freundschaft hinausgingen, aber ich war immer noch zu verletzt von meiner gescheiterten Ehe. Ich weiß, dass es nicht dasselbe ist, wie einen Partner zu verlieren – es ist eine andere Art Trauer –, aber Trauer ist es trotzdem.«

»Natürlich ist es das. Und was ist dann passiert?« Diese Geschichte entwickelte sich besser als die kitschigen Romanzen, die sie in den Monaten nach Brents Tod mit Kimberly angeschaut hatte. Sie hatte teilnahmslos unzählige Filme über sich ergehen lassen, bis ihr irgendwann klar geworden war, dass es zu wehtat, Liebesgeschichten auf dem Bildschirm zu sehen, weil sie so etwas nie wieder erleben würde.

Aber jetzt? So etwas wie Hoffnung ruhte wie ein Samenkorn in ihrem Herzen und wartete darauf, den Boden zu durchbrechen. Vielleicht musste sie die Saat nur wässern. Und Geschichten wie die von Joanne gaben Eva das Gefühl, dass es eines Tages vielleicht doch möglich sein würde, die Gießkanne zu schwingen. Dass für sie ein eigener fliederfarbener Rittersporn wachsen konnte.

Joanne sah Eva an. »Ich habe zu ihm gesagt, dass ich nicht vorhätte, eine neue Beziehung einzugehen, bis meine Kinder aus dem Haus sind. Und dabei bin ich auch geblieben. Obwohl mir irgendwann bewusst wurde, dass ich mir ein Leben ohne ihn nicht mehr vorstellen konnte. Dass ich ihn liebte.«

»Und wie kam es dann, dass ihr doch noch geheiratet habt?«

»Ich kam nach Hause, nachdem ich Neil geholfen hatte, sein Zimmer in der Uni zu beziehen, und Graeme wartete auf meiner Veranda auf mich. Als ich näher kam, sank er auf ein Knie und sagte: ›Ich habe all die Jahre gewartet und da scheint es ein bisschen albern, erst eine Reihe von Rendezvous' zu haben.‹ Er streckte mir einen Ring entgegen und machte mir einen Heiratsantrag. Und ich habe natürlich Ja gesagt.«

Ja. Eindeutig besser als die schmalzigen Filme. »Was für eine erstaunliche Geschichte.«

»Das stimmt. Aber ich hätte schon früher glücklich sein können, wenn ich nur mein Herz geöffnet hätte, als er mir seine Gefühle gestanden hatte. Ich habe meine Kinder als Ausrede benutzt, um das Wagnis einer neuen Liebe nicht einzugehen. Ich hätte schon Jahre mit dem Mann, den ich liebe, verheiratet sein können, anstatt Monate.« Joanne wischte sich eine einzelne Träne ab, die über ihre Wange kullerte. »Ich versuche, der Vergangenheit nicht nachzutrauern, aber in diesem Fall fällt es mir schwer. Denn mein größer Kummer sind nicht die Dinge, die ich verloren habe, weil ich keinen Einfluss darauf hatte.«

Joanne blickte in Evas Augen, als könnte sie die winzige Saat darin sehen. Als wollte sie ihr Mut machen. »Nein, mein größter Kummer sind die Dinge, die ich aus Angst verloren habe.«

26. Kapitel

Als Simon sagte, er hätte nach dem Abendessen eine Überraschung für sie, hatte sie damit nicht gerechnet.

Sie hatte die Augen geschlossen halten müssen, während er sie sanft vom Haus hinunter zum Strand am Seeufer zog. Die jüngeren Kinder kicherten, ganz offensichtlich eingeweiht, als Angela und Simon sie in der Küche zurückließen. Selbst Kylee hatte Angela zugelächelt, wenn auch nicht gerade überschwänglich.

Sie hatte keine Ahnung gehabt, was sie erwartete, aber auf ein Kajak für zwei Personen mit Rettungswesten und Paddeln wäre sie nie gekommen. »Oh, cool.« Ließ Simon sich von ihrer gespielten Begeisterung täuschen?

Seit ihrer Ankunft hier hatte sie zahlreiche Kanutouren und Kajaks auf dem See gesehen, aber nie hatte sie den Drang verspürt, selbst in einem zu sitzen. Nicht dass sie etwas gegen Wassersport hatte – jedenfalls die Sorte, bei der man an der Oberfläche blieb. Aber sie lag einfach lieber am Strand und las ein Buch.

»Aus zuverlässigen Quellen weiß ich, dass du noch nie Kajak gefahren bist.« Simon hielt ihre Hand fest, obwohl sie nicht mehr darauf angewiesen war, dass er sie zum Strand führte. »Ich bin früher ständig gefahren, aber in diesem Jahr habe ich das Boot noch gar nicht rausgeholt. Jemand hat mich abgelenkt.« Er zwinkerte.

»Ich kann doch nichts dafür, dass du meine Gesellschaft unwiderstehlich findest.«

Sieh mal an, sie flirtete! Aber bei Simon konnte sie nicht anders. Es war einfach herrlich gewesen, ihn und seine Kinder in den vergangenen Wochen kennenzulernen. Er hatte ihr Mut gemacht, was das Elternsein und den bevorstehenden Ultra-Marathon betraf, und sie hatte ihm ihre Geschichte erzählt: das Gute, die Ängste, die Anschuldigungen, das Nicht-Verzeihen-Können, die zerbrochenen Träume. Alles. Aber sie hatten auch viel gelacht und die Zeit zusammen genossen – immer an der Grenze zwischen Freundschaft und mehr. Sie spürte, dass er nur auf ein Zeichen von ihr wartete, dass sie bereit war.

Und in manchen Augenblicken war sie wirklich versucht. Aber endlich fand sie die wahre Angela in sich wieder und sie konnte nicht zulassen, dass eine neue Beziehung diesen Prozess gefährdete.

»Es ist nicht nur deine Gesellschaft, die unwiderstehlich ist.« Simon drückte ihre Hand und wandte sich ihr zu. »Du bist es.«

Puh. Ja. Versuchung. Sie ließ seine Hand los und versetzte ihm einen spielerischen Stoß. »Und jetzt hattest du Lust, mir dieses hübsche Stück Holz zu zeigen?«

Wenn Simon ihren offensichtlichen Themenwechsel bemerkt hatte – und wie konnte es anders sein? –, ließ er es sich nicht anmerken. »Ich dachte, wir könnten vielleicht mit diesem ›Stück Holz‹ in den Sonnenuntergang paddeln. Ich würde dir Neuseeland gerne auf eine Weise zeigen, wie du es noch nie gesehen hast. Es könnte doch ein lustiges Abenteuer sein.«

Kajakfahren war ein relativ harmloses Abenteuer, wenn man es überhaupt so nennen konnte. In den ersten Tagen nach Roys Tod, als Wes auf Abenteuer aus gewesen war, hatte er Angela mehrmals eingeladen, mitzumachen. Schließlich machte Eva auch die Dinge, die Brent tat. Aber Angela hatte kein Verlangen nach Bungee-Jumping, Scuba-Diving oder Hang-Gliding – und sie konnte auch nicht verstehen, was die anderen daran fanden. Früher hatte Wes sich immer über Brents leichtsinnige Aktionen lustig gemacht. Was hatte sich verändert? Warum hatte der Tod seines Vater ihn so waghalsig werden lassen?

Vielleicht würde sie es jetzt verstehen, wenn sie damals Ja gesagt hätte.

»Okay.« Das Wort klang unsicher.

»Ja?«

»Ja.« Diesmal legte sie mehr Entschlossenheit in ihre Stimme. Eine Zuversicht, die aus der Erkenntnis erwuchs, dass sie es bereuen würde, wenn sie noch einmal Nein sagte.

Und vielleicht aus der Hoffnung, dass die Dinge anders laufen konnten.

»Super.« Simon nahm die kleinere der beiden Rettungswesten und gab sie ihr, dann streifte er sich die andere über. Er zog das Kajak am Bootssteg entlang ins Wasser.

Nachdem sie ihre Weste angelegt hatte, ging sie zum Anleger und kletterte mit Simons Hilfe in die vordere Luke im geschlossenen Verdeck des Kajaks. Er reichte ihr ein Paddel und stieg dann routiniert hinten ein und das Boot schaukelte ein bisschen dabei. Das Wasser wirkte an diesem Abend ziemlich ruhig und eine Brise wehte von den Bergen herunter, sodass Angela über Simons früheren Hinweis froh war, sie solle eine lange Hose, eine Jacke und geschlossene Schuhe anziehen, bevor sie das Haus verließ.

»Bist du bereit?« Simons ruhige Stimme ertönte hinter ihr.

»Ich glaube schon.«

»Und los geht's.« Er stieß das Kajak vom Anleger ab und fing an mit kräftigen, gleichmäßigen Schlägen zu paddeln. Mehrere Minuten lang schwiegen sie, als sie das Boot vom Ufer weglenkten. Das Haus verschwand aus Angelas Blick, ebenso wie Wanaka, und abgesehen von einem gelegentlichen Schnellboot oder krächzenden Vögeln war es da draußen auf dem Wasser still. Während die Sonne gen Horizont sank, warf sie orange- und rosafarbene Schatten auf die zerklüfteten Klippen am Seeufer. Bäume winkten ein kurzes Hallo und Auf Wiedersehen, als Simon und Angela vorbeipaddelten, und der Wind in ihren Ästen flüsterte ihnen gute Wünsche zu. Die Neuseeländischen Alpen spiegelten sich mit ihren funkelnden weißen Spitzen in der sich kräuselnden Oberfläche des Sees.

»Und, wie findest du es?« Simon hörte auf zu paddeln.

Angela ließ ebenfalls ihr Paddel sinken und ließ es auf dem

Rand des Kajaks ruhen. »Ich glaube, nicht einmal du könntest die richtigen Worte finden, um diese Schönheit zu beschreiben.«

»Stimmt. So begabt bin ich nicht.«

»Du bist sehr begabt.« Tatsächlich hatte der Artikel, den er über Eva und Angela geschrieben hatte und über ihr Ziel, den Ultra-Marathon für ihre Männer zu laufen, sie beinahe zu Tränen gerührt – und das wollte etwas heißen, wenn man bedachte, wie lange sie nicht mehr geweint hatte. »Aber dieser Ort hat etwas an sich, das meinen Geist berührt. Und du hast recht. Es ist eine andere Art, Neuseeland zu sehen. Obwohl wir jetzt schon seit zwei Monaten hier sind, habe ich mich noch nie so gefühlt.«

»Sieh mal an, wer jetzt ins Schwärmen gerät.« Simons neckender Tonfall weckte in ihr den Wunsch, sie könnte sich umdrehen und seine Augen sehen. Doch wahrscheinlich war es besser, dass sie es nicht konnte. Umgeben von so viel Schönheit und so viel Frieden … das wäre vielleicht zu viel des Guten.

Vielleicht sollten sie wieder nach Hause fahren. »Meinst du nicht, wir sollten bald umkehren?«

»Ich hatte vor, an einem Strand ein Stückchen weiter zu halten. Was meinst du?«

»Okay, warum nicht.« Solange sie aussteigen und sich die Beine vertreten und den Kopf klarkriegen konnte. »Finden wir denn im Dunkeln den Weg zurück?«

»Auf jeden Fall. Ich kenne diesen See gut. Aber wenn du dir deshalb Sorgen machst, können wir sofort umdrehen.«

»Nein. Ich vertraue dir.« Und das tat sie. Wenn das kein Beweis dafür war, dass sie eine tiefere Veränderung durchmachte, was dann?

Sie paddelten weiter und Simon zeigte auf einen Strand in einer kleinen Bucht, umgeben von Grün. Als sie näher kamen, stieg Simon aus dem Kajak und schob das Boot ans Ufer, dann half er Angela beim Aussteigen.

Sie waren allein am Strand. Die Sonne war inzwischen hinter den Bergen untergegangen und erste Sterne tauchten weiter oben am Himmel auf, an dem sich Streifen aus immer dunkler werdenden Blautönen zeigten. Ganz oben, am höchsten Punkt, war der Himmel bereits tiefschwarz.

Simon nahm einen wasserdichten Packsack aus dem Kajak, der dort befestigt gewesen war, und holte eine Decke heraus. »Ich dachte, wir könnten ein bisschen die Sterne angucken.«

»Super.« Super? Nein, war es nicht. Auf einer Decke neben Simon zu sitzen oder zu liegen, war überhaupt keine gute Idee – vor allem dann nicht, wenn sie ihm offen sagen wollte, dass sie keine Beziehung mit ihm eingehen konnte. Und er hatte eine ehrliche Ansage verdient.

Sie folgte ihm zu einer Stelle ein kleines Stück weiter, wo er die Decke ausbreitete und sich setzte, die kräftigen Arme um seine Knie geschlungen, eine Hand locker über die andere gelegt. Nach kurzem Zögern ließ Angela sich neben ihm nieder. Die Decke war kleiner, als sie zuvor gewirkt hatte, sodass ihre Arme sich im Sitzen berührten. Zusammen blickten sie schweigend auf den See hinaus und lauschten den singenden Vögeln.

»Wenn du nach oben schaust, kannst du den Sirius sehen.« Simon zeigte mit dem Finger darauf. »Er ist der hellste Stern am Himmel.«

Angela musste den Hals verrenken und sich in Simons Richtung lehnen, um seinem Blick zu folgen. »Ja, ich sehe ihn.«

»Ich will dich nicht verscheuchen, aber … ich kann keinen Tag mehr damit warten, es dir zu sagen … nach und nach, immer mehr, wirst du genau das in meinem Leben, Angela. Mein Sirius. Mein heller Stern.«

Sie kniff die Augen zusammen. *Mut. Ich brauche Mut, um Simon die Wahrheit zu sagen.*

»Ich kann nicht mit dir zusammen sein.« Die Worte überschlugen sich, so ungraziös wie Angela selbst. »Aber es liegt nicht an dir. *Ich* bin das Problem.«

Schweigen.

Sie öffnete die Augen und drehte den Oberkörper, um Simon anzusehen. Das war ein Fehler. Er hatte die Augenbrauen zusammengezogen und seine dunklen Augen sahen sie fragend an, während er die Lippen zusammenpresste, kleine Fältchen um seine Mundwinkel.

Eilig sprach Angela weiter. »Ich bin einfach nicht sicher, wie ich eine neue Beziehung eingehen soll, wenn so viele Gefühle, die ich in Bezug auf Wes und unsere Ehe habe, noch ungeklärt sind. In den letzten Wochen habe ich mich langsam Schicht um Schicht zur wahren Angela vorgearbeitet. Dabei ist mir bewusst geworden, dass ich oft wie die meisten Mütter meine eigenen Wünsche für meine Kinder opfere. Das habe ich in meiner Ehe auch getan. Genau genommen habe ich, bevor ich hierhergekommen bin, eine Ewigkeit nicht mehr darüber nachgedacht, was *ich* möchte oder was *mich* wirklich froh macht.«

Simons Hand fand ihre, während er zuhörte. Sein Daumen rieb in sanften kreisenden Bewegungen über ihre Handfläche. Seine Berührung war leicht und zugleich unglaublich kraftvoll.

Angela biss sich auf die Lippe. »Ich weiß, das klingt vielleicht egoistisch. Denn ich liebe meine Kinder wirklich und möchte, dass sie ihren Platz im Leben finden. Dennoch ist mir bewusst geworden, dass es nicht unbedingt förderlich ist, wenn ich ihnen immer alles ermöglichen will, aber nie darauf achte, was mich selbst erfüllt und glücklich macht.« Sie seufzte. »Ich habe Angst, dass ich bei dir denselben Fehler machen würde – bei jedem Mann –, und mich einfach wieder in ein Leben hineinfallen lasse, anstatt mich bewusst dafür zu entscheiden.«

Der Wind wehte kalt in ihr Gesicht. Angela suchte Simons Blick. Er hatte während ihrer Beichte kein Wort gesagt. Aber jetzt wollte sie wissen, was er dachte. »Also?«

»Danke, dass du mir das erzählt hast.«

»Danke, dass du zugehört hast.«

»Immer.« Er runzelte die Stirn. »Du warst sehr ehrlich und das muss ich auch sein. Ich weiß, dass du gesagt hast, es liege nicht an mir, aber ich habe trotzdem das Gefühl, dass es dir bei einem anderen Mann vielleicht anders gehen könnte. Ich würde niemals wollen, dass du dich in unserer Beziehung gefangen fühlst. Ich liebe den Menschen, der du bist, Angela Jamison – auch die Seiten von dir, die du noch nicht verstehst.«

Er hatte nicht »Ich liebe dich« gesagt, aber seine Worte meinten im Grunde genau das und sein Blick raubte ihr den Atem.

»Das ist nicht wahr. Es liegt wirklich nicht an dir. Du bist so geduldig und gütig und vorurteilsfrei. Ein wahrer Freund trotz meiner unklaren Gefühle.«

»Und ich werde immer dein Freund sein, wenn es das ist, was du brauchst.« Zum ersten Mal, seit sie sprach, wandte er den Blick ab. »Ich möchte, dass du das findest, was dich erfüllt. Und ich werde dir dabei nicht im Weg stehen.«

Ihr Herz verklagte sie, als sie sich an ihn lehnte. Hatte sie gerade etwas von sich gestoßen, das ihr wahre Freude bringen könnte, nur weil sie Angst hatte, es könnte ihr wieder gestohlen werden?

27. Kapitel

Eva war es leid. Sie hatte genug von all dem Herzschmerz. Der Valentinstag war gestern ohne viel Aufhebens verstrichen.

Sie war es leid, ständig aufgemuntert werden zu müssen, war die inneren Fragen leid.

Selbst das Laufen war sie leid.

Aber Angela und sie hatten erst die Hälfte ihrer dreiunddreißig Kilometer langen Wanderung durch die hügelige Landschaft zurückgelegt, in der es nicht viel mehr gab als Bäume, Steine und Mücken. Sie war noch nie so froh über Insektenspray gewesen wie an diesem warmen, bewölkten Tag.

Sie hatten Kilometer um Kilometer zurückgelegt, während der Wanderpfad sie auf und ab führte, im Schatten der Bäume abwechselnd joggend und gehend – obwohl sie Letzteres nur taten, um wieder zu Atem zu kommen oder Wasser zu trinken oder in den Büschen zu verschwinden.

In einem Monat mussten sie das Siebenfache dieser Distanz im Verlauf von sieben Tagen zurücklegen. Egal, wie sehr ihr Körper sich danach sehnte – stehen zu bleiben war keine Option. Sie brauchten jede Sekunde Training, die sie kriegen konnten.

Und als wäre Eva nicht selbst schon niedergeschlagen genug gewesen, war auch Angela seit ihrer Rückkehr von dem spätabendlichen Kajak-Ausflug mit Simon Anfang der Woche nicht gerade gesprächig. Sie schien tief in Gedanken versunken zu sein und hatte an diesem Vormittag kaum ein Wort mit Eva gewechselt.

So hatte Eva mehr als genug Zeit, über das nachzudenken, was Joanne letzte Woche gesagt hatte: *»Mein größter Kummer sind die*

Dinge, die ich aus Angst verloren habe.« Trotzdem: Die Angst war ein starker Gegner.

Aber der Gedanke ließ sie nicht los, während sie lief, und wuchs in ihrem Inneren wie die Flechten, die sich an so viele der großen Felsen und Baumstämme klammerten, an denen sie im Wald vorbeiliefen. Wie ein Pilzgeflecht legte er sich um ihr Herz und bedeckte es, erstickte es, sodass es ihr schwerfiel, sich zu konzentrieren.

Sie brauchte unbedingt eine Ablenkung. »Ist irgendwas?«

Angelas Kopf fuhr ruckartig hoch. »Was?«

»Du bist die ganze Woche schon so schweigsam. Und mir ist aufgefallen, dass du in letzter Zeit gar nichts mehr mit Simon unternimmst. Ist alles in Ordnung?«

»Ja, ich –« Angela verlangsamte ihre Schritte. »Obwohl, eigentlich stimmt das nicht. Etwas *ist* los, aber ich bin nicht sicher, ob es etwas nützt, darüber zu reden, wo ich doch nicht mal weiß, was ich in Bezug … auf dieses Etwas fühle.«

Manchmal war ihre Schwägerin sich selbst der ärgste Feind. »Ich habe die Erfahrung gemacht, dass es mir hilft, Dinge durchzusprechen.«

In Evas Fall war es allerdings gar nicht nötig, etwas auszudiskutieren. Sie wusste, was sie Marcs wegen unternehmen sollte. Sie wusste sogar, was sie tun *wollte*. Aber sie konnte sich einfach nicht dazu durchringen, es auch zu tun. Inzwischen waren seit dem Zwischenfall an der Klippe zwei Wochen vergangen und es hatte sich wieder eine gewisse Normalität eingestellt. Diese jetzt wieder zu stören, war keine angenehme Vorstellung – vor allem, weil sie nicht wusste, was Marc dachte. Er hatte vielleicht entschieden, dass es sich nicht lohnte, um jemanden zu werben, der so viel Ballast mit sich herumtrug.

»Es ist meine Beziehung zu Simon. Ich bin mir nicht sicher, ob ich mir nicht ein Eigentor geschossen habe.«

»Das kann ich total nachempfinden.« Eva holte zwei Proteinriegel aus ihrem Rucksack und warf einen davon Angela zu.

»Marc hat mir mehr oder weniger deutlich gesagt, dass er mit mir zusammen sein möchte, und ich konnte ihm keinen guten Grund nennen, warum nicht.«

»Ich habe gesehen, wie du ihn ansiehst. Du willst es doch ganz offensichtlich auch.« Vor einigen Monaten wären Angelas Worte vielleicht ätzend, gefühllos erschienen. Aber Evas Schwägerin hatte sich verändert – oder vielleicht hatte sich Evas Sicht auf Angela verändert.

»Du hast recht. Ich will es. Aber ich habe Angst. Mir scheint, dir geht es bei Simon genauso.« Angela widersprach nicht. Eva packte ihren Riegel aus und biss hinein. »Wir beide haben diese tollen Typen, die uns wollen, obwohl wir so viel Kummer mit uns herumtragen. Warum stoßen wir sie weg?«

Angela aß ihren eigenen Riegel auf und verstaute das Papier in ihrer Tasche. »Das hat viele Gründe. Ich weiß nur nicht, ob sie richtig sind.«

Eine Brise ließ die Verpackung in Evas Fingern knistern, bevor sie den letzten Bissen aß und das Papier wegsteckte.

Sie fingen wieder an zu joggen und konzentrierten sich beide gleichmäßig atmend auf die Strecke vor ihnen.

»Wo wir gerade davon sprechen, andere wegzustoßen … Ich weiß, dass ich das mit dir in der Vergangenheit getan habe, Eva. Das tut mir wirklich leid.«

Eva konnte nicht verhindern, dass ihr die Kinnlade herunterfiel, aber sie machte den Mund schnell wieder zu, um keine Fliegen zu verschlucken, während sie weiterliefen. »Äh, das ist okay.«

»Nein, ist es nicht. Ich habe zugelassen, dass meine Eifersucht auf dich unserer Beziehung im Weg steht.«

Angela, eifersüchtig auf *sie?* »Wovon redest du?«

Das Laub über ihnen regte sich, als würde es sich vorbeugen, um zu lauschen.

Ihre Schwägerin drehte den Kopf und sah Eva an. »Ich habe mir immer die Freiheit gewünscht, die du hast. Ich liebe meine Kinder, aber manchmal frage ich mich … wie das Leben wäre, wenn ich einfach tun könnte, was ich will, ohne die Belastung, dass andere von mir abhängig sind.«

Eva hatte vielleicht ihre Freiheit, aber sie hatte keine Ahnung, was sie damit anfangen sollte. »Und ich habe mich die ganze Zeit gefragt, wie das Leben wohl wäre, wenn Brent und ich uns nicht so auf das Geschäft und auf seine Abenteuer konzentriert hätten. Er dachte, wir hätten noch jede Menge Zeit, eine Familie zu gründen … und dann hatten wir plötzlich keine mehr.«

Moment mal.

War sie etwa … sauer? Auf Brent?

Nein. Sie hatten eine wunderbare Ehe gehabt und er war ein toller Ehemann gewesen. Ihr Märchenprinz.

Die Gefühle rotierten in Eva, verwirrten ihr Herz und attackierten ihren Verstand. Sie konnte den Schmerz nur mit dem Körper verarbeiten. Laufen. Schnell.

»Warte, Eva!«

Aber sie konnte nicht langsamer laufen. Sie musste fliehen –

Evas Oberkörper schoss nach vorne, wurde zurückgerissen und stürzte dann. Gleichzeitig landete sie mit dem Ellenbogen zwischen Erde und Zweigen und ihr Hals schnappte zur Seite.

»Eva!« Angela hockte sich neben sie. »Ist alles in Ordnung?«

Es dauerte einen Moment, bis sie den Schmerz in Arm und Hüfte spürte, aber dann entwich ihr ein Stöhnen. »Ich glaube schon. Was ist passiert?« Jetzt wusste sie, warum den Figuren in Comics immer Sterne um die Köpfe kreisten, wenn sie hingefallen waren. Einen Moment lang wankte die Welt, bevor sie sich wieder beruhigte.

»Du bist über eine hervorstehende Wurzel gestolpert.«

»Das war nicht gerade schlau von mir. Ich war wohl ein bisschen abgelenkt.«

»Das ist die Untertreibung des Jahrhunderts. Geht es dir gut?«

»Körperlich? Ich glaube schon.« Eine Schürfwunde am Ellenbogen blutete etwas. Das würde mit einem Pflaster erledigt sein. »Emotional? Da bin ich mir nicht so sicher.«

Dann rappelte sie sich hoch – und schrie auf. Sofort sank sie wieder zu Boden und umklammerte ihren rechten Knöchel.

Angela ging wieder in die Hocke. »Du bist nicht in Ordnung.«

»Ich muss mir den Knöchel verstaucht haben.« Das konnte nicht sein – nicht einen Monat vor dem wichtigsten Lauf, dem wichtigsten Ziel ihres Lebens. »Ich bin sicher, das wird wieder.« Es musste einfach.

»Lass mich mal sehen. Er könnte gebrochen sein.«

»Weißt du, wie man das feststellt?«

Angela krempelte Evas Hosenbein hoch und ihre Berührung war unerwartet sanft. Das Sprunggelenk schwoll bereits an. »Ich habe im College all die Kurse in Anatomie und so besucht. Das ist zwar lange her, aber ich hatte Sportmedizin als Wahlfach. Ich hatte vor, im ersten Jahr an der Uni als Trainerin zu arbeiten.«

Angela sprach nicht oft über diese Zeit. Eva wusste nur, dass Wes und sie beschlossen hatten zu heiraten, dass Angela das Studium aufgegeben hatte und Kylee kurze Zeit später geboren worden war. Als Angela eine empfindliche Stelle berührte, zuckte Eva zusammen.

»Tut das hier weh?« Ihre Schwägerin zeigte auf den weichen Teil des Knöchels.

»Ja.«

»Irgendwelches Kribbeln oder Taubheitsgefühl?«

Eva dachte über die Frage nach. »Nein, ich glaube nicht. Es tut nur weh, wenn ich versuche, den Fuß zu bewegen oder wenn du das Gelenk berührst.«

Angela betastete die Stelle oberhalb von Evas Sprungbein. »Wie ist es hier?«

»Eigentlich nicht.«

Ihre Schwägerin richtete sich auf. »Gut. Ich glaube nicht, dass er gebrochen ist.«

»Da bin ich aber erleichtert.«

Angelas Blick spiegelte dieses Gefühl allerdings nicht wider.

»Wahrscheinlich ist er verstaucht. Und wenn ein Band gerissen ist, kann es sechs Wochen dauern, bis es heilt.«

»Aber das Rennen ist in einem Monat.«

»Ich weiß.«

Nein, nein, nein. Sie war so weit gekommen – sie beide waren so weit gekommen –, da durfte es nicht sein, dass sie aussteigen musste. »Morgen ist es bestimmt wieder in Ordnung.«

»Ich glaube, du musst ärztlichen Rat einholen, bevor du irgendwelche Pläne machst.«

Aber die Pläne waren bereits gemacht. Daran war nichts zu ändern. Zu viel stand auf dem Spiel.

»Klopf, klopf.« Angela streckte den Kopf in Evas Zimmer, in dem ihre Schwägerin mit Kissen um sich herum saß, den Fuß mit einem Verband versehen und hochgelegt. Sie hielt einen Eisbeutel hoch. »Sherry hat mich gebeten, dir den hier zu bringen.«

»Danke. Komm rein.« Eva warf die Sportszeitschrift, in der sie gelesen hatte, beiseite. »Mir war nicht bewusst, dass es schon wieder Zeit für neues Eis ist.«

Angela trat ein und legte den Kühlbeutel auf Evas Knöchel. Zum Glück war Angelas Einschätzung richtig gewesen – der Fuß war nur verstaucht und nicht besonders schlimm. Der Arzt in der Notaufnahme gestern hatte noch nicht einmal eine Röntgenaufnahme empfohlen.

»Wie geht es dir?« Angela setzte sich in einen Schaukelstuhl neben Evas Bett. Draußen hatte die Sonne den halben Aufstieg zum Zenit zurückgelegt und es versprach wieder ein schöner Tag zu werden – einer, den Eva verpassen würde. Es war schwierig gewesen, sie am vergangenen Abend ins Obergeschoss zu bringen, aber Eva hatte in ihrem eigenen Bett schlafen wollen. Bis sie irgendwo Krücken aufgetrieben hatten, würde sie so schnell nicht wieder ins Erdgeschoss gehen.

»Es ging mir schon mal besser.« Eva verlagerte ihre Position und zuckte zusammen, als der Eisbeutel zur Seite rutschte.

»Hier.« Angela sprang auf, legte den Beutel wieder an die richtige Stelle und sorgte diesmal besser dafür, dass er dort blieb. Dann setzte sie sich wieder. »Hast du gut geschlafen?«

»Nicht so richtig.« Die dunklen Ringe unter Evas Augen bestätigten ihre Aussage. »Es war nett von den Kindern, mir die zu bringen.« Sie zeigte auf die Vase mit den gelben Blumen auf ihrem Nachttisch, dem einzigen Farbtupfer in dem in Schwarz, Weiß und Grau gehaltenen Zimmer.

»Joanne hat Kylee beim Aussuchen geholfen.«

»Das dachte ich mir.« Eva betrachtete die Blumen. Die Vase enthielt mehrere lange Stängel und jeder von ihnen trug mehrere Blüten, die Blütenblätter weich und zu Kelchen geöffnet.

»Was ist das für eine Sorte? Ich glaube nicht, dass ich die schon mal gesehen habe.«

»Das sind Gladiolen, ein Schwertliliengewächs.« Evas Blick wanderte zu Angela und in ihrem Blick lag Entschlossenheit. »Wusstest du, dass jede Blume etwas symbolisiert? Die Gladiolen stehen für Treue. Ehre. Charakterstärke. Gedenken.«

Sie stolperte über das letzte Wort, so als hätte sie Mühe, nicht zu weinen.

»Joanne weiß, wie viel mir dieser Lauf bedeutet. Und ich glaube, mit der Wahl dieser Blumen macht sie mir Mut, die Sache durchzuziehen.«

Wer hätte gedacht, dass eine kleine Blume so viel bedeuten konnte?

Eva zuckte mit den Schultern. »Aber vielleicht interpretiere ich auch zu viel hinein. So oder so werde ich genau das tun.«

Das war das zweite Mal innerhalb von vierundzwanzig Stunden, dass Eva sie überraschte. Das erste Mal war gestern gewesen. Während Angela ihr geholfen hatte, zum Haus zurückzuhumpeln – mit zusammengebissenen Zähnen, ohne zu weinen –, hatte sie eine Eigenschaft bemerkt, die ihr bei ihrer Schwägerin noch nie aufgefallen war: Zähigkeit. Eva war immer unentschlossen erschienen, eine Künstlerin, die von einem Ding zum nächsten sprang, ohne sich über die Folgen Gedanken zu machen, immer im Augenblick lebend.

Aber der Mumm, den sie an den Tag gelegt hatte, trotz der Schmerzen und der möglichen Aussicht auf einen herben Rückschlag – das hatte etwas Beeindruckendes.

Trotzdem. »Hat der Arzt nicht gesagt, dass du den Fuß eine Weile nicht belasten sollst? Der Lauf ist in vier Wochen, und wenn du nicht trainieren kannst …«

»Ja, aber er hat auch gesagt, dass Verstauchungen unberechenbar sind. Die weniger schlimmen heilen viel schneller. Und ich habe beschlossen, mich daran festzuhalten.«

Es gab Zeiten, in denen Optimismus angesagt war, aber vielleicht nicht gerade jetzt. »Du könntest dich noch mehr verletzen, wenn du versuchst, mit dem Fuß zu laufen, bevor die Verstauchung ganz ausgeheilt ist. Was hat Marc gesagt?«

»Ich habe es ihm nicht erzählt. Bitte sag ihm noch nichts.«

»Eva …« Angela versuchte – erfolglos – ihren »Muttertonfall« zu unterdrücken. »Er gehört zu unserer Mannschaft. Wir sollten ehrlich zu ihm sein.«

Dass sie Eva gegenüber gestern ehrlich gewesen war, hatte sich besser angefühlt, als Angela erwartet hatte. Vielleicht machte die Wahrheit einen ja wirklich frei. Außer bei ihrer Unterhaltung mit Simon vor einer Woche. Seitdem sie so offene Worte gesprochen hatte, war keiner von ihnen beiden mit dem anderen in Kontakt getreten oder hatte irgendwelche gemeinsamen Unternehmungen geplant. Aber Angela konnte ihn nicht guten Gewissens anrufen, wo sie doch wusste, was er empfand, und es für sie keine Zukunft gab. Das wäre grausam.

»Ich werde es ihm sagen. Aber ich will nicht, dass er versucht, mir den Lauf auszureden.« Eva hieb mit der Faust auf die weiche Bettdecke. »Ich gebe nicht auf.«

»Aber vielleicht wäre es genau die richtige Entscheidung, wenn wir aufgeben, Eva. Es hat so viele Widrigkeiten gegeben, und auch wenn es eine wunderbare Erfahrung ist, hier zu sein, war der Lauf vielleicht ja gar nicht der eigentliche Grund, warum wir hergekommen sind. Außerdem können wir den Ultra-Marathon nicht laufen, wenn dein Knöchel nicht heilt.«

Eva zog ihren Zopf über die Schulter nach vorne und strich mit nachdenklicher Miene darüber. »Ausdauer, Geheimnis aller Triumphe.« Sie flüsterte die Worte so, als wären sie ihr gerade eingehaucht worden.

Ein Schauer lief über Angelas Rücken. »Was hast du gesagt?«

»Nur etwas, das Brent oft gesagt hat. Als es aussah, als müsste das Geschäft Insolvenz anmelden. Als er kurz vor einem superwichtigen Treffen mit einem Investor die Grippe bekam. Als ein heraufziehendes Unwetter die Pläne für unsere Flitterwochen zu durchkreuzen drohte und wir uns einen Plan B überlegen mussten. Ich bin nicht sicher, wo er das zum ersten Mal gehört hat –«

»Das ist ein Zitat von Victor Hugo. Wes hat es auch immer gesagt.« Es war einer seiner bevorzugten Motivationssprüche gewesen, vor allem in der ersten Zeit ihrer Ehe und Elternschaft. Wie hatte Angela das vergessen können?

Warum war Angela nach der vielen Energie, die sie investiert hatte, so schnell bereit, das sinkende Schiff zu verlassen – obwohl Eva immer noch kämpfte? Ja, Angela hatte das Training absolviert, wenn auch gelegentlich nur widerwillig. Aber hatte sie wirklich auf ihrem Plan beharrt und sich selbst gesagt, dass sie diesen Lauf erfolgreich absolvieren würde, koste es, was es wolle?

Dass sie einen Weg finden würde, Wes zu vergeben, koste es, was es wolle?

Dass sie herausfinden würde, wie man nicht nur überlebt, sondern echte Freude findet … koste es, was es wolle?

Angelas Blick fiel auf die gelben Blumen auf Evas Nachttisch und sie stellte sich vor, sie wäre stark und ehrenhaft.

Ihrer Familie treu.

Der Liebe treu.

Sich selbst treu.

Angela holte tief Luft. »Wenn du sicher bist, dass du das schaffst, dann bin ich dabei.« Sie streckte den Arm aus und ergriff Evas Hand. Die Augen ihrer Schwägerin weiteten sich erstaunt. »Hundertprozentig.«

28. Kapitel

Obwohl sie vor allem in Neuseeland war, um zu trainieren, war die Zeit, die sie mit den Kindern verbrachte, eindeutig der größte Vorteil dieser Reise.

Und Angela hatte sie lange nicht mehr so begeistert gesehen.

»Bitte folgen Sie uns, dann beenden wir unsere Führung beim Grünen Drachen, wo Sie ein Gratis-Hobbit-Getränk erhalten.« Ihr Guide Chrissy ging mit der Gruppe von fünfundzwanzig Touristen den letzten Teil der geführten Tour durch das Filmset der »Herr-der-Ringe«-Filme – eine Geburtstagsüberraschung für Zach. Die Führung allein war nicht billig gewesen, ganz zu schweigen von dem Flug für Angela und alle drei Kinder nach Auckland, aber Eva hatte darauf bestanden zu zahlen und Angela konnte nicht Nein sagen, weil es bedeutete, dass Zach das Set sah, an dem seine Lieblingsbücher in Filme verwandelt worden waren.

Es war nur schade, dass Eva und Sherry nicht mitkommen konnten, aber die oberste Priorität ihrer Schwägerin war es, ihren Knöchel so schnell wie möglich wieder einsatzbereit zu machen. Und ihre Schwiegermutter hätte sie niemals allein im Haus zurückgelassen.

»Mom, ist das nicht genial?«, flüsterte Zach zum tausendsten Mal. Seine Mund war fast permanent weit aufgerissen vor Ehrfurcht, während er zwischen all den kleinen Hobbitlöchern auf dem Weg hin und her lief. Diese Behausungen waren in sanfte Hügel hineingebaut, jede mit Gras auf dem Dach und einer gedrungenen, runden Holztür. Die Türen waren in verschiedenen erdigen Farben gestrichen, von Grün- und Rottönen bis hin zu Braun und Gelb mit gelegentlichen grün-blauen Ausnahmen in der Farbe von Rotkehlchen-Eiern. Aus gemauerten Schornsteinen, die kaum größer waren als Angela, stiegen dünne Rauchfäden auf. Die meisten Pflanzen in der Umgebung schienen niedrige, bodendeckende Grünpflanzen und Blumen zu sein.

Während die Reisegruppe langsam durch das restliche Dorf lief, versammelte Angela die Kinder für einen Schnappschuss vor einer der Hobbitbehausungen.

Kylee streckte die Hand aus. »Da musst du auch mit drauf, Mom.«

Ja. Nirgends wäre sie lieber. Man stelle sich nur vor, sie hätte zu Evas verrücktem Plan, nach Neuseeland zu reisen, Nein gesagt. Wo wären sie alle dann heute? Jedenfalls nicht an einem Ort, der die Schönheit der Schöpfung um sie herum widerspiegelte, an dem die strahlende Sonne ihre Haare wärmte, das Grün so saftig war, dass es beinahe unecht wirkte, und der Zauber des Neuen sie von allen Seiten umfing.

Das Einzige, was diesen Tag noch schöner gemacht hätte, wären Simon und seine Kinder.

Hör auf, Angela.

Aber sie konnte nicht verhindern, dass sie ihn vermisste, zumal sie die ganze Familie in den letzten paar Wochen überhaupt nicht gesehen hatte. Daran war Angela selbst schuld. Sie hatte Sherry mit den Kindern losgeschickt, damit sie etwas mit Benjamin und Ella unternehmen konnten, aber sie selbst war nicht mitgegangen.

Wenn Sie nicht mit den Kindern an ihren Schulaufgaben saß, beschäftigte sie sich damit, sich auf den Ultra-Marathon vorzubereiten – manchmal trainierte sie zweimal am Tag, machte sich mit der Gegend vertrauter, in der sie den Streckenverlauf vermuteten, und prägte sich das Terrain genau ein. Die Vorbereitung gab ihr das Gefühl, etwas mehr Kontrolle über eine Situation zu haben, die ihr immer noch weit über ihre eigenen Fähigkeiten hinauszugehen schien. Egal, wie viel sie trainierten, würde dieser Lauf ihr alles abverlangen, was sie hatte, und noch mehr.

Wenigstens lenkte es sie davon ab, dass sie Simon vermisste.

Angela bat eine Frau in der Nähe, ein Foto von ihnen zu machen. Als die Frau nickte, gab Angela ihr die Kamera und eilte zu ihren Kindern. Sie schlang die Arme um alle drei und zog sie an sich. Lilly drückte sich an ihr Bein, Zach knurrte gut gelaunt und Kylee legte einen Arm um ihre Taille. Als die Fotos gemacht waren, fiel es Angela beinahe schwer, ihre Drei loszulassen.

Denn es waren nur noch drei Wochen bis zum Ultra-Marathon. Und das bedeutete, dass sie nur noch etwa viereinhalb Wochen Zeit hatten, bis sie nach New York zurückkehrten. Zurück in die kalte Witterung. Zu den Wochen mit mehr als vierzig Arbeitsstunden, wenn sie einen ähnlichen Job bekam wie vorher. Zu viel weniger Zeit, die sie mit ihren Kindern verbringen konnte.

Lilly zeigte auf eine Weide in einiger Entfernung, auf der mehrere weiße Knäuel zu sehen waren. »Können wir die Schafe streicheln? Bitte, Mommy, bitte? Die Frau hat gesagt, wir dürfen.«

»Wenn die Führung vorbei ist, okay, Kleines? Chrissy hat gesagt, wir können sogar helfen, die Lämmer mit der Flasche zu füttern. Würdest du das gerne machen?«

Das Gesicht ihrer jüngsten Tochter strahlte heller als am Weihnachtsmorgen – und das wollte was heißen. »Ja!«

Zach und sie rannten auf das einzige Gebäude in der Nähe zu, das nicht in einen Hang gebaut war. Oben hatte das Gasthaus »Grüner Drache« ein Reetdach und fünf oder sechs Schornsteine. Die vielen runden Fenster und Türen und der Standort des Lokals an einem Teich ließen es wirken wie einen erfundenen Ort aus einem Kinderbuch – ein Ort, an dem dicke Männer mit Schwertern saßen und aus großen Holzkrügen schäumendes Bier tranken und johlten.

»Danke, dass du mit uns hierhergekommen bist, Mom.« Kylee ging an Angelas Seite den Weg hinunter. »Die Kids sind total happy.«

»Dafür könnt ihr euch bei Tante Eva bedanken.« Angela sah ihre Tochter an. Sie schien in letzter Zeit aufrechter zu gehen, trug schlichteres Make-up, hatte die Haare weniger oft zum Pferdeschwanz gebunden, sondern trug sie häufig offen, in sanften

Locken auf ihre Schultern herabfallend. Sie hatte ihre jüngeren Geschwister als »Kids« bezeichnet – und auch wenn Angela ihre Älteste noch vor wenigen Monaten in dieselbe Kategorie gepackt hätte, konnte sie das jetzt nicht mehr tun. »Und was ist mit dir?«

Ihre Tochter zuckte mit den Schultern. »Ich meine, ich bin nicht so verrückt nach all dem Zeug wie Zach, aber es ist schon ziemlich cool.« Sie sah zu Angela auf. »Und es ist schön, als Familie mal was anderes zu machen.«

»Ich weiß, dass ich in letzter Zeit viel trainiere.« Auch wenn die Schulaufgaben der Kinder nicht unbedingt darunter gelitten hatten, dass sie so viel Zeit mit der Vorbereitung auf den Ultra-Marathon verbrachte – Sherry hatte immer wieder ausgeholfen –, waren sie heute zum ersten Mal seit … na, auf jeden Fall seit Langem einfach nur zum Spaß unterwegs. »Das tut mir leid.«

»Es muss dir nicht leidtun. Ich habe dir doch schon gesagt, wie cool ich es finde, dass du diesen Lauf für Dad mitmachst.«

Einige Mitglieder der Reisegruppe wollten stehen bleiben und Fotos machen, also warteten alle. Kylee lehnte sich an einen kleinen Lattenzaun vor einem der Hobbitlöcher.

Angela beobachtete Zach und Lilly, die ein paar Meter weiter auf Steinstufen herumhüpften. Dann wanderte ihr Blick wieder zu Kylee. Ein Busch neben ihr explodierte förmlich vor Blüten in allen Farben des Regenbogens – Lila, Rot, Gelb, Blau.

Ein Regenbogen … ein Versprechen.

Angela hatte versprochen, den Weg der Heilung zusammen mit ihrer Tochter zu gehen. Und das bedeutete, dass sie die Wahrheit sagen musste. Die ganze Wahrheit. »Ich bin nicht sicher, ob ich *wirklich* für ihn laufe.«

»Wie meinst du das?«

»Ursprünglich bin ich euretwegen hergekommen. Weil ich wusste, dass ich um euretwillen meine Trauer richtig verarbeiten muss. Nachdem euer Dad gestorben war, kam ich irgendwie nicht wieder aus der Routine heraus, an die ich mich gewöhnt hatte. Und ich war so verzweifelt, dass ich alles versucht hätte.«

»Und es scheint ja zu funktionieren.«

»Ja.« Aber was würde geschehen, wenn sie wieder nach Hause kamen? Das war die Frage, die ihr keine Ruhe ließ. Wie konnte sie das, was sie gelernt hatte – was sie immer noch lernte –, nehmen und in ihrem Leben zu Hause anwenden, wo Ablenkungen und Pflichten schnell wieder die Oberhand bekommen konnten?

Die Gruppe setzte sich wieder in Bewegung und Kylee und Angela taten es auch.

Sie kamen an einem Baum vorbei, der größer war als die Vegetation um sie herum. Er sah aus wie ein Baum, dessen Wurzeln ganz tief reichen: stark, ein Baumstamm, der sich zu hundert Ästen verzweigte, die sich alle nach dem Himmel ausstreckten.

»Mom, wie wird das Leben wohl sein, wenn wir wieder abreisen?«

Es war, als könnte ihre Tochter ihre Gedanken lesen. »Ich muss wieder arbeiten gehen. Abgesehen davon bin ich nicht sicher.«

»Wirst du für Tante Eva und Marc arbeiten?«

»Vielleicht.« Als ihre Schwägerin ihr ursprünglich das Angebot gemacht hatte, hatte Angela es als eine typische Eva-Aktion abgetan – unausgegoren, ohne die Folgen zu überlegen. Aber vielleicht hatte sie sich geirrt.

Was auch immer der Fall war, sie würde jedenfalls keinen Job finden, den sie wirklich machen wollte. Aber Simons Lob, weil sie für ihre Kinder sorgte, und seine Vorstellung, im Unerwarteten ein Geschenk zu sehen, waren in ihr Herz eingedrungen, während sie in den vergangenen Wochen über seine Worte nachgedacht hatte. Es sprach einiges dafür, ein normales Leben zu führen, einer normalen Arbeit nachzugehen und für ihre Familie zu sorgen. Nicht jeder Mensch musste einen großen Traum verwirklichen, um Glück zu finden.

Was auch immer sie am Ende tun würde, sie wollte es mit offenen Augen beginnen. Mit einem Ziel.

»Wolltest du früher nicht Ärztin werden? Vielleicht könntest du ja noch mal studieren.«

Daran erinnerte ihre Tochter sich? »Ich habe darüber nachgedacht, aber das würde bedeuten, dass ich noch weniger Zeit für euch hätte. Und ich will die beste Mom sein, die ich sein kann.«

Außerdem weiß ich nicht, ob ich überhaupt noch Ärztin sein möchte.

Hey, woher kam das denn jetzt? Angelas erster Reflex war, diese Blasphemie aus ihren Gedanken zu verdrängen – aber stattdessen dachte sie darüber nach.

Warum schien ihr die Vorstellung, Ärztin zu sein, jetzt nicht mehr wie ein unverwirklichter Traum … und stattdessen wie etwas, auf das sie keine Zeit verschwenden wollte?

Dann erkannte sie eine Gewissheit. Einen Teil ihrer selbst, auf den sie lange nicht mehr gehört hatte.

Neulich, als Eva umgeknickt war und Angela ihren Knöchel untersucht hatte, war das für sie nicht aufregend gewesen. Sie hatte einfach ihr Wissen angewandt, so wie sie es bei ihrem Bürojob auch jeden Tag machte.

So ehrenhaft und löblich dieses Berufsziel auch war, empfand sie doch nicht mehr den Drang, Ärztin zu werden.

Hmmm.

Kylee blieb stehen und musterte Angela. Ihr Blick war liebevoll. »Wir wissen alle, dass du uns liebst, okay? Und dass du alles tun würdest, was für uns wichtig ist. Aber ich glaube, du kannst trotzdem die beste Mom sein, auch wenn du was für dich selbst machst. Wenn du nämlich deine Träume verwirklichst, ist das für uns nur ein Vorbild, auch unsere Träume wahr zu machen.«

Bevor Angela ihre Tochter in den Arm nehmen konnte, verschwand Kylee im Grünen Drachen. Angela folgte ihr und dann bestellten sie alle große Limonaden und tranken sie an einem langen Holztisch, von dem aus sie den Teich sehen konnten.

Vor dem Fenster stand der ausladende Baum, den sie vorhin gesehen hatten, fest und unumstößlich, obwohl ihn plötzlich eine heftige Windbö erfasste. Er bog sich leicht, aber er brach nicht.

29. Kapitel

Heute würde sich entweder alles ändern – oder es würde richtig unangenehm werden.

Vielleicht auch beides.

Eva saß auf einem Plastikstuhl vor dem Café am Flughafen und spähte zu der elektronischen Tafel hinüber, auf der die ankommenden Flüge angezeigt wurden. Sie hätte online überprüfen sollen, ob Marcs Flieger überhaupt planmäßig eintreffen würde, bevor sie hergefahren war, aber wer hätte gedacht, dass die Ankunft innerhalb einer Stunde dreimal verschoben werden würde? Endlich zeigte die Tafel an, dass das Flugzeug gelandet war. Jetzt musste sie nur noch warten, bis er aus dem Terminal trat und auf sie zukam.

Sie zwang ihr Knie, nicht ständig auf und ab zu wippen, und trank den letzten Schluck ihres Milchkaffees. Mut in flüssiger Form brauchte sie jetzt dringend.

Denn in den letzten anderthalb Wochen hatte das Leben ihr einen Tritt versetzt, der ihren Blickwinkel abrupt verändert hatte. Und heute würde sie etwas deswegen unternehmen. Eva hoffte nur, dass es die richtige Entscheidung war und dass sie nicht zu spät kam.

Über ihr rief eine angenehm klingende neuseeländische Frauenstimme die Fluggäste zum Boarding nach Auckland auf, wo Angela mit den Kindern erst vor Kurzem ein Wochenende verbracht hatte. Während ihrer Abwesenheit war es im Haus furchtbar still gewesen – eine Erinnerung an das, was sie erwartete, wenn sie nach New York zurückkehrte.

Ihr Handy verkündete die Ankunft einer Nachricht und in dem Bemühen, den Text schnell zu lesen, drückte sie hektisch auf dem Display herum.

Von Marc. *Endlich gelandet. Bin gleich da.*

Kurz und pragmatisch – sachlich, so wie all die anderen Nachrichten und Unterhaltungen, die sie in den vergangenen beiden Monaten ausgetauscht hatten, seit er abgereist war und Eva im Wesentlichen Panik geschoben hatte. Er hatte nur das eine Mal am Telefon gefragt, wo sie standen, und sie hatte nicht den Mut aufgebracht, das Thema noch einmal anzuschneiden.

Denn wenn sie ehrlich sein wollte, würde sie ihm gestehen müssen, wie stark ihre Gefühle waren und dass sie mit jedem Tag stärker wurden.

Aber jetzt reichte es. In acht Tagen würden sie eine Reise beginnen, die größer war als sie alle, und Eva würde nicht zulassen, dass unausgesprochene Gefühle oder dramatische Szenen dieses Erlebnis beeinträchtigten.

Ich bin draußen im Café.

Nachdem sie auf Senden getippt hatte, legte Eva das Smartphone weg und befingerte nervös den Strauß, der aus ihrer Handtasche ragte. War das vielleicht eine furchtbare Idee gewesen? Sie hatte Joannes Beziehungen ausnutzen müssen, um in der Nähe jemanden zu finden, der jetzt schon diese spezielle Blume hatte – aber es musste einfach die Königs-Protea sein. Das Zellophan, in das die einzelne Blüte gehüllt war, knisterte, als sie es zwischen den Fingern rieb und die weiße Blüte bewunderte. Wenn sie erst einmal ganz geöffnet war, würden die dreieckigen Blütenblätter wie eine Sonne aus der Mitte hervorbrechen und eine fünfzehn bis zwanzig Zentimeter große Blüte erschaffen, die ebenso majestätisch wie schön war.

Die ganze Sache war lächerlich. Welcher Mann wollte von einer Frau Blumen geschenkt bekommen?

»Hallo, Eva.«

Ihr Kopf fuhr hoch und sie stand so ruckartig auf, dass ihre Handtasche auf den dunkelblauen Teppich fiel. »Oh. Hi.« Die plötzliche Bewegung verursachte ein winziges Stechen in ihrem Knöchel, aber dank kinesiologischem Tape und so viel Ruhe, wie sie während des Trainings für einen Ultra-Marathon hatte einlegen können, hatte der Schmerz beträchtlich nachgelassen.

Marc kam auf sie zu. Er sah zerknittert und erschöpft aus, obwohl ein ganzer Tag auf Reisen diese Wirkung bei jedem Menschen haben würde. Aber es war mehr als das. In seinen nussbraunen Augen sah sie kein Lächeln. Sie wirkten müde, wie von großer Traurigkeit verschleiert. Marc hatte sich rasiert, aber der Bartschatten verlieh ihm einen rustikalen Anstrich.

Mit einer Tasche über der Schulter und einem Trolley zu seinen Füßen kam er näher, doch dann sah es aus, als wollte er wieder einen Schritt zurück machen. Er schob die Hände in die Taschen seiner Jeans.

»Wie geht es deinem Knöchel?«

»Viel besser, danke.« Sie hatte ihm einige Tage nach der Verletzung von ihrem verstauchten Fuß erzählt, nachdem sie sicher war, dass es kein größeres Problem sein würde. »Ich bin immer noch froh, dass er nur ein bisschen verstaucht ist.«

»Ich auch. Sind die anderen alle im Haus?« Sein Blick suchte die Umgebung ab, so als wäre er überall sonst lieber als hier.

Es gab nur einen Weg herauszufinden, wie schlimm sie alles vermasselt hatte. Eva ging in die Hocke, hob ihre Handtasche auf – und die Blume. Als sie sich wieder aufrichtete, holte sie tief Luft. »Ja. Ich wollte … also, kurz mit dir allein sein, um …« Mann, warum war das nur so schwierig?

Eva hatte eine ganze Rede auswendig gelernt – völlig lachhaft, wenn man sie kannte –, aber jetzt konnte sie sich an nichts mehr erinnern. »Die ist für dich.« Sie hielt ihm die Blume hin.

»Äh … danke?«

Eva knetete ihre Hände. »Das ist eine Königs-Protea. Sie hat viele verschiedene Bedeutungen. Zum Beispiel Waghalsigkeit. Verwandlung. Veränderung.« Sie schluckte. »Und Mut.«

Als er näher trat, roch sie die Brezeln, die er im Flugzeug gegessen haben musste, und dazu den würzigen Duft, der für ihn so typisch war. Wie konnte der Mann nach vierundzwanzig Stunden Flugreise so gut riechen?

Er neigte den Kopf ein wenig zur Seite und nahm die Blume entgegen. »Okay …«

Das Wort klang nicht abweisend – eigentlich ganz im Gegenteil. Es war eine Einladung, mit ihrer Erklärung fortzufahren.

Eva machte einen Schritt vor, sodass sie direkt vor ihm stand. Sie hob einen zitternden Finger und berührte die Blume, deren Blütenblätter sich gerade erst aus einer dichten Knospe gelöst hatten – voller Vorfreude. Bereit zu erblühen. »Die anderen waren schon ganz auf, sodass man sie richtig bewundern konnte. Aber ich dachte, diese hier ist ein besseres Symbol für uns.« Ihre Hand legte sich auf seinen Arm und sein Blick folgte ihrer Bewegung, bevor er wieder zu ihrem Gesicht wanderte. »Ich weiß, dass ich auf Abstand gegangen bin, Marc. Das tut mir leid. Bestimmt war das sehr verwirrend für dich.«

»Ich dachte, ich hätte dich zu sehr gedrängt. Oder deine Gefühle falsch gedeutet.«

»Das hast du nicht.« Hoffentlich war es eine Bestätigung für ihn, als sie seinen Arm drückte. »Meine Gefühle für dich machen mich nervös. Und wenn ich ehrlich bin, fühle ich mich deswegen auch schuldig. Weil ich dich mag, Marc.« Sie senkte den Blick. »Und ich verstehe, wenn es zu spät ist, dir das jetzt zu sagen, aber …«

»Sieh mich an, Eva.«

Das tat sie – und wow. Wie attraktiv er war!

»Was ich für dich empfinde, löst in mir doch die gleichen Gefühle aus. Brent war mein bester Freund. Ich würde niemals versuchen, ihn in deinem Leben zu ersetzen. Aber was wäre, wenn er genau das glauben würde? Ich meine, würde er sich über uns freuen – oder würde er mir eine reinhauen?«

»Zuerst einmal weiß ich, dass du nicht versuchst, ihn zu ersetzen. Das würde er auch wissen. Und zweitens war Brent noch nie im Leben gewalttätig.«

»Ein Mann kann verrückte Dinge tun, wenn er eine Frau wie dich liebt, Eva Jamison.«

Also gut. Sie schluckte. »Also, wenn du es nicht versuchen willst, nachdem ich dich so hingehalten habe, dann verstehe ich das. Aber wenn du bereit bist herauszufinden, was aus uns werden kann … dann bin ich es auch.«

»Das lasse ich mir nicht zweimal sagen.« Marc ließ die Tasche von seiner Schulter gleiten und legte die Blume auf sein Gepäck. »Ich bin dabei. Aber wie wäre es, wenn wir von jetzt an beide ganz ehrlich wären? Kein Ausweichen mehr, kein ›So-tun-als-ob‹. Nur offene Kommunikation in Bezug auf eine Situation, die wir beide nicht vorhergesehen haben und die ein bisschen merkwürdig ist, wenn wir ehrlich sind.«

Ein kleines Lachen entstieg ihrer Kehle. »Abgemacht.«

»Gut.« Zärtlich legte er die Hände um ihr Gesicht und fuhr mit dem Daumen über ihre Unterlippe. »Wenn das für dich in Ordnung ist, würde ich jetzt nichts lieber tun, als dich zu küssen.«

Mut, Eva. Mut.

»Das ist mehr als in Ordnung.«

Und dann berührten seine Lippen ihre in einem sanften Flüstern, das schnell zu einem Jubelschrei wurde.

30. Kapitel

Keine vierundzwanzig Stunden mehr, dann würde das, was vor mehr als sechs Monaten als Traum begonnen hatte, Wirklichkeit werden.

Eva trat mit Angela und Sherry aus dem Hotelaufzug ins Foyer, in dem es vor Leuten verschiedenster Herkunft nur so wimmelte. Eine Mischung aus Spanisch, Deutsch, Englisch, Chinesisch und anderen Sprachen, die sie nicht erkannte, wirbelte um sie herum, als die drei Frauen das Foyer durchquerten. Die Energie, die in der Luft lag, war beinahe mit Händen zu greifen.

Sie verließen das rustikale Hotel, das sich in einer Stadt unweit von Wanaka befand, durch einen Seiteneingang. Kylee hatte freiwillig angeboten, bei ihren jüngeren Geschwistern zu bleiben, die in ihrem Zimmer schliefen, und Marc erledigte noch einige wichtige Dinge an seinem Computer. Sherry hatte vorgeschlagen, einen Spaziergang zu machen, um die Nerven der drei Frauen zu beruhigen. Morgen würden die Wettkämpfer gleich im Anschluss an die obligatorische Einweisung und das Mittagessen zum ersten Zeltlager gefahren werden, also war dies für Eva und Angela die letzte Chance, sich zu entspannen.

Nachdem sie in die Nacht hinausgetreten waren, gingen sie einen gewundenen Pfad zwischen Sitzgelegenheiten entlang, vorbei an einem Hotelrestaurant, aus dem Musik drang, und einem der Pools des Hotels. Trotz ihrer dünnen Jacke hatte Eva eine Gänsehaut auf den Armen.

»Ihr seid beide ziemlich still heute Abend. Wie geht es euch?« Während Sherry zwischen ihnen entlangschlenderte, zog sie ihren Pullover fester um sich.

Was für eine Frage. Evas Lippen zuckten. »Bei mir geht es auf und ab. Unglaubliche Vorfreude gemischt mit Anspannung. Die Frage, ob wir es schaffen. Ob mein Knöchel hält. Ob mein Kopf oder mein Körper zuerst aufgeben will. Ob wir alle enttäuschen werden, die Geld für die Herzstiftung spenden wollen, weil wir es nicht bis ins Ziel schaffen.«

Und dann war da noch die Frage, was geschehen würde, wenn das alles hinter ihnen lag.

»Du setzt dich zu sehr unter Druck, meine Liebe. Das tut ihr beide.« Sherry zeigte auf eine grasbewachsene Anhöhe, von der man über einen weiteren herrlichen neuseeländischen See blickte. »Was haltet ihr davon, wenn wir uns dort hinsetzen und ein bisschen reden?«

Niemand protestierte, also ließen sie sich auf der Böschung nieder.

»Und wie geht es dir, Angela?«

Bevor sie Sherrys Frage beantwortete, schlug Angela die Beine übereinander, riss einen Grashalm aus und drehte ihn zwischen den Fingern. »Ich bin eigentlich nicht besonders nervös. Aber es wird allmählich immer realer.«

Angela hatte in den letzten Wochen noch härter und länger trainiert als vorher. Hatte das etwas mit Simon zu tun? Im Gegensatz zu Eva und Marc hatten Simon und Angela sich anscheinend nicht versöhnt.

Eva ließ die Finger über das Gras gleiten. »Stimmt, es ist eine Sache, darüber nachzudenken und sogar dafür zu trainieren, aber wenn es dann so weit ist …«

Kaum hatte ihre Schwägerin den Grashalm weggeworfen, griff sie nach dem nächsten. »Das erinnert mich an die Läufe in der Schule. Da ist dieser Augenblick, bevor der Startschuss ertönt, wenn man voller Erwartung dort kauert. Die Muskeln zittern, der Atem geht schneller, der Puls beschleunigt. Aber dann wird man merkwürdig ruhig. So fühle ich mich im Moment.«

»Das spürt man.« Sherry nahm die jüngeren Frauen bei der Hand. »Ihr habt beide so viel erreicht und ich bin stolz auf euch

– so stolz, als wärt ihr mein eigen Fleisch und Blut.« Ein untypisches Schniefen vermischte sich mit einem Husten.

Eva hatte mit einem Mal einen Kloß im Hals. »Immer, wenn Leute darüber sprechen, wie nervig Schwiegermütter sind, bin ich besonders dankbar dafür, dass ich dich habe.«

»Ich auch.« Angelas leise Antwort hing zwischen ihnen.

»Und ich fühle mich in mancherlei Hinsicht wie Noomi mit zwei Ruths. Ich kann mich glücklich schätzen, zwei solche Frauen in meinem Leben zu haben. Meine Söhne haben die richtige Wahl getroffen.«

Oh, was tat Sherry nur? Eva wischte mit der freien Hand die Tränen fort, die ihr über die Wangen liefen.

In der Ferne heulte eine Eule.

»Ich bin stolz darauf, wie du dich deiner Trauer gestellt hast, Angela. Ich weiß aus Erfahrung, wie schwer es ist, uns selbst gegenüber ehrlich zu sein, wenn wir den Mann, den wir lieben, verloren haben – vor allem, wenn diese Liebe unvollkommen war. Wenn *er* unvollkommen war. Wenn *wir* unvollkommen waren.« Sherrys Stimme bebte, aber sie sprach weiter, stark und mutig in ihrem Lob. »Und du, Eva, entdeckst deinen eigenen Weg. Es war eine große Freude für mich zu sehen, wie du in dem Blumenladen gearbeitet hast. Die Welt braucht Schönheit und du hast in deinem Innern so viel davon und das will heraus.«

Wusste diese Frau, wie wahr ihre Worte waren? Eva hatte gedacht, ihre Zeiten der Blumenkunst – und der Spaß daran – seien vorbei, aber etwas an dieser ganzen Reise hatte diese Sehnsucht in ihr wieder geweckt. Und selbst wenn sie es nicht verstand, war das vielleicht auch gar nicht nötig. Vielleicht genügte es, dankbar dafür zu sein, dass es ein Leben nach Brent geben konnte, auch wenn sie im Moment noch nicht wusste, wie das aussehen sollte.

Auch, wenn es unglaublich weh tat, ihn der Vergangenheit zu überlassen.

»Danke, Sherry.«

Die Wolken zogen über den dunklen Himmel und Mondlicht ergoss sich von oben auf den See wie ein Scheinwerfer.

Angela rührte sich. »Ja, danke. Du … Also, an meine eigene Mutter kann ich mich kaum noch erinnern. Aber du …« Sie zögerte und räusperte sich dann. »Du bist die beste Mom, die ich mir vorstellen kann.«

»Ihr Mädchen habt mir ein neues Leben geschenkt. Meinen Mann und meine Söhne zu verlieren … das hätte ich ohne euch nicht verkraftet.«

Wie konnte es möglich sein, dass diese Frau bei aller Tragik so viel Liebe und Hoffnung verspürte?

Sherry ließ ihre Hände los, aber es war, als hätten ihre Finger einen unauslöschlichen Abdruck hinterlassen. »Eins noch, dann könnt ihr schlafen gehen, versprochen. Nicht dass ihr meinen Segen braucht, aber ich wollte euch sagen, dass ich mit den jungen Männern in eurem Leben mehr als einverstanden bin. Ich habe keine Ahnung, wo ihr in dieser Angelegenheit steht, aber ich habe das Gefühl, ich sollte das sagen. Eine neue Liebe ist aus verschiedenen Gründen schwierig, aber sie ist auch voller Schönheit.«

Wusste ihre Schwiegermutter von den Zweifeln, die Eva manchmal hatte? »Danke, Sherry. Ich tue mich tatsächlich schwer mit dem Gedanken, ich könnte Brent betrügen, wenn ich mit Marc zusammen bin.«

»Überhaupt nicht. Wie ich schon einmal gesagt habe: Brent würde dir nur Freude wünschen.« Sherrys Blick wanderte zu Angela. »Und Wes dir ebenfalls, Angela.«

Angela riss an dem nächsten Grasbüschel. »Ich bin froh, dass du das sagst, aber ich habe entschieden, dass ich noch an verschiedenen Dingen arbeiten muss, bevor ich wieder eine Beziehung eingehen kann. Vielleicht soll es ja auch nicht sein, dass ich mich noch mal verliebe. Jedenfalls brauche ich die Ablenkung nicht.« Wollte sie sich selbst überzeugen oder Sherry und Eva?

»Das tut mir leid«, sagte Sherry.

»Ja, du und Simon, ihr passt wirklich super zusammen.« Würde Evas nächste Frage dazu führen, dass Angela sich einigelte? Aber wer sonst in ihrem Leben würde diese Frage stellen, wenn nicht ihre Schwägerin? »Bist du sicher, dass es nicht Angst ist, die aus dir spricht?«

Angelas Unterkiefer zuckte. »Ich … Es kann schon sein, dass das mitschwingt. Wes und ich hatten unsere Probleme und deshalb bin ich sehr zögerlich, eine neue Beziehung einzugehen. Ich habe seine Abenteuer nicht wirklich unterstützt und das Ergebnis war nicht gerade positiv.«

»Warum hast du sie denn nicht unterstützt?« Eva wollte es verstehen, vor allem, weil Brent und seine Abenteuer ihr so lieb und teuer gewesen waren.

»Sie haben Wes verändert.«

»Du hast nie bei den Dingen mitgemacht, oder?« Sie versuchte, es beiläufig zu sagen und nicht vorwurfsvoll zu klingen.

»Er hat mich gefragt. Er hat sogar versucht, mich vor drei Jahren an unserem Hochzeitstag zum Fallschirmspringen zu überreden. Aber ich habe immer einen Grund gefunden, es nicht zu tun. Vielleicht hätte ich ihn besser verstanden, wenn ich mitgemacht hätte. Das ist auch ein Grund, warum ich hier bin. Weil ich verstehen will. Ich begreife längst noch nicht alles. Aber ich versuche es. Und das ist doch auch ein Fortschritt, oder?«

»Auf jeden Fall, Liebes.« Wie immer glättete Sherrys Stimme die scharfen Kanten. »Fortschritte misst man nicht in Metern und Zentimetern, sondern daran, ob man sich selbst besser verstehen lernt. Und Gott.«

Eva zog ihre Schuhe aus und bohrte die Zehen ins Gras. Die plötzliche Kälte gab ihr das Gefühl, lebendiger zu sein. »Einverstanden.« Und das war sie – obwohl die Sache mit Gott ihr einen Stich versetzte. Hatte sie eigentlich jemals versucht, sich dem Göttlichen zu nähern? Nicht in einem metaphysischen Sinne, sondern in der Art Einheit, die Sherry zu erleben schien?

»Wenn die Trauer mich eins gelehrt hat, Mädchen, dann,

dass wir nicht wissen, was uns erwartet. Es könnte sein, dass ein Traum wahr wird. Es kann Kummer sein. Und das macht uns Angst. Aber wenn ihr Angst vor der Zukunft habt, geht einfach den nächsten Schritt. Tut, was als Nächstes dran ist. Und vertraut darauf, dass Gott etwas Wunderbares mit euch vorhat, selbst wenn unsere Definition von ›wunderbar‹ vielleicht nicht mit seiner übereinstimmt.«

Anstatt Sherrys Glauben als etwas abzutun, das Eva niemals haben konnte, überlegte sie, wie es wohl wäre, an etwas zu glauben, das größer war als sie selbst. Größer als Brent. Größer als dieser Marathon.

Darüber würde sie noch mehr nachdenken müssen.

Eva starrte in den Himmel hinauf, an dem sich jetzt weiße Wolken wieder vor den Mond schoben. »Das sind die perfekten Worte für den Lauf morgen.«

Was anschließend geschah, wusste keine von ihnen. Aber jetzt würden sie einfach einen Fuß vor den nächsten setzen.

»Danke, dass Sie alle heute Morgen hier sind.« Eine zierliche Frau mit roter Mähne stand vorne im Ballsaal des Hotels, wo alle zweihundert Teilnehmer des Ultra-Marathons sich in den Stuhlreihen drängten. Freiwillige mit leuchtend orangefarbenen T-Shirts und Namensschildern an Schlüsselbändern standen an den Wänden entlang aufgereiht. Der irische Akzent der Frau hallte über das Mikrofon durch den ganzen Raum. »Ich bin Molly Purcell und vertrete den Veranstalter dieses Laufs, die Eventagentur *Abenteuer Laufen*. Willkommen im wunderschönen Neuseeland.«

Applaus brach in den Reihen aus. Aus dem Augenwinkel warf Angela Eva und Marc einen Blick zu, die neben ihr saßen. Sie hielten sich an den Händen und lächelten einander zu.

Gut für Eva. Sie hatte es verdient, wieder glücklich zu sein.

Und was ist mit dir?

Nein. Sie würde nicht an Simon denken. Auch diesmal nicht. Was war nur mit ihr los? In den fünf Wochen, in denen sie nicht mit ihm gesprochen hatte, war sie beinahe verrückt geworden, also hatte sie sich mit neuer Energie und Entschlossenheit ins Training gestürzt.

Denn sie war nicht wegen der Liebe hier. Sie war gekommen, um ihr Leben wieder in den Griff zu bekommen, um die Beziehung zu ihren Kindern zu verbessern und sich mit ihren Gefühlen in Bezug auf Wes' Tod auseinanderzusetzen. Und das tat sie nach und nach. Sie durfte sich von diesen Zielen nicht ablenken lassen.

»Heute Morgen werden wir alles besprechen, was Sie über den Lauf wissen müssen. Sie müssten bei der Ankunft alle Ihre Startnummer und die letzten Instruktionen erhalten haben.« Molly hielt einen Umschlag hoch. »Das Heft hier drin enthält alles von der Streckenkarte bis zu den Anweisungen für die Übernachtungen im Lager und was Sie in einem medizinischen Notfall tun müssen. Das hier ist für die kommende Woche sozusagen Ihre Bibel. Wenn Sie Seite drei aufschlagen, werden Sie die Route sehen.«

Papiergeraschel erfüllte den Raum.

»Ich weiß, dass die meisten von Ihnen – wenn nicht gar alle – sich diese Strecke eingeprägt haben, aber ich muss sie trotzdem mit Ihnen durchgehen, deshalb haben Sie bitte Geduld. Wie Sie wissen, besteht der Sieben-Tage-Lauf aus sechs Etappen, von denen die ersten vier aus jeweils vierzig Kilometern bestehen. Etappe fünf ist als »Langer Marsch« bekannt und knapp achtzig Kilometer lang. Diese Etappe ist ähnlich strukturiert wie die anderen, mit Stationen alle zehn Kilometer. Sie können an diesen Stationen Halt machen und sich ausruhen, so lange Sie wollen, aber Sie können auch die Nacht durchlaufen. Etappe sechs ist dann angenehm kurz, nur zehn Kilometer. Und glauben Sie mir, Sie werden unglaublich froh darüber sein.«

Die Zuhörer lachten.

Angelas Finger hinterließen verschwitzte Fingerabdrücke auf den glänzenden Seiten des Heftes, als sie die Zahlen anstarrte und zuhörte, wie Molly scheinbar stundenlang über andere Einzelheiten sprach, zum Beispiel darüber, dass sie von halb acht morgens bis halb acht abends Zeit hatten, die Tagesetappen zu absolvieren, ansonsten würden sie disqualifiziert. Einige Zeit widmete sie den Risiken und Gefahren eines Laufs in der Wildnis Neuseelands und dem, was in verschiedenen Notfällen zu tun war. Angela zwang ihr Gehirn, sich auf die Details zu konzentrieren, anstatt sich zu überlegen, was alles schiefgehen konnte.

Die unheimliche Ruhe, die sie am Abend zuvor empfunden hatte, verflüchtigte sich ziemlich schnell.

»An jeder Station gibt es Wasser, aber Sie werden auch selbst welches bei sich haben müssen, und in den Nachtlagern wird es heißes Wasser geben, mit dem Sie Ihre Mahlzeiten zubereiten können.«

Zum Glück war Marc dabei gewesen, als sie ihre Rucksäcke gepackt hatten. Während Angela und Eva sich bemüht hatten, die notwendigen Dinge für den Ultra-Marathon zu besorgen, war Marc derjenige mit Erfahrung im Zelten und Überlebenstraining. Er wusste sogar, welche dehydrierten Trekkingmahlzeiten am besten schmeckten und satt machten und was in ihren schweren Rucksäcken am wenigsten Platz einnahm.

Alles hineinzupacken, das war an sich schon eine Herausforderung gewesen, weil sie einen Schlafsack, Ersatzkleidung, Sonnenschutz, Toilettenpapier, Besteck, ein Taschenmesser und ein paar andere notwendige Dinge mitnehmen mussten, abgesehen von Annehmlichkeiten wie Handtuch, Kamera, Thermounterwäsche und Kompressionsstrümpfen. Zum Glück mussten sie keine Zelte mitnehmen, da diese gestellt und von Helfern aufgebaut wurden.

»Jetzt möchte ich an unsere Medienkoordinatorin Fatima Anwar übergeben.«

Eine hübsche Frau mit Hidschab trat vor und nahm das Mikrofon entgegen. »Danke, Molly. Und willkommen.« Ihr britischer Akzent klang gut gelaunt. »Ich wollte nur schnell erläutern, wie über die Veranstaltung berichtet werden soll, und dann gibt es Mittagessen. Anschließend werden Sie zum ersten Campingplatz gebracht, wo Sie den Nachmittag und Abend damit verbringen können, einander kennenzulernen und sich auf die erste Etappe des Rennens vorzubereiten.«

War es wirklich schon Mittag? Angela sah auf die schwarze Sportuhr, die sie sich für den Lauf gekauft hatte. Ja, viele Stunden waren bereits verstrichen, seit sie aufgestanden waren, gefrühstückt und aus dem Hotel ausgecheckt hatten. Ihr Gepäck würde zu einem Hotel in Wanaka befördert werden, in dem die Abschlusszeremonie stattfinden sollte, und ihre Rucksäcke hatten sie zu diesem Treffen mitgebracht. Die freiwilligen Helfer waren sicher gerade dabei, deren Inhalt zu überprüfen, um sicherzugehen, dass alle Teilnehmer die obligatorischen Gegenstände der Liste dabeihatten und nichts Verbotenes mit sich trugen, das ihnen einen Vorteil gegenüber ihren Konkurrenten verschaffen würde.

Nun lagen zwischen ihnen und dem Beginn des Rennens nicht mehr sehr viele Stunden.

Angelas Heft knisterte, als sie plötzlich die Hand zur Faust ballte.

Eva lehnte sich näher. »Alles in Ordnung?«

»Mir geht's gut«, flüsterte Angela. »Ich will nur, dass es endlich losgeht.«

Fatima sprach weiter. »Wir werden den Lauf auf unserer Internetseite als Livestream übertragen und stündliche Updates geben, wer gerade vorne liegt und wie die Bedingungen sind. Natürlich werden wir auch Fotos und Videos von der Veranstaltung in den Sozialen Medien hochladen. Und zum Schluss …« Die Frau ließ den Blick durch den Raum schweifen, als wollte sie sich vergewissern, dass die Wettkampfteilnehmer immer noch zuhörten. »Einige Journalisten verschiedener Medien werden vor

Ort in den Zeltlagern sein. Vielleicht werden Sie von ihnen um eine Stellungnahme oder ein Foto gebeten. Wenn Sie das lieber nicht wollen, ist das völlig in Ordnung. Sagen Sie es einfach, dann suchen die Reporter sich ein anderes Opfer.«

Alle lachten.

»Die Ordner werden orangefarbene T-Shirts tragen und unsere Medienvertreter haben grüne Shirts an.«

Angelas Blick wanderte an der Wand entlang, wo sie zwischen den Helfern hin und wieder etwas Grünes aufblitzen sah – und plötzlich wurde ihr Mund ganz trocken.

Denn ein Stück entfernt, den Blick auf sie gerichtet, stand Simon. Das leuchtende Grün seines T-Shirts ließ keinen Zweifel daran, warum er hier war. Aber wieso hatte er ihr nichts davon erzählt?

In ihren Ohren summte es und Angela wandte den Blick ab.

»Also gut, das war alles. Ich glaube, ich soll Sie jetzt in die Mittagspause schicken. Das Essen gibt es nebenan. Wir versammeln uns um ein Uhr wieder hier, um den Transport zu organisieren. Danke.«

Überall um Angela herum standen die Leute auf. Manche eilten zur Tür, um als Erste für ihr Mittagessen anzustehen, aber sie blieb wie angewurzelt auf ihrem Platz sitzen. Es war sehr warm hier drin, obwohl der Saal sich rasch leerte. Sie fächelte sich mit dem Heft Luft zu.

Neben ihr erhoben Eva und Marc sich ebenfalls.

Marc streckte sich. »Nichts motiviert mehr, endlich mit dem Laufen anzufangen, als den ganzen Vormittag herumzusitzen.«

Eva stieß seinen Arm an. »Ach, komm schon. Du bist doch Besprechungen gewöhnt.« Sie drehte sich zu Angela um. »Kommst du mit zum Essen?«

»Geht ihr schon mal vor. Ich muss erst noch zur Toilette.«

»Wir halten dir einen Platz frei.«

Angela ließ den Kopf in die Hände sinken und wartete, bis es etwas ruhiger im Raum wurde. Irgendwann hatte der Lärm sich gelegt und sie nahm allen Mut zusammen und hob den Blick. Die meisten Leute waren gegangen, aber ein Mann im grünen Hemd lehnte immer noch an der Wand, die Arme verschränkt, den Kopf leicht zur Seite geneigt, und beobachtete sie.

Sie seufzte. »Hi.« Das Wort hallte in dem hohen Raum nach.

Simon stieß sich mit dem Fuß von der Wand ab und kam auf sie zu. Er setzte sich auf den Stuhl neben ihr, wobei er darauf achtete, dass ihre Schultern sich nicht berührten. »Hi.«

»Du bist also hier.« Sie versuchte, begeistert zu klingen, aber es klang irgendwie falsch. Wie ein Vorwurf. Dabei hatte er sich überhaupt nichts vorzuwerfen. Es war allein ihre Schuld.

Genau wie bei Wes. Da war auch alles deine Schuld.

Moment mal. Diese innere Stimme … diese Stimme wusste mehr als sie. Oder gab etwas zu, was sie sich nicht eingestanden hatte. Aber was?

Angela seufzte.

»Ja, ich bin hier.« Simons Stimme klang sanft. Sanfter, als sie es verdient hatte. »Ich weiß schon seit ein paar Wochen, dass der Veranstalter von mir einen detaillierten Artikel über den Lauf haben will – vor allem über dich und Eva.«

Na, super. Detailliert. Das bedeutete, dass er sie interviewen musste.

Sie hatte ihm widerstehen können, indem sie auf Abstand gegangen war. Aber wenn sie jeden Abend mit ihm zusammen war, und das wünschte ihr rebellisches Herz sich in diesem Augenblick mehr als alles andere … wie sollte sie dann unbeteiligt bleiben? »Ich wünschte, du hättest es mir gesagt.« Dann hätte sie sich darauf vorbereiten können – falls das überhaupt möglich war.

»Ich war nicht sicher, wie. Oder wann.«

Sie sah sein Schulterzucken. Seine gerunzelte Stirn. »Weil wir nicht mehr miteinander geredet haben.«

»Ja, genau.«

»Ich habe so oft daran gedacht, dich anzurufen oder dir eine

Nachricht zu schicken, aber ich wollte dich nicht noch mehr verletzen, als ich es ohnehin getan habe.«

»Das verstehe ich. Und ich hätte auch Nein gesagt, um dir diese unangenehme Situation zu ersparen, aber das hier ist mein Job und das Angebot war zu gut, um es abzulehnen.« Er hob eine Hand, als wollte er sie auf ihre Schulter legen, zögerte aber dann und ließ sie wieder in seinen Schoß fallen. »Aber du brauchst dir keine Sorgen zu machen. Ich werde mich die ganze Zeit über völlig professionell verhalten.«

»Das weiß ich.« *Aber werde ich das auch können?*

31. Kapitel

Und wieder einmal standen sie an der Startlinie zu einem Rennen.

Aber dies war nicht irgendein Rennen. Dies war *das* Rennen. Der Lauf, der ihr hoffentlich den inneren Frieden geben würde, den sie brauchte, um mit der Vergangenheit abzuschließen und ein neues Leben zu beginnen. Warum fühlte Eva sich dann bei dem Gedanken beinahe wie gelähmt?

Sie stand zwischen Marc und Angela, umgeben von anderen Wettkämpfern an der Startlinie, wo ein mehrere Meter langer roter aufblasbarer Schlauch in einem Bogen über den Weg gespannt war. Sherry und die Kinder – zusammen mit Hunderten anderen Schaulustigen – standen auf der anderen Seite der Absperrung, die Teilnehmer von Zuschauern trennte, und hielten Schilder hoch, um die Läufer anzufeuern. Kylee grinste und rief Angela etwas zu, was sie nicht hören konnte. Zach reckte die Fäuste in die Luft, die Daumen gen Himmel gestreckt. Brents Familie dort zu sehen, versetzte Eva einen Stich, wie sie ihn seit mehreren Wochen nicht mehr so deutlich gespürt hatte.

Aber sie war nicht in Tränen aufgelöst. Das war … unerwartet.

Evas Rucksackgurte lagen fest um ihre Schultern, je eine Wasserflasche daran befestigt. Laufstöcke, die man zusammenschieben konnte, waren im Deckelfach ihres Rucksacks verstaut und konnten in bergigem Terrain benutzt werden. Sie hatte das Gewicht so gering wie möglich gehalten, aber sie wusste, dass sie die Kilos im Laufe der Zeit spüren würde.

Sie alle trugen enge Laufhosen, die ihre Beine ganz bedeckten, langärmelige Hemden und wasserdichte Jacken. Die Sonne war gerade erst über den Horizont gekrochen und eine dünne Wolkendecke hielt die volle Intensität ihrer Strahlen zurück. Obwohl es nicht so aussah, konnte es auf der Strecke durchaus regnen. Das Wetter würde so abwechslungsreich sein wie das Terrain, mit Temperaturen zwischen warmen fünfundzwanzig und eisigen fünf Grad in den Bergen, in denen ein Teil des Rennens stattfinden würde.

Im Wesentlichen bedeutete das, dass sie für alles gewappnet sein mussten.

Eva ließ den Blick über die Menge wandern. Merkwürdig, wie laut es jetzt in diesem Moment war, in dem so viele Leute hier waren, und wie still es bald sein würde – vor allem, wenn die ernsthaften Läufer sie jeden Tag in einer Staubwolke hinter sich ließen.

Inzwischen hatte sie ihren Frieden mit der Vorstellung gemacht, am Ende des Feldes zu laufen, solange sie jede Etappe beenden konnten, ohne disqualifiziert zu werden. Und das würde nur geschehen, wenn sie die jeweilige Ziellinie nicht als Mannschaft überquerten oder wenn sie nicht rechtzeitig an den Übernachtungsstationen erschienen.

Trotz der Tatsache, dass ihr verstauchtes Fußgelenk gut verheilt war, würde Eva es während des Laufs weiter mit Kinesiotape abkleben.

Sie waren gut vorbereitet – insoweit man Dinge vorbereiten konnte.

»Hey.« Marcs Stimme riss sie aus ihren Gedanken.

»Oh. Hi.«

Er beugte sich zu ihr herüber und gab ihr einen Kuss auf die Wange. »Habe ich dir eigentlich schon mal gesagt, wie hübsch du morgens aussiehst?«

Sie fuhr sich mit der Zunge über die Unterlippe und grinste schief. »Marco Cinelli, du bist ein Charmeur.«

»Außer meiner Mutter und meinen Tanten bist du der einzige Mensch, dem ich es durchgehen lasse, dass er mich mit vollem Namen anspricht.«

»Gut. Der gefällt mir nämlich. Marco.«

»Okay, jetzt hole ich mir noch einen Kuss. Diesmal einen richtigen.« Er zog eine Augenbraue hoch. »Oder hast du damit ein Problem?«

»Deine angriffslustige Seite kommt zum Vorschein. Das gefällt mir auch.« Eva lachte, als er einen Arm um sie legte und sie küsste, diesmal auf die Lippen. Es war ein schneller Kuss, aber er raubte ihr trotzdem den Atem.

Angela räusperte sich neben ihr. »Ich hoffe, ihr zwei tut mir das nicht die nächsten zweihundertfünfzig Kilometer lang an. Ich habe nämlich schon jetzt ein ausgeprägtes Fünftes-Rad-am-Wagen-Syndrom.«

Eva flüsterte Angela übertrieben laut zu: »Sag es Marc nicht, aber er ist eigentlich das fünfte Rad am Wagen.«

Sie kicherte, als er ihr den Ellenbogen in die Seite stieß. »Das habe ich gehört.«

»Was?« Sie wandte sich zu ihm um und riss die Augen auf, als wäre sie völlig unschuldig.

»Ich sollte dir eigentlich dieses spöttische Grinsen aus dem Gesicht küssen. Aber ich werde auf Angela Rücksicht nehmen.«

»Vielen Dank.«

Dann lachten sie alle drei.

In diesem Augenblick begrüßte eine Stimme sie über die Lautsprecheranlage und fing dann mit dem Countdown an.

Ach du liebe Güte. Evas Atem ging plötzlich schneller. Sie packte je eine Hand von Marc und Angela und drückte sie ganz fest.

Die Menge zählte von zehn rückwärts und nach der Eins ertönte ein Signal. Gemeinsam drängten die Läufer vorwärts, einige im Sprint, andere im Joggingtempo, darunter auch Eva und ihr Team.

Schon bald wurde der Lärm der jubelnden Zuschauer leiser, als Marc, Eva und Angela tiefer in die Natur vordrangen – eine öde Wildnis, wie es aussah. Eva hatte gehört, wie die Helfer erzählt hatten, die heutige Etappe würde sie in die bergige Landschaft des Nevis-Tals führen, eine Gegend, die für den frühen Goldrausch in Neuseeland bekannt war. Ein Ring schneebedeckter Gipfel bildete dazu eine beeindruckende Kulisse. Hügelige Wiesen mit vereinzelten Felsen und dunkel graugrünen Sträuchern schienen sich kilometerweit zu erstrecken. Unterschiedlich hohes gelbes Gras bewegte sich in gelegentlichen Windböen. Angeblich rannen mehrere Bäche von den Bergen herab und speisten einen vierzig Kilometer langen Fluss, der durch das Tal floss, aber Eva sah sie nicht. Noch nicht.

Sie erreichten die erste Station schneller, als es den Anschein gehabt hatte, schnappten sich Wasser und liefen weiter. Es war der erste von vier Punkten auf dem Weg zur fünften und letzten Station, wo sie übernachten würden – um morgen wieder von vorne anzufangen.

Aber im Moment ging es ihnen gut. Wenn sie zügig gingen, unterhielten sie sich über alles Mögliche. Wenn sie liefen, herrschte meist Schweigen, während sie ihre Umgebung betrachteten und die Schönheit in ihre Fußsohlen strömen und zu ihren Herzen wandern ließen.

Es war alles andere als einfach, aber ihr Training hatte sie gut vorbereitet. Wären sie die ganze Zeit gejoggt, wäre es eindeutig anstrengender gewesen. Aber auch wenn es ermüdend war, waren die Wege zu schaffen. Insgesamt versprach es ein sehr angenehmer erster Tag zu werden. In vielerlei Hinsicht fühlte es sich an, als wären sie auf einer ihrer langen Trainingsstrecken unterwegs.

Nein, Eva hatte nicht erwartet, dass sie sich heute so fühlen würde. Was bedeutete das?

Natürlich würde es heftiger werden. Morgen sollte der erste von mehreren schwierigen Tagen sein, mit sehr schmalen Pfaden und steilen Abhängen, an denen sie sich auf ihre Sicherheit konzentrieren mussten.

Aber sie wollte sich auf das Hier und Jetzt konzentrieren. Auf diesen Tag.

Und an diesem Tag boten sich ihnen herrliche Ausblicke mit historischen Tupfern in der Landschaft. Der Weg führte an einem großen Wasserrad vorbei, das hoch über sie hinausragte, und an mehreren Ruinen, die an die Vergangenheit der Region erinnerten.

Überall brachen herrliche Farben aus der Erde hervor.

Ja. Was auch immer sie fühlte oder auch nicht, sie sollte in diesem Moment hier sein. Sie würde das Schöne genießen und die Herausforderungen meistern, wenn sie kamen. Schließlich gehörte beides zu ihrem Weg, nicht wahr?

Als sie die vierte Station erreicht hatten – nur zehn Kilometer von ihrem Tagesziel entfernt und vier Stunden vor der abendlichen Deadline –, bat Angela um eine fünfzehnminütige Pause, um sich auszuruhen, und so nahmen alle drei einen Wasserbecher, bedankten sich bei den freiwilligen Helfern, die hinter dem Tisch saßen, und setzten sich in den Schatten. Als die Sonne höhergestiegen war und alles erwärmt hatte, hatten sie ihre Jacken ausgezogen. Eva spürte ihren Knöchel ein wenig, aber er tat nicht weh.

»Gehst du ein Stück mit mir?« Marc zerdrückte den Pappbecher in der Hand und warf ihn in den Mülleimer.

»Mach ich das nicht schon den ganzen Tag?«

»Allein.«

Sie blickte zu Angela hinüber, die auf einen Felsen geklettert war und die Augen geschlossen hielt, während eine Brise einzelne Haarsträhnen um ihr Gesicht wehen ließ. »Gut, in Ordnung.«

Marc nahm Evas Hand und führte sie vom Weg hinunter, der mit pinkfarbenen Fahnen markiert war. Dann fanden sie sich auf einem kleinen Felsvorsprung wieder, der aus der Hügellandschaft herausragte, und jetzt sah sie endlich den sagenumwobenen Fluss in der Ferne.

Eva setzte sich und Marc nahm hinter ihr Platz, sodass sie sich an seine Brust lehnen konnte, während seine Beine rechts und links von ihr lagen und seine Arme sie umfangen hielten. Sein Kinn berührte ihre Wange. »Wie geht es dir?«

Sie wusste, dass er nicht nur ihre körperliche Verfassung meinte. »Gut.« Sie überlegte einen Moment lang. »Ich hatte erwartet, dass es mich überwältigen würde. Dass ich heute ständig heulen müsste. Dass ich immerzu an Brent denken und mich traurig fühlen würde.«

»Und das tust du nicht?«

»Nein.« Wie konnte sie das erklären? »Ich meine, ich hatte große Angst vor diesem Lauf. Aber es fühlt sich beinahe unrecht an, dass ich heute nicht so todtraurig bin, wie ich es erwartet hatte. So als würde ich Brents Andenken irgendwie nicht gerecht werden. Ich meine, er sollte hier bei uns sein und ist es nicht. Warum macht dieser Gedanke mich nicht völlig fertig?«

»Vielleicht bedeutet es, dass du endlich in die Zukunft blicken kannst.«

Eva seufzte, während ihr Blick dem Wasser folgte. »Und ich weiß, dass das gut ist. Letzten Endes will ich das auch. Und brauche es.« Sie zog seine Arme fester um sich. »Ich meine, ich bin total froh über unsere Beziehung.«

»Ich auch.«

Eva wollte ihn mit ihren nächsten Worten nicht verletzen, aber sie hatten einander versprochen, ehrlich zu sein. »Aber auch, wenn ich mit dir eine Zukunft aufbauen möchte, will ich Brent zugleich nicht vergessen.«

Marc wartete einige Augenblicke, bevor er antwortete, aber sie spürte, wie sein warmer Atem ihre Wange liebkoste. »Das will ich auch nicht und du weißt, dass ich das nie von dir verlangen würde. Er war ein wichtiger Teil unseres Lebens und das wird er immer sein. Schließlich verschwinden die Menschen, die wir verlieren, nicht von einem Tag auf den anderen. Körperlich ja, aber wenn es um unsere Erinnerungen an sie geht und darum, wie wir sie in unseren Herzen bewahren – das überdauert die Zeit.«

»Ich bin so froh, dass du mich verstehst!«

Eva drehte den Kopf ein wenig, um zu Marc aufzublicken. Er las ihre Gedanken und kam ihr mit seinen Lippen entgegen. Eine herrliche Wärme durchströmte sie, als sie sich seinem Kuss überließ – und der Zukunft, die vielleicht noch vor ihnen lag.

32. Kapitel

Angela hatte sich körperlich noch nie so elend gefühlt. Nicht mal beim Kinderkriegen. Das war wenigstens nach zwölf Stunden vorbei gewesen.

Aber am dritten Tag des Ultra-Marathons waren ihre Füße am Ende. Heute Morgen, nach einer Nacht, in der sie dank ihrer Muskelschmerzen nicht viel geschlafen hatte, war sie mit den geschwollenen Füßen kaum in ihre Schuhe hineingekommen, die sie auf Anraten der Veranstalter ohnehin schon eine Größe größer als sonst gekauft hatte.

Nicht nur das, sondern seit sie vor einigen Kilometern einen kleinen Fluss hatten überqueren müssen, waren ihre Schuhe nass. Bei jedem Aufsetzen wurde kaltes Wasser zwischen ihren Zehen hindurchgedrückt.

Schmatz.

Schmatz.

Schmatz.

Außerdem war da die Sache mit dem Essen, das Angela normalerweise wieder in Schwung brachte. Aber sosehr sie sich auch bemühte, die Mahlzeiten zu genießen, die Marc ausgesucht hatte, hinterließen sie doch nur Hunger in ihrem Magen, weil sie das Zeug nicht hinunterwürgen konnte. Es schien keine Rolle zu spielen, dass sie die Gerichte vorher probiert hatten. Es war einfach anders, sie jetzt zu essen, wenn sie sich nichts sehnlicher wünschte als einen Cheeseburger mit Pommes. Wenigstens hatte sie das Mittagessen aus Dörrfleisch und Trockenobst vor ein paar Stunden vertragen.

Schmatz.

Schmatz.

Schmatz.

Ja, es war ihr eindeutig schon besser gegangen. Und die Gefühle, die in ihr tobten, verursachten fast so heftige Stimmungsschwankungen wie damals die Schwangerschaftshormone. Wie lächerlich sie wirken musste, wenn sie sich über die winzigsten Kleinigkeiten aufregte und dann plötzlich völlig begeistert schien, obwohl nichts Besonderes passiert war.

Angela fuhr sich mit dem Handrücken über die klebrige Stirn und sah, dass ihre Arme gerötet waren. »Ich brauche mehr Sonnenmilch.«

Obwohl an diesem Tag ziemlich viel Wind geherrscht hatte, als sie über einen Bergkamm gelaufen waren, hatte die Sonne sie beinahe überall geplagt. Die einzige Verschnaufpause waren ein wenig Nebel und eine Wolkendecke auf dem Gipfel gewesen.

Im Moment wollte sie nur noch in ein Zelt kriechen, literweise Wasser trinken und eine Pizza verdrücken. Vielleicht auch zwei. Oh, und Schokoladenkuchen. Mit dickem Zuckerguss drauf.

Und ja, sie wusste, dass sie wie ein Jammerlappen klingen würde, also sagte sie all das nicht laut. Zähne zusammenbeißen und weitermachen. So war sie erzogen worden und das würde sie tun.

»Meiner Uhr nach müssten wir gleich an die vorletzte Station für heute kommen.« Marcs Sportuhr hatte ihnen geholfen, Zeit und Entfernung im Blick zu behalten.

»Dann warte ich noch so lange.«

Lauf, lauf, lauf, Angela. Du schaffst das. Du musst das schaffen. Du kannst jetzt nicht aufgeben. Lauf über den Schmerz hinaus. Mach es einfach. Mach. Es. Einfach.

Sie liefen weiter, während der Weg aufwärts über grüne Wiesen und gelbe Hügel führte. Angela war froh über die Stöcke, zu denen Marc ihnen geraten hatte, um die steilen Abschnitte leichter zu bewältigen. Sie halfen sehr dabei, durch das steinige Terrain zu laufen und das Gleichgewicht zu behalten.

Angela hörte ein Stöhnen und warf ihrer Schwägerin einen Blick zu. Obwohl Eva versuchte, es nicht zu zeigen, machte die

Grimasse in ihrem Gesicht deutlich, dass ihr Knöchel ihr zu schaffen machte.

»Alles in Ordnung?«

»Ja.«

»Ich kann nachsehen –«

»Ich hab gesagt, es ist in Ordnung«, gab Eva scharf zurück. Und dann, nach einer Pause: »Tut mir leid.«

Offensichtlich war Angela nicht die Einzige mit schlechter Laune. »Kein Problem.«

Sie liefen weiter.

Schmatz.

Schmatz.

Schmatz.

Würde es ab jetzt besser oder noch schlimmer werden? Den ersten Tag hatten sie alle wie einen Spaziergang empfunden. Nachdem sie die letzten zwei Kilometer ins Lager gejoggt war, hätte Angela Bäume ausreißen können. Die zweite Etappe war deutlich schwieriger gewesen – sie hatten sich zwischen etlichen Weingütern hindurchgeschlängelt, vorbei an der Goldmine in Bannockburn, hatten dann den Kawarau-Fluss überquert und waren anschließend qualvolle zwölf Kilometer bergauf gestiegen zum Pisa-Gebirgskamm, bevor sie in der Nähe von Snow Farm die Tagesetappe beenden würden. Angela und ihre brennenden Füße waren noch nie so froh gewesen, einen Kreis aus kleinen Zelten zu sehen.

Der einzige Hinweis darauf, dass Marc mit irgendetwas Mühe hatte, waren seine ständigen Blicke in Evas Richtung. Es sah aus, als hätte er etwas auf dem Herzen, wüsste aber nicht, wie er es sagen sollte.

In gewisser Weise konnte Angela das nachvollziehen – nur dass sie selbst gar nicht genau wusste, was sie ausdrücken wollte. Jeden Abend im Lager war es ein Kampf, wenn sie sich zwang, in ihr Zelt zu gehen, obwohl sie eigentlich Simon suchen und ihn küssen wollte, bis ihm Hören und Sehen verging.

Seit wann war sie so ein Trottel?

Sie war nur müde und schlecht gelaunt, das war alles. Ihr körperlicher Zustand raubte ihr die Fähigkeit, klar zu denken, und sie würde sich nicht durch dumme, emotionale Entscheidungen die Zukunft verbauen.

Das weiße Zelt der Station tauchte vor ihnen auf. »Endlich.«

Evas grimmige Miene verwandelte sich in ein Grinsen. »Endspurt – wer schneller ist.«

Wie die Frau für so etwas Energie hatte, vor allem mit einem lädierten Knöchel, war Angela schleierhaft. Aber der Gedanke an kaltes Wasser und eine Pause von ein paar Minuten, vielleicht sogar die Chance, die Schuhe auszuziehen und sie ein bisschen trocknen zu lassen, ließ sie alle Logik in den Wind schlagen. »Abgemacht.«

Sie drückten Marc ihre Wanderstöcke in die Hand und rannten los, während Marc »Na, vielen Dank!« hinter ihnen herrief und sie lachten, während sie liefen. Das Zelt kam näher, und als sie es erreicht hatten – Eva kurz vor Angela –, beugten sie sich vornüber, stützten die Hände auf die Knie und ließen den Schweiß über ihre Wangen rinnen.

Marc kam wenige Sekunden nach ihnen ins Ziel gejoggt und stieß einen anerkennenden Pfiff aus. »Ihr Mädels seid echt der Hammer.«

»Ja, das sind sie.«

Angela richtete sich auf, als wäre der Blitz in ihr Hinterteil eingeschlagen. Ihre Augen suchten nach dem Urheber der Bemerkung. Simon saß auf einem Stuhl hinter dem Tisch, auf dem der große Wasserspender stand. Einige andere Helfer mit ihren orangefarbenen Shirts waren ebenfalls zu sehen. Simon stand auf und gab Marc die Hand.

»Was machst du denn hier?« Angelas Worte hatten nicht so scharf klingen sollen. Aber diese Station sollte ein kleiner Zufluchtsort von dem Weg sein, auf dem sie sich befand. Wieder einmal war sie nicht auf eine Begegnung mit ihm vorbereitet –

vor allem, weil ihre Füße schmerzten, ihre Kehle sich wie ausgedörrt anfühlte und ihre Emotionen völlig durcheinandergeraten waren.

In Simons Augen blitzte ein verletzter Ausdruck auf und noch etwas – Trotz? »Ich dachte, ich könnte heute die letzten Kilometer mit euch zusammen gehen. Euch in Aktion sehen.«

»Sollen die Medienvertreter nicht in den Lagern bleiben?« Angela ging zu dem Wasserspender und holte sich etwas zu trinken, wobei sie dank ihre zitternden Hände etwas Wasser verschüttete.

»Wenn man einen Artikel für die Zeitschrift des Veranstalters schreibt, hat man ein bisschen mehr Einfluss.«

Angela sah Hilfe suchend zu Eva hinüber. Aber Eva war mit sich selbst beschäftigt und Angela entging nicht, dass ihre Schwägerin eine Grimasse zog, als sie eine Dehnübung machte, bei der ihr Knöchel mit im Spiel war.

Schließlich stöhnte Angela. »Na gut. Aber du darfst uns nicht mit deinen Fragen ablenken, okay?« Du liebe Güte. Sie klang wie eine genervte Kylee. Simon war ihr Freund und er hatte nichts verbrochen. Und dies war sein Job – es war ja nicht so, als hätte er sich hinterhältig hierhergeschlichen, um sie zu einer Beziehung zu nötigen. Es war für sie beide eine schwierige Situation.

Sie trat näher und senkte die Stimme. »Tut mir leid. Heute ist ein heftiger Tag.«

Seine Schultern entspannten sich. »Kann ich mir vorstellen. Aber ihr seid schon wie viel? Hundertfünfzehn Kilometer gelaufen?«

»Hundertzehn. Aber was sind schon fünf Kilometer?« Sie versuchte, ihrer Stimme etwas Leichtigkeit zu verleihen.

»Klar.« Simon zwinkerte und etwas regte sich in ihrem Magen. *Oh-oh.*

Sie tranken ihr Wasser aus und setzten sich wieder in Bewegung, während Simon mit Marc über ihre bisherigen Erfahrungen plauderte. Da er nicht gut laufen und gleichzeitig schreiben konnte, benutzte er ein Diktiergerät, um die Unterhaltung aufzunehmen. Marc sprühte nur so vor Begeisterung für die Landschaft und die Gelegenheit, etwas zum Andenken für seine beiden Freunde zu tun. Manchmal vergaß Angela, dass Marc ja diesen Lauf ursprünglich mit Brent und Wes geplant hatte – und stattdessen jetzt Eva und sie am Hals hatte. Nicht, dass er etwas gegen Evas Anwesenheit hatte, obwohl Angela sich vorstellte, dass es ein komisches Gefühl sein musste, mit der Frau seines besten Freundes hier zu sein.

Angela entspannte sich beim Gehen ein wenig, während sie ihrem Herzschlag Anweisung gab, sich zu beruhigen, und ihren Füßen befahl, das Scheuern der nassen Socken zu ignorieren. Sollte der Schmerz als Motivation dienen! Als Erinnerung.

Dann gesellte Simon sich zu Eva, um mit ihr zu reden, und Angela spürte, wie das Adrenalin in ihren Adern zunahm und unaufhörlich durch ihren Körper kreiste. Während Eva plauderte, schien Angelas Herz seinen eigenen Rhythmus zu hämmern und ihre Gedanken waren ein Durcheinander von Überlegungen, warum sie hier war und was sie fühlte. Wie wäre es wohl, wenn sie ihre eigenen Emotionen verstände?

Warum war es nur so schwierig, das eigene Herz zu durchschauen? Angela hatte Fortschritte gemacht, das stand fest, aber würde sie jemals an den Punkt kommen, an dem sie emotional ein offenes Buch war – für sich selbst und die Welt?

»Du bist dran, Ang.« Simon ließ sich zurückfallen, um an ihrer Seite weiterzugehen.

Angela sah auf ihre Uhr. Sie hatten noch etwa einen Kilometer vor sich bis zu ihrem Nachtlager. Das bedeutete, dass sie heute nur noch fünfzehn, höchstens zwanzig Minuten in Simons Nähe verbringen musste. »Okay.«

Der Weg folgte den Kurven eines Hügels und ihre Fußballen brannten beim Abstieg in den Schuhen. Aber plötzlich verlief der Pfad gerade und fiel steil vor ihnen ab, große Felsbrocken auf beiden Seiten. Der Anblick eines Sees füllte den gesamten Horizont. Von ihrem Standort aus konnte sie den Rest des Weges nicht sehen.

Simon schaltete erneut sein Aufnahmegerät ein. »Wie ist das Rennen bis jetzt für dich?«

Angela musterte das Gerät in seinen Händen und konzentrierte sich dann auf den Weg, damit sie nicht stolperte. »Sieh dich doch mal um. Es ist fantastisch.« Das war die Wahrheit, auch wenn ihr schmerzender Körper und der benommene Geist ihr nicht erlaubten, die Natur so richtig zu genießen.

»Was ist mit dem Lauf selbst? Welche Emotionen sind damit verbunden?«

»So ziemlich die komplette Bandbreite. Es ist echt eine Herausforderung.«

Schweigen. »Kannst du das etwas genauer erklären?«

Der Weg wurde steil und sie setzte einen Fuß vor den anderen. »Wer will das wissen? Simon, der Journalist, oder Simon, der Freund?« *Komm schon, Angela. Er macht nur seine Arbeit. Mach es nicht noch schlimmer.* »Es tut mir l–«

»Ich dachte, Simon, den Freund, gibt es nicht mehr.« Er schob das Diktiergerät in seine Tasche. »Oder du betrachtest ihn zumindest nicht mehr als solchen.«

Angela schrie auf, als ihr rechter Fuß ausrutschte. Zum Glück verlor sie nicht das Gleichgewicht. »Ich dachte, du hättest gesagt, dass du ganz professionell an die Sache rangehen willst.« Ihr Tonfall … Mann, wie gehässig.

Ihr leerer Magen zog sich schmerzhaft zusammen. Sie musste dieser Situation ein Ende machen. Sofort. Aber sie konnte Simon nicht abhängen. Als gutes Teammitglied durfte sie sich maximal dreißig Meter von Eva und Marc entfernen.

Irgendwann wurde der Weg flacher und in der Ferne sah sie die dritte Übernachtungsstation und Hunderte kleiner Zelte dahinter.

»Stimmt, das habe ich.« Er seufzte und sein Tonfall war gereizt. Und wer konnte es ihm verdenken? Im Moment hatte er es mit Angela in ihrer schlimmsten Version zu tun. Aber er hätte es wissen müssen. »Aber verdammt, das kann ich einfach nicht,

Angela. Nicht bei dir. Ich weiß, dass es nicht fair ist, dich jetzt, hier, damit zu belästigen, aber irgendwann müssen wir reden.«

Ein paar Meter vor ihnen drehte Eva sich zu Angela um. Wahrscheinlich konnte sie jedes Wort hören.

Das alles war so verwirrend – weil Angela die Antworten ja selbst nicht kannte. Sie wusste nicht, wie sie mit Simon befreundet sein sollte, wenn sie sich doch nur in seine Arme werfen wollte.

Ach, wen kümmerten schon die Regeln. »Nein, müssen wir nicht.« Mit diesen Worten lief Angela los. Sie musste weg. Weg von Simon, von dem Schmerz, in drei Tagen hundertzwanzig Kilometer zu laufen, von ihren erbärmlichen Ausreden.

Von Wes.

Überhaupt war das alles seine Schuld. Alles. Wenn er doch nur auf sie gehört hätte. Wenn er sich von Brents Abenteuern doch nicht hätte anstecken lassen! Wenn er nur gesehen hätte, was er hatte – seine Frau, seine Kinder –, und nicht durch die Weltgeschichte gezogen wäre.

Wenn er geblieben wäre, wäre Angela jetzt nicht hier und würde nicht rennen, als wäre ihr ein tollwütiger Hund auf den Fersen, während Marc und Eva brüllten, sie solle zurückkommen, und der Wind in ihren Augen brannte.

Sie wäre mit ihm zu Hause in New York, würde ihre Kinder unterrichten, in die Kirche gehen, mit Gott reden, mit ihren Freunden zusammen sein und mit dem Mann alt werden, für den sie alles aufgegeben hatte.

Angelas Lunge brannte, während sie an der Station vorbeirannte, direkt zu dem Zelt, das man ihr zugewiesen hatte. Sie verschwand darin, zog den Reißverschluss zu, setzte ihren Rucksack ab und ließ sich auf den dünnen Zeltboden fallen. Dann zog sie die Knie an ihre Brust und holte tief und zitternd Luft.

Was hatte Angela sich nur dabei gedacht?

Eva ignorierte die Krämpfe in ihrem Knöchel und stapfte an Zelt 98, 99 und 100 vorbei, bis sie vor Nr. 101 stand. Ihr Magen war noch immer in Aufruhr, nachdem sie zugesehen hatte, wie Angela vorausgerannt war und die Ziellinie der dritten Etappe überquert hatte – allein.

Beinahe hätte ihr Alleingang zu ihrer Disqualifizierung geführt, weil sie ohne ihre Mannschaftskollegen eingetroffen war. Genau genommen hatte es das auch, aber Marc und Simon hatten es irgendwie geschafft, die Wogen zu glätten.

Ein kurzer Blick in Zelt 101 zeigte, dass es leer war, abgesehen von Angelas Sachen. Wo war sie?

Auch wenn Eva und Angela sich nähergekommen waren, hatte sie immer noch keine Ahnung, was in ihrer Schwägerin vor sich ging. Hatte sie so ein Problem mit Simon, dass sie bereit war, diese Gelegenheit wegzuwerfen – für sie alle?

»Suchst du die Frau, die in dem Zelt war?«

Eva drehte sich um und sah eine Frau mit blonden Dreadlocks und Südstaatenakzent vor Zelt Nr. 102 sitzen und die Blasen an ihren Füßen verarzten. »Ja, genau. Weißt du, wo sie hin ist?«

»Da lang.« Sie zeigte um die Ecke in Richtung See. »Sie sah ziemlich aufgelöst auf. Ich habe sie gefragt, ob alles in Ordnung ist, und sie hat mir fast den Kopf abgerissen.«

Klar hatte sie das. *Nicht nett, Eva. Hier stimmt offensichtlich was nicht.* »Danke.«

Sie schlängelte sich zwischen den Einmannzelten hindurch, die alle niedrig und einfach gehalten waren. In jedem Lager gab es kleine runde Tische mit Hockern, an denen die Teilnehmer essen, Karten spielen oder sich unterhalten konnten. Im Lager herrschte bereits reges Treiben.

Eva ging den abfallenden Weg entlang, der von hohen Büschen gesäumt war. Sie hätte Angela an diesem Nachmittag nicht zu einem Wettrennen herausfordern sollen – seitdem pochte ihr Knöchel. Marc hatte bemerkt, dass sie etwas hinkte, aber sie hatte es als Blase abgetan. Er sollte sich keine Sorgen machen, außer über ihr Tempo und darüber, dass sie an jedem Tag ihr Ziel rechtzeitig erreichten. Natürlich hatte keiner von ihnen sich Gedanken darüber gemacht, dass Angela ausgerechnet gegen eine der wenigen Regeln verstoßen könnte, die zu ihrem Ausschluss führen konnten.

Eva ballte die Hände zu Fäusten. Aufgebracht oder nicht – Angela musste wissen, wie sehr sie ihre Mission heute gefährdet hatte.

Graue und rötliche Felsen erhoben sich um Eva herum, als sie zum silbrig blauen Wasser hinunterstieg. Sie bog um die Ecke und sah ihre Schwägerin, die an einen großen Felsen am Seeufer gelehnt saß. Angela rührte sich nicht, als Eva näher kam.

Eva wartete, die Arme verschränkt. Würde Angela sich entschuldigen? Aber war ihr überhaupt bewusst, was sie getan hatte? Wären sie rausgeworfen worden, hätten sie ihr Ziel von einer Million Dollar Spenden nicht erreicht. Sie hätten monatelang trainiert, nur um disqualifiziert zu werden. Sie hätten das Andenken von Brent und Wes nicht geehrt.

Das war inakzeptabel.

Hier draußen am See hörten sie die Geräusche des Zeltlagers nur im Hintergrund – das Klappern von Töpfen, das Rauschen der Gaskocher, mit denen das Wasser heiß gemacht wurde, den Lärm gut gelaunter Unterhaltungen nach einem langen Tag mit vielen gegangenen oder gelaufenen Kilometern. Das gleichmäßige Lecken der Wellen am Ufer und die Schreie einiger Möwen überlagerten alles.

Angela hob einen Kiesel vom Boden auf, betrachtete die Wassertropfen, die daran hingen und im schwindenden Sonnenschein tanzten. Ihr Daumen fuhr über den Stein, hin und her, hin und her. Dann holte sie aus und warf ihn weit von sich. Das *Plopp* durchbrach die stille Wasseroberfläche und zog Kreise, die fast bis ans Ufer reichten.

Endlich sprach ihre Schwägerin. »Haben sie uns rausgeschmissen?« Sie presste die Lippen grimmig zusammen.

Das war alles, was sie dazu zu sagen hatte? »Nein. Stattdessen haben sie uns für morgen eine halbe Stunde Startverzögerung aufgebrummt.«

»Gut.« Das Wort klang tonlos, sodass Eva Angelas emotionale Verfassung nicht daran ablesen konnte.

Als wenn das was Neues wäre.

»Warum bist du auf einmal weggerannt, Angela?«

»Ich musste weg.«

»Von Simon?«

»Von allem.« Noch ein Stein flog aus Angelas Hand ins Wasser. Kein Versuch, ihn über die Oberfläche springen zu lassen. Einfach nur mit Wucht hineingeworfen.

Eine Windböe huschte übers Wasser. Eva zog den Reißverschluss ihrer Jacke bis zum Kinn. »Warum?« In diesem einen Wort lagen so viele Fragen, aber nur eine löste sich aus Evas Herzen. »Warum willst du unsere Männer nicht ehren, so wie ich es will?«

»Warum sollten wir sie ehren?« *Plopp*. »Sie haben uns ›für immer‹ versprochen und uns dann verlassen.«

Jetzt endlich sah Angela zu Eva auf. Ihr aufgewühlter Blick jagte Eva einen Schauer des Mitgefühls über den Rücken.

Eva ging in die Hocke, nahm einen Kiesel, richtete sich wieder auf und gab den Stein Angela, die ihn nahm und warf. Immer wieder suchte Eva Steine aus und gab sie Angela, die sie ins Wasser warf. Irgendwann klopfte sie den Sand von ihrer Hose und lehnte sich neben Angela an den Felsen.

»Brent und Wes sind nicht freiwillig gegangen.« Kein einziges Mal war sie auf Brent wütend gewesen wegen einer Sache, die eindeutig ein Unfall gewesen war. Aber wenn Tragödien geschahen, suchten die Menschen oft jemanden, dem sie die Schuld daran geben konnten.

»Wes ist gegangen, *bevor* er gestorben ist.«

Eva blickte überrascht auf. »Im Sinne von ausgezogen?«

Angela nahm den nächsten Kiesel und schüttelte den Kopf.

»Emotional. Nachdem Roy gestorben war. Ich habe dir doch gesagt, dass er sich verändert hat. Und er hat mich zurückgelassen. Ich habe ihm gesagt, er würde sich irgendwann verletzen oder noch Schlimmeres, wenn er all das dämliche Zeug machte, das Brent tat. Aber er hat nicht auf mich gehört.«

Eva versuchte zu ignorieren, dass sie bei der Erwähnung von Brents »dämlichem Zeug« automatisch auf Verteidigung schaltete. Ihre Finger ballten sich zur Faust. »Vielleicht hatte er mehr Angst davor, nicht wirklich zu leben, als davor, zu sterben.«

Der Kopf ihrer Schwägerin fuhr herum und ihr Blick durchbohrte Eva wie der eines Habichts. »Du findest also, seine Frau und Kinder waren nicht genug *Leben* für ihn?«

»So meine ich das n–«

»Nein, im Ernst, Eva. Was ist denn der wirkliche Sinn des Lebens? Hm? Und warum durfte Wes das entscheiden? Und Brent?«

»Lass Brent aus der Sache raus.«

Angelas beißendes Lachen hallte an den Felsen wider. »Er steckt schon mitten drin. Er ist schließlich der Grund, warum du hier bist. Der einzige Grund, warum wir beide hier sind.« Dann fügte sie hinzu: »Weißt du, ich habe nie verstanden, warum du überhaupt so erpicht darauf warst, diesen Lauf mitzumachen.«

»Ich … ich wollte Brent ehren.«

»Das sagst du, aber du hast dein Leben doch schon seinem Vermächtnis gewidmet. Was ist denn mit *dir*, Eva? Willst du es nicht für dich selbst machen? Du kannst nicht den Rest deines Lebens von ihm bestimmen lassen … auch wenn es so war, als er noch gelebt hat.«

»*Wie bitte?* So war das nicht.«

»Nicht? Hat *er* nicht entschieden, welches Abenteuer du unternimmst? War nicht *er* es, der entschieden hat, noch keine Kinder zu bekommen, obwohl du welche wolltest? Er war nicht perfekt, Eva. Er war nur ein Mann, aber du hast ihn auf ein Podest gestellt wie eine Art Gott.«

Eva zuckte zusammen, als hätte Angela ihr den Stein, den sie in der Hand hielt, an den Kopf geworfen. »Wie kannst du es wagen, über meinen Mann zu sprechen, als hättest du ihn gut gekannt. Als wüsstest du irgendwas über unsere Beziehung.«

Ihre Schwägerin rollte den Stein ein paarmal zwischen den Fingern hin und her, bevor sie sprach. »Das kam viel schroffer raus als beabsichtigt. Es tut mir leid.« Sie stieß langsam die Luft aus. »Aber auch wenn es ungeschickt formuliert war, habe ich das Gefühl, du weißt, dass an dem, was ich sage, etwas dran ist. Es ist in Ordnung zuzugeben, dass ihr keine perfekte Ehe geführt habt. Dass Brent auch Fehler hatte. Und dass du dein Leben nicht zu einer Art Heiligenschrein für ihn machen musst.«

Eva hatte in ihrem ganzen Leben noch nie das Bedürfnis gehabt, jemanden zu schlagen – bis jetzt.

Aber nicht, weil Angela nicht richtig tickte. Und auch nicht, weil sie so gemein gewesen war.

Sondern weil sie – zumindest teilweise – die Wahrheit gesagt hatte, die Eva sich selbst nicht hatte eingestehen können.

Aber in einer Hinsicht irrte Angela sich. »Ich bin für Brent hierhergekommen, ja. Aber ich bin auch meinetwegen hier. Um herauszufinden, ob das Leben jemals wieder bunt sein kann.«

Ihre Schwägerin trat einen Schritt näher und legte ganz sanft einen Stein in Evas Hand. Dann schloss sie Evas Finger um den Kiesel. »Dann steh dazu und hör auf, so zu tun, als wäre Brent der einzige Grund, warum du hier bist.«

Eva spürte die kalte Festigkeit des Steins. »Du hast recht.« Ihre Brust hob sich, als ihre Hand den Kiesel in Richtung Wasser schleuderte.

33. Kapitel

Angela konnte nicht schlafen.

Sie versuchte es jetzt schon seit – sie drückte auf den Lichtknopf an ihrer Uhr – beinahe zwei Stunden. Zuerst hatte sie ihre Schlaflosigkeit auf die Geräusche und Stimmen der anderen Wettkampfteilnehmer geschoben, auf den Klang einer Gitarre, die ein Helfer aufgetrieben haben musste, auf das Rascheln und die Reißverschlüsse der Zelte in der Nähe. Aber jetzt war seit mindestens einer Stunde schon alles ruhig, abgesehen von einigen entfernt krächzenden Vögeln und zirpenden Grillen.

Sie setzte sich auf ihrer Isomatte auf und es war, als wäre die Luft elektrisch aufgeladen. Ihr Körper war mit Sicherheit erschöpft genug, um ins Koma zu fallen, aber ihr Hirn ließ das nicht zu.

Seufzend rieb sie sich die Augen. Sie war heute Abend zu hart mit Eva ins Gericht gegangen. Ihre Schwägerin war bei ihren Worten fast sichtbar verwelkt wie eine Blume und Angela hatte sich bemüht, die Situation zu retten. Wenigstens hatte Eva am Ende nicht mehr wütend gewirkt, sondern nur tief in Gedanken versunken.

Wie kam es, dass Angela Evas Probleme so klar diagnostizieren konnte, aber noch immer nicht herausgefunden hatte, warum sie selbst Wes nicht richtig vergeben konnte?

Was für eine Heuchlerin du doch bist.

Puh. Jetzt würde sie garantiert nicht mehr schlafen können. Sie brauchte frische Luft.

So leise wie möglich kroch sie aus ihrem Schlafsack und durch ihre dünne Hose spürte sie einen kalten Luftzug. Sie zog Tennisschuhe und Jacke an, nahm für alle Fälle ihren Notfunksender, öffnete den Reißverschluss ihres Zeltes und schlug die Klappe zurück, während sie hoffte, dass das Geräusch niemanden weckte. Zum Glück spendete der Mond genügend Licht, sodass sie durchs Lager gehen konnte, ohne ihre Minitaschenlampe zu benutzen. Aber nachdem sie die Zelte hinter sich gelassen hatte und den Weg zum See einschlug, ließ sie den Lichtkegel aufleuchten. Diesmal nahm sie einen anderen Pfad, der dicht am Wasser um den gesamten See herumführte und mit dem Ufer kokettierte.

Angela atmete die kühle Nachtluft ein. Es roch nach einer Mischung aus Erde und Kiefern. Das Licht ihrer Taschenlampe beleuchtete ein großes Spinnennetz in zwei Bäumen, die sich zueinander zu beugen schienen und eine Art Bogen über den Weg spannten. Sie stieg über Steine, während sie an dem glitzernden See zu ihrer Rechten entlanglief.

Ein Stück weiter sah sie unter einem Baum einen bläulich-grünen Lichtschein am Ufer. Angela schaltete ihre Lampe wieder aus und näherte sich dem schwachen Leuchten, das flackerte, als sie näher kam, obwohl sie versuchte, ganz leise zu sein. Ein ganzer Busch wurde von kleinen Blitzen erhellt.

Glühwürmchen!

Sie sank auf einen Flecken trockene Erde, fasziniert von diesem unerwarteten Schauspiel.

Und mit einem Mal stieg eine Erinnerung in ihr auf. Konnte sie es wagen, es laut zu sagen? Zu … Wes? Natürlich würde er sie nicht wirklich hören, aber Eva hatte einmal gesagt, sie fühle sich besser, wenn sie mit Brent sprach.

Hier war niemand, der sie für verrückt halten konnte. Warum also nicht?

»Weißt du noch, wie wir nach unserer dritten oder vierten Verabredung am Strand spazieren gegangen sind und diese blau leuchtenden Algen im Wasser gesehen haben?« Angela sprach leise, während sie einen Zweig nahm, der in der Nähe lag, und damit im Staub zu ihren Füßen stocherte. »Ich habe damals über all die Fakten gesprochen, die mit Biolumineszenz zusammenhängen, und du hast über mich gelacht. Und dann hast du mich auf deine stille Art in den Arm genommen und gesagt:

›Das ist alles gut zu wissen, aber jetzt lass es uns doch einfach genießen.‹«

Sie schluckte bei dem Gedanken. »Offensichtlich warst du schon damals sentimentaler als ich. Du hast immer mehr den Moment erlebt.« Ein Knubbel in dem Zweig rieb an dem Gelenk ihres Mittelfingers, während sie damit in Erde und Sand bohrte.

»Und den haben wir erlebt.« Er hatte sie zum ersten Mal geküsst und sie hatte es bis in die Zehenspitzen gespürt und ohne jeden Zweifel gewusst, dass sie den Richtigen gefunden hatte.

Das hatte sie ihm da natürlich noch nicht gesagt. Sie war zu pragmatisch gewesen, zu sehr davon überzeugt, dass Liebe Jahre brauchte, um sich zu entwickeln, falls sie es jemals tat.

»Das war der Augenblick, in dem ich mich in dich verliebt habe.«

Angela kniff die Augen ein wenig zusammen, um einzelne Glühwürmchen in dem Busch erkennen zu können, aber es waren zu viele, sodass sie nur die Gesamtwirkung sah. »Ich weiß, dass du glaubst, ich hätte mich mit dir nur zufriedengegeben, aber das war nie der Fall, Wes. Tut mir leid, dass ich das nicht deutlicher gesagt habe. Vor allem in den ersten Jahren hast du mir auf tausenderlei Weise gezeigt, wie sehr du mich geliebt hast.« Er hatte morgens Kaffee für sie gekocht. Hatte ihr ohne besonderen Anlass After-Eight-Eiscreme mitgebracht. Es kam öfter vor, dass sie vom Einkaufen nach Hause kam und eine einzelne rote Rose in einer Vase auf der Küchenzeile entdeckte.

Sie stocherte heftiger mit dem Zweig, bis er brach und sie zusammenzuckte.

Angela schloss die Augen und stellte sich vor, ihr Mann säße am Ufer neben ihr. Er würde die Hand auf ihr Knie legen und ihr Mut machen. Sie atmete tief ein und konnte beinahe einen Hauch der Dove-Seife heraufbeschwören, die er benutzt hatte. »Aber dann hast du dich verändert und ich hatte das Gefühl, dass ich nicht mehr in dein Leben passte. Und vielleicht hätte ich mich auch verändern, mit dir wachsen und dich begleiten sollen, als du mich gefragt hast. Aber ich habe nicht eingesehen, warum ich das tun sollte.«

Und jetzt kam der Teil, den sie hasste. Die Wurzel der Schande. Die Schuldgefühle. »Schließlich war das Leben, das ich mir für mich vorgestellt hatte, vorbei, als ich schwanger wurde. Und ja, ich habe das Leben mit dir und den Kindern lieben gelernt, aber ein Teil von mir hat immer etwas bereut und das Gefühl gehabt, etwas zu verpassen. Aber wenigstens waren wir uns einig. Wir waren ein Team, weil du auch einige Träume aufgegeben hattest. Und dann war es auf einmal, als wärst du ausgestiegen und hättest dich in dieses neue Leben gestürzt, in den neuen Traum, den du hattest. Du hast ein waghalsiges Leben geführt, das unser gemeinsames Leben gefährdet hat. Du und Brent wurdet ein Team. Du … du hast mich verlassen, genau wie mein Dad.«

Auch wenn es guttat, diese Worte laut auszusprechen, war ihr schon vorher klar gewesen, dass sie so empfand. Aber da war noch mehr, wenn sie doch nur …

Ein Gedanke schwebte so nah am Rande ihres Bewusstseins, dass sie ihn beinahe mit den Fingerspitzen berühren könnte.

Sie öffnete die Augen und sah sich um. Ja, sie war allein, aber sie fühlte sich nicht allein. Sie konnte etwas spüren … vielleicht Gott? Das war schon so lange nicht mehr geschehen, dass sie beinahe vergessen hatte, wie das war.

Und dann traf die Erkenntnis sie plötzlich wie ein Schlag.

War sie wirklich wütend auf Wes, weil er einen neuen Traum gefunden hatte? Immerhin hatte er versucht, sie mit einzubeziehen, wie Eva zu Recht bemerkt hatte.

Oder war sie eigentlich wütend auf … sich selbst?

Konnte sie auch diese Worte laut aussprechen? *Ja*. Ihr Geist schob die Worte über ihre Lippen. »Ich glaube, ich habe dir die Schuld dafür gegeben, wie mein Leben geworden ist, Wes. Nicht für die Schwangerschaft, sondern für die Probleme in unserer Ehe. Für die Abenteuer. Für deinen Tod. Aber das eigentliche Problem war, dass ich mit den Jahren vergessen habe, wie man träumt, und du irgendwie nicht. Und ich glaube, das habe ich dir übel genommen.«

Die Worte flossen aus dem engen Raum ihres verwundeten Herzens, das sie immer so gut verbarrikadiert hatte. Ihr Blick wurde trübe, als endlich die Tränen aus ihren Augen rannen und salzig auf ihre Lippen tropften. Die Last des Augenblicks war erdrückend und gab ihr doch zugleich das Gefühl, so leicht zu sein wie nie zuvor.

Die ganze Wut auf Wes war nur verkleidete Angst gewesen. Angst vor Enttäuschung. Angst vor dem Unbekannten. Davor, ihre Zukunft auf einen Traum zu bauen, der nicht halten würde.

Nicht nur das, sondern all die Bitterkeit, an die sie sich geklammert hatte, war in Wirklichkeit ein Schutzmechanismus gewesen. Wenn sie auf Wes wütend war, brauchte sie ihn nicht zu vermissen, musste sie sich nicht mit dem riesigen Verlust auseinandersetzen und damit, was das für ihr Herz bedeutete. Sie musste nicht zulassen, dass ihre launischen Gefühle sie erstickten.

Angela Jamison konnte weiterschwimmen, ohne dass etwas sie zurückhielt.

Aber jetzt konnte sie mit offenen Augen zurückblicken und sehen, dass sie höchstens auf der Stelle gepaddelt war, sich im Kreis gedreht hatte, einfach stehen geblieben war. Sie hatte nur überlebt. Einfach nur überlebt, so wie Juliet es ihr schon vor Monaten in der Beratungsstelle gesagt hatte.

Und irgendwann, wegen dieses Laufs, weil sie hier war, hatten ihre Verteidigungsstrategien versagt. Aber sie ertrank nicht, wie sie es erwartet hatte. Etwas – jemand – hielt sie über Wasser.

Danke.

Angela saß noch eine ganze Weile dort, lauschte den Klängen der Nacht und sog die Heiligkeit des Augenblicks in sich auf. Irgendwann stand sie auf und ging zurück zum Lager. Und als sie diesmal den Kopf auf ihr Kopfkissen legte, war ihr Verstand ebenso erschöpft wie ihr Körper. Und ein Schlaf überwältigte sie, der erholsamer zu sein versprach als alles, was sie seit Langem erlebt hatte.

34. Kapitel

Angelas verbaler Angriff an Tag drei hätte Eva beinahe den Rest gegeben. Welche Qualen Tag vier wohl für sie bereithielt?

Eva ging neben Marc auf einem Bergkamm entlang, umgeben von einer der schönsten Landschaften, die sie je gesehen hatte, aber ihr Herz fühlte sich noch immer wie der strapazierteste Muskel in ihrem schmerzenden Körper an.

Der Boden vor ihnen war festgetrampelt und rechts und links vom Weg, der an den Bergrücken entlangführte, lagen Felsbrocken und Steine als Begrenzung und gelegentlich ragten Felsvorsprünge über ihnen aus den Hängen heraus. Zum Glück hatten neues Tape und etwas Eis am Vorabend dabei geholfen, die Schmerzen in ihrem Knöchel zu lindern, aber wenn sie heute nicht vorsichtig war, konnte eine falsche Bewegung ihren physischen Zustand in ähnliche Probleme stürzen wie ihre emotionale Verfassung.

Im Moment wanderte Angela einige Meter hinter ihnen. Sie hatte den ganzen Morgen über bedrückt gewirkt und wenig gesagt. Wenn sie ein schlechtes Gewissen hatte, weil sie eine halbe Stunde nach allen anderen gestartet waren, sodass sie für die vierte Etappe nur elfeinhalb Stunden Zeit hatten, ließ sie es sich nicht anmerken.

Über ihnen sah der Himmel heute dunkler aus, so als spürte er Evas Stimmung – zwischen Wolken, die sich wie vor einem Sturm zusammenbrauten, kam nur selten die Sonne durch. Trauer war schon eine merkwürdige Sache, ähnlich wie das Wetter in Neuseeland. Man konnte den herrlichen Tag genießen und – *zack!* – plötzlich schwemmte ein Regenguss alle Pläne für Unternehmungen im Freien davon.

Eva setzte einen Trekkingstock – und damit einen Fuß – vor den anderen und seufzte.

»Was geht in deinem Kopf vor sich, Eva?«, fragte Marc. »Gestern Abend wolltest du nicht mit mir reden. Tust du es jetzt?«

Eva sehnte sich danach, die Finger auszustrecken und die Falten auf seiner Stirn glatt zu streichen, aber ihre Hände blieben um die Griffe ihrer Stöcke gelegt.

Er trat einen kleinen Stein aus dem Weg. »Weißt du noch, was wir am Flughafen vereinbart haben?«

Kein Ausweichen. Offene Kommunikation. »Ja.«

»Und?«

Sie senkte die Stimme, damit ihre Schwägerin sie nicht hören konnte. »Gestern Abend hat Angela meine Gründe infrage gestellt, warum ich hier bin.« Sie fasste die Unterhaltung zusammen. »Und ich habe die ganze Nacht und heute Morgen darüber nachgedacht. Ich gebe es nicht gern zu, aber sie hat recht. Brent war nicht perfekt. Und vielleicht habe ich so getan, als wäre er es gewesen. Das habe ich schon gemacht, als er noch lebte.«

»Wie meinst du das?«

Die dunkelgrünen Klippen um sie herum wurden flacher und wildes Gebüsch und andere kleine Pflanzen waren über den Gipfel verteilt.

»Ich habe ihn so sehr bewundert. Er hat mich und meine Künstlerseele ohne Ende gefesselt. Und statt dass wir uns gemeinsam unser Leben aufgebaut haben, kommt es mir so vor, als hätte ich immer das gemacht, was er wollte. Ich bin so in ihm aufgegangen, in dem aufregenden Leben, das er führte, dass ich selber auch so leben wollte. Aber es gab ein paar Dinge … Ich meine, wahrscheinlich bin ich selbst schuld, weil ich nichts gesagt habe. Aber andererseits ist es auch seine Schuld, weil er nicht gefragt hat.«

Zum Beispiel Kinder. Er dachte, sie hätten Zeit, aber er hatte sich geirrt. Und nach seinem Tod war sie ganz allein gewesen.

»Das ist ganz schön hart. Wie ist es dir damit gegangen, dass

Angela meinte, du würdest dein Leben als eine Art Schrein für Brent leben?«

»Ich nehme an, sie hat es gesagt, weil ich für eine Organisation gearbeitet habe, die ihm wichtig war, und diesen Lauf mitgemacht habe, um ihm ein Denkmal zu setzen. Aber ist das wirklich so falsch?«

»Nein, aber …« Marc überlegte, bevor er weitersprach. »Glaubst du nicht, dass mehr dahintersteckt?«

»Zum Beispiel?«

»Ich weiß nicht, wie es ist, einen Ehepartner zu verlieren. Und ich würde mir niemals anmaßen, dich zu verurteilen. Überhaupt nicht. Ich hoffe, das weißt du.«

»Aber …?«

»Hast du darüber nachgedacht, wie das Leben sein wird, wenn wir wieder zu Hause sind?«

»Ich habe es versucht.« Puh. Es wurde allmählich warm, trotz der Wolken. »Ständig. Aber ich kann es mir nicht richtig vorstellen.«

»Nicht einmal ganz praktisch? Hast du zum Beispiel vor, weiter für die Herzstiftung zu arbeiten, oder willst du wieder Floristin sein? Wirst du Brents Arbeitszimmer und seinen Kleiderschrank zu Hause ausräumen, wovon du gesprochen hast? Und werden wir …«

Sie musterte ihn und sah, dass die Knöchel seiner Hände weiß hervortraten, so fest umklammerte er seine Trekkingstöcke. »Werden wir *was?*«

»Werden wir immer noch zusammen sein? Oder wirst du beschließen, dass du nicht einmal versuchen kannst, mich zu lieben, weil du niemanden so lieben kannst, wie du ihn geliebt hast?« Er sagte es ganz nüchtern, aber in seinen Augen war deutlich zu sehen, wie verletzlich er war.

Was sollte sie ihm sagen, wenn sie die Antworten doch selbst nicht kannte?

Vor ihnen tat sich eine Aussichtsplattform auf, von der aus sie das üppige Tal unter ihnen überblicken konnten. Als sie dort ankamen, ließ Eva ihre Stöcke fallen, nahm Marcs Hand und zog ihn vom Weg herunter. Sie warf einen Blick zurück und sah, dass ihre Schwägerin sich einige Meter entfernt auf einem Felsen niedergelassen hatte und in die entgegengesetzte Richtung blickte. Zum Glück hatte sie den Hinweis verstanden, dass sie einen ungestörten Augenblick brauchten.

Eva ließ den Blick über das Tal schweifen. Ein Fluss schlängelte sich zwischen den Hängen hindurch, berührte die Pflanzen am Ufer und schenkte ihnen Leben.

»Marc, ich weiß nicht, was anschließend geschehen wird. Im Moment kann ich wirklich nur diesen Lauf bewältigen.« Diese Erfahrung zermürbte sie, brach ihren Körper, ihren Verstand, ihren Geist. Sie betete nur, dass sie am Ende wieder aufgebaut werden würde, eine neuere, bessere Version ihrer selbst.

Marc drückte ihre Finger. »Ich weiß und ich wollte dich nicht drängen. Tut mir leid, wenn es sich so angefühlt hat.«

»Ich fühle einfach deine Ehrlichkeit und die weiß ich wirklich zu schätzen. Es stimmt, dass ich nicht weiß, wie meine berufliche Zukunft aussehen wird und was ich mit meinem Haus machen will. Aber ich weiß, dass ich mit dir zusammen sein will, Marco Cinelli. Diese Entscheidung habe ich vor einigen Wochen getroffen, noch bevor du wieder in Neuseeland warst. Aber ich hatte Angst, es dir zu sagen, weil … das Unbekannte ist einfach beängstigend. Und ich habe manche Ängste, die du auch hast – was ist, wenn Brent der Einzige für mich war? Aber du bist mir sehr wichtig und ich will sehen, wohin das führen kann.«

Und es war nur recht, wenn er wusste, wie wichtig er ihr wirklich war. Also jetzt oder nie … »Erinnerst du dich an den Abend, als wir uns per Video unterhalten haben und ich versucht habe, Blumensträuße für eine Hochzeit zu binden? Die ersten Sträuße, die ich seit Brents Tod gemacht habe?«

»Ja.«

Der Mann merkte sich Dinge. Das gefiel ihr. »Als ich aufgelegt hatte, habe ich entsetzt festgestellt, dass ich ein vollkommenes Blumenarrangement erschaffen hatte. Eines der besten, die ich je kreiert habe.«

»Okay …«

Was sie sagte, ergab keinen Sinn, oder? Mit ihrer freien Hand rieb Eva sich die Nasenspitze und sie verzog den Mund, während sie über ihre nächsten Worte nachdachte. »Weißt du, Marc, vorher hatte ich nur ein einziges Mal diese Art von spontaner, schöpferischer Inspiration – ohne dass ich mir dessen bewusst war, was ich tat, oder dass ich geglaubt habe, ich hätte das Zeug dazu. Und das war an dem Tag, als ich Brent kennengelernt habe.«

Schweigen. Was dachte Marc? Vielleicht hätte sie es ihm nicht erzählen sollen. Vielleicht war er beleidigt, weil sie ihn mit Brent verglichen hatte.

Endlich sprach er. »Und was bedeutet das?«

Mut. Das Flüstern in ihrer Seele fühlte sich vertraut an, wie eine Freundin, die sie aus den Augen verloren hatte und die nun an die Tür klopfte.

Sie betrachtete Marc, aber sein Blick war undurchdringlich. »Es bedeutet, dass ich meine Inspiration wiedergefunden habe. *In dir.*« Und das war die Wahrheit. Aber … eigentlich war das doch unmöglich, sie konnte ihn doch noch nicht lieben, oder? Sie waren gerade erst ein paar Wochen zusammen. »Und ich fand, du solltest das wissen.«

»Danke, dass du es mir erzählt hast.« Er zog sie an sich und gab ihr sanft einen Kuss auf ihren Kopf.

Gemeinsam sahen sie zu, wie der Fluss vorbeirauschte und sein Wasser verspritzte und die Welt um ihn herum versorgte, indem er einfach er selbst war. Sein entferntes Rauschen drang an ihre Ohren wie Siegesklänge.

»Und: Ich würde mich ja gerne mit den Federn schmücken, dass ich dich inspiriere, Eva. Aber in Wirklichkeit bin ich nur ein Mann. Diese Inspiration kam aus dir selbst heraus.«

Während Angela, Marc und Eva sich über die Ziellinie der vierten Etappe schleppten, fing ein sanfter Regen an, die Erde um sie herum zu benetzen.

Marc zog Eva unter einen Baum und wandte sich ihr zu, um sie zu küssen. Angela ging weiter, damit die beiden ungestört waren. Sie wünschte, sie hätte ihnen schon früher mehr Privatsphäre geben können, aber da höchstens dreißig Meter zwischen ihnen liegen durften, war das nur begrenzt möglich. Aber offensichtlich hatte ihre Unterhaltung etwas gebracht. Angela würde Eva später danach fragen.

Im Moment hatte sie jedoch etwas anderes auf dem Herzen.

Angela musste Simon um Verzeihung bitten, denn er hatte sich ihr gegenüber nichts zuschulden kommen lassen. Sie hatte sich vielmehr ihm gegenüber nicht richtig verhalten, als sie ihn gestern Abend auf dem Weg einfach hatte stehen lassen. Und das war unverzeihlich.

Mit schmerzenden Füßen und zitternden Knien ging Angela zwischen den Zelten hindurch. Dieses Lager befand sich auf einer offenen Wiese, die von einigen Hügeln umgeben war und auf einer Seite an einen kleinen Wald grenzte. Der Regen prasselte jetzt auf die Polyesterzelte und sie fröstelte, als der Nieselregen stärker wurde und der Wind sich auf ihren nassen Wangen kälter anfühlte. Endlich hatte sie ihr Zelt erreicht, und obwohl sie sich am liebsten darin verkrochen hätte, warf sie nur ihren Rucksack hinein, drehte wieder um und ging zum Pressezelt, während sie die Kapuze ihrer Jacke enger um ihr Gesicht zog.

Als sie sich dem Zelt näherte, entdeckte sie Simon, der unter dem Baldachin eines blauen Pavillons saß, seinen Laptop auf einem Tisch vor sich, während seine Finger über die Tastatur flogen. In der Nähe saßen zwei Journalistinnen, die Angela von der Einführungsveranstaltung wiedererkannte, einander gegenüber und plauderten mit Kaffeebechern in der Hand. Beide blickten auf, als sie näher kam, aber Simon bemerkte sie nicht. Es sei denn, er ignorierte sie – was sie durchaus verdient hätte.

Angela trat unter das Vordach und verschränkte die Arme, um so wenig wie möglich zu frieren. Was würde sie nicht dafür geben, in ihren Schlafsack zu kriechen, aber das hier war zu wichtig. Sie musste sagen, was sie auf dem Herzen hatte, bevor ihr Mut sie verließ.

Als Simon immer noch nicht aufblickte, zog Angela ihre Kapuze ab und räusperte sich.

Jetzt endlich hob sich sein Blick und seine Augen weiteten sich ein wenig, als er sie sah. »Bin gleich wieder da.«

»Okay.«

Er klappte seinen Laptop zu, nahm ihn und eilte in ein nahe gelegenes Zelt, das viel größer war als die winzigen Einpersonenzelte der Wettkämpfer.

Ein Wassertropfen rann von ihrem Haaransatz über ihre Schläfe und die Wange hinunter. Angela wischte ihn fort und versuchte ihre Haare ein wenig zu richten, aber das würde auch nichts daran ändern, dass sie aussah wie ein begossener Pudel.

Simon kam mit einer Decke in der Hand und ohne Laptop wieder aus dem Zelt. Er hatte eine Jacke übergeworfen und eine weiße Mütze aufgezogen, die den Bronzeton seiner Haut betonte.

Wie konnte der Mann so gut aussehen, egal, was er trug?

»Hier. Du siehst aus, als wäre dir kalt.« Simon hielt ihr die Decke hin. Vor anderthalb Monaten hätte er sie selbst darin eingewickelt, aber die Zeit solcher Vertraulichkeiten war vorbei.

Und auch das hatte sie verdient. Aber vielleicht konnte sie wenigstens den Konflikt zwischen ihnen beenden, indem sie sich erklärte.

»Danke.« Angela nahm die Decke, die sich in ihren kalten Fingern rau anfühlte, und faltete sie so weit auseinander, dass sie sie um ihre Schultern legen konnte. »Können wir reden?«

Simon nickte und gab ihr ein Zeichen, sie solle vorangehen.

Erst in diesem Augenblick bemerkte sie, dass der Regen beinahe ebenso plötzlich aufgehört hatte, wie er begonnen hatte, nur dass jetzt alles nass war. Um ungestört zu sein, ging Angela zum Rand des Lagers und wählte einen alten Baumstamm aus, um sich daraufzusetzen.

Er nahm neben ihr Platz und wartete.

Angela zog die Decke fester um sich und vergrub ihre Hände darin. »Ich wollte mich für mein Verhalten bei der Etappe gestern entschuldigen.« *Weiter, Angela.* »Ich bin weggelaufen, bevor wir richtig reden konnten. Was wolltest du denn fragen?«

Simon stützte die Ellenbogen auf seine Knie und das Kinn auf die gefalteten Hände. »Damals am Strand war ich wie vor den Kopf gestoßen. Ich wusste nicht, was ich sagen sollte. Wie ich mit der Tatsache umgehen sollte, dass du offenbar keine Zukunft für uns gesehen hast, obwohl ich eine sah.«

Eine Locke war seiner Mütze entwischt und lag auf seiner Stirn und irgendwie wirkte er dadurch so verletzlich, wie sie ihn noch nie gesehen hatte.

Er fuhr fort: »Trotz allem war ich entschlossen, dich in Ruhe zu lassen. Oft wäre ich beinahe schwach geworden und hätte dich angerufen oder dir geschrieben. Aber ich habe dich losgelassen. Doch dann, als ich dich hier sah, habe ich etwas gespürt. Sechs Wochen später und zwischen uns gibt es immer noch diesen Funken, Angela. Und ich habe mich wohl gefragt, ob du …«

»Ob ich meine Meinung geändert habe?«

Endlich sah er sie an, aber nicht mit gespitzten Lippen, wie sie erwartet hatte, sondern mit nachdenklicher Miene. »Ja.«

Angelas Herz brach. »Ich leugne nicht, dass uns etwas zutiefst verbindet, Simon. Ich habe dich an jedem Tag, den wir getrennt waren, vermisst.«

»Ich habe dich auch vermisst.«

»Aber trotzdem wusste ich noch genauso wenig, was mit Wes und mir schiefgegangen ist. Wie ich verhindern kann, dass so etwas wieder passiert. Gestern Abend bin ich der Antwort ein bisschen näher gekommen.« Sie erzählte von ihrer Erleuchtung

– dass ihre Angst sich als Wut verkleidet hatte, dass sie Wes vorgeworfen hatte, ihr die Stabilität im Leben genommen zu haben, dass sie sich selbst und ihre Fähigkeit zu träumen verloren hatte, weil sie Angst gehabt hatte.

Und dass sie gespürt hatte, wie Gott in ihrem Herzen Vergebung und Tapferkeit geweckt hatte.

»Und jetzt?«

»Jetzt? Jetzt habe ich das Gefühl, dass ich beinahe so weit bin. Wieder zu träumen.«

»Mit mir?«

Die Hoffnung in seiner Stimme tat ihr in der Seele weh – denn sie wollte diese Hoffnung auch haben. »Ich glaube, ich muss damit anfangen, dass ich diesen Lauf beende. Das ist ein Traum, für den ich mich entschieden habe, und wenn wir erreichen können, was wir uns vorgenommen haben, obwohl am Anfang alles gegen uns sprach … dann wird mir das Hoffnung geben. Hoffnung, dass vielleicht auch andere Dinge gut werden können.« Angela biss sich auf die Lippe, als sie an die Folgen dachte.

Sie betrachtete ihn. Wie gerne hätte sie doch mit dem Finger die Konturen seines Gesichts nachgezeichnet, ihn an sich gezogen, seine Lippen auf ihren gespürt.

Aber eins nach dem anderen.

»Und dann? Wenn der Lauf vorbei ist?«

»Ich weiß nicht. Aber … ich habe Hoffnung. Zum ersten Mal seit Langem habe ich wieder das Gefühl, dass Träume vielleicht nicht in Enttäuschung enden müssen.«

35. Kapitel

Der »Lange Marsch« trug seinen Namen zu Recht. Das Team hatte erst dreißig von achtzig Kilometern bewältigt. Die Strecke im Lauftempo zurückzulegen, war nur noch eine verrückte Idee, denn heute waren sie fast die ganze Zeit gegangen.

Oder besser gesagt, sie hatten sich weitergeschleppt.

Das schwindende Tageslicht, als sie eine Anhöhe erreichten, war Beweis für ihr langsameres Tempo, aber das konnten sie ausgleichen, wenn sie nachts weitergingen, falls das sein musste. Marcs angespannter Miene nach zu urteilen war Eva nicht die Einzige, die sich Sorgen wegen ihrer Langsamkeit machte.

Und die war größtenteils ihre Schuld. Okay, ganz ihre Schuld. Komisch, da es am Anfang so ausgesehen hatte, als würde Angela diejenige sein, die sie zurückhalten würde. Aber Evas dämlicher Knöchel hatte es ihr wirklich nicht leicht gemacht. Gestern Abend, nach dem Abnehmen des Tapes, hatte sie festgestellt, dass ihr Fußgelenk fast dreimal so dick war wie sonst. Auch das Hochlegen und Kühlen während der gesamten Nacht hatte diesmal nicht geholfen. Und an diesem Morgen hatte der Knöchel genauso schlimm ausgesehen wie am Vorabend, wenn nicht noch schlimmer.

Jetzt konnte Eva eine Grimasse nicht unterdrücken, als sie beinahe über einen Felsbrocken gestolpert wäre und ein stechender Schmerz durch ihren Fuß schoss, obwohl sie ihre Trekkingstöcke umklammerte wie einen Rettungsring.

»Hoppla. Alles in Ordnung?« Marc fing sie auf, die Stirn in besorgte Falten gelegt.

»Ja. Alles gut.«

»Eva.« Angela blieb stehen, sodass Eva und Marc es notgedrungen auch tun mussten. »Zeig mir mal deinen Fuß.«

»An der nächsten Station.«

»Bis dahin sind es noch sechs Kilometer.« Marc drückte sanft ihren Ellenbogen. »Es wird nicht lange dauern.«

Stöhnend ließ Eva sich auf einem großen Stein nieder. »Also gut. Aber schnell. Wir sind sowieso schon spät dran.« Sie waren immer noch in den Bergen und das Terrain war ziemlich steinig geworden, mit nur geringem Pflanzenwuchs am Wegrand. Angeblich sollte bald ein Tal mit flachen Buchenwäldern kommen, aber dazu mussten sie erst mal den Abstieg ins Flachland bewältigen.

Und dann war da noch der Himmel. Es war schon ironisch, dass er vollkommen wolkenlos aussah – in der entgegengesetzten Richtung. Sie aber gingen geradewegs in ein Unwetter hinein.

Angela hockte sich hin und krempelte Evas Hosenbein hoch, um dann vorsichtig zu tasten und zu drücken, während sie Eva Fragen stellte und irgendwann verstummte. »Wir müssen an der nächsten Station Eis drauftun. Genau genommen schlage ich vor, dass wir dort über Nacht Rast machen.«

Das war nicht das, was Eva hören wollte. »Ich kann weiterlaufen, wenn ich das Gelenk gut kühlen kann.«

»So funktioniert das nicht.« Angela zog Evas Hosenbein wieder herunter. »Du musst dem Knöchel genügend Ruhe geben, damit er sich erholen kann.«

Eva hörte das, was Angela nicht aussprach – nämlich, dass sie das hier nie hätten tun dürfen. Als Eva sich verletzt hatte, hätten sie die Teilnahme an dem Lauf absagen müssen.

Aber sie hätte es sich selbst nie verziehen, wenn sie die Gelegenheit nicht genutzt hätte. Und sie wusste, dass es Angela trotz der widrigen Umstände ebenso ging. Ihre Schwägerin hatte nur länger gebraucht, um zu demselben Schluss zu kommen.

Vielleicht waren sie zunächst um ihrer Männer und ihrer Familien willen angetreten, aber irgendwann war es auch um sie selbst gegangen. Es ging darum, für ein neues Leben zu kämpfen, das nicht mit der Tragödie endete, die sie getroffen hatte. Es ging darum, die Reise, auf der sie alle waren, zu genießen.

Aber damit sie das alles erleben konnten, mussten sie diesen Lauf beenden. Jetzt aufzugeben, war so, als würde man einen wunderbaren Berg am Horizont sehen, aber nie den Zenit erklimmen.

»Was haltet ihr davon, wenn wir sehen, wie es Eva geht, wenn wir die Station erreicht haben, und dann entscheiden?« Marc betrachtete den Himmel. »Ich habe das Gefühl, dass der Knöchel heute Nacht nicht unser einziges Problem sein wird.«

Genau in diesem Augenblick traf ein Regentropfen Evas Stirn. Sie nickte und stand auf.

Inmitten eines leichten Nieselns setzten sie sich wieder in Bewegung, doch schon bald wurde daraus ein strömender Regen. Eva zog sich die Mütze über die Ohren und streifte ein Paar schwarze Fleecehandschuhe über. Es regnete immer weiter. Seltsam, dass das gleichmäßige Prasseln, das sie in ihrem Zelt als rhythmisch und beruhigend empfunden hätte, sich jetzt anfühlte, als würde jemand mit einem Messer auf ihren Schädel einstechen.

Als der Weg erneut bergauf führte, kamen sie nur noch mühsam voran, so als würde eine unsichtbare Hand sie zurückschieben. Sie stießen ihre Stöcke in den Boden, als wollten sie einen Claim abstecken – ihr Recht, diesen Lauf erfolgreich zu beenden. An manchen Stellen schien es, als würden nur die Stöcke sie daran hindern rückwärtszutaumeln.

Eva streifte den Rucksack von ihren Schultern, die vor Kälte zitterten, und öffnete die Seitentasche, in der sie ihre Stirnlampe verstaut hatte. So schnell sie konnte, setzte sie die Lampe auf, zog den Riemen fest und schaltete das Licht ein.

Während die Lichtkegel von Marc und Angela sich zu ihrem gesellten und den Weg vor ihnen erhellten, war Eva wieder einmal dankbar für die Vorteile einer Mannschaft. Wäre sie allein hier draußen gewesen, hätte sie unmöglich weitermachen können. Sie hatte sich für stark gehalten und gedacht, ihre Motivation würde sie selbst unter schwierigsten Bedingungen wärmen und antreiben, aber der heutige Tag war wieder einmal ein Beweis dafür, dass Eva starke Menschen in ihrem Leben brauchte, wenn sie glücklich sein wollte.

Obwohl ihr Marcs Worte von gestern wie in einer Schleife immer wieder durch den Kopf gingen: *»Diese Inspiration kam aus dir selbst.«*

Stimmte das? In diesem Augenblick kam ihr der Gedanke absurd vor.

Während sie weiter die Anhöhe erklommen, wurde die Erde zu Schlamm. Evas Füße rutschten mehrmals ab, was ihr Sprunggelenk trotz des Kinesiotapes zusätzlich belastete. Endlich erreichten sie den Gipfel des Hügels. Dicker Nebel lag über dem Tal unter ihnen und erinnerte Eva an die Wolken, die sie vom Flugzeug aus gesehen hatte, als sie vor beinahe vier Monaten im Landeanflug auf Queenstown gewesen waren. Wären die pinkfarbenen Fahnen am Wegrand nicht aus einem reflektierenden Material gewesen, hätten sie ihren Weg zum Lager niemals gefunden.

Die nächsten drei Kilometer ging es nur langsam voran, weil der Regen nicht nur sie, sondern auch den Boden durchnässte. Am liebsten hätte Eva sich unter einem der Felsüberhänge, an denen sie vorbeikamen, zusammengerollt, nur einen Augenblick lang vor dem Sturm Zuflucht gesucht und ihren Fuß ausgeruht. Aber als sie Marc und Angela von dieser Idee erzählte, runzelte Marc die Stirn. »Natürlich können wir anhalten, wenn du nicht mehr kannst. Aber glaubst du, du kannst anschließend weitergehen?«

Den Rest brauchte er nicht zu sagen – es gab keine Garantie, dass es nicht die ganze Nacht regnen würde, und sie hatten noch nicht einmal die Hälfte des »Langen Marsches« geschafft. Wenn sie heute nicht bis zu einem vernünftigen Haltepunkt kamen, war die Wahrscheinlichkeit groß, dass sie die letzte Station nicht rechtzeitig erreichten.

»Du hast recht. Gehen wir weiter.« Eva zwang sich, tapfer zu lächeln, obwohl ihr überhaupt nicht danach zumute war. Sie rieb sich die Hände und versuchte, das Frösteln zu ignorieren, das ihren Körper durchfuhr.

»Leute, guckt mal.« Angela zeigte auf den Weg vor ihnen. Er folgte in einer Biegung dem nächsten Hang. »Das sieht nicht gut aus.«

Eva blinzelte in die Dunkelheit und ihr Herz stockte, als sie den unterspülten Pfad sah.

Was? Nein, nein, nein.

Eva spürte gar nichts mehr.

Marc joggte vor und Eva und Angela folgten ihm in langsamerem Tempo. Als sie an der Stelle angekommen waren, war Marcs Tonfall düster. »Ich glaube, der Regen hat einen Erdrutsch ausgelöst.«

»Kann das bei einem befestigten Wanderweg wie diesem denn überhaupt passieren?« Angela legte den Kopf schief, als wollte sie die Straße genauer betrachten.

»Ja. Es hat mit der Schwerkraft am Hang zu tun. Ein schweres Unwetter kann die Felsen und das Geröll losreißen. Wahrscheinlich ist der Hang jedes Jahr ein bisschen mehr abgerutscht und der Regen jetzt war vielleicht nur der berühmte Tropfen, der das Fass zum Überlaufen brachte.«

»Und was machen wir jetzt?« Verzweiflung schwang in Evas Stimme mit und drohte ihr die Luft abzuschnüren.

Marc zeigte auf einen Felsvorsprung hinter ihnen. »Wie es aussieht, kannst du dich doch ausruhen.«

»Nein. Wir können nicht hierbleiben.« Ihre Stimme klang wie die eines Kleinkindes, das um ein Eis bettelt. Aber das hier war so viel wichtiger als ein Nachtisch.

Dies war *alles*.

»Komm erst mal aus dem Regen raus, Eva.« Marc streckte seine Hand aus und sie ergriff sie widerwillig.

Der Boden unter dem Felsvorsprung war trocken. Eva setzte

sich auf die kalte Erde zwischen Angela und Marc. »Meint ihr, sie werden uns suchen und sehen, dass der Weg weggespült wurde?« Eva faltete die Hände und hielt sie sich vor den Mund, um warme Luft darauf zu hauchen. Sie mit Hoffnung zu beatmen. Oder es zumindest zu versuchen.

Trotz ihrer Handschuhe blieben ihre Hände vor Kälte ganz steif.

»Nur, wenn wir unsere Notfunksender benutzen oder morgen Abend nicht bei der Station erscheinen. Schade, dass wir keine richtigen Funkgeräte haben. Im Moment sehe ich keine andere Option, als einen der Sender zu benutzen.«

»Aber das würde bei dem Veranstalter unnötige Panik auslösen«, wandte Eva ein. Außerdem würden sie damit alles weitere Geschehen aus der Hand geben. Sie würden hier warten müssen, bis die Notfallrettung sie erreichte, und wer wusste schon, wie lange das bei diesem Wetter dauern konnte? Hier zu sitzen und zu warten, wo sie schon jetzt spät dran waren, könnte zu ihrer Disqualifizierung führen. »Es muss noch einen anderen Weg geben.«

Angelas Fuß wippte leise auf der Erde, während sie die Knie an ihre Brust zog.

»Lass mich überlegen«, sagte Marc.

Wie konnten die beiden in dieser Sache so ruhig bleiben? Vor allem Angela, die ihre Kinder aus ihrer gewohnten Umgebung herausgerissen hatte, um hier sein zu können. Die ihre Arbeit gekündigt und alles in dieses Training investiert hatte.

Schließlich ergriff Angela das Wort. »Wie wäre es, wenn wir weiter nach oben gehen und einen Bogen um die Stelle machen. Glaubt ihr, es gäbe eine ungefährliche Möglichkeit?«

Marc rieb sich das Kinn. »Kann sein.« Er stand auf und betrachtete den Hang oberhalb des Felsvorsprungs. »Es sieht aus, als wäre es kein großer Erdrutsch, und der Boden weiter oben sieht sicher aus. Ich könnte mal nachsehen.« Er kehrte an Evas Seite zurück.

Der Gedanke, dass Marc sich in Gefahr begab, damit sie diesen Lauf beenden konnten, drehte ihr den Magen um. »Ich weiß nicht …«

»Entweder das oder unser Notfunk. Wir könnten versuchen, zur letzten Station zurückzulaufen, um herauszufinden, ob es einen anderen Weg gibt, aber da wir die letzte Gruppe sind, haben die Helfer dort bestimmt schon eingepackt. Und dann haben wir Zeit und Kraft vergeudet.«

Eva griff nach seiner Hand und lehnte sich an ihn. Er roch nach Erde und nach seinem Deo, das schwach nach Kokos und Feige duftete. »Wie groß ist die Gefahr, dass du dich dabei verletzt?« Sie würde es sich nie verzeihen, wenn ihm etwas zustieß.

Er küsste Eva auf die Stirn und drückte ihre Finger. »Ich glaube nicht, dass es sehr gefährlich ist, vor allem, weil der Regen erst einmal aufgehört hat.«

Sie war zu beunruhigt gewesen, um es zu bemerken, aber er hatte recht. Nebel hing in der Luft, aber es regnete fast gar nicht mehr. »Was meinst du, Angela?«

Ihre Schwägerin spitzte die Lippen und starrte hinaus in die Dunkelheit. »Ich würde sagen, wenn Marc das Risiko eingehen will, dann bin ich dabei. Wir sind schließlich nicht so weit gekommen, um jetzt aufzugeben, oder?«

Wann war es für Angela wichtiger geworden als für Eva, dieses Rennen erfolgreich zu beenden?

Marc half Eva in eine aufrechte Sitzposition und stand dann auf. »Dann ist das beschlossene Sache. Ich gehe. Es sollte nicht lange dauern.«

»Sei vorsichtig.« Eva ergriff seine Hand und zog ihn zu sich herunter, um ihm einen schnellen Kuss auf die Lippen zu geben. Sie würde sich mit dieser Entscheidung erst wohlfühlen, wenn sie sich auf der anderen Seite dieses Erdrutsches befanden.

»Mach ich.«

Eva spürte das Versprechen in Marcs Blick bis in die Zehenspitzen.

Dann war er verschwunden und Eva konnte seine Schuhe auf dem Boden über ihnen hören, als er weiter hinaufkletterte. Fünf Minuten verstrichen, dann zehn, fünfzehn, und die ganze Zeit über waren ihre Handflächen in den Handschuhen schweißnass.

»Das war ein Fehler. Er könnte sich verletzt haben.«

»Bestimmt ist alles in Ordnung, Eva. Setz dich und atme tief durch.«

Aber selbst Angelas bester Muttertonfall konnte Evas inneres Kind nicht beruhigen. »Und was ist, wenn nicht? Und was ist, wenn ihm nichts passiert ist, aber es wirklich keinen anderen Weg gibt, als hier auf Hilfe zu warten? Wir sind um die halbe Welt geflogen, Angela. Wir haben Spendenzusagen von wirklich reichen Leuten und das Geld könnte vielen Menschen mit einer Herzkrankheit helfen. Simon schreibt einen Artikel über uns. Was ist, wenn aus all dem nichts wird?«

»Wir haben beide dafür gekämpft, hier zu sein. Dein Knöchel ist der beste Beweis dafür. Meine Füße tun weh. Und wir wissen beide, dass wir irgendwann innerhalb der letzten achtzig Kilometer so ziemlich unseren Verstand verloren haben. Wahrscheinlich schon vorher.« Angela lachte trotz ihrer offensichtlichen Erschöpfung. »Aber wir geben nicht auf. Selbst wenn Marc zurückkommt und sagt, dass es keinen Weg oberhalb gibt, den wir nehmen können, werden wir nicht aufgeben. Wir ziehen diese Sache durch. Wir werden unser Happy End bekommen. Unser Traum wird wahr werden. Alles andere ist … inakzeptabel.«

Wow. Angela war nicht mehr im reinen Überlebensmodus. Sie hatte den Kampf aufgenommen.

»Okay.«

Das Wort klang halbherzig, aber Evas Einstellung war es nicht. Sie hatte nur einfach keine Kraft, um mehr zu sagen.

Die nächsten zehn Minuten saßen sie eng aneinandergekauert und warteten. Warteten. *Komm schon, Marc. Wo bist du?*

»Hallo.«

Als sie Marcs Stimme hörten, krochen Eva und Angela unter

dem Felsvorsprung hervor und blickten nach oben. Er stand über ihnen, eine dunkle Silhouette vor dem Himmel, an dem die Sterne zwischen den abziehenden Wolken hindurchleuchteten.

Angela sprach als Erste. »Und? Hast du einen Weg gefunden?«

»Ja, aber natürlich geht der querfeldein.« Er wandte sich an Eva. »Wirst du das schaffen, Eva?«

»Ja.« Sie musste. Der Weg hierher war zu lang gewesen – im wörtlichen wie im übertragenen Sinne. Und was war die Alternative? Zurückgehen? Hierbleiben, zwischen Gipfel und Tal, ohne zu wissen, wo sie enden würde?

»Also gut. Wer will den Anfang machen?«

36. Kapitel

Sie konnten von Glück sagen, wenn Evas Knöchel diesen Tag überlebte.

Angela trank einen Schluck Instantkaffee, während die Sonne über dem Berg erschien. Sie saß im Schneidersitz auf einer Plattform, nicht weit von der Station auf der Hälfte der Strecke, die sie schließlich um zwei Uhr morgens erreicht hatten, nachdem sie oberhalb des Erdrutsches den Bergkamm überquert hatten. Mit bedachten Schritten hatte Marc sie auf die andere Seite geführt. Dort hatten sie sich eine Weile ausgeruht und waren dann, trotz Angelas und Marcs Protesten wegen Evas Fußgelenk, bis zur nächsten Station weitergegangen, wo ihre Schwägerin sich Eis besorgt hatte.

Da es hier keine Zelte gab, hatten sie sich einige Stunden lang in ihren Schlafsäcken aneinandergeschmiegt.

Jetzt, mit dem letzten lauwarmen Kaffee in der Kehle, kämpfte Angela mit sich, hin- und hergerissen von dem Wunsch, diesen Lauf mit einem guten Ergebnis zu beenden, und der Einsicht, dass Eva sich nicht dauerhaft schaden durfte, um dieses Ziel zu erreichen.

»Gott, was sollen wir machen?« Die Frage war ihr die ganze Nacht durch den Kopf gegangen, aber dies war das erste Mal, dass sie sie laut aussprach. Ein winziger Schauer lief ihr über den Rücken bei dem Gedanken, wieder Verbindung mit Gott aufzunehmen. Kylee hatte recht gehabt – eine Zeit lang hatte sie um alles Geistliche einen Bogen gemacht –, aber jetzt fühlte ihr Geist sich so frei wie schon lange nicht mehr. Der Heilungsprozess war noch längst nicht abgeschlossen, aber sie hatte zumindest eingesehen, dass ihre früheren Methoden nicht funktioniert hatten. Vielleicht war dies der richtige Weg.

Eine Brise fuhr über ihre Wangen, ein sanftes Streicheln, das an ihren Haaren und dem Kragen ihrer Jacke zog und eine Freude in ihre Seele wehte, die ihr sagte, dass sie nicht allein war. Dass sie es vielleicht nie gewesen war.

»Schön, oder?«

Angela drehte sich um und sah Marc ein Stück hinter ihr stehen, die Hände in den Taschen seiner roten Kapuzenjacke. Seine Augen wirkten müde und seine Haare waren platt gedrückt – die typische Mützenfrisur, die sie wahrscheinlich selbst zur Schau stellte, nachdem sie ihre Kappe in den letzten Tagen so viel getragen hatte.

»Das ist es, trotz der Kälte.« Der Nebel von gestern Abend hatte sich verzogen und der Blick auf die Landschaft war klar, aber die Luft war immer noch kühl. Sie zeigte auf den höchsten der umliegenden Gipfel, den eine dünne Schneeschicht wie Puderzucker zierte. »Ich denke die ganze Zeit daran, dass wir es schon irgendwie bis dahin schaffen werden. Aber der Weg bleibt unberechenbar.«

Das hatte ihr früher Angst gemacht. Und tat es jetzt manchmal immer noch. Aber diese Erfahrung weitete ihren Horizont, öffnete sie für Neues. Sie hätte nie gedacht, dass ein Weg durch das Gelände wie gestern Nacht gut gehen könnte. Aber es *war* gut gegangen.

Sherrys Worte von ihrem letzten gemeinsamen Abend kamen ihr wieder in den Sinn: *»Aber wenn ihr Angst vor der Zukunft habt, geht einfach den nächsten Schritt. Tut, was als Nächstes dran ist. Und vertraut darauf, dass Gott etwas Wunderbares mit euch vorhat, selbst wenn unsere Definition von ›wunderbar‹ vielleicht nicht mit seiner übereinstimmt.«*

Angela war immer noch nicht sicher, wie der Tod ihres Mannes in irgendeinem Universum in die Kategorie »wunderbar« fallen könnte. Aber andererseits fand sie zum ersten Mal seit Jahrzehnten allmählich zu sich selbst. Und das wäre vielleicht nicht geschehen, wenn sie Wes nicht geliebt und verloren hätte.

Marc ging in die Hocke, den linken Arm auf das linke Knie gestützt, die Hände gefaltet. »Alles an dieser Reise ist unberechenbar.«

»Zum Beispiel, dass du dich in Eva verliebt hast?« Die Worte waren heraus, bevor sie die Gelegenheit hatte, sie zu überdenken, aber sie bezweifelte die Wahrheit dieser Worte nicht.

Marc zog eine Augenbraue hoch. »Zum Beispiel, dass du dich in Simon verliebt hast?«

Seine Worte ließen ihr Innerstes zugleich erstarren und schmelzen. »Du kämpfst mit unfairen Mitteln.«

»Du hast angefangen.«

Es war schon merkwürdig – hier waren sie, Freunde auf einem Weg, unauslöschlich verbunden durch eine Tragödie. Und doch hatten sie beide mehr gefunden, als sie sich erhofft hatten.

Marc räusperte sich. »Ist schon komisch, nicht? Ich denke immer noch, es ist ein Traum. Dass ich irgendwann aufwache und Brent gar nicht tot ist. Dass ich das Unternehmen nicht mehr allein bewältigen muss. Dass ich meinen besten Freund wiederhabe. Aber dann ist da Eva. Und wenn Brent wieder hier wäre, wäre ich … Und natürlich würde sie sich für ihn entscheiden. Wie es richtig wäre.«

Angela berührte seinen Arm. »Aber Brent *ist* wirklich tot.«

»Ich weiß. Und wie du sagst … ich habe mich in seine Frau verliebt.«

Seine heisere Stimme weckte Mitgefühl in Angela. »Du bist ein guter Kerl, Marc. Brent wäre froh zu wissen, dass Eva so gut versorgt ist.«

»Das liegt aber nicht nur an mir. Du hast auch viel damit zu tun. Nicht nur, weil du ihr eine wahre Schwester geworden bist, sondern ich mache mir auch nicht mehr so viel Sorgen um Evas Knöchel, weil ich weiß, dass du dich darum kümmerst. Du bist ruhig und besonnen und ich weiß, ich kann mich darauf verlassen, dass du uns sagst, wenn wir aufhören müssen, auch wenn du es nicht willst.« Er zögerte. »Ich habe gehört, du wolltest früher mal Medizin studieren.«

Vielleicht hatte Eva ihm das erzählt. »Ja, aber ich bin nicht sicher, dass ich das immer noch will.«

»Was willst du denn machen?«

»Ich weiß es nicht.«

»Was auch immer du tust – ich weiß, Wes würde wollen, dass du glücklich bist, Angela.« Marc setzte sich und streckte die Beine aus. »Er hat dafür gelebt, dich und eure Kinder glücklich zu machen. Ich glaube, deshalb hat er so viel Spaß am Extremsport gehabt.«

»Also, das verstehe ich nicht, Marc. Er hat gesagt, es macht ihn lebendig, und das heißt für mich, dass wir ihm nicht genug waren.« Ja, Angela hatte ihren Frieden mit Wes geschlossen, aber auf diese entscheidende Frage hatte sie noch immer keine Antwort.

Und sie hatte sich damit abgefunden, dass sie diese Antwort auch nie finden würde.

Marc musterte sie eindringlich. »Er und ich haben uns einmal darüber unterhalten, wie es ist, alle Erwartungen über den Haufen zu werfen und sich ganz in die Hand Gottes zu begeben. Wir wissen doch, dass uns jederzeit irgendetwas aus diesem Leben reißen kann. Krebs. Ein Herzinfarkt. Ein Autounfall. Wes hat den Extremsport nicht als etwas gesehen, mit dem er sich bewusst in Gefahr begeben hat. Für ihn hat es bedeutet, furchtlos zu leben. Und in diesen Augenblicken, wenn er in der Luft hing oder die Tiefen erforscht hat oder einen Berg hinuntergerast ist, hat diese Verbindung zu Gott ihn erfüllt und sein Herz überfließen lassen. Und dann konnte er diese Freude zu dir und den Kindern nach Hause mitnehmen. Ich glaube, er hat sich als besseren Ehemann und Vater betrachtet, weil er euch auf diese Weise mehr geben konnte.«

Hatte Wes sich leer gefühlt, bevor er mit seinen Abenteuern begonnen hatte? Wenn sie jetzt zurückblickte, erkannte sie, dass er tatsächlich heiterer gewesen war, nachdem er angefangen hatte, Dinge mit Brent zu unternehmen. Er hatte mehr gelacht. Mehr mit seinen Kindern gespielt. Und versucht, mit Angela auszugehen.

Aber sie hatte sich damals zu viele Sorgen gemacht, war zu wütend und zu negativ eingestellt gewesen, um diese Dinge zu sehen. Sie hatte es eher so empfunden, dass er seine Träume wahr machte, während sie in der Eintönigkeit des Lebens feststeckte. Sie hatte sich von ihm verlassen gefühlt statt eingeladen.

»Warum hat er mir das nicht einfach gesagt?«

»Vielleicht wusste er nicht, wie.«

Und vielleicht hätte sie auch gar nicht zugehört. War nicht bereit dafür gewesen. Aber jetzt … jetzt war sie es.

Ihre Seele flüsterte einen wortlosen Dank für eine Antwort, mit der sie nicht mehr gerechnet hatte.

Nur mit eisernem Willen würde sie den Tag heute überstehen.

Eva rollte ihren Schlafsack zusammen und befestigte ihn an ihrem Rucksack, dann betrachtete sie bei Tageslicht die umliegende Gegend. Alles sah nass aus und der dunkle Himmel fern am Horizont versprach eine Wiederholung der gestrigen Vorstellung. Vom kalten Erdboden stieg der Geruch lehmhaltiger Erde nach einem Regen auf.

Sie entdeckte Marc, der sich von seinem Platz neben Angela erhob, um mit den beiden männlichen Helfern an der Station zu reden. Eva ging zur ihrer Schwägerin. »Seid ihr bereit aufzubrechen?«

»Ich schon. Marc wollte aber erst fragen, wie die aktuelle Wettervorhersage aussieht. Wie geht es deinem Fuß?«

»Immer noch geschwollen, aber Eis, Schmerzmittel und Ausruhen haben schon ein bisschen geholfen.« Bis jetzt hatte das Gehen an diesem Morgen nur bei Steigungen oder Gefälle wehgetan und angeblich sollten sie heute eine ziemlich flache Strecke vor sich haben.

Marc gesellte sich wieder zu ihnen. »Sie sagen, irgendwann heute Nachmittag oder Abend soll noch ein Unwetter in unsere Richtung ziehen.«

»Dann lass uns gehen.« Eva setzte den Rucksack auf. Dem Knöchel gefiel das zusätzliche Gewicht gar nicht, aber was blieb ihr anderes übrig? Sie musste einfach weitergehen und mit dem Schmerz leben.

Aber der Gedanke hatte nicht mehr denselben Reiz wie noch vor einigen Monaten.

Nachdem Marc sich noch bei Eva vergewissert hatte, dass sie wirklich weitermachen wollte, brachen sie auf. Es machte ihr nichts aus, dass er sich um sie kümmerte – er war nicht herablassend, sondern nur besorgt. Sie kamen eher langsam voran, als sie vom Berg in ein Tal hinabstiegen, aber zum Glück immer noch schnell genug, um rechtzeitig an diesem Abend die fünfte Etappe zu beenden, wenn sie das Tempo halten konnten.

Marc unterhielt sie mit Erzählungen von seinen Abenteuern mit Brent und Wes und Angela schien es erstaunlicherweise nichts auszumachen. Manchmal fragte sie sogar nach oder lachte über einige der Aktionen. Eva dachte daran, wie sehr ihre Schwägerin sich in den letzten sechs Monaten verändert hatte – wie sehr sie beide sich verändert hatten –, und das war beinahe genug, um Eva von den Schmerzen abzulenken, die von ihrem Knöchel ausstrahlten und ihr Bein hinaufzogen.

Beinahe.

Hin und wieder sog Eva scharf die Luft ein, ohne dass es ihr bewusst wurde, sodass ihr Unwohlsein sich durch ein zischendes Geräusch äußerte.

Und sie war nicht die Einzige, die Schmerzen hatte. Ihre beiden Gefährten hatten ebenfalls Probleme. Angelas Füße waren so lädiert, dass sie irgendwann innerhalb der vergangenen zwei Tage sogar einen Fußnagel eingebüßt hatte, und Marcs Augen machten deutlich, wie erschöpft er war – mental und physisch.

Sie hielten viel öfter an, als es Eva lieb war, aber was sollte sie sonst tun? Sie musste ihrem Knöchel Pausen gönnen, sonst würde sie es nie schaffen.

Zum Glück war das Terrain mittlerweile ziemlich eben und

sie hatten lange Strecken mit relativ flachem Farmland vor sich. Schafe grasten an den sanften Hügeln und selbst oben auf den Bergen und hinter dicken Holzzäunen streiften Rudel von Alpakas umher. Die Geräusche, die sie von sich gaben, klangen wie eine Mischung aus muhenden Kühen und blökenden Schafen. Jedes Mal, wenn sie an einem Stapel Heuballen vorbeikamen, wurde Eva daran erinnert, dass sie sich der Zivilisation näherten.

Morgen würden sie nur noch die letzten zehn Kilometer zurücklegen müssen. Dann würden sie müde, aber siegreich in Wanaka eintreffen.

Und dann … na ja, sie war sich nicht sicher, was dann geschehen würde. Aber sie war entschlossen, dafür zu sorgen, dass das Leben nicht mehr grau sein würde. Sie würde die Farbe finden, selbst wenn es schwierig war.

Sie würde Inspiration erschaffen, nicht nur suchen.

Und mit Marc und Angelas Familie verbunden zu sein, das würde auf jeden Fall eine große Rolle dabei spielen.

Doch im Moment musste Eva sich nur konzentrieren. In den Augenblicken, wenn ihr Knöchel stechende Schmerzen durch ihr Bein und bis in ihre Hüfte jagte, biss sie die Zähne zusammen, so gut sie konnte, und richtete den Blick starr auf irgendeinen Punkt am Horizont.

Es war in einem dieser Augenblicke, dass sie den ersten Blitz sah. »Habt ihr das gesehen?«

»Ja.« Wie konnte ein Wort so viel düstere Ahnung beinhalten? Aber Marcs Antwort tat genau das.

Sie schleppten sich weiter und irgendwann hatte das Unwetter sie erreicht. Marcs Berechnungen zufolge hatten sie heute noch gut fünf Kilometer vor sich und etwas mehr als eine Stunde Zeit, um die Endstation der fünften Etappe zu erreichen.

Das würden sie nicht schaffen.

Diese Erkenntnis traf Eva, als die ersten Regentropfen über ihr Gesicht rannen. Das Grollen des Donners übertönte das Knirschen ihrer Schuhe auf den winzigen Kieseln des Weges. Eva stellte sich vor, sie wäre in einem Film und dies wäre der Augenblick, in dem die Musik einsetzte – energiegeladen, dramatisch und auch etwas düster. Die Zuschauer würden sich Sorgen um sie machen und befürchten, dass sie unter dem Druck zusammenbrach. Sie würden gespannt die Luft anhalten und sich fragen, ob Eva aufgeben und sich von den Naturgewalten besiegen lassen oder sich wehren und dagegen ankämpfen würde.

Und einen Augenblick lang würde sie versucht sein, mitten auf dem Weg zu Boden zu sinken und vor Schmerzen zu weinen, während die Angst siegte. Aber dann würde sie weitergehen, denn das taten Helden nun einmal. Sie machten weiter, selbst wenn alles in ihnen aufgeben wollte.

Brent war ihr Held gewesen. Und jetzt musste sie selbst eine Heldin sein.

Aber das Leben war nicht wie im Film. Das wurde ihr bewusst, als sie ein neues Knacken in ihrem Sprunggelenk spürte und dann stürzte. Die Trekkingstöcke konnten sie nicht halten, ihr Knie traf auf einen Stein und die Hände landeten im Schlamm am Wegrand.

»Eva!« Marc warf seine Stöcke und den Rucksack von sich und rannte zu ihr.

Ein Blitz erleuchtete den Himmel über ihnen.

Eva kniff die Augen zu und hoffte, sie würde aus diesem Albtraum aufwachen. Sie merkte, wie sanfte Hände sie aufrichteten, bis sie mit ausgestreckten Beinen dasaß. Sie spürte, wie schmalere Hände ihren Knöchel betasteten. Und hörte das leise Stöhnen, das über Angelas Lippen kam.

»Wie schlimm ist es?« Es gelang ihr, die Augen zu öffnen.

»Ich würde sagen, das war's für uns, Eva.« Angela hockte vor ihr, die Arme auf die Knie gestützt, während der Regen ihr übers Gesicht lief und der Wind die Haare aus ihrem Pferdeschwanz zerrte.

Eva öffnete den Mund, um zu protestieren, aber stattdessen lehnte sie sich an Marc, der sie stützte. Die nächsten Worte waren die schwierigsten, die sie jemals sagen würde – aber vielleicht konnte sie heute auf andere Weise eine Heldin sein. »Das war es vielleicht für mich. Aber ihr solltet ohne mich weitermachen.«

»Was? Das geht nicht. Wir sind ein Team, weißt du noch?«

»Nein … das könnt ihr. Erinnerst du dich an die Regeln? Wenn ein Mannschaftmitglied sich während des Rennens verletzt, können die anderen als Einzelpersonen weiterlaufen.« Eva biss sich auf die Innenseite ihrer Wange, bis sie Blut schmeckte. »Und deshalb will ich, dass ihr weitermacht. Wenn ihr jetzt geht, könnt ihr es noch rechtzeitig bis zur Endstation schaffen.« Auch wenn der Gedanke schmerzte, war die Vorstellung, dass keiner von ihnen den Lauf erfolgreich beendete, noch schlimmer.

Aber anstatt sie hoffnungsvoll anzusehen, verengten Angelas Augen sich. »Wir lassen dich nicht hier.«

»Ich kann bei ihr bleiben, Angela.« Marc drückte Evas Knie. »Geh du weiter. Dann erreichst du für uns alle das Ziel.«

Angela blickte zwischen ihnen hin und her und ihre Miene zeigte, dass sie innerlich zerrissen war. Dann schüttelte sie energisch den Kopf. »Entweder wir erreichen alle das Ziel oder keiner.«

»Ang–«

»Ohne dich wären wir nicht hier, Eva. Ohne deinen Traum für uns.« Angela stemmte die Hände in die Hüften. »Und ich werde dich *nicht* hier zurücklassen.«

»Aber ich weiß nicht, ob ich den Fuß belasten kann.«

»Dann tragen wir dich.«

Sie konnte nicht zulassen, dass ihre Schwägerin ihre Chance opferte. »Ich –«

»Vergiss es. Ich diskutiere nicht. Also, bist du bereit?«

Eva musterte Angela und wusste, dass sie nicht gewinnen konnte. »Also gut. Auf geht's.«

37. Kapitel

Sie würden rechtzeitig die Ziellinie überqueren. Ein Nein ließ Angela einfach nicht gelten.

Sie rückte Evas Arm über ihrer Schulter zurecht und stützte sie. Eva hüpfte auf dem linken Fuß, angetrieben von einer neuen Energie und Entschlossenheit. Auf den letzten drei Kilometern hatte Marc sie auf dem Rücken getragen und Angela hatte ihren eigenen Rucksack und den von Eva geschleppt – eine ganz schöne Leistung, wie sie fand.

Marc hätte sie auch weiter getragen, aber sein Rücken hatte zu schmerzen angefangen. Leider hatten sie nur noch zwanzig Minuten Zeit, bis ihre Zeit für heute abgelaufen war.

Es hatte abwechselnd genieselt und wie aus Eimern geschüttet, sodass jeder Schritt rutschig war, trotz des Trekkingstocks, den Eva mit ihrer freien Hand benutzte.

Angela konzentrierte sich auf den Weg und stützte Eva, indem sie einen Arm um die Taille ihrer Schwägerin gelegt hatte und mit der anderen die Hand umklammert hielt, die über ihrer Schulter hing. Sie hatten nicht viel geredet, sondern sparten sich die Luft für das Ächzen und Stöhnen auf, das bei jedem Schritt aus ihrer Lunge aufstieg.

Angela versuchte krampfhaft zu ignorieren, dass jedes ihrer Gelenke schmerzte, vor allem ihre Hüfte und das angeschlagene Knie. Und dann das Brennen, wo früher ihr Fußnagel gewesen war …

Marc warf einen Blick auf seine Uhr, die Lippen zu einer dünnen Linie zusammengepresst.

Eva hüpfte über einen kleinen Stein und hätte dabei beinahe Angela zu Fall gebracht. »Wie sieht es mit der Zeit aus?«

»Noch zwölf Minuten. Und ungefähr ein halber Kilometer.«

»Legen wir einen Zahn zu.« Eva sah Angela an, eine Frage in den blutunterlaufenen Augen.

War die Anstrengung zu viel für sie? Die Mutter in Angela wollte Eva zwingen, sich auszuruhen – aber die neu erwachte Kämpfernatur wusste, dass sie es alle bereuen würden, wenn sie nicht auch noch den letzten Schweißtropfen investierten und den Schmerz ertrugen. »Okay.« Angela beschleunigte ihr Tempo und ein oder zwei Minuten lang funktionierte es auch, aber dann stolperte Eva und sie beide landeten auf dem Boden.

Eva stützte die Stirn in ihre Hände. »Wir haben es versucht. Also jetzt lauft, Leute. Los!«

Hatte Eva sie beim letzten Mal nicht gehört? »Marc, ich brauche deine Hilfe.« Sie drehte sich so, dass Eva hinter ihr war. »Heb sie auf meinen Rücken, ja?«

»Ich kann sie wieder nehmen.«

»Ja, ich bin zu groß für dich.«

»Du machst wohl Witze«, schnaubte Angela. »Du bist ein Strich in der Landschaft und ich … also, ich nicht. Marcs Rücken ist im Eimer und wir haben keine Zeit für Diskussionen. Heb sie auf meinen Rücken, damit wir ins Ziel kommen.«

Trotz ihrer Proteste endete Eva mit Marcs Hilfe auf Angelas Rücken. Dann half Marc Angela beim Aufstehen und nahm alle drei Rucksäcke. Während sie sich im Laufschritt in Bewegung setzten, hielt Angela Evas Beine um ihre Taille fest.

Jeder Schritt fühlte sich an wie auf einem Trampolin, auf und ab, aber zum Glück bestand der Weg jetzt mehr aus Schotter und weniger aus Erde und Sand.

Angelas Lunge pfiff vor Luftnot und sie hörte Evas Gebete und Mut machenden Worte nur mit halbem Ohr. Stechende Schmerzen schossen durch jeden Muskel ihres angespannten Körpers.

»Noch drei Minuten«, brüllte Marc und im selben Augenblick tauchte das leuchtende Weiß des Zielbanners vor ihnen auf.

»Gott sei Dank.« Dieser Traum war doch noch nicht vorüber. Endlich würde sie wenigstens einen Traum verwirklichen. Na gut, da war noch der Tag morgen – aber wenn sie heute achtzig Kilometer laufen konnten, würden sie die letzten zehn sicher auch noch schaffen.

»Eine Minute. Los!«

Das flache Ackerland weitete sich zu einem offenen Tal und über ihnen ragten Berge und Felsen auf, als das Team die letzte Tagesstation zehn Sekunden vor der Deadline erreichte.

Angela setzte Eva ab und ihre Schwägerin umarmte sie. Unmöglich konnte der morgige Tag sich besser anfühlen als dieser.

Eine Frau mit grünem Hemd und Poncho rannte auf sie zu, ein Klemmbrett in der Hand. »Team Jamison und Cinelli, nehme ich an?« Hinter ihr sah das Lager so aus wie immer – nur dass es beinahe menschenleer war. Wo waren all die anderen?

Angela nickte.

»Gut, wir haben schon auf Sie gewartet. Alle Wettkämpfer müssen sofort zu ihren Zelten gehen.«

Angela half Eva beim Aufstehen. »Meine Schwägerin braucht einen Sanitäter, der ihren Fuß untersucht.«

Das Gesicht der älteren Frau wirkte wie eine Leinwand, die über Knochen gespannt wurde. »Das ist in Ordnung, aber Sie beide« – sie zeigte auf Marc und Angela – »müssen zu Ihren Zelten gehen.«

»Ist alles in Ordnung?« Sie waren noch nie in ihre Zelte verbannt worden.

»Im Moment nur eine Vorsichtsmaßnahme. Wir müssen einfach wissen, dass alle da sind.« Die Frau winkte zwei Männern unter dem Baldachin der Sanitätsstation zu und sie kamen herbeigelaufen. »Bitte untersucht Ms Jamisons Sprunggelenk und bringt sie dann zu ihrem Zelt.«

Eva wandte sich an Angela, die Stirn gerunzelt. »Ang–«

»Ich werde herausfinden, was los ist. Kümmere du dich um deinen Knöchel.«

Als die Männer versuchten, Eva zu helfen, stützte sie sich auf Marc, der ihr half, zum Sanitätszelt zu humpeln.

Während die strenge Frau sie misstrauisch beobachtete, nahm

Angela ihre Tasche und ging in Richtung Zelt Nummer 101, dann blieb sie stehen und blickte über ihre Schulter zurück. Die Frau war gegangen. Auf Zehenspitzen schlich Angela zum Pressezelt, wo sie Simon entdeckte, der leise mit einer kleinen blonden Kollegin sprach.

Er entdeckte sie und kam zu ihr. »Hi. Ich habe mir schon Sorgen um euch gemacht.«

»Ja, Evas Knöchel hat den Geist aufgegeben, deshalb sind wir ein bisschen spät dran.«

»Tut mir leid.«

»Wir hätten es beinahe nicht geschafft. Aber dann hat es doch noch geklappt.« Doch anstatt in ihre Begeisterung einzustimmen, runzelte Simon die Stirn. »Warte mal, was ist hier los?«

Simon sah sich um. »Sie wollen nicht, dass irgendjemand in Panik gerät, aber ein schlimmes Unwetter ist auf dem Weg hierher. Sehr ungewöhnlich für diese Jahreszeit.«

Angela strich sich die nassen Haare aus der Stirn. »Wirklich? Denn wir haben gerade eins hinter uns gebracht. Mehrere sogar.« Sie sah zum jetzt fast wolkenlosen Himmel auf – wann hatte es eigentlich aufgehört zu regnen? – und konnte kaum glauben, dass die düstere Wettervorhersage wahr sein könnte.

»Offenbar steht die zweite Runde bevor und die könnte so heftig sein, dass das Gebiet der morgigen Strecke überschwemmt wird.«

»Und was bedeutet das?«

»Dass man euch alle vielleicht evakuieren muss.«

Es dauerte einen Moment, bis seine Worte gesackt waren. »Evakuieren? Was ist mit der letzten Etappe?«

»Der Lauf wäre dann vorbei. Normalerweise würde einfach eine andere Strecke gefunden, aber da es nur noch zehn Kilometer sind, gibt es nicht viele Alternativen, die nicht vom Unwetter betroffen sind. Das heißt, sie werden euch mit dem Bus nach Wanaka zurückbringen und die Sieger nach den heutigen Ergebnissen bestimmen.«

Sie würden also nicht ins Ziel einlaufen. »Nein, das geht nicht.« Nicht, nachdem sie endlich beschlossen hatte, mit ganzem Herzblut wieder ein Ziel zu verfolgen. Jetzt, wo sie mit Wes im Reinen war. Und mit Gott. Und wo sie ihm doch so dankbar war, dass er ihr einen neuen Traum geschenkt hatte.

Und nachdem sie gedacht hatte, es könnte für eine gemeinsame Zukunft mit Simon doch noch Hoffnung geben … wenn sie diesen Lauf geschafft hatte.

»Angela? Ich weiß, das ist eine Enttäuschung, aber du siehst ganz blass aus.« Simon fuhr sanft mit den Fingerspitzen über ihre Oberarme. »Ist alles in Ordnung?«

»Ich …« Sie schüttelte den Kopf. »Ich würde ja sagen, das ist unglaublich, aber warum sollte ich es nicht glauben … Anscheinend ändern sich die Dinge nicht, Simon. Jedenfalls nicht für mich.«

Es klang wie Selbstmitleid, aber das war es nicht. Es war nur die kalte, harte Realität.

Für Angela Jamison hatte es keinen Wert zu träumen.

38. Kapitel

»Schläfst du?«

Eva drehte sich in ihrem Schlafsack und stützte sich auf einen Ellenbogen, als Marc den Kopf in ihr Zelt steckte. »Nein. Komm rein, bevor du klatschnass bist.« Trotz einer kleinen Verschnaufpause regnete es jetzt schon mindestens eine Stunde lang. Die Nacht war hereingebrochen, aber ihre elektrische Laterne erfüllte das Zelt mit einem sanften Schein.

Marc schlüpfte herein und zog den Reißverschluss der Zeltklappe zu. »Ich wollte dir etwas zu essen bringen.« Er hielt eine Tüte mit Trekkingessen hoch. »Leider musste ich kaltes Wasser benutzen, deshalb ist es wahrscheinlich nicht das leckerste Hühnchen süß-sauer, das ich jemals zubereitet habe. Aber ich dachte trotzdem, es ist besser als Dörrfleisch.«

»Danke.« Mit ihrem lädierten Knöchel und in dem engen Zelt hatte Eva Mühe, sich aufrecht hinzusetzen, ohne Marc dabei zu treten. Als sie schließlich die Tüte und eine Gabel in der Hand hielt, setzte er sich neben sie auf den Schlafsack. Sie spürte die Wärme, die von ihm ausging, während sie mit der Gabel in die Tüte stach. Hühnchenstücke, Reis und Ananas blieben an dem Besteck hängen und landeten in ihrem Mund. »Mmm, ein Leckerbissen.«

Er lachte. »Dachte ich mir.«

Sie kaute und schluckte, schmeckte aber kaum etwas. »Wie spät ist es?«

»Neun.« Er lehnte sich zurück und stützte die Hände auf. »Ich hoffe, du hast nichts dagegen, dass ich mich hier reingeschlichen habe. Ich habe mir Sorgen um dich gemacht.«

»Mir geht es gut.« Na gut, ihr Knöchel sah aus wie ein prall gefüllter Zeppelin, aber sie hatte so viel Medizin genommen, wie der Sanitäter es für ratsam hielt, also spürte sie den Fuß kaum. »Was ist mit dem Wettkampf? Ich habe dich und Angela vorhin draußen reden hören, konnte aber nicht alle Einzelheiten verstehen.«

»Wetterwarnung. Sie sind sich nicht sicher, ob wir morgens gleich losgehen können.« Er runzelte die Stirn. »Genau genommen sind sie nicht sicher, ob wir *überhaupt* weitermachen können.«

Eva legte die leere Tüte zur Seite. »*Wie bitte?* Warum?«

Er erklärte die Lage mit der möglichen Überschwemmung und dem Alternativplan. »Ich glaube, sie werden erst morgen früh entscheiden können, deshalb ist es das Beste, wenn wir uns ausruhen, als würde es ganz normal weitergehen.« Marc warf ihr einen müden Blick zu. »Aber …«

»Aber was?«

»Ich frage mich, ob diese Entwicklung nicht vielleicht sogar ein Segen ist. Du bist ziemlich schwer verletzt, Eva, und ich will nicht, dass du deinen Fuß dauerhaft schädigst.«

»Ich will das Rennen zu Ende laufen.«

Marc beugte sich vor. »Aber vorhin hast du doch gesagt –«

»Ich weiß, aber das war vor allem, weil ich nicht wollte, dass Angela sich von mir gebremst fühlt. Jetzt sind wir so dicht vor dem Ziel.« Sie nahm seine Hand und drückte sie. »Ich schaff das schon.«

Er hob ihre Hand an seine Lippen und küsste zärtlich ihre Handfläche. »Ich weiß, dass du das schaffst.« Selbst in diesem dämmrigen Licht schienen seine Augen die Konturen ihres Gesichts abzutasten. Er hob die Hand und ließ seine Finger folgen. »Aber ich mache mir einfach Sorgen.«

»Du musst dir keine Sorgen um mich machen.«

»Ich weiß, dass ich es nicht muss. Es ist ein Privileg, es zu dürfen.«

In diesem Moment wurde ihr bewusst, dass es mehr als Besorgnis war, was aus seinen Augen sprach. »Du kümmerst dich vorbildlich um mich.«

Er seufzte. In der Ferne hörte man trotz des prasselnden Regens den leisen Ruf einer Eule. »Ich glaube nicht, dass ich dir das schon mal erzählt habe, aber Brent … Er hat mich einmal gefragt …« Seine Stimme brach vor lauter Emotion und sein Adamsapfel hüpfte auf und ab. »Er hat zu mir gesagt, falls ihm jemals etwas zustoßen sollte, wollte er, dass ich auf dich aufpasse.«

»Aha, dann war ich also eine Pflichtübung?« Sie neckte ihn, weil sie nicht sicher war, wie sie diese Information deuten sollte.

Marc durchbohrte sie mit einem Blick, der alles andere als neckend war. »Du warst noch nie im Leben eine Pflichtübung für mich, Eva Jamison. Aber …« Seine Fingerspitzen lagen immer noch auf ihrer Wange, während er in ihren Augen etwas suchte. Eine Art Erlaubnis. »Ich … ich hoffe nur, Brent würde uns seinen Segen geben. Ich glaube es. Aber trotzdem komme ich mir manchmal vor wie der schlechteste Freund der Welt. Er hat mich gebeten, auf dich aufzupassen, und ich habe mich stattdessen in dich verliebt.«

Verliebt … Aller Atem schwand aus ihrer Lunge.

Wie konnte es möglich sein, im selben Augenblick zugleich Kummer und Freude zu empfinden? Zu verstehen, dass sie und Marc einander nicht einmal kennen würden, wenn Brent nicht gewesen wäre? Dass es diese Liebe ohne seinen Tod nie gegeben hätte?

Liebte sie Marc auch?

Warum stellte sie diese Frage überhaupt. Sie wusste mit jeder Faser ihres Wesens, dass sie es tat.

Eva legte eine Hand auf Marcs Brust und spürte sein Herz, das ebenso schnell schlug wie ihres. Ihre Lippen wollten seine Worte an ihn zurückgeben, aber das konnte sie nicht. Was hielt sie zurück?

Sie wusste nur, dass sie diese Liebe fühlte, trotz ihrer Ängste, und das wollte sie ihm zeigen, auch wenn sie noch nicht die

Kraft hatte, es ihm zu sagen. Eva krallte die Finger in seine Jacke und zog ihn näher, um seine überraschten Lippen näher an ihre zu bringen. Es dauerte einen Moment, aber dann erwiderte er ihren Kuss und gleich darauf hatte er die Arme um ihre Taille geschlungen. Sie legte die Arme um seine Schultern und überließ sich ganz diesem Kuss.

Langsam wanderten seine Lippen zu ihrem Ohrläppchen und ihr wurde ganz schwindelig. Das Gefühl war neu und vertraut zugleich und sie sehnte sich nach einer tieferen Verbindung.

»Ich liebe dich auch, Brent.«

Die Worte zerrissen die Luft und löschten die Flamme der Leidenschaft zwischen ihnen, als Marc sich ruckartig von ihr löste, als hätte er sich verbrannt.

Sie schlug sich eine zitternde Hand vor den Mund. »Marc. Es tut mir leid. Ich weiß nicht …«

Abgesehen von seinen keuchenden Atemzügen war es still im Zelt. Der Regen trommelte einen düsteren Rhythmus über ihnen, neben ihnen, um sie herum.

»Ich weiß nicht, warum ich das gesagt habe. Das habe ich nicht gemeint.«

»Bist du sicher?«, fragte Marc und seine Stimme klang gequält. »Hast du dir ausgemalt, du würdest ihn küssen?«

Das hatte sie nicht. Oder? »Ich …«

»Es ist meine Schuld, Eva. Ich habe dich gedrängt. Du bist noch nicht so weit.«

»Du hast mich nicht gedrängt. Ich habe dich zuerst geküsst, erinnerst du dich?« Und wie gut und richtig sich das angefühlt hatte. Warum also war Brents Name über ihre Lippen gekommen? Tränen flossen über ihre Wangen.

Marc stöhnte auf. »Ich liebe dich, Eva. Aber es war dumm von mir zu glauben, du könntest jemals mir gehören. Du wirst immer Brents Frau sein. Vielleicht soll es ja so sein. Jedenfalls kann ich nicht mit einem Geist konkurrieren.«

Bevor sie noch etwas sagen konnte, öffnete er den Zelteingang.

Als er sich noch einmal zu ihr umdrehte, sah sie im Mondschein den Schmerz in seinen Augen.

»Warte, Marc. Ich liebe dich doch auch. Wirklich.«

»Selbst wenn das stimmt, bin ich nicht sicher, dass Liebe reicht, damit das mit uns funktioniert.« Mit diesen Worten schlüpfte er aus dem Zelt.

Eva versuchte aufzustehen, aber die Bewegung ließ einen heftigen Schmerz durch ihren Knöchel schießen. Sie ächzte und robbte seitwärts zum Eingang, während sie ein Gebet gen Himmel schickte. *Bitte hilf mir, das wiedergutzumachen.* Ein lautes Wimmern kam über ihre Lippen, als sie versuchte, die Tränen zurückzuhalten. Sie streckte den Kopf zur Zeltklappe hinaus, aber Marc war nirgends zu sehen. Er musste in sein eigenes Zelt geflohen sein.

»Eva?« Angela kam aus ihrem Zelt. »Was ist los?«

Eva konnte nicht antworten, sondern vergrub nur das Gesicht in ihren Händen und weinte mit bebenden Schultern.

»Komm, du wirst ja ganz nass.« Angela zog Eva wieder zu ihrem Lager zurück, dann strich sie ihr übers Haar, während Eva weiterweinte.

Ob sie diesen Lauf beenden konnten oder nicht – jetzt konnte sie sich einfach kein Happy End mehr vorstellen.

Als ihre Tränen versiegt waren, blickte Eva zu ihrer Schwägerin auf und sah die tiefen Falten um ihre Augen und Mundwinkel. Sie fragte sich, mit welchen Gewalten Angela zu ringen hatte, während sie Eva bei ihrem Kampf zuhörte.

39. Kapitel

Am nächsten Morgen machte Angela sich trotz der Qualen in ihrem ganzen Körper auf den Weg, um Simon zu suchen. Vielleicht hatte er Informationen über die Situation.

Noch immer fiel Regen und tropfte von Angelas Regenponcho auf den schlammigen Boden. Der ehemals leuchtend blaue Himmel hatte inzwischen eine rötlich graue Färbung angenommen. Es wäre eine beeindruckend schöne Mischung gewesen, wenn es nicht das Ende eines Traumes bedeutet hätte.

Auf ihrem Weg zum Pressezelt sah sie nur wenige der Wettkämpfer, die dicht zusammengedrängt unter einem Pavillon standen. Ihr Atem bildete Wölkchen, während sie leise etwas sagten, was wegen des Regens für Angela nicht zu verstehen war.

Bis jetzt hatte sie weder Marc noch Eva gesehen, obwohl sie nach den Ereignissen von gestern Abend auch erwartet hatte, dass sie sich nicht so schnell blicken lassen würden – Marc, weil er seine Wunden leckte, und Eva, weil sie immer noch verzweifelt war. Angela hatte sich Mühe gegeben, ihre Schwägerin zu trösten, und als Eva dann irgendwann endlich in einen unruhigen Schlaf gefallen war, hatte Angela sich in ihr eigenes Zelt begeben und ebenfalls versucht zu schlafen.

Aber jedes Mal, wenn sie die Augen schloss, hatte sie eine Zukunft gesehen, die sie überhaupt nicht begeisterte. Ja, Marc und sie hatten gestern darüber gesprochen, dass sie eine Position im Hauptsitz des Unternehmens bekommen konnte, wenn sie zurück waren. Nur vierzig Stunden die Woche und gute Bezahlung und Sozialleistungen. Aber schon wieder reagierte sie nur und entschied nicht selbst. Die Umstände bestimmten ihr Leben, statt dass Angela selbst ihr Schicksal in die Hand nahm. Aber sie konnte immer noch ihr Ziel verfolgen und das tun, was sie wollte – wenn sie nur irgendwann herausfand, was das eigentlich war.

Doch wann war der Zeitpunkt gekommen, sich eine Niederlage einzugestehen?

Vielleicht konnte Simon ihr ja doch noch einen Hoffnungsschimmer geben – etwas, woran sie sich klammern konnte.

»Ang!«

Sie drehte sich um und sah, wie er aus einem Waldstück auf sie zukam, seine Kleidung zerknittert, sein Kinn von einem Bartschatten bedeckt. Es hatte eindeutig seinen Reiz, wenn ein Mann so aussah, als wäre er gerade aus dem Bett gekrochen.

Sie schüttelte sich. »Ich war gerade auf der Suche nach dir.«

»Wenn das so ist, sollen wir dann ein Stück gehen?«

Wollte sie im Moment wirklich mehr laufen als unbedingt nötig? Aber sie wollte auch nicht, dass er Ärger bekam, wenn er ihr Insiderinformationen gab, also mussten sie ungestört reden können. »Wohin?«

Er legte eine Hand auf ihren Rücken und führte sie zu einem schmalen Pfad, der sich einen Hügel hinaufwand. Von dort aus konnte man das Zeltlager überblicken. Puh.

Nur noch ein paar Schritte, Angela. Dann kannst du dich wieder hinsetzen.

Nachdem sie einige quälende Minuten lang schweigend gegangen waren, ergriff sie das Wort. »Also, was ist jetzt mit dem Lauf?«

»Es sieht immer noch nicht gut aus. Aber warte kurz, dann erzähle ich dir mehr.«

Plötzlich war der Weg zu Ende und auch der Baumwuchs schwand. Sie standen oben auf der Klippe, wo ein kleiner Felsvorsprung aus dem Hügel ragte und fast eine Höhle bildete. Simon bedeutete ihr, sie solle zuerst hineinklettern, also tat sie es. Er folgte ihr.

»Das heißt, die Chancen stehen nicht gut?«

»Ich glaube, sie werden noch ein paar Stunden warten und

dann die Etappe abblasen, wenn der Regen nicht nachgelassen hat.«

Angela nickte resigniert. Was sollte sie auch dazu sagen?

Simon rückte ein wenig näher, sodass ihre Schultern sich fast berührten. »Gestern Abend hast du gesagt, dass die Dinge sich für dich nicht ändern.« Aus dem Augenwinkel sah sie, dass er den Kopf zu ihr drehte, um sie anzusehen. »Wie hast du das gemeint?«

Er hatte sie also nicht nur hier raufgeschleppt, um über den Wettkampf zu reden.

Sie biss sich auf die Unterlippe und überlegte, wo sie beginnen sollte. »Als Kind hatte ich große Hoffnungen für mein Leben. Große Träume, weißt du? Ich wollte jemand Wichtiges sein, so wie meine Tante. Eine Karriere haben, bei der ich Menschen helfen und natürlich auch meinen Lebensunterhalt bestreiten konnte, sodass ich von niemandem abhängig sein musste. Das Leben und meine eigenen Fehler haben diese Träume zunichte gemacht, obwohl Gott mir trotzdem etwas ganz Wunderbares geschenkt hat. Und ich habe mich auf dieses Geschenk eingelassen und es gewissermaßen als meinen Traum angenommen. Und dann ist Wes gestorben.«

Sie zögerte. »Und wieder hatte ich das Gefühl, dass ich ein Leben bekommen habe, das ich nicht wollte. Es hat eine Weile gedauert, bis ich wieder träumen konnte. Aber jetzt bin ich hier und werde wieder enttäuscht. Ich bin das ständige Auf und Ab leid. Das ständige Gefühl, einen Schlag in die Magengrube verpasst zu bekommen, wann immer ich denke, jetzt läuft es endlich mal so, wie ich es mir erhofft hatte.« Angela zuckte mit den Schultern. »Aber vielleicht muss ich einfach mit dem zufrieden sein, was ich habe, und aufhören, mehr zu wollen.«

»Aber was ist das Leben ohne Träume?«

»Warum träumen, wenn man weiß, dass man doch nur enttäuscht wird?« Angela seufzte und zog die Knie an. »Ich entscheide mich dafür, logisch zu denken und zu handeln. Realistin zu sein.«

»Logik ist nicht schlecht, aber viele Dinge kann man damit nicht erklären. Wenn man in seiner begrenzten Welt verwurzelt bleibt, nur in Dingen, die man versteht, dann verpasst man eine Menge.« Er zog Angelas Hand in seine und fuhr mit den Fingern über die Knöchel. Seine Berührung jagte ihr einen Schauer über den Rücken, ebenso wie seine Worte. »Im Leben geht es doch darum zu träumen, auch wenn diese Träume nie Wirklichkeit werden. Gott pflanzt Träume in uns hinein, und wenn er die Zeit für gekommen hält, wird er diese Träume wachsen lassen. Aber wir müssen sie wässern und immer weiter hoffen, selbst wenn das Leben uns Dinge in den Weg stellt, mit denen wir nicht gerechnet haben.«

Angela schüttelte den Kopf. »Ich weiß nicht, wie. Alles ist so durcheinander. Ich weiß nur, wenn ich etwas will – wirklich will –, dann geschieht es nicht. Was soll ich damit anfangen?«

Einen Moment lang musterte Simon sie. »Was *erhoffst* du dir denn tatsächlich vom Leben, Angela? Und ich meine nicht, was du tun willst oder welche Beziehungen du verbessern willst oder welche Arbeit du haben willst. Was ist das fundamentale Ziel in deinem Leben?«

Ihr Blick wanderte zu den regennassen Bäumen jenseits der Höhle, deren Blätter tanzten und dabei nie zweimal genau die gleiche Bewegung vollführten. Wie sollte sie es in wenige Worte fassen?

»Ich dachte immer, mein Ziel sei Stabilität. Das erschien mir besonders wichtig, als ich jung war, weil ich eben keine Stabilität hatte. Und ich dachte, ich müsste selbst dafür sorgen. Ich dachte, ich könnte das erreichen, indem ich Ärztin werde. Dann habe ich Wes geheiratet und er hat eine Zeit lang für diese Stabilität gesorgt. Bis er es irgendwann nicht mehr getan hat. Und jetzt? Ich glaube, ich will einfach das Gleichgewicht finden zwischen dem Träumen und dem Zufriedensein mit dem, was ich habe. Ich möchte mich nicht nur einfach zufriedengeben, sondern erkennen, wenn ich die Situation nicht beeinflussen kann – und damit meinen Frieden machen.«

Ja, ja, ja. Ihre Seele tanzte bei diesen Worten.

Simon drückte ihre Finger. »Ich glaube, du hast dein Ziel erreicht. Sieh dir doch mal an, wie du dich schon aus deiner Vergangenheit befreit hast. Okay, die Dinge sehen nicht so aus, wie du es dir vorgestellt hast … Aber du bist trotzdem hier und du bist ein anderer Mensch geworden.«

Sie hatte sich verändert, nicht wahr? Aber es brauchte noch so viel Wachstum, bis sie ganz verwandelt war.

»Ich möchte mich weiter verändern.« Angela wischte die Tränen fort, die über ihre Wangen kullerten. »Aber ich habe Angst, dass ich wieder stecken bleibe.«

»Weißt du, du musst es nicht allein schaffen. Lass dir von Gott helfen.« Simon beugte sich vor und gab ihr einen Kuss auf die Stirn. »Lass dir von mir helfen.«

Angela schloss die Augen. Wenn sie das doch nur könnte. Selbst wenn sie sich überwinden könnte, eine neue Beziehung einzugehen, so lebte Simon doch am anderen Ende der Welt – und das schien ein Rezept für die größte Enttäuschung überhaupt zu sein. »Ich …«

»Es muss doch im Moment keine große Entscheidung sein, oder? Mach diesen Lauf zu Ende, wenn es geht, dann flieg nach Hause, gewöhne dich ein und schreib mir oder ruf mich an.« Simon strich ihr die Haare aus dem Gesicht. »Und dann sehen wir weiter.«

Sie wusste nicht, ob es möglich war, eine Lösung zu finden, aber im Moment war es schön, diese Hoffnung zu haben. »Ich kann nicht fassen, dass du nicht das Weite suchst.«

Der ungläubige Blick, der über sein Gesicht huschte, wäre komisch gewesen, wenn er sie nicht mitten ins Herz getroffen hätte. »Nicht im Traum.«

Er beugte sich vor – und jetzt endlich gab sie dem Drang nach, die Arme um seinen Hals zu schlingen und ihn an sich zu ziehen.

Dann überraschte Simon sie, indem er ihre Wange küsste, wo die Tränen gewesen waren. »Nicht.« Dann die andere Wange.

»Im.« Zum Schluss nahm er den Kopf ein bisschen zurück, sodass ihre Nasen sich berührten. »Traum.«

Er blieb dort und sah sie an, wartend. Worauf?

Oh.

Auf sie.

Er überließ ihr die Entscheidung.

Angela ließ die Finger durch Simons Haare gleiten, schloss die Augen und ließ sich von ihm küssen. Es war ein weicher, süßer Kuss – eine sanfte Berührung ihrer Seelen, während sie um die Kraft betete, wieder zu träumen.

Der Kuss endete und Simon stieß sie an und zeigte nach draußen. »Sieh mal. Der Regen. Er hat aufgehört!«

40. Kapitel

Als Angela gegen zehn Uhr bei Evas Zelt erschien und ihr sagte, dass der Lauf weitergehen würde, ließ Eva sich auf ihr Kissen fallen.

Ihre Schwägerin war augenscheinlich aufgeregt und auch sonst war etwas anders – die Sorgenfalten um ihre Augen hatten sich gelöst und ein Lächeln zog sich über ihr Gesicht. *Frieden.* Das war es. Sie sah aus, als hätte sie inneren Frieden gefunden.

»Super.« Das war die richtige Reaktion, oder? Sie sollte genauso begeistert sein wie Angela. Oder sogar noch mehr, denn schließlich war das Ganze ja ihre Idee gewesen.

Aber der Gedanke, nach dem Debakel von gestern Abend Marc gegenüberzutreten …

Puh.

»Eva?« Angela kroch ins Zelt. »Du siehst aus, als wärst du mit den Gedanken ganz woanders. Was ist los?«

»Mein Knöchel. Er tut weh.« Das und alles andere – aber vor allem ihr Herz.

Angela half Eva mit dem Reißverschluss ihres Schlafsacks und zog die Decke weg. Eva spürte die kalte Luft am ganzen Körper, während Angela das Sprunggelenk untersuchte. »Es sieht heute ziemlich schlimm aus. Willst du das wirklich tun?«

»Ja.« Vielleicht würde alles besser sein, wenn sie diesen Lauf beendete. Das hatte sie sich gesagt, als sie vor Monaten davon geträumt hatte, und sie konnte jetzt nicht aufgeben, wo der mögliche Erfolg so nahe war. Was auch immer mit Marc sein würde, sie konnte sich selbst nicht enttäuschen.

Es würde das letzte bisschen Entschlossenheit brauchen, das sie aufbringen konnte. Aber was sollte sie sonst tun?

Eva unterdrückte einen Aufschrei, als Angela ihren Knöchel mit frischem Tape versorgte. »Hast du nicht gesagt, dass Simon mir vielleicht Krücken besorgen kann?«

»Ja.« Angela klebte das letzte Stück Tape auf und fing an, Eva in ihre Schuhe zu helfen. »Und hoffentlich helfen sie besser als die Trekkingstöcke, weil du dein Gewicht richtig darauf verlagern kannst.«

Eva nahm allen Mut zusammen und stellte die Frage, die ihr den ganzen Morgen im Kopf herumging. »Wie geht es Marc?«

»Ich habe ihn nur kurz gesehen, aber er kommt schon klar. Ihr werdet diese Krise überwinden.«

»Wie denn? Er glaubt, ich hätte nicht mit der Vergangenheit abgeschlossen.« Sie liebte Marc. Aber Brent liebte sie auch und würde es immer tun. Wie sollte sie beides miteinander vereinbaren?

»Ich kann diese Formulierung inzwischen nicht mehr hören. *Mit der Vergangenheit abschließen*. Als könnten wir unsere Männer und die Menschen, die wir früher waren, einfach zurücklassen.« Angela tätschelte Evas Bein. »Aber das alles gehört zu uns, oder nicht? Ich glaube nicht, dass wir jemals etwas ganz hinter uns lassen. So wie Sherry es gesagt hat: Wir machen weiter. Schritt für Schritt. Und irgendwann fühlt sich der Schmerz nicht mehr so schlimm an. Die Vergangenheit hält uns nicht davon ab, unsere Zukunft zu gestalten. Ja, es wird immer Momente geben, die etwas in uns auslösen, in denen wir das Gefühl haben, der Schmerz könnte uns wieder überwältigen. Aber ich hoffe, diese Momente werden immer weniger und seltener, je mehr Zeit verstreicht.«

»Das hoffe ich auch. Obwohl ich Brent und das, was er mir bedeutet hat, nie vergessen will.«

»Das wirst du auch nicht. Aber vielleicht wirst du nicht jedes Mal bei dem Gedanken an ihn völlig verzweifelt sein. Und du darfst deine Trauer nicht mit der von anderen Menschen vergleichen. Niemand kann dir sagen, wann du für eine neue Beziehung bereit bist. Und wenn du noch nicht so weit bist, dann ist das in Ordnung.«

Aber genau das war das Problem. Sie wollte endlich dafür bereit sein. Aber bedeutete ihr Ausrutscher von gestern Abend, dass sie es noch nicht war?

Draußen ertönten drei kurze Pfiffe. Angela drückte Evas Hand. »Wir haben nur eine halbe Stunde. Komm, sehen wir zu, dass du in die Gänge kommst.«

Eva zog sich an, ging zur Toilette und schlang etwas getrocknetes Rindfleisch hinunter. Die Krücken, die Simon organisiert hatte, waren von der alten Lazarettsorte, aber wenigstens brauchte keiner im Team sie mehrere Kilometer weit zu tragen. Als sie endlich an der Startlinie standen, waren andere Mannschaften bereits aufgebrochen, die Rucksäcke auf dem Rücken, erpicht auf einen Sieg.

Zum ersten Mal seit gestern Abend fiel Evas Blick auf Marc. Er unterhielt sich mit Simon und sah so attraktiv aus wie eh und je. Ihr Herz floss vor Liebe und Kummer über, als er sich umdrehte, sie ansah und den Blick gleich wieder abwandte.

Ihre Schwägerin irrte sich. Sie würden diese Sache nie überwinden.

Angela sagte: »Okay, sollen wir?« Der Himmel war immer noch dunkler, als er es an den meisten anderen Tagen gewesen war, aber hin und wieder lugte jetzt die Sonne zwischen den Wolken hindurch.

Marcs Kopf fuhr hoch. »Ja.« Seine knappe Antwort verhieß nichts Gutes.

Simon machte mit seinem Smartphone ein Foto von ihnen. »Ich warte an der Ziellinie.«

»Sag Sherry, dass sie und die Kinder nicht bleiben müssen, wenn es zu spät wird.« Angela war in Simons Gegenwart plötzlich irgendwie verlegen. Hatten die beiden ihre Beziehung geklärt? Wenn sie darüber reden konnten, dann konnten Marc und sie es ja vielleicht auch.

Aber Angela hatte Simon nicht mit dem Namen ihres verstorbenen Mannes angesprochen, während sie ihn geküsst und ihre Liebe gestanden hatte, also …

Eva spürte die Anfänge von Kopfschmerzen hinter ihren Schläfen und sie fühlte schon jetzt den Druck der Achselkrücken unter ihren Armen. »Okay, bringen wir es hinter uns.«

Simon flüsterte Angela etwas ins Ohr, dann drückte er einen Kuss auf ihre Lippen.

Angela wurde rot und wandte sich Eva und Marc zu. »Fertig?«

»Fertig.« Marc hob Evas Rucksack vom Boden auf, bevor sie protestieren konnte, und fing an zu gehen.

Eva und Angela folgten in einem langsamen, mühevollen Prozess. Schotter und gelegentliche Grasbüschel machten den Weg nicht gerade einfach begehbar, aber der Pfad, der sich zwischen Hügeln hindurchwand, weitete sich allmählich und gab schließlich den Blick auf etwas Großes frei. Als sie an einer Klippe ankamen, sog Eva hörbar die Luft ein. »Lake Wanaka?«

Angela sah Marc an und der nickte. »Der Weg um den See war immer ziemlich flach und ohne Hindernisse. Das ist gut.«

Endlich.

Sie stiegen zum Ufer des Sees hinab. Die vertraute Landschaft begrüßte sie und trotz ihrer Schmerzen und der Erschöpfung spürte Eva noch einmal einen Energieschub. Sie hatten es beinahe geschafft. Waren beinahe zu Hause. Na ja, nicht *zu Hause*, aber an dem Ort, der für sie in den letzten Monaten zu einer Zuflucht geworden war. Bald würden sie tatsächlich in ihre Heimat zurückkehren. Und wie würde sich das wohl anfühlen?

Wie würde es sein, in eine Welt zurückzukehren, in der sie von Brents Dingen und den Erinnerungen an ihn umgeben war? Sollte sie seine Kleidung endlich weggeben? Seine Auszeichnungen, seinen Computer und seine Unterlagen einpacken und sein Büro in ein Gästezimmer verwandeln? Wenn es stimmte, was Angela gesagt hatte, dann bedeutete das Abschließen mit der Vergangenheit nicht, dass sie jede Spur von ihm beseitigen musste. Aber wie sollte sie dann jemals sicher sein, dass sie wirklich die Zukunft im Blick hatte?

Hör auf, Eva. Das alles musste sie jetzt noch nicht wissen. Heute musste sie sich nur auf diesen Lauf konzentrieren.

Ziellinie. Ziellinie. Ziellinie.

Doch irgendwann wanderten ihre Gedanken von diesem Mantra wieder zu dem Kummer in ihrem Herzen zurück. Selbst wenn Marc nicht ein Stück vor ihr gelaufen wäre, hätte Eva nicht aufhören können, ihn zu beobachten, während sie ihn mit den Augen anflehte, sie anzusehen. Aber das tat er nie. Er konzentrierte sich ausschließlich auf den Weg vor ihm. Wenn er sie fragte, wie es ihr ging, sah er nur ihren Knöchel an – das war alles.

Die meiste Zeit gingen sie schweigend, sodass nur das langsame und gleichmäßige Knirschen ihrer Krücken auf dem Boden und das rhythmische Klatschen der Wellen am Ufer zu hören waren. Das hohe Schilfgras wogte im Wind und die Blätter der Bäume über ihnen hatten schon den ersten goldenen Schimmer.

Der Herbst kam und nichts konnte ihn aufhalten. Die Jahreszeiten schritten weiter voran. Und auch das Leben ging weiter.

Und was war mit Eva?

Sie legten viele Pausen ein, tranken Wasser und saßen am See, während sie ihre Proteinriegel aßen. Marc war ein Stück weiter zum Ufer hinuntergegangen und hatte sich in Sichtweite auf einen Stein gesetzt. Eva wäre ihm so gerne gefolgt, aber bei dem Zustand ihres Knöchels – von dem Zustand ihres Gemüts ganz zu schweigen – war das schlicht unmöglich.

Angela war der einzige Lichtblick an diesem Tag, denn sie machte Eva Mut und stützte sie, wenn ihre Achseln von den alten Holzkrücken ganz wund waren. Trotz ihres herausfordernden Tages wirkte etwas an ihrer Schwägerin leichter. Eva würde sie später danach fragen, aber im Moment wurde sie von ihren eigenen Emotionen fast erdrückt.

Endlich hörten sie jubelnde Stimmen in der Ferne. Marc sah auf seine Uhr und erklärte, dass sie keinen Kilometer mehr vom Ziel entfernt waren.

Entschlossen setzten sie ihren Weg fort, obwohl jeder Muskel schmerzte, und sahen endlich die Ziellinie am Rand von Wanaka. In dem Lärm konnte sie die Stimmen von Angelas Kindern ausmachen, die schrien: »Mom! Tante Eva! Marc!« Ihr Blick suchte die Menschenmenge ab und sie sah ihre Nichten und ihren Neffen und dazu Sherry, ein großes pinkfarbenes Schild in der Hand, und alle hüpften vor Begeisterung.

Eva machte Angela darauf aufmerksam und die Augen ihrer Schwägerin wurden feucht.

Als sie nur noch wenige Meter entfernt waren, warf Eva die Krücken fort. Marc und Angela traten dicht neben sie und legten je einen Arm um ihren Rücken, während sie ihre Arme über die Schultern der beiden legte. Sie stützte sich auf Marc und genoss seine Nähe, die sie vielleicht nie wieder spüren würde. Zusammen liefen beziehungsweise hüpften sie – eins, zwei, drei – über die Ziellinie.

Sobald sie die Linie überquert hatten, ließ Marc die Hand sinken und sprang zur Seite, während die Kinder auf sie zugerannt kamen.

»Mom! Ich habe einen Zahn verloren, während du weg warst!«, rief Lilly.

»Ihr seid genau eine Stunde und sechs Minuten vor Ablauf der Zeit angekommen.« Oh, Zach.

»Ich bin so stolz auf euch!« Kylee drückte Angela ganz fest.

Sherry trat neben Eva. »Wie es aussieht, habt ihr einiges erlebt. Aber ihr habt es geschafft. Meine Jungs wären wahnsinnig stolz auf euch.«

»Danke. Ich hoffe es.« Während Eva die Hand ihrer Schwiegermutter drückte, suchte sie die Menschenmenge mit ihren Blicken ab und sah, wie Marc verschwand.

Einen schmerzhaften Schritt nach dem anderen, so hatten sie es geschafft. Sie hatten getan, was sie sich vorgenommen hatten. Ihre Beine trugen sie kaum noch, aber irgendwie stand sie immer noch.

Im gleichen Augenblick wandten die Schwägerinnen sich zueinander um und schlangen die Arme umeinander.

»Danke, Eva.« Angelas heiseres Flüstern löschte den Lärm um sie herum aus. »Danke, dass du mich zu dieser Reise eingeladen hast. So habe ich mich schon sehr lange nicht mehr gefühlt. Vielleicht auch noch nie.«

Evas Kehle war wie zugeschnürt. »Ich danke *dir*. Ohne dich hätte ich es nicht geschafft.«

Und auch wenn sie noch immer keine Ahnung hatte, was vor ihr lag, hielt sie Angela fest im Arm und ließ die Freude über ihren großen Erfolg einfach zu.

Vielleicht konnte das Leben jetzt endlich wieder blühen.

41. Kapitel

Sechs Wochen später

Angelas Finger schwebten nur kurz über der Maus, bevor sie ein Gebet himmelwärts schickte und klickte.

Freundschaftsanfrage gesendet.

»Puh.« Sie loggte sich aus ihrem Facebook-Konto aus und schloss den Internetbrowser, bevor sie sich auf ihrem Schreibtischstuhl zurücklehnte. Auch wenn ihre Bürotür geschlossen war, konnten ihre Füße die Vibrationen der lateinamerikanischen Musik spüren, die Danica für ihren Pilates-Kurs nebenan benutzte. Der Eukalyptusduft war vom Eingangsbereich des Fitnessstudios aus durch den Gang gezogen und in ihre kleine Ecke in Marcs und Evas Unternehmen eingedrungen, wo sie jetzt als Verwaltungsassistentin arbeitete.

Es klopfte an ihre Tür und sie richtete sich auf, als Marc den Kopf in ihr Büro streckte. »Hi, Boss.«

Er hielt eine Zeitschrift in der Hand. »Du bist noch hier?«

»Aber nicht mehr lange.« Sie war länger geblieben, um sich in die Sozialen Medien zu begeben und zu tun, was sie seit Wochen vor sich hergeschoben hatte. Jetzt lag der Ball im Feld ihres Vaters. Wenn er an ihrem Leben und dem ihrer Kinder Anteil haben wollte, dann würde er antworten, obwohl er ihre drei Anrufversuche nicht erwidert hatte. Und wenn nicht, dann hatte sie getan, was sie konnte, um ihm die Vergangenheit zu vergeben und damit abzuschließen.

»Ich wollte fragen, ob du das hier schon gesehen hast.« Marc schob ein Exemplar der Zeitschrift *Worldwide Runners* über ihren Schreibtisch.

Ein beeindruckendes Foto von den Bergen Neuseelands und dem Mann, der den Ultra-Marathon gewonnen hatte, zierte das Cover. Angela fuhr mit dem Daumen über das glänzende Papier. »Kaum zu glauben, dass es sechs Wochen her ist.«

Marc war am nächsten Tag nach Hause geflogen, und nachdem Angela und die übrigen noch eine letzte Woche im Haus am Wanaka-See verbracht und sich erholt hatten, waren auch sie aufgebrochen. Angela hatte sofort ihre neue Stelle angetreten und die Kinder waren für die letzten paar Monate des Halbjahres wieder in ihrer Schule zurück. An einem normalen Tag war sie rechtzeitig zu Hause, um das Essen zu kochen und den Kindern abends bei ihren Hausaufgaben zu helfen. Und freitags ging sie jetzt mit den Kindern zusammen zur Beratungsstelle. Das hatte eine Menge bewirkt.

Was alles andere betraf, betete sie immer noch, was als Nächstes anstand. Wenn da etwas anstand.

Als Marc nicht antwortete, blickte Angela zu ihm auf. Er lehnte an der Wand und hatte die Daumen in seine Hosentaschen gehakt, während er die Zeitschrift anstarrte.

Sie schlug das Heft auf und sah im Inhaltsverzeichnis nach. Als sie die richtige Seite gefunden hatte, blätterte sie weiter. Ihr Blick wanderte über die Fotos von Marc, Eva und ihr während des Wettkampfes und über den Titel: »Ein hart erkämpfter Weg«, bevor ihr Blick auf den Autorennamen fiel.

Simon King.

Angela fuhr unwillkürlich mit dem Finger über die beiden kostbaren Wörter. Dann räusperte sie sich und klappte die Zeitschrift zu. »Kann ich die mitnehmen und den Artikel später lesen?«

»Ich habe ihn schon gelesen. Du kannst das Heft behalten.« Dann fügte er hinzu. »Der Artikel ist gut geworden.«

»Das bezweifle ich nicht.« Angela musterte ihn. »Wie geht es dir?« Nach dem, was Eva ihr erzählt hatte, beschränkte sich alle Kommunikation zwischen Marc und ihr strikt auf geschäftliche E-Mails.

»Den Umständen entsprechend ganz okay.« Er schob die Hände ganz in die Hosentaschen und runzelte die Stirn. »Wie geht es Eva?«

Das war eine heikle Frage. Ihre Schwägerin war nur ein paarmal vorbeigekommen, seit sie wieder zu Hause waren. Sie hatte so getan, als wäre alles in Ordnung, aber wenn Angela versuchte, sie beiseitezunehmen und auf das Thema anzusprechen, fiel Eva immer irgendein Schlussverkauf oder ein Zahnarzttermin ein, den sie vergessen hatte. Jedes Mal floh sie aus Angelas Haus, als wäre ein Wahnsinniger hinter ihr her.

Angela rieb sich die Nase. »Ich glaube, es geht ihr gar nicht gut.« Sie hatte versucht, sich aus der Sache herauszuhalten, vor allem, da Marc jetzt ihr Vorgesetzter war und sie ihre Nase nicht in Dinge stecken wollte, die sie absolut nichts angingen. Aber nach allem, was sie zusammen durchgemacht hatten … »Hast du mal versucht, mit ihr darüber zu reden, was vorgefallen ist?«

»Nein.« Marc starrte zur Decke über Angelas Schreibtisch hinauf, wo eine Platte ein wenig verrutscht war. »Ich habe keine Chance. Wenn ich sie überreden muss, es noch mal mit uns zu versuchen, werde ich mich immer fragen, ob sie wirklich so weit ist. Und ich komme mir wie der größte Schuft vor, weil ich das überhaupt will, … wegen Brent, weißt du. Und wenn ich es einfach auf sich beruhen lasse …« Seine Stimme wackelte.

»Dann bist du nicht sicher, ob du dich von dem Loch in deinem Herzen jemals ganz erholen wirst?«

Sie verstand durchaus etwas von diesen Gefühlen. Trotz der Vereinbarung, dass sie Simon anrufen würde, sobald sie zu Hause war, hatte sie es nicht getan – und nicht, weil sie nicht wollte. Aber sie musste erst noch ein paar Dinge mit Gott klären, bevor sie das tun konnte. Und selbst dann spürte sie eine Angst vor dem Unbekannten, die ihr Glück bedrohte, und diese Angst konnte sie irgendwie nicht abschütteln.

Marc antwortete nicht auf ihre Bemerkung, sondern blickte

stattdessen auf seine Armbanduhr. »Ich muss zu einem Arbeitsessen. Drück deine Kinder von mir, okay?«

»Mach ich.«

Nachdem Marc gegangen war, packte Angela ihre Sachen ein, schaltete den Computer aus und fuhr nach Hause, während sie auf der U-Bahnfahrt nach Queens an Simon dachte und gleichzeitig versuchte, nicht an ihn zu denken. Als sie schließlich zu Hause ankam, schloss sie die Tür auf und roch italienische Gewürze. Kochte Kylee etwa? Und tatsächlich, als Angela die Küche betrat, sah sie ihre Älteste am Herd stehen und in einer Spaghettisoße rühren. Zach und Lilly saßen am Küchentisch und machten ihre Hausaufgaben.

Angela drückte einen Kuss auf den Kopf ihrer jüngeren Kinder und legte eine Hand auf Kylees Schulter. »Hm, das riecht toll!«

Kylees rote Wangen verrieten, wie sehr sie sich über das Kompliment freute. »Grandma hat mir ihr Geheimrezept beigebracht.« Sie führte den hölzernen Kochlöffel an ihre Lippen und probierte die rote Soße. »Schmeckt aber noch nicht ganz richtig.«

»Lass mich mal probieren.« Angela lehnte sich vor, während Kylee sie mit dem Löffel fütterte. Gut, aber Salz und Knoblauch waren ein bisschen dominant. »Mmm, schon fast perfekt. Tu vielleicht noch ein bisschen Zucker dran, um das Salz auszugleichen.«

Kylee rührte einen Teelöffel Zucker ein. »Übrigens hat meine Trainerin Mrs Miller mich heute auf dem Flur angesprochen.«

Angela holte eine Tüte aus dem Kühlschrank, riss sie auf und leerte den Blattsalat in eine Schüssel. »Weswegen denn?« Von der Küchenzeile nahm sie eine Packung Cherrytomaten und fing an, sie zu waschen.

Ihre Tochter probierte noch einmal die Soße und nickte dann zufrieden. »Sie wollte wissen, ob du nicht vielleicht Lust hast, im Herbst die Mannschaft im Querfeldeinlauf mit zu trainieren.«

Die Packung fiel Angela aus der Hand und ein paar der kleinen

Tomaten verschwanden im Ausguss. »Wie meinst du das?« Sie versuchte, die verlorenen Tomaten wieder hervorzuholen.

»Mrs Bailey, die Co-Trainerin, geht in Mutterschutz und sonst hat sich niemand für den Job beworben. Es wäre nicht Vollzeit, sondern nur nach der Schule und an Wochenenden während der Wettkämpfe und so. Und nur für eine Saison, bis Coach Bailey sich entschieden hat, ob sie nach ihrem Baby zurückkommt.«

Angelas Hände waren ganz nass. Sie sah hinunter und entdeckte, dass sie ein paar Tomaten zerdrückt hatte und das glibberige Innenleben herausgequollen war. »Aber ich habe doch überhaupt keinen Abschluss. Ich bin keine Lehrerin.«

»Das habe ich auch zu ihr gesagt, aber sie hat was von einem Zertifikat erzählt, das nicht schwer zu kriegen ist.« Kylee zuckte mit den Schultern. »Keine Ahnung. Ich finde, es klingt nach dem perfekten Job für dich.«

Angela war keineswegs so überzeugt davon wie ihre Tochter, obwohl ihr die Vorstellung, Kinder auf dieselbe Weise zu inspirieren, wie ihr Trainer es damals getan hatte, sehr gefiel. Sie drehte den Wasserhahn auf und wusch die Tomatenflüssigkeit ab. »Meinst du?«

»Na klar, Mom. Du läufst total gerne. Und du unterrichtest gerne. Win-Win-Situation. Und wenn es dir Spaß macht, könntest du noch mal studieren und Lehrerin werden und irgendwo auf Dauer Trainerin sein.«

Warum war sie eigentlich selbst noch nie auf diese Idee gekommen? Wie ein Teebeutel zog die Idee in ihr und erschien ihr runder und schmackhafter, je mehr sie darüber nachdachte. Sie hatte doch um Orientierung gebetet – könnte dies die Antwort sein?

»Du musst dich auch nicht sofort entscheiden. Ruf Mrs Miller einfach an. Ein Schritt nach dem anderen, richtig?«

Angela starrte Kylee erstaunt an. »Wie habe ich es eigentlich geschafft, eine so kluge Tochter großzuziehen?«

Kylee stieß sie mit der Hüfte an. »Glückssache, Mom. Reine Glückssache.«

42. Kapitel

Es hätte sich anders anfühlen müssen.

Eva starrte zur Decke ihres Schlafzimmers hinauf. Die helle Eierschalenfarbe verwandelte sich allmählich in ein leichtes Grau, als die wandernde Sonne vor dem Fenster den langweiligen Farbton fast unmerklich veränderte.

Sie drehte sich um und zog die Bettdecke fester um ihre Schultern. Beinahe zwei Monate, nachdem sie aus Neuseeland zurückgekehrt war, stand sie wieder ganz am Anfang. Sie war um die halbe Welt gereist und befand sich jetzt wieder hier und ertrank in einem Bett, das für zwei Personen gemacht war.

Ihr Telefon vibrierte, aber sie ignorierte es. Wahrscheinlich wieder Kimberly. Ihre Freundin hatte vor ein paar Tagen eine Nachricht hinterlassen. Offenbar hatte der Florist für die Carlton-Hochzeit Insolvenz angemeldet und Kimberly brauchte dringend einen Ersatz. Und da sie ja eigentlich sowieso Eva haben wollte, konnte ihre beste Freundin nicht einspringen?

Eva hatte es nicht geschafft, zurückzurufen und höflich abzulehnen. Denn sie konnte Kim die Wahrheit nicht eingestehen – dass sie am Ende war. Dass all ihre Bemühungen, ihr Leben wieder mit Farbe zu füllen und Glück zu finden, nichts gebracht hatten.

Eine Stunde später klopfte es an die Tür. Eva setzte sich auf und rieb sich den Knöchel. Der Lauf hatte seinen Tribut gefordert, aber jetzt schmerzte das Gelenk nur noch selten.

Wer auch immer an der Tür war, würde wiederkommen. Oder auch nicht. Es spielte keine Rolle.

Wieder klingelte ihr Telefon. »Aaah.« Sie nahm es vom Nachttisch und warf einen Blick auf die Anruferkennung. Angela. »Hallo.«

»Bist du zu Hause?«

»Ja.«

»Ich bin hier. Kannst du die Tür aufmachen? Oder soll ich sie eintreten?«

Eva unterdrückte ein Stöhnen. »Ich komme.« Sie legte auf und stieg aus dem Bett. Nach einem Blick in den Spiegel zuckte sie mit den Schultern. Angela konnte ihren Schlafanzug, die strähnigen Haare und den Mangel an Make-up verkraften. Sie schlurfte zur Haustür und öffnete sie. Angela stand mit einer großen weißen Papiertüte davor.

Ihre Schwägerin schob sich an ihr vorbei. »Ich habe was zu essen mitgebracht.«

»Woher wusstest du, dass ich nichts anderes vorhabe?«

Angela musterte sie und zog eine Augenbraue hoch, bevor sie die Küche ansteuerte.

Seufzend schloss Eva die Tür und folgte ihr. Ihre Schwägerin holte eine Reihe weißer Behälter aus der Tüte. Der Duft von Hühnchen süß-sauer stieg Eva in die Nase.

Das letzte Mal hatte sie im Zelt mit Marc chinesisch gegessen. Bevor sie alles verdorben hatte.

»Danke.« Eva öffnete eine der Schachteln und fand darin kleine Brokkoliröschen mit saftigem Rindfleisch. Sie holte mehrere Teller aus dem Schrank und zwei Gabeln aus der Schublade.

Angela tat Reis und Hühnchen auf einen der Teller und Eva folgte ihrem Beispiel. Nachdem sie zwei Wasserflaschen aus dem Kühlschrank geholt hatte, setzten sie sich einander gegenüber an den Küchentisch.

Angela spießte einen Bissen mit der Gabel auf. »Also, wie läuft's?«

»Super.« Sie hasste den Sarkasmus in ihrer Stimme. Aber das war der Grund, warum sie den Kontakt mit anderen so weit wie möglich vermied. Sie war keine gute Gesellschaft mehr und sie war es leid, eine Fassade aufrechtzuerhalten und so zu tun, als wäre alles in Ordnung.

»Komm schon.« Angela tippte mit der Gabel auf den Keramikteller und neigte den Kopf zur Seite. »Rede mit mir. Bitte.«

»Es gibt nichts zu sagen.« Eva schob sich etwas Reis in den Mund.

»Ist es wegen Marc? Dem geht es nämlich ziemlich mies ohne dich.«

Wirklich? Sie sollte sich nicht darüber freuen. Und das tat sie eigentlich auch nicht. Aber es war schön zu wissen, dass er sie vermisste. Sie schüttelte den Kopf. »Es ist nicht nur das.«

Nach ein paar Augenblicken brach Angela das Schweigen. »Und?«

»Mir geht es schlechter als vor dem Lauf. Wie kann das sein?«

»Was hast du denn erwartet, wie du dich fühlen würdest?«

»Weniger verwirrt auf jeden Fall.« Eva schob das Essen auf ihrem Teller hin und her, aß aber nichts davon. »Ich weiß wirklich nicht, was ich jetzt machen soll. Ich hab nicht mal eine Idee, was ich mit meinen Tagen anfangen soll, also sehe ich fern und mache Sport und koche und gehe einkaufen. Aber nichts macht mir Freude, nichts fühlt sich richtig an – die ehrenamtliche Arbeit bei der Herzstiftung nicht, wieder mit Blumen zu arbeiten nicht und eine Tätigkeit mit Marc im Fitnessstudio erst recht nicht.« Und nach einer Pause fügte sie hinzu: »Und bevor du fragst: Ich habe mit meiner Therapeutin gesprochen und wir sind uns einig, dass ich keine Depression habe, sondern nur festgefahren bin.«

»Ich weiß, wie sich das anfühlt, das kannst du mir glauben.« Angela kaute nachdenklich und fuhr dann fort: »In gewisser Weise ging es bei Neuseeland um Heilung, ja, aber auch darum, wieder glücklich zu sein. Für uns beide. Aber vielleicht ist Glück trügerisch und von den Umständen abhängig – etwas, das wir nicht finden und beherrschen können, auch wenn wir das wollen.«

Die Worte lösten ein vages Gefühl in Eva aus. »Das erinnert mich an eine Unterhaltung, die ich vor Monaten mit Sherry hatte.«

»Was hat sie gesagt?«

Eva versetzte sich zurück unter den Sternenhimmel in Neuseeland. »Ich versuche mich an die genauen Worte zu erinnern, aber im Wesentlichen hat sie gesagt, dass Glücklichsein und Freude nicht dasselbe sind und dass man Freude findet, indem man auf Gott vertraut, selbst wenn das Leben besonders schwierig ist.« Eva biss sich auf die Lippe. »Das Problem ist, dass ich nicht weiß, *wie* ich auf Gott vertrauen soll.«

»Nach dem, was wir durchgemacht haben, ist das nicht einfach. Brents Tod hat dir etwas genommen, so wie der Tod von Wes mir etwas genommen hat. Aber ich glaube allmählich, dass unser Verlust doch etwas Gutem dienen kann.«

»Wie denn?«

»Anstatt unser Leben von der Trauer verdüstern zu lassen, können wir uns von ihr verändern lassen.«

Was für ein Gedanke. »Das wünsche ich mir. Wirklich. Aber … wie?«

»So wie Sherry und Kylee und alle anderen Menschen, die wir lieben, es uns immer wieder sagen: Schritt für Schritt. Vielleicht ist Trauer gar kein Prozess, den man hinter sich bringen muss, indem man bestimmte Dinge tut und sie auf der Trauerliste abhakt.« Angela lächelte. »Vielleicht ist es eher wie unsere Reise nach Neuseeland. Viel Auf und Ab, verschlungene Wege und wunderschöne Wälder, Flachland und Gebirgsregionen mit Erdrutschen und Überschwemmungen, die uns überrumpeln. Es war manchmal wirklich hart, aber jede Herausforderung hat uns unserem Ziel näher gebracht.«

»Aber was ist jetzt mein Ziel?«

»Tut mir leid, Schwesterherz, aber das kannst du nur selbst beantworten. Und ich muss es für mich auch tun. Ich *kann* dir aber sagen, dass es früher einfach nur mein Ziel war zu überleben. Aber ich musste lernen, die Trauer zu spüren, und mir bewusst machen, dass es in Ordnung ist zu trauern. Es ist in Ordnung, dass das Leben nicht perfekt ist und dass es mich manchmal überrumpelt und überrascht.« Sie knüllte ihre Serviette zusammen. »Das lerne ich eigentlich immer noch. Ich versuche immer noch, einen Weg zu finden, was manche Dinge betrifft.«

»Ich wüsste gerne, dass all das Leid nicht umsonst war.«

»Ich auch.« Angela legte den Kopf ein wenig schief. »Früher hast du gesagt, Brent sei deine Muse gewesen, und jetzt, wo er nicht mehr da ist, hast du deine kreative Ader vergraben. Aber wie wäre es, wenn deine Muse in Wirklichkeit Gott wäre und er ein erfülltes und kreatives Leben für dich bereithält, wenn du es nur annimmst? Können wir zulassen, dass all der Schmerz und die Schönheit des Lebens uns inspirieren? Dass Gott uns inspiriert – nicht nur zur Kreativität, sondern zum Leben?«

»Wow. Ich …«

»Ich weiß, das ist eine Menge Gedankenstoff. Und ich wollte dich gar nicht damit bombardieren.« Angela aß ihre Portion auf und erhob sich, um das Geschirr abzuräumen. Dann ging sie zur Spüle und stellte die Teller dort ab.

»Danke, dass du hergekommen bist, Ang.« Eva trat zu ihr an die Spüle und schlang die Arme um die Schultern ihrer Schwägerin. »Du hast mir viel Anregung zum Nachdenken gegeben.«

»Ich bin immer für dich da. Denk daran.« Angela warf ihr einen vielsagenden Blick zu. »Und ich glaube, Marc wäre es auch, wenn du ihn lässt.«

Nachdem Angela gegangen war, setzte Eva sich aufs Sofa, um den Fernseher einzuschalten. Ihr Kopf dröhnte von all dem, worüber sie gesprochen hatten. Aber während ihre Finger über der Fernbedienung schwebten, kam ihr ein Gedanke.

Eva schnaubte. Nein. Sie musste ein neues Ziel finden. Noch ein Scheitern konnte sie nicht verkraften.

Aber was hatte Angela gesagt: *»Können wir zulassen, dass all der Schmerz und die Schönheit des Lebens uns inspirieren?«* Vielleicht hatte sie die Sache ganz falsch betrachtet.

Eva stand auf und trat ans Fenster. In der Ferne konnte sie die Baumwipfel des Prospect Parks sehen. Ein Dunstschleier lag über der Skyline von New York City und die Gebäude, die am Horizont aufragten, bildeten ein komplexes Puzzle. Ganz anders als die Berge in Neuseeland, aber nicht weniger schön.

Ihr Leben jetzt … es war auch schön. Anders als ihr Leben mit Brent, ja. Aber trotzdem schön, weil Gott ihren Kummer gebrauchen konnte, um sie stärker zu machen, um sie näher zu sich zu ziehen – und vielleicht eines Tages sogar, um durch sie anderen zu helfen, die etwas Ähnliches durchgemacht hatten.

Aber das würde nur geschehen, wenn sie ihre kreative innere Quelle von *ihm* füllen ließ. Wenn sie sich nicht auf andere Menschen verließ. Nicht einmal auf sich selbst.

Es juckte sie in den Fingern. Es war an der Zeit, es zu versuchen. Selbst, wenn sie versagte.

Sie nahm ihr Handy, öffnete die Nachrichten-App, tippte etwas und schickte es ab.

43. Kapitel

Sie hatte Wes' Einladung mit drei Jahren Verspätung angenommen.

Aber lieber spät als nie.

Angela saß wie eine Sardine mit elf anderen Leuten zusammengedrängt, sechs Personen in jeder Reihe. Eva und ein Mann, den sie heute zum ersten Mal sah, waren durch Gurte miteinander verbunden und saßen gleich vor Angela und dem Trainer, mit dem sie selbst ein Team bildete – John oder so. Während des kurzen Einführungsvideos und dem Unterschreiben der Enthaftungserklärung war sie zu nervös gewesen, um auf seinen Namen zu achten.

Für ein so winziges Flugzeug machte der Motor draußen einen ziemlichen Lärm, während das Flugzeug sie immer höher in die Luft beförderte, bis auf eine Höhe von 3000 Metern, wenn man dem Video Glauben schenken durfte.

In dem Video hatten sie auch gesagt, dass man sich keinerlei Sorgen zu machen brauchte. Dass der Trainer sich um alles kümmern würde – er würde ihr sagen, wann sie springen musste, würde den Fallschirm öffnen und die Landung steuern. Er hatte Angela vor ein paar Minuten sogar eine Schutzbrille aufgesetzt und ihre Leibgurte miteinander verbunden.

Ein Schauer lief ihr über den Rücken. Warum hatte sie nur beschlossen, dass dies die beste Methode war, den zweiten Todestag von Wes und Brent zu begehen?

»Gleich sind wir da.« Johns Stimme knatterte in ihren Ohren – oder vielleicht kam das Knattern von der Schiebetür, die gleich vor dem Ausstieg nach oben weggleiten würde. »Nach dem Tag heute können Sie eine Erfahrung von Ihrer *Das-will-ich-unbedingt-mal-gemacht-haben-Liste* streichen.«

Na gut, sollte er glauben, dass das der Grund war.

Aber egal, wie sehr ihre Hände auch zitterten bei dem Gedanken an das, was sie erwartete – ihr Geist wurde von einem tiefen inneren Frieden erfüllt. Dies war der Ort, der heute für sie richtig war. Und wenn sie daran dachte, wie Eva gegrinst hatte, als Angela ihren Vorschlag gemacht hatte, wusste sie, dass es ihrer Schwägerin ebenso ging.

Der Pilot gab jetzt durch, dass sie die Absprungstelle fast erreicht hatten. Angelas Magen zog sich zusammen und sie befingerte nervös den Reißverschluss ihres orange-blauen Overalls, in dem sie aussah wie eine Gefängnisinsassin.

»Gleich geht's los.«

Angela hob als Antwort einen zitternden Daumen.

Evas Trainer öffnete die Tür und ein kräftiger Windstoß erfasste sie alle und peitschte gegen Angelas Stirn und Wangen. Dann hockten Eva und ihr Begleiter sich vor die Tür und warteten darauf, dass die große rote Lampe neben ihnen grün wurde.

Mit einem Blick zu Angela rief Eva: »Alles in Ordnung?«, aber die Worte wurden von dem Motorenlärm verschluckt. Abgesehen von ihrer Sorge um Angela war Evas Begeisterung offensichtlich. Für sie war es nicht das erste Mal, da sie und Brent schon zusammen mit dem Fallschirm gesprungen waren. Aber die Tatsache, dass sie sich dazu überwinden konnte, es ohne Brent zu tun und zwar ausgerechnet heute, war der Beweis dafür, wie sehr ihre Schwägerin sich weiterentwickelt hatte.

Angela nickte Eva zu. Alles war so in Ordnung, wie es sein konnte, wenn man kurz davor war, aus einem Flugzeug in drei Kilometern Höhe zu springen.

Und dann, einen Wimpernschlag später, wurde das Licht grün und Eva und ihr Trainer waren verschwunden.

Angela stockte der Atem. War sie wirklich bereit dazu?

Herr, hilf mir.

Dann spürte sie wieder diesen Frieden, den sie nicht verstand.

John stieß sie an und sie hockte sich an den Rand der Klappe und wartete auf den freien Fall, dem sie sich gleich ausliefern würde. Ihr Herz raste.

»Eins.«

Was mache ich hier?

»Zwei.«

Ich kann nicht. Ich kann nicht. Ich kann nicht.

Doch, ich kann, ich kann, ich kann!

»Drei.«

Mit einem sanften Anstoß von John biss Angela die Zähne zusammen und trat durch die Tür.

Ihr eigener Aufschrei hallte in ihren Ohren wider, während sie auf die Erde zuraste. Sie hatte ein Gefühl wie bei einer Achterbahn erwartet, wenn einem der Magen in die Kniekehlen rutscht, aber so war es nicht. Stattdessen wehte ihr der Wind ins Gesicht – und sie entdeckte, dass es ein unglaubliches Gefühl war, von der unsichtbaren Luft gewiegt zu werden.

Und dann verwandelte ihr Schrei sich in Lachen.

Angela streckte die Arme aus wie ein Vogel und flog. Sie schwebte.

Und ja, sie fiel. Aber beim Fallen empfand sie Freude.

Denn in diesen fünfundvierzig Sekunden, bevor ihr Trainer die Reißleine des Fallschirms zog, verstand sie, was Wes gemeint hatte, als er von einem furchtlosen Leben gesprochen hatte.

Stabilität wurde überbewertet.

Darauf zu vertrauen, dass Gott einen auffing … darum ging es im Leben.

44. Kapitel

Nichts würde Angela lieber tun, als an diesem herrlichen Samstagnachmittag Ende Mai neben Kylee durch ihr Viertel zu laufen. Lilly und Zach übernachteten bei Eva und so hatten Angela und ihre Älteste einen gemütlichen Abend zu zweit geplant.

Ihre Schuhe hämmerten auf das Pflaster. »Die Trainerin hat sich total darüber gefreut, dass du Ja gesagt hast, Mom.«

»Ich freue mich auch.« Um Co-Trainerin zu werden, musste Angela in den Sommerferien einige Kurse belegen und ihren Erste-Hilfe-Kurs auffrischen, aber all das war erstaunlich leicht zu organisieren gewesen, nachdem sie sich entschieden hatte, auf Kylee zu hören und es mit dem Trainerjob zu versuchen. Das zusätzliche Honorar war angenehm und so konnte sie mit Kylee Zeit verbringen, die sie sonst so nicht gehabt hätte. Marc war ihr mit flexiblen Arbeitszeiten während der Trainingssaison auch sehr entgegengekommen.

Und wer wusste schon, wohin all das führen konnte.

»Liam und Erin haben mich aufgezogen, ich würde bestimmt eine Sonderbehandlung von dir bekommen, aber ich habe gesagt, sie kennen dich nicht gut.«

»Hey!«

Kylee machte einen Satz, als Angela versuchte, sie zu kneifen.

Noch vor wenigen Monaten hätte Angela sich nicht vorstellen können, dass das Leben so aussehen konnte. »Übrigens wollte ich dich fragen, ob du Liam nicht bald mal zu uns zum Essen einladen willst.«

»Und damit hättest du kein Problem?«

»Ich bin immer noch nicht sicher, ob du für eine Beziehung schon alt genug bist. Aber nächsten Monat wirst du sechzehn …

und ich vertraue dir.« Noch immer zog sich Angelas Herz zusammen bei dem Gedanken, dass ihre Tochter mit einem jungen Mann ausging, aber was sie gesagt hatte, stimmte. Trotz des Fiaskos mit dem Jungen in Neuseeland hatte Kylee sich in letzter Zeit als verantwortungsbewusstes Mädchen erwiesen, das dabei war, eine Frau zu werden. Und Angela konnte es kaum erwarten zu sehen, wie ihre Tochter es mit der Welt aufnahm und sie zum Guten veränderte.

Kylee wischte sich einen Schweißtropfen von der Stirn, bevor er ihr in die Augen lief. »Danke, Mom. Und wo wir gerade von Beziehungen reden … hast du eigentlich mal mit Simon gesprochen?«

»Du weißt, dass ich das nicht getan habe.« Angela blickte nach links und rechts und überquerte dann eine mäßig befahrene Kreuzung, dicht gefolgt von Kylee. »Er lebt in Neuseeland, Liebling. Und wer weiß, vielleicht hat er schon jemand anderen gefunden.«

Seit sie sich zu Beginn des Monats mit Eva über das Glücklichsein, die Freude und die Veränderung unterhalten hatte, versuchte sie genug Mut aufzubringen, um Simon anzurufen. Aber sie ließ sich durch Angst und Ausreden davon abhalten. Wie leicht man doch in alte Muster zurückfiel!

»Mom … Er ist auf keinen Fall mit einer anderen zusammen, weil er verrückt nach *dir* ist. Und woher willst du das überhaupt wissen, wenn du es nicht versuchst? Geh das Risiko ein. Ruf ihn an.«

»Ich musste lernen, die Trauer zu spüren, und mir bewusst machen, dass es in Ordnung ist zu trauern. Es ist in Ordnung, dass das Leben nicht perfekt ist und dass es mich manchmal überrumpelt und überrascht.« Sie hörte ihre eigenen Worte, die auf einmal eine ganz neue Bedeutung erhielten. Denn ob es ihr gefiel oder nicht – sie hatte von einem Leben mit Simon geträumt. Und wenn es nie dazu kam, würde sie trauern. So zu tun, als existierte der Schmerz nicht, würde daran nichts ändern. Und

wenn es so war, würde sie mit der Trauer umgehen und Gott bitten, ihr dabei zu helfen.

Und wer weiß? Vielleicht überraschte das Leben sie ja wirklich. »Also gut. Ich mach's.«

»Gleich, wenn wir nach Hause kommen?«

»Okay, du hast gewonnen. Gleich, wenn wir nach Hause kommen.«

»Gut.« Eine Brise pfiff durch die Bäume, als sie in eine ruhigere Straße abbogen. »Mom? Weißt du noch, dass ich dich in Neuseeland gefragt habe, woher du wusstest, dass du Dad liebst?«

»Ja.«

»Kannst du es mir jetzt sagen?«

Konnte sie das? Würde die Wahrheit die Beziehung zerstören, die sie endlich aufgebaut hatten? Angela hoffte es nicht – aber wie auch immer Kylee reagieren würde, eine haltbare Beziehung beruhte auf der Wahrheit. »Okay.«

Also erzählte sie ausführlich von ihrer Liebesgeschichte mit Wes, während sie sich an Mülleimern, in Vorgärten angeleinten bellenden Hunden und Sprinkleranlagen vorbeischlängelten. Kylee stellte Fragen, lachte und hörte zu, von Angelas Schilderung der ersten Anfänge bis hin zu ihrem ersten Kuss.

Und dann kamen sie an den entscheidenden Punkt, der alles verändert hatte – Kylee selbst.

»Ich weiß längst, dass ihr geheiratet habt, weil ich unterwegs war.«

»*Wie bitte?*« Angela und Wes waren immer darauf bedacht gewesen, diese Tatsache vor ihren Kindern nie zu erwähnen.

»Mom? Ich kann rechnen.« Kylee biss sich auf die Unterlippe. »Aber was ich wissen will, ist wohl … hast du es bereut?«

Angela spürte ein Brennen in der Brust und das kam nicht von der Anstrengung des Laufens. »Das dachte ich früher. Nicht, dass ich dich bekommen habe – ich liebe dich und kann mir ein Leben ohne dich gar nicht vorstellen. Aber zu heiraten, weil ich schwanger war … das habe ich früher bereut, glaube ich.«

»Warum?« Kylees Miene wirkte nur neugierig und nicht erschüttert, wie Angela es erwartet hatte.

»Ich glaube, ich habe die Ehe und das Muttersein als Käfige betrachtet, in die ich gezwungen wurde. Ich hatte das Gefühl, keine Wahl zu haben.« Angela setzte einen Fuß vor den anderen. »Aber ich *hatte* andere Optionen – ich hätte eine Abtreibung haben oder dich zur Adoption freigeben können. Mir war lange nicht bewusst, dass ich sehr wohl eine Entscheidung getroffen habe.«

»Und was hat dich dazu gebracht, mich zu behalten und Dad zu heiraten?«

»Vom ersten Ultraschall an wusste ich, dass du lebst und zu mir gehörst. Und ich habe deinen Dad geliebt. Es war vielleicht nicht mein Plan gewesen, aber an dem Tag, als ich ihn geheiratet habe, bekam ich, wonach ich mich immer gesehnt hatte: eine Familie. Komisch, denn wenn ich Ärztin geworden wäre und mich damit an meine geplante Laufbahn gehalten hätte, wäre das wahrscheinlich ein sehr einsames Leben geworden, so wie das Leben meiner Tante.«

Kylee schwieg eine Weile. Sie bogen um die letzte Ecke, bevor sie zu ihrem Haus kamen, und dann blieb sie stehen. »Danke, dass du mir das erzählt hast, Mom. Dadurch habe ich so viel über dich und Dad erfahren.« Sie schlang die Arme um Angela.

»Du liebes Mädchen.« Angela drückte einen Kuss auf die Haare ihrer Tochter und dankte Gott für ein Geschenk, um das sie nie gebeten, aber das sie trotzdem gebraucht hatte.

Dann liefen sie weiter. Als sie nur noch wenige Häuser entfernt waren, drehte Kylee sich zu Angela um. »Also, dieses gute Gefühl, das wir gerade hatten, Mom … ich hoffe, du erinnerst dich daran und bist nachher nicht zu sauer auf mich.« Mit diesen Worten rannte sie auf das Haus zu.

Was in aller Welt …?

Angela folgte ihr und lief zur Haustür – und dann blieb sie so plötzlich stehen, dass sie beinahe vornübergefallen wäre.

Auf dem Treppenabsatz umarmte Kylee einen Mann und lief dann schnell ins Haus.

Der Mann drehte sich um und sah Angela an und jetzt stockte ihr Herz. Simon King sah so gut aus wie eh und je in einem karierten Hemd mit aufgekrempelten Ärmeln und Jeans und mit Leinenschuhen an den Füßen. Und er raubte ihr immer noch den Atem.

Sie ging weiter auf ihn zu und die ganze Zeit über sahen sie einander an, bis sie bei ihm auf der obersten Stufe angekommen war. Sein Grinsen brachte all den Sonnenschein und das Lachen mit, das sie aus ihrer Zeit in Neuseeland in Erinnerung hatte. Denn trotz des Regens war dieses Strahlen unvergesslich.

»Was machst du denn hier?« Die Frage klang leise, fast erstickt.

»Ach, ich war in der Gegend.«

Sie boxte ihn an die Schulter. »Du bist fast fünfzehntausend Kilometer von zu Hause entfernt und warst rein zufällig in meiner Gegend?«

Sein albernes Grinsen verschwand und die Fältchen um seine Augen wurden tiefer, als er sie musterte. »Es tut mir leid, dass ich unangemeldet auftauche – obwohl ich etwas Hilfe hatte bei der Überlegung, wann es am besten passen würde und ob mein Besuch wohl eine gute Idee ist.«

»Kylee?«

»Und Eva. Ich hoffe, du bist ihnen nicht böse. Aber ich konnte den Zustand, es nicht zu wissen, einfach nicht mehr ertragen.«

Angela schluckte. »Was nicht zu wissen …?«

»Ob du genauso verrückt nach mir bist wie ich nach dir.« Er rieb verlegen die Handflächen aneinander. Es war süß, dass er so nervös war. »Ich hätte nicht gedacht, dass ich noch mal jemanden lieben kann, aber dann bist du in meinem Leben erschienen. Du bist für mich mehr als eine Geschichte, Angela Jamison. Du bist *die* Geschichte. Ein fesselndes Buch. Das Problem ist, dass ich am Ende des Manuskripts angekommen bin und unbedingt wissen will, wie die Geschichte ausgeht. Aber wenn du das auch noch nicht weiß, dann ist es okay. Ich warte, bis du dir sicher bist.«

Er liebte sie. Nach allem, was sie getan hatte, nach all dem Kummer, den sie ihm bereitet hatte, liebte er sie immer noch. Er hatte den ganzen Weg hierher zurückgelegt, um ihr zu zeigen, wie sehr er das tat. Und er war bereit, ihr die Zeit zu geben, die sie brauchte, um die richtige Entscheidung zu treffen.

Er war überhaupt nicht Teil ihres Plans gewesen – aber andererseits waren die besten Dinge in ihrem Leben unerwartet geschehen.

Sie schluckte den Kloß in ihrer Kehle hinunter und sagte: »Ich weiß immer noch nicht, wie das mit uns funktionieren soll, wenn wir in entgegengesetzten Teilen der Welt leben, aber ich kann es nicht länger ignorieren.« Es war an der Zeit, die ganze Wahrheit zu sagen, koste es, was es wolle. »Auch wenn es mir schreckliche Angst macht – ich liebe dich auch.«

Simon legte die Hände um ihre Taille und zog sie näher. »Das ist die beste Nachricht des Tages. Oder besser des Jahres.« Er beugte sich vor und küsste sie auf die Nasenspitze. »Und was die Entfernung betrifft … also, ich kann überall auf der Welt schreiben. Also wenn du bereit bist, diese Sache auszuprobieren trotz des Risikos –«

»Entschuldige, wenn ich dich unterbreche.« Angela schlang die Arme um seine Schultern und wartete, bis ihre Blicke sich erneut begegneten. »Simon King, du bist das Risiko hundertprozentig wert.«

Und um das zu beweisen, zog sie ihn an sich für einen Kuss, den er nie vergessen würde.

45. Kapitel

Wieder ins Leben einzutauchen, war nicht leicht, aber es war notwendig.

Und Eva war unendlich dankbar für die Gelegenheit.

Sie nahm die letzte Vase mit Blumen und stellte sie auf einen der etwa zwanzig runden Tische in dem eleganten Penthouse in Manhattan, in dem in wenigen Stunden die Carlton-Hochzeit stattfinden würde. Eine Mischung aus herrlichen Düften wehte von der Küche herüber und Stimmengeplauder hallte durch den Raum, der bald zweihundert der wohlhabendsten Vertreter der New Yorker Gesellschaft beherbergen würde. Überall um Eva herum waren Kimberlys Helfer und Lieferanten am Werk und richteten alles von den elfenbeinfarbenen Tischdecken und den schweren Kristallgläsern bis hin zur Musikanlage und der stilvollen Tischdekoration mit ihren exquisiten großen Windlichtern und Kerzen.

Wenn Eva ihre Blumendekoration ergänzt hatte, würde alles vollständig sein.

Ihre Hände und ihr Rücken schmerzten, nachdem sie sich mehrere Tage lang über Blumen und Grün gebeugt und dafür gesorgt hatte, dass jeder Strauß und jeder Tischschmuck perfekt war. Aber als sie jetzt im Licht der Fenster, die einen Rundumblick auf ihr geliebtes New York freigaben, noch einmal jede Blüte kritisch betrachtete, spürte sie eine tiefe Zufriedenheit in sich aufsteigen.

»Hi, Eva!«

Sie drehte sich um und sah, dass Kimberly auf sie zukam. Ihre zehn Zentimeter hohen Absätze klackerten auf dem Eichenfußboden. »Kim, alles sieht fantastisch aus.«

Kimberly bewunderte die Blumengestecke. »Vor allem die hier. Du hast den Nagel auf den Kopf getroffen, meine Liebe.«

Die Sträuße – mit ihrer bewusst einfach gehaltenen Kombination aus Prachtspieren, Maiglöckchen, Sterndolden, Gartenwicken und Jasmin – waren so gestaltet, dass sie schlicht, aber elegant wirkten, obwohl nur Eva jemals wissen würde, wie viel Mühe in diese Wirkung geflossen war. Und der Brautstrauß enthielt zusätzlich einen Myrtenzweig, ein Symbol der Liebe und Hoffnung.

Sie hatte eine gute Wahl getroffen, fand sie.

Als die Braut Eva freie Hand gelassen hatte, was die Gestaltung betraf, wäre sie beinahe in Panik geraten. Zuerst hatte sie sich Sorgen wegen der Ideen gemacht, vor allem angesichts ihrer plötzlichen Kehrtwende, aber ein inneres Flüstern hatte ihr gesagt, was sie tun musste.

Und wohin sie gehen musste.

Und obwohl der Besuch im East Side Garden ihr nicht leicht gefallen war, hatte er doch einen Trost gespendet, den sie nicht erwartet hatte. Während sie auf der Bank saß, vor der Brent ihr den Heiratsantrag gemacht hatte, hatte sie sich auf Gott gestützt, der Trauer verstand und ihr versprochen hatte, sie durch alles hindurchzutragen. In diesem Moment war es ihr möglich geworden, endlich die Träume loszulassen, an die sie sich so fest geklammert hatte, und den ersten Schritt in unbekannte Gefilde zu wagen.

Nicht dass sie jemals über Brent »hinwegkommen« würde, denn so funktionierte das nicht. Und es bedeutete auch nicht, dass es keine schweren Tage mehr geben würde, denn die gab es. Aber wenn, dann war sie nicht allein. Und sie wusste, sie würde überleben.

»Es war ein gutes Gefühl, wieder kreativ zu sein.«

»Ich bin ja so froh, dass du *Ja* gesagt hast.«

Jemand winkte Kimberly zu.

»Die Pflicht ruft. Brauchst du Hilfe beim Aufbauen? Ich kann Roberto sagen, dass er dir assistieren soll.«

»Vielleicht. Ich sage dir Bescheid.«

»Super. Sind wir immer noch für morgen zum Brunch verabredet?«

»Auf jeden Fall.«

Kimberly drückte ihren Arm und eilte dann davon, um sich um ihre Arbeit zu kümmern.

Eva machte sich daran, die Blumengestecke auf den Tischen zu verteilen, Bänder zu richten und Schleierkraut zu besprühen, damit jedes Arrangement makellos war. Als sie fertig war, seufzte sie angesichts des umwerfenden Ambientes. Es war schon vorher schön gewesen, aber jetzt, mit den Dekorationen und den Blumen an Ort und Stelle, war es eine perfekte Mischung aus klassisch und modern.

Bald würde eine Braut hier ihr Happy End erleben.

Sie spürte einen Stich in der Magengegend. Hier, in dieser romantischen Kulisse, sehnte sie sich nach Marc.

Moment mal. Die Erkenntnis traf sie wie ein Schlag.

Ihr erster Gedanke hatte nicht Brent gegolten.

Was bedeutete das?

Sie richtete sich auf, nahm ihre Handtasche und zog los, um Kimberly zu suchen. Sie ging an der langen Bar aus Eichenholz und Glas vorbei in die Küche, in der sie ihre Freundin gerade hatte verschwinden sehen. Hier wurden die Gerüche stärker, es duftete nach einer Vielfalt von Gerichten, von Steak bis Hummer, von frischen Tomaten bis zu Gewürzen wie Knoblauch und Zwiebel. Die Bedienungen trafen allmählich ein und die Köchin und ihre Souschefs waren mit einer Suppe beschäftigt und gaben dem Küchenpersonal Anweisung, die Salate fertig zu machen.

Kimberly unterhielt sich mit einer untersetzten Frau, die feine Cupcakes auf einer großen, spiralförmigen Etagere anrichtete.

Eva trat zu ihnen und Kimberly stellte ihr die Bäckerin Elyse vor.

»Sie macht die besten Kuchen und Desserts, die ich jemals gegessen habe. Und nicht nur das, sondern in ihrem Laden hier in der Nähe verkauft sie eine Luxusversion von heißer Schokolade.

Ein Gedicht, sage ich dir. Ich weiß, dass du Schokolade nicht ausstehen kannst, aber die würdest sogar du mögen.« Kimberly setzte ihre Unterhaltung fort und Eva verabschiedete sich und verließ die Küche, während ein Schmerz sich in ihrer Brust ausbreitete.

Heiße Schokolade. Schon bei der Erwähnung musste sie an ihn denken.

Angela hatte gesagt, Marc fühle sich genauso elend wie sie. Mehrmals in den vergangenen Wochen hatte dieser Gedanke Eva beinahe dazu gebracht, ihn anzurufen. Aber sie wollte nicht noch einmal etwas anfangen, wofür ihr Herz noch nicht bereit war. Das konnte sie ihm nicht ein zweites Mal antun.

Du bist jetzt bereit.

Beinahe wäre sie wie angewurzelt stehen geblieben. Das Flüstern war aus dem tiefsten Innern ihrer Seele gekommen.

Und sie wusste, dass es die Wahrheit war.

Als sie mit dem Aufzug vom Penthouse hinunterfuhr, holte Eva ihr Handy heraus und rief Google Maps auf. Sie öffnete eine neue Textnachricht, gab eine Adresse ein und dazu die Worte: Kannst du mich in fünfzehn Minuten dort treffen?

Die Aufzugtür öffnete sich im Erdgeschoss und sie trat ins Foyer, als ein Klingelton die Antwort ankündigte.

Okay.

Eine kurze Antwort, aber das war in Ordnung. Er würde kommen.

Sie war nervös, aber gleichzeitig spürte sie, dass es richtig war. Sie ging an dem Pförtner vorbei und machte sich auf den Weg zu Elyses kleiner Bäckerei, die noch eine Stunde geöffnet hatte.

Eva trat ein und stellte sich in die Schlange. Die Bäckerei war reizend mit französischem Charme eingerichtet und überfüllt, aber als sie einen Blick auf die Backwaren in der Vitrine warf, konnte sie verstehen, warum. Brownies, herrliche Kuchen und originelle Plätzchen waren erst der Anfang. In der Vitrine war außerdem erlesenes Gebäck ausgestellt, das Eva ohne die kleinen Schildchen davor nur teilweise identifizieren konnte.

Aber sie war nicht wegen dieser Köstlichkeiten hier.

Als sie an der Reihe war, bestellte sie ein Getränk, und als ihr der Becher ausgehändigt wurde, suchte sie sich einen Platz. Dann trank sie einen vorsichtigen Schluck.

Uah.

So schrecklich wie eh und je.

Oh nein. Das würde sie nie herunterbringen.

Nach einem schnellen Blick auf die Uhr eilte sie zur Theke und bat den jungen Mann dahinter, sie mit einem anderen Heißgetränk zu überraschen. Ein Pfirsichtee wurde ihr überreicht, und als sie sich setzte und probierte, explodierte das Aroma auf ihrer Zunge.

Und nicht nur das … endlich leuchtete es bunt um sie herum – die Farbe kam wieder. Eva konnte nicht verhindern, dass ihr eine Träne entwischte.

Eva wischte sie fort und in diesem Augenblick setzte Marc sich auf den Stuhl neben ihr. »Hi.« Er faltete die Hände auf der Tischplatte.

Sie sog seinen Anblick in sich auf. Er hatte seinen Bart wieder wachsen lassen und trug die üblichen Baumwollhosen und ein Hemd mit Oxfordkragen. Eva hatte sich daran gewöhnt, ihn zerknittert und unrasiert zu sehen – so lässig, wie er bei dem Ultra-Marathon gewesen war. Aber natürlich mochte sie das hier auch.

Sie mochte *ihn*.

Liebte ihn.

Also sag es ihm. Okay.

»Hi.« Eva stellte ihren Becher ab. »Danke, dass du gekommen bist.«

Marc beobachtete sie und es war offensichtlich, dass er mit intensiven Emotionen zu kämpfen hatte. Was er wohl dachte? »Wie geht es dir, Eva?«

»Ich habe heiße Schokolade bestellt.« Subtil wie immer. Super.

Erstaunen und Fragen lagen in seinem Blick. »Ich dachte, du hasst Schokolade.«

»Tu ich auch. Ich dachte, ich könnte sie vielleicht doch mögen, und habe es versucht, aber … nee.«

»Okay.«

Sie redete sich hier um Kopf und Kragen. »Aber dann habe ich einen Pfirsichtee bekommen. Und der ist erfrischend und herrlich, habe ich festgestellt.«

»Äh, schön für dich.« Jetzt wirkte er nur noch verwirrt. »Warum bin ich hier, Eva?«

»Na ja, ich hatte eine ganze Rede vorbereitet – also, eigentlich ist sie mir in den letzten zwei Minuten eingefallen. Aber jedenfalls hatte ich gehofft, ich könnte dir sagen, dass mein Geschmack sich geändert hat, dass ich sowohl heiße Schokolade als auch Kaffee mag, dass ich mich nicht für eins von beiden entscheiden muss. Dass sie beide zu meinem Leben gehören können und es mir nur leidtut, dass ich das nicht eher erkannt habe. Aber dann fand ich die heiße Schokolade furchtbar und meine ganze schöne Analogie ist ruiniert.« Sie streckte die Hand aus, um seine zu berühren.

Sein Blick wanderte über ihr Gesicht. Dann sah er ihr ganz in die Augen. »Nichts ist schlimmer als eine ruinierte Analogie.«

»Ja, nicht wahr?«

»Also tun wir mal so, als würde deine Analogie funktionieren – und du fändest das genialste Getränk der Welt nicht total eklig. Worüber würden wir dann eigentlich reden?«

»Ich glaube, die Antwort darauf kennst du. Ich hoffe es wenigstens.«

Ein breites Grinsen erschien auf seinem Gesicht und er zog ihren Stuhl näher zu sich, sodass die Stuhlbeine laut über den gefliesten Boden kratzten. »Und wenn du die heiße Schokolade gemocht *hättest*, bedeutet es dann, dass ich dich vielleicht irgendwann davon hätte überzeugen können, sie zu lieben?« Er schob ihr eine Haarsträhne hinters Ohr und musterte sie mit diesen Augen, die so viel sahen. Dann nahm er ihre Hand.

»Wenn ich sie gemocht hätte, würde ich sagen, dass keine Überredung mehr nötig gewesen wäre.« Eva beugte sich vor und ließ ihre Lippen direkt vor seinem Mund schweben. »Dass ich mich vom ersten Schluck an Hals über Kopf in die wunderbaren Eigenschaften der heißen Schokolade verliebt hätte.«

Dann berührten ihre Lippen sich und Eva Jamison wusste ohne jeden Zweifel, dass ein ganz neues Abenteuer auf sie wartete, wenn sie nur darauf zuging.

Schritt für Schritt.

Schlussbemerkung der Autorin

Trauer – ob nach dem Verlust eines Menschen, eines Traums, einer Beziehung oder von etwas ganz anderem – ist sehr persönlich für jeden, der sie erlebt. Obwohl ich einen herben Verlust betrauert habe (den meiner Mom, als ich neunzehn war), musste ich keinen Ehemann verlieren. Trotzdem habe ich so gut wie möglich versucht zu beschreiben, wie zwei Witwen ganz unterschiedlich auf einen ähnlichen Verlust reagieren könnten. Vielleicht haben auch Sie einen Partner verloren, aber Ihre Trauer äußert sich ganz anders als die der beiden Hauptcharaktere in diesem Buch. Ich respektiere Ihre Emotionen und täglichen Kämpfe und es tut mir sehr leid für Sie.

Während der Ideenphase und des Schreibens dieses Buches gab es zwei wichtige Trauerereignisse in meinem Leben. Zuerst verloren liebe Freunde von uns, David und Becky Getz, im Juni 2018 ihren viereinhalbjährigen Sohn Zachary. Vom ersten Ultraschallbild an wussten sie, dass Zach große gesundheitliche Probleme haben und vielleicht nicht einmal die Geburt überleben würde. Trotz vieler Sorgen und unzähliger Operationen, unter anderem am Herzen, lebte Zach – und hatte eine besondere Wirkung auf uns alle. Deshalb waren wir alle schockiert, als er nach einer Operation starb, von der wir eigentlich gedacht hatten, dass er sie überstehen würde. Wir waren wie vor den Kopf gestoßen und zutiefst traurig (Sie können Zachs Geschichte auf *remembered-by-god.blogspot.com* nachlesen).

Und zweitens habe ich im Januar 2019 meine geliebte Großmutter verloren. Ich war an ihrer Seite, als sie ihren letzten Atemzug tat, so wie sie es bei meiner Mom (ihrer Schwiegertochter) gewesen war. Obwohl sie dreiundneunzig war und ein erfülltes Glaubensleben hatte, schmerzte der Verlust sehr.

Beide Male hat mich das merkwürdige und unerwartete Wesen der Trauer betroffen gemacht – und dass diese Dinge geschahen, als ich an einem Buch arbeitete, in dem zwei Charaktere mit ihrer Trauer kämpfen. Ich glaube nicht, dass es Ironie oder Zufall war. Es hatte einen Sinn, dass ich gerade zu dieser Zeit dieses Buch schrieb. Gott wusste, dass ich diese Ereignisse erleben würde und dass sie mit dem Schreiben des Buches zusammenfallen würden. Vielleicht schrieb ich gerade zu dieser Zeit an dem Roman, damit ich meine Charaktere mit noch tieferen Emotionen ausstatten konnte. Vielleicht, damit ich ein Ventil für meine eigene Trauer hatte.

Als ich mit dem Schreiben dieses Romans anfing, nannte ich ihn mein »Trauerbuch«, aber inzwischen ist mir klar geworden, dass es eigentlich mein Freudenbuch ist. Denn das ist es, was ich Ihnen mitteilen will. Und was ich selbst erfahren habe: Egal, wie groß der Kummer ist, der uns in diesem Leben begegnet – wir können immer Freude finden, wenn wir uns an Jesus klammern und uns von ihm durch die Täler führen lassen, Schritt für Schritt.

»Deshalb bete ich, dass Gott, der euch Hoffnung gibt, euch in eurem Glauben mit Freude und Frieden erfüllt, sodass eure Hoffnung immer größer wird durch die Kraft des Heiligen Geistes.« (Römer 15,13)

Dank

Während ich hier sitze und meinen Dank zu Papier bringe, habe ich gerade die letzten Druckfahnen von »Alles, was noch vor uns liegt« abgeschickt. Und wenn ich daran denke, wie viel Emotion, Zeit und Kraft ich in diese Geschichte investiert habe, kommen mir beinahe die Tränen.

Aber ich bin nicht die Einzige, die viel dafür getan hat oder einen Einfluss auf das Endergebnis hatte. Ich bin all den wunderbaren Menschen dankbar, die zu mir gehalten und dabei geholfen haben, dass diese kleine Geschichte Flügel bekommt.

Zuerst möchte ich meinen Leserinnen und Lesern danken. Sie alle sind der Grund, warum ich schreibe. Selbst wenn nur einer oder eine von Ihnen nach der Lektüre meiner Geschichten Hoffnung verspürt, hat meine Arbeit sich voll und ganz gelohnt.

Joanne Nicholls: Danke für deine Teilnahme an dem Wettbewerb, einen Namen für Simon King zu finden. Es hat Spaß gemacht, einen Charakter dazu zu erschaffen!

Lisa Davis: Deine Kenntnisse über Trauer und den Beratungsprozess waren eine große Hilfe. Danke dafür, dass du andere Menschen daran teilhaben lässt und denen Hoffnung gibst, die sie am meisten brauchen (darunter auch ich selbst).

Ruth Douthitt: Abgesehen davon, dass du eine tolle Freundin bist, inspirierst du mich auch ungemein. Danke, dass du dein Wissen übers Laufen mit mir geteilt hast.

Kara Issac: Du bist eine Heldin, weil du die Rohfassung dieses Buches gelesen und mir geholfen hast, die Informationen über Neuseeland und das Laufen so authentisch wie möglich zu machen. Du hast mich vor manchem Fauxpas bewahrt. Für diejenigen Fehler, die ich trotzdem gemacht habe, bin nur ich verantwortlich.

Meine Damen von der New Yorker Schreibwerkstatt (Tina, Sara, Liz, Ruth und Jen): Wo wäre ich ohne euch? Manchmal sind unsere Schreibabende das Einzige, was mich vor dem Wahnsinn bewahrt in einer Branche, die sehr einsam sein kann. Eure Ermutigung bedeutet mir unendlich viel!

Die GLAM-Girls (Gabe, Alena, Melissa): Danke, dass ihr mich mehr als einmal gerettet und mit mir Ideen gesammelt und mich ermutigt habt! Danke für alles, was ihr genau dann macht, wenn ich es am meisten brauche. Ich liebe euch von ganzem Herzen.

Liz Johnson: Für alle Schreibtreffen, Filme, Textnachrichten, E-Mails und Umarmungen – danke. Du bist für mich auch eine Gebetserhörung.

Rachelle Gardner: Ich bin ja so froh, dass wir zusammenarbeiten können! Danke für deinen fantastischen Rat und deine Unterstützung meiner Arbeit.

Kimberly Carlton: Es war wunderbar, dich endlich persönlich kennenzulernen. Unser Treffen hat bestätigt, was ich ohnehin wusste: Du bist toll! Dieses Buch wäre nicht das, was es ist, ohne deine klugen Fragen und sanften Anschubser. Vielen Dank!

Mein Team bei HCCP Fiction (Kerri, Paul, Allison, Amanda, Becky, Matt, Laura und Kristen): Was für ein Privileg es ist, mit euch allen zusammenzuarbeiten! Ich bin jeden Tag dankbar für diesen Segen.

Meine Familie, vor allem Dad, Kristin und Nancy: Ohne euch könnte ich diese Arbeit überhaupt nicht machen. Dadurch, dass ihr mich und meine Kids liebt, habe ich die Zeit und Fähigkeit, meine Geschichten zu Papier zu bringen, und dafür bin ich unendlich dankbar.

Meine Jungs: Ich bin ganz stolz, wenn ich sehe, zu was für jungen Männern ihr heranwachst und dass ihr andere Menschen und Gott liebt. Eure Mommy zu sein, das ist der beste Job der Welt!

Mike: Du bist ein Fels in der Brandung, auf den ich mich immer verlassen kann. Ich liebe dich und unser gemeinsames verrücktes Leben.

Und natürlich Gott: Die Tatsache, dass du die größte Trauer meines Lebens nehmen und in das hier verwandeln kannst, ist für mich immer noch unfassbar. Danke, dass ich die Freude, die du trotz meiner Trauer in mein Leben gebracht hast, mit anderen teilen kann. Du hast mir die richtigen Worte eingegeben, wenn sie mir fehlten. Bitte lass meine Worte denen Hoffnung schenken, die sie brauchen.

Fragen für Gesprächskreise

1. Sind Sie eine Läuferin? Hätten Sie sich bei dem Gedanken daran, einen Ultra-Marathon zu laufen, eher wie Eva gefühlt (begeistert) oder eher wie Angela (zögerlich)? Warum?
2. Welchen Teil der Geschichte fanden Sie am besten (z. B. Lieblingscharaktere, Szenen, Handlungen etc.)?
3. Konnten Sie sich besser mit Eva identifizieren oder mit Angela? Warum?
4. C. S. Lewis hat gesagt: »*Trauer gleicht einem langen Tal, einem gewundenen Tal, wo jede Biegung eine vollkommen neuartige Landschaft enthüllen mag.*« Was bedeutet das Zitat Ihrer Meinung nach? Inwiefern kann man es auf Angelas und Evas Weg beziehen?
5. Eva denkt gerne über die Bedeutung oder den Symbolismus verschiedener Blumen nach. Wenn Sie eine Blume wählen könnten, die für Ihre eigene Liebesgeschichte steht (oder für die Liebesgeschichte, die Sie am liebsten mögen), welche würden Sie wählen?
6. Ist das Zögern von Marc und Eva, eine Beziehung einzugehen, verständlich? Sind sie mit der merkwürdigen Situation gut umgegangen?
7. Was ist Ihrer Meinung nach der Unterschied zwischen Glücklichsein und Freude (wenn es einen gibt)?
8. Einmal sagt Angela: »Wie die meisten Mütter opfere ich oft meine eigenen Wünsche für meine Kinder. Das habe ich in meiner Ehe auch getan. Genau genommen habe ich, bevor ich hierhergekommen bin, eine Ewigkeit nicht mehr darüber nachgedacht, was ich möchte oder was mich wirklich froh macht.« Können Sie diese Aussage nachvollziehen (entweder in Ihrem eigenen Leben oder in Bezug auf jemanden, dem

Sie nahestehen)? Was glauben Sie, warum das geschieht, und was können Mütter tun, um es zu verhindern? Oder sollten sie es einfach als Teil des Mutterseins annehmen?

9. Was war die romantischste Geste in dem Buch?
10. Kann aus Herzeleid Freude erwachsen? Warum oder warum nicht?